WORLD OF WARCRAFT
SHADOWLANDS

SHADOWS RISING

매들린 루 지음 / 유미지 옮김

제우미디어

깨어나는 어둠

초판 1쇄 | 2020년 9월 21일

지은이 | 매들린 루
옮긴이 | 유미지

펴낸이 | 서인석
펴낸곳 | 제우미디어
출판등록 | 제 3-429호
등록일자 | 1992년 8월 17일
주소 | 서울시 마포구 독막로 76-1 한주빌딩 5층
전화 | 02-3142-6845
팩스 | 02-3142-0075
홈페이지 | www.jeumedia.com

ISBN | 978-89-5952-957-5
• 파본은 구입하신 서점에서 교환해드립니다.

제우미디어 트위터 | twitter.com/jeumedia
제우미디어 페이스북 | facebook.com/jeumedia

만든 사람들
출판사업부 총괄 손대현 | **편집장** 전태준 | **책임 편집** 안재욱 | **기획** 홍지영, 박건우, 이주오, 양서경
디자인 총괄 디자인 수 | **영업** 김금남, 권혁진
도움 주신 분 블리자드코리아 현지화팀, 홍보팀, 커뮤니티팀, 마케팅팀, 웹서비스팀

내 첫 번째 컴퓨터를 조립해주고,

경이로운 게임의 세계로 인도해준 내 형제들을 위하여.

아제로스를 사랑하는 모든 개발자, 작가, 예술가

그리고 플레이어들을 위하여.

이 책을 여러분께 바칩니다.

WORLD OF WARCRAFT

SHADOWS RISING

나즈미르
볼 둔
줄다자르
잔 달 리

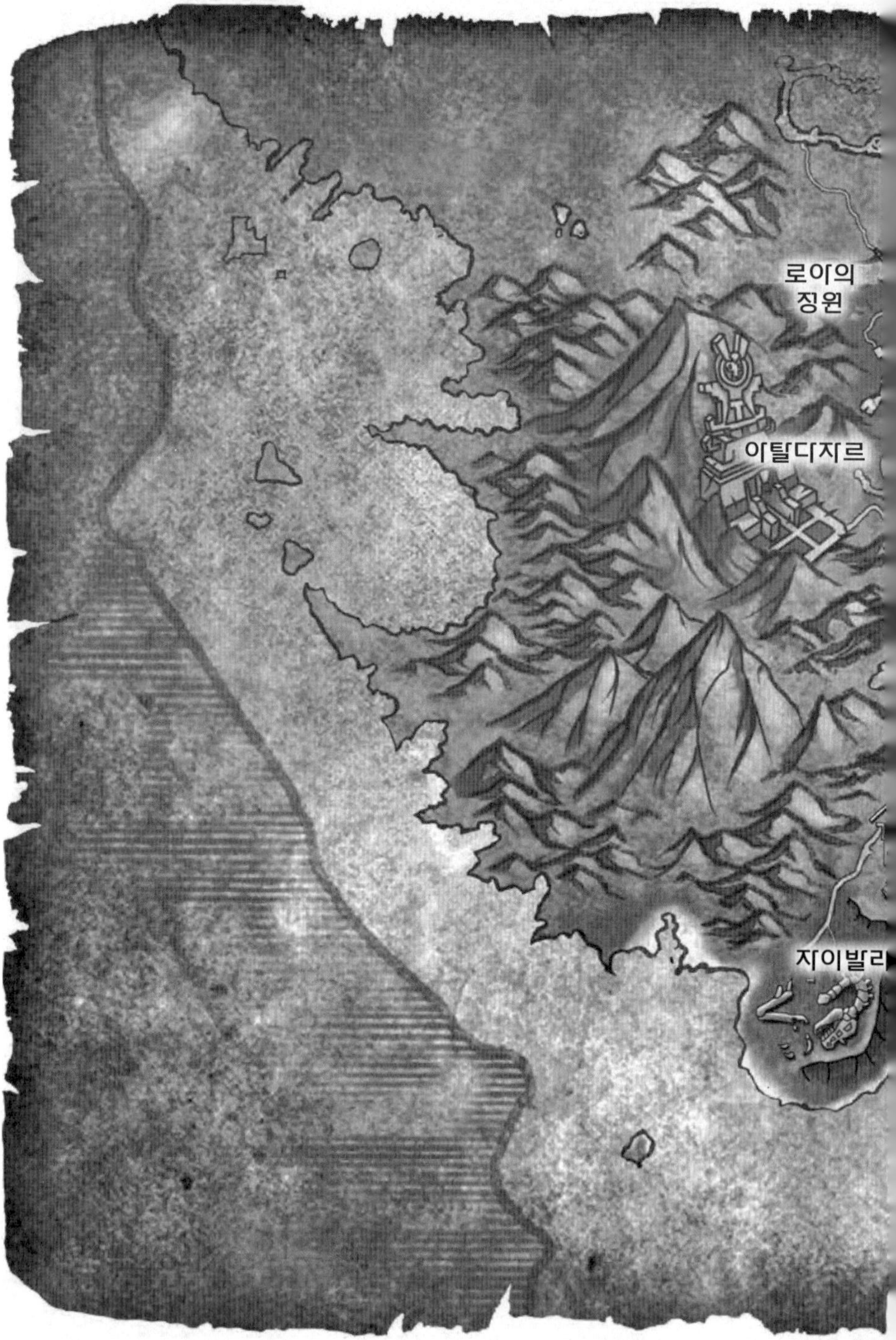
로아의
정원
아탈다자르
자이발리

제브아하리
네싱위리의
어행길
탈구룹
아탈그랄
다지알로
탈란지의
징벌

프롤로그

서부 몰락지대

안두인 린은 공허의 하수인 수천 마리가 비명을 지르며 바싹 뒤를 쫓아오기라도 하는 것처럼 말을 달렸다. 머리 위에서 천둥이 울려 퍼지고, 발 아래로도 말발굽이 우렛소리처럼 지면을 때리며 안두인을 태운 채 서부 몰락지대의 상처 입은 평원 위를 내달렸다. 소중한 친구인 첩보단장만이 그의 뒤를 쫓아 달렸지만, 안두인은 신경 쓰지 않았다. 어둠이 그의 발뒤꿈치를 할퀴었다. 안두인은 무슨 수를 써서라도 어둠을 따돌리려 했다.

잠시만이라도, 단 한순간만이라도.

“폐하! 폐하! 이런, 말이 쓰러지려 합니다!”

마티아스 쇼의 목소리가 머리 위 우르릉거리는 천둥소리와 요란한 말발굽 소리를 뚫고 들려왔다.

안두인은 첩보단장 쇼의 말을 무시했다. 그는 혀를 차며 박차를 가해 단심을 더더욱 재촉했다. 더 빨리, 더 빨리. 무슨 일이 있어도 속도를 늦출 수는 없었다.

멀리, 농지의 낮은 구릉 위로 잔해와 마력의 탑이 수정 쐐기처럼 하늘 높이 솟아올랐다. 그 위로 검은 구름이 모여들며 사방으로 그림자를 드리웠고, 그 광경을 바라보던 안두인은 시선을 뗄 수 없었다. 서부 몰락지대가 이렇게 극적으로 변하는 일은 없으리라 생각했었지만, 대격변은 어린 청년의 향수 따위엔 아무런 관심도 없이 이 땅을 뒤틀어놓았다. 마치 그의 어린 시절이, 가슴 깊이 품은 추억이 모두 뒤엉키는 것만 같았다. 그저 철없는 꼬마였던 그는 어느새 예리한 칼날로 연마되어 있었다. 그 꼬마는 세상에 변하지 않는 것들이 있으리라 생각했지만, 지금의 안두인 국왕은 그런 믿음이 유치한 소망임을 너무나도 잘 알고 있었다. 영원한 건 없었다. 어떤 도시든 붕괴될 수 있고, 한때의 적도 아군이 되거나, 심지어 친구가 될 수도 있었다. 냉소주의는 낙관론만큼이나 지혜롭지 않았다.

"폐하!"

안두인은 마침내 단심의 고삐를 부드럽게 당겨 속도를 줄였다. 장대한 백마는 질주를 멈추고, 첩보단장이 따라잡을 수 있도록 속도를 늦췄다.

"미안합니다. 그 나이에는 조금 힘든 속도였겠군요."

안두인은 한숨을 쉬고는 땀에 젖은 채 흘러내려 성가시게 눈을 찌르는 머리카락을 쓸어 넘겼다.

"경주를 하겠다는 말씀은 하지 않으셨잖습니까."

쇼는 투덜거렸다. 안두인이 괜히 놀리긴 했지만, 현장에서 수많은 일을 겪었으면서도 여전히 강하고 지혜로운 첩보단장은 호흡 하나 흐트러지지 않았다.

"제가 미리 알았다면 흙먼지 속에서 울음을 삼키셔야 했을 겁니다, 폐하."

"글쎄요, 한번 시험해볼까요?"

안두인은 고삐를 당겨 말을 돌리고 뒤편 엘윈의 강 건너 숲을 바라봤다.

"좋지요. 하지만 그 전에 오늘 왜 이렇게 광인처럼 말을 달리는지 말씀해주십시오. 혹시라도 말에서 떨어져 그 귀한 목이 부러지면 곤란하지 않겠습니까."

쇼는 말과 행동이 조금 거칠었다. 목소리도 워낙 걸걸해서, 아침마다 톱밥으로 입을 헹구는 게 아닐까 하는 생각이 들 정도였다. 하지만 그런 거칠고 직설적인 태도가 안두인은 오히려 편했다. 궁정 사람들 대부분이 왕 앞에서 고개 숙여 인사하며 어쩔 줄 몰라 했지만, 쇼는 늘 당당했다.

머리 위로 구름이 짙게 뭉치며 한바탕 폭우를 쏟아부으려 했지만, 안두인은 곧 내릴 비를 무시한 채 숙련된 기수답게 안장에서 뛰어내렸다. 단심은 불안한 듯 새하얀 갈기를 흔들고 이를 갈았다. 왕은 말의 머리 쪽으로 다가가 주머니 속에서 사과 몇 조각을 꺼내 먹였다. 저런, 고삐가 구부러져 있었다. 안두인은 말의 따뜻하고 부드러운 코를 어깨에 얹은 후 구부러진 고삐를 폈다. 그리고 단심의 두 눈 사이에 이마를 가져다 댔다.

"아시는지 모르겠지만, 처음 말 타는 법을 배울 때 아버지께서는 절 마구간에 데려가 조랑말 한 마리를 주셨어요. 키가 열세 뼘 정도인 온순한 점박이였죠. 아버지께 말의 키는 왜 손으로 재냐고 여쭤봤던 기억이 납니다."

안두인은 아련한 기억에 희미한 미소를 지었다.

"아버지께서는 그저 싱긋 웃으시며 모르겠다고 하셨어요. 그러고는 말 사육사를 불러서 알고 있느냐고 물어보셨죠. 아무도 모르더군요. 사육사가 어찌나 당황하던지 바지를 적시기라도 할 것 같았죠. 그 불쌍한 사육사는 겨우 제 또래였거든요. 이름이 마빈이었던가."

쇼는 아직 안장에 앉아 있었다. 뭔지 모를 막연한 상념에 잠긴 표정이었다.

"누군지 모르겠군요."

하지만 안두인은 쇼가 차마 뱉지 못하고 삼킨 말이 있다는 걸 알고 있었다. 그는 분명히 마빈을 알고 있었고, 마빈은 지금쯤 죽었을 것이다. 수많은 전쟁 중 어디쯤에서, 오크의 도끼나 포세이큰의 독이 발린 칼에 목숨을 잃었을 것이다. 대격변이 일어났을 때 마빈의 집이 무너져 내리고 갈라진 땅이 그를 집어삼켰을지도 모른다.

안두인은 씁쓸한 생각을 잠시 밀어냈다.

"전 충격을 받았습니다. 저희 아버지, 스톰윈드의 국왕이 한낱 말 사육사 앞에서 본인의 무지를 인정하다니요. 제가 그렇게 말씀드리자 아버지께서 뭐라고 하셨는지 아세요?"

쇼는 고개를 가로저었다.

"이렇게 말씀하셨죠. 자신이 모든 걸 안다고 생각하는 사람은 바보라고. 현명한 사람은 자신의 한계를 인정하고 더 많은 지식을 얻고자 노력해야 한다고 말씀하시더군요."

두 사람은 한동안 아무 말도 없이 비수 언덕을 넘어 북쪽으로 그들을 향해 다가오는 폭풍 소리에 귀를 기울였다.

"모시기 쉬운 왕은 아니셨지만, 그분과 함께한 여정은 아주 만족스러운 도전이었습니다. 모든 지배자가 그렇지는 않지요."

그 말에 안두인은 얼굴을 찡그렸다.

"이런."

"아, 물론 폐하를 모시는 과정 또한 충분히 만족스럽습니다. 그저…… 아버님과의 시간이 조금 더 도전적이었을 뿐이지요."

쇼는 희미한 미소를 지으며 대답했다. 수수께끼 같은 첩보단장으로서 내보일 수 있는 감정은 거기까지였다.

"지금 중요한 건, 폐하께서 제 질문을 피하고 계신다는 점입니다."

"아니에요, 쇼. 대답하는 중이었어요."

안두인은 단심의 고삐를 느슨하게 잡고 오른손으로 숲을 가리켰다. 그 너머에는 안개 사이로 솟아오른 스톰윈드의 첨탑들이 보였다.

"저는 저의 한계를 인정하고 있습니다. 오늘은, 오늘은……."

안두인은 애써 적절한 말을 찾았지만 소용없었다. 힘들었다? 그런 말로는 부족했다. 끔찍했다? 우울했다?

참담했다.

티란데와 말퓨리온은 놀드랏실로 돌아갔고, 그의 모든 서신은 되돌아왔다. 오늘 아침에도 전령이 뜯지도 않은 편지를 갖고 돌아왔다. 그 전령은 꽤 큰 충격을 받은 듯했다. 안두인이 그에게 편지를 들고 다시 놀드랏실로 가라는 명령을 내렸을 때는 더욱 그랬다. 안두인이 인간과 나이트 엘프 사이의 균열을 메울 수 있을 거라고 아무리 마음을 다잡아봐도, 균열 자체가 그에게 큰 실망감을 안겨주었다. 그들은 다시 하나가 되어야 했다. 하지만 그들의 분노를 마냥 비난할 수만은 없었다. 나이트 엘프의 통치 아래에서 스톰윈드가 모조리 불타버렸다면, 그 또한 모든 일을 쉽게 용서할 수 있을지, 아니 용서라는 것이 가능이나 할는지 알 수 없었다. 살딘 농장 서쪽에서 연기 한 줄기가 피어올랐다. 뒤이어 들려온 쿵 소리는 천둥소리로 착각할 수도 있었지만 동시에 들려온 소리, 즉 나무가 와지끈 부러지는 소리와 남자의 비명 소리는 오해의 여지가 없었다.

"무슨 일이지?"

안두인은 연기가 피어오르는 소란스러운 현장으로 곧장 방향을 틀었고, 쇼는 툴툴거리며 그 뒤를 따랐다.

"조심하십시오. 적의 매복인지도 모릅니다."

연로한 첩보단장이 말했다.

“여기는 우리 땅입니다. 저들은 제 백성이고요.”

“적은 바로 그 점을 이용할 겁니다.”

하지만 안두인은 농장에서 터져 나온 고통스러운 비명 소리를 들었고, 백성이 고통받고 있을 때 무력하게 가만히 있을 수는 없었다. 그들은 넓은 들판에 도착했다. 수확한 건초를 사람 키보다 높이 둥글게 말아놓은 건초 더미가 여기저기 쌓여 있었다. 두 사람이 다가가자 닭들이 이리저리 흩어졌고, 그들은 삐죽삐죽한 기둥에 고삐를 묶고 말을 남겨둔 채 부서진 울타리를 넘어 농장 안으로 들어섰다.

“뭔가 폭발한 걸까요? 부상자가 없어야 할 텐데요…….”

안두인은 걸음을 재촉했다. 방향을 바꾼 바람과 매캐한 연기가 그와 쇼를 둘러싸자 격앙된 목소리가 점점 더 명확해지고, 가짓수도 늘어났다.

안두인은 연기를 헤치며 눈을 가늘게 뜨고 앞쪽을 바라봤다. 헛간 지붕이 무너져 내린 가운데, 세 명의 남자가 열띤 말다툼을 하고 있었다. 그중 한 명은 키가 크고 누더기 같은 옷차림에 머리카락도 잔뜩 기름지고 더러웠으며, 수염에는 폭발로 생겨난 잔해가 매달려 있었다. 다른 두 명의 남자는 옷차림으로 보아 농부 같았다. 집에서 만들고 여기저기 기운 소박한 의복에는 풀이 비어져 나와 있었고, 얼굴은 오랜 밭일로 검게 그을린 모습이었다.

“자고, 이 멍청한 자식아. 내 헛간에서 지내려면 그 미친 실험은 그만두라고 했잖아!”

안두인이 연기가 걷힌 현장으로 가까이 다가가 보니, 두 농부가 가족이라는 걸 쉽게 알 수 있었다. 아들은 불그레한 턱수염까지 아비를 꼭 닮아 있었고, 그저 흰 수염이 적을 뿐이었다. 두 농부 중 아버지 쪽이 주먹을 쥔 채 당장이라도 휘두를 태세로 자고라는 사내에게 달려들었다.

하지만 칼날이 칼집에서 빠져나오는 소리에 농부는 우뚝 멈춰 섰다. 돌아선 농부가 마주한 건 칼날이 아니라 마티아스 쇼의 엄숙한 얼굴이었다. 검은 칼집을 완전히 떠나지 않았지만, 그 소리만으로도 농부를 멈춰 세울 수 있었다.

"신사분들, 무슨 문제가 있습니까?"

안두인이 두 손을 들어 올리며 부드럽게 말하자 농부가 소리쳤다.

"저자는 신사 같은 게 아닙니다! 저 빌어먹을 주정뱅이가 제 헛간에서 저주받을 밀주를 만들고 있었다고요. 저 지붕 좀 보세요! 수리비를 어디서 마련해야 합니까?"

농부는 대화 상대가 누구인지 알아차리는 데 시간이 꽤 걸렸지만, 눈치챈 후에도 고개 숙여 인사하는 시늉조차 하지 않았다. 그에 반해 아들 쪽은 백지장처럼 하얗게 질렸다.

"저쪽 분의 이야기도 들어보고 싶군요."

안두인은 자고를 향해 돌아섰지만, 그는 왕의 발치에 요란하게 침을 뱉는 것으로 대답을 대신했다. 거칠게 침을 뱉는 것만으로도 자고라는 사내는 쓰러질 듯 비틀거렸고, 그의 딸꾹질 소리는 스톰윈드 왕궁까지 들릴 정도로 요란했다. 불에 탄 나무와 밀주 냄새도 그의 숨결에 실린 시큼한 술 냄새를 덮기엔 부족했다.

자고는 뱉은 침을 가리키며 웅얼거리는 목소리로 말했다.

"자, 내 대답은 그 정도로 충분하겠지. 내가 이 세상에 남길 수 있는 건 그게 전부니까. 내 뼈, 내 피, 내 침. 아무것도…… 내겐 아무것도 없어. 아무것도 없다고."

한순간 그의 두 눈에 뜨거운 불길이 타올랐다. 검댕 아래로 그의 얼굴이 붉게 달아오르는 모습이 보였다.

자고는 서툰 몸짓으로 안두인을 향해 달려들었지만, 이미 쇼가 그의 앞을 가로막고 있었다. 첩보단장은 섬광처럼 왕 앞으로 뛰어들었고, 칼은 여전히 반만 꺼낸 채로 주정뱅이의 어깨를 움켜쥐었다.

"나라면 그러지 않겠다." 쇼의 목소리는 거칠었다.

"마음대로 해봐. 그 칼을 쓰라고."

자고는 식식거리며 말했다. 쇼의 어깨 너머에서 안두인은 눈물로 얼룩지고 잔뜩 충혈된 남자의 눈을 바라봤다. 보면 볼수록 낯이 익었다.

"난 그곳에 있었어! 포세이큰 여왕이 자신의 동족을 공격할 때, 거기 있었다고!"

안두인은 제자리에서 그대로 얼어붙었다. 자고는 다리가 풀린 듯 풀썩 주저앉았다. 검게 타버린 눈송이처럼 잿가루가 그의 주위로 떨어져 내렸다.

"아라시 고원에…… 갔었어. 거기 있었지. 나의 월머. 그는 달라진 모습으로…… 거기 있었어. 그들 중 한 명이었지. 온몸이 썩어 이상했지만 분명히 월머였어. 지금도…… 내가 사랑하는 그 사람이었어."

분노가 다시 한 번 자고를 뒤덮었고, 그는 이를 악문 채 안두인을 향해서 거칠게 삿대질을 해댔다.

"당신이라면 그 여자를 막을 수 있었어. 그 사람들을 구할 수 있었다고……."

쇼가 침착하게 자고의 손을 끌어내렸다.

"국왕 폐하를 대할 때는 예의를 갖춰라."

"국왕 폐하? 국왕이라고? 내 왕은 아니야. 바보들의 왕이겠지."

자고는 반쯤 미친 사람처럼 새된 소리로 웃었다.

안두인은 애써 목소리를 가다듬고는 첩보단장을 옆으로 비켜 세웠다.

"괜찮아요, 쇼."

안두인은 무릎을 꿇고서 후들거리는 다리를 감췄다. 그날, 그리고 그날의 실패에 대해서 느꼈던 수치심이 밀려들었다. 그는 선의를 품고 아라시 고원을 찾아갔었다. 포세이큰이, 언데드가 된 이들과 남겨진 인간 가족 구성원 사이의 균열을 메우고자 했었다. 처음엔 대화가 잘 진행되는 것 같았지만, 곧 모든 게 달라졌다. 포세이큰의 여왕, 현재 아제로스에서 가장 많은 이들이 추적하고 있는 실바나스가 동족을 살해했다. 인간 시절 사랑하던 사람들과 재결합하여 함께 머무는 길을 택했던 자들을 모두 처형했다.

"미안합니다, 자고. 나는—"

안두인의 말이 채 끝나기도 전에 자고는 그를 강하게 밀치고 비틀거리며 일어나 들판을 향해 몇 걸음 걸어 나갔다. 쇼가 재빨리 그를 붙잡으려 했지만 그럴 필요가 없었다. 자고는 두 팔을 양옆으로 활짝 펼친 채 흙바닥으로 곧장 나자빠졌다. 알레리아 윈드러너의 뾰족한 가죽 장화와 거리를 두고 쓰러진 게 그나마 다행이었다. 안두인은 그녀가 다가오는 소리를 듣지 못했다. 그녀 곁에는 말도 없었다. 하지만 예전 순찰대 사령관은 그보다 훨씬 더 창의적인 방법으로 이동하곤 했다.

알레리아는 쓰러진 남자를 장화로 쿡쿡 찔러본 후 어깨를 으쓱했다.

"아직 숨은 쉬고 있군요."

"다행이네요."

농부는 대수롭지 않다는 투로 말했다.

안두인이 자리에서 일어나 알레리아를 향해 결연히 다가가는 사이, 농부는 쇼를 붙잡고서 무너진 지붕에 관해 불평을 늘어놓았다.

"무슨 돈으로 수리하란 말입니까? 자고 저놈에게는 돈이 한 푼도 없습니다."

"다누빈 정찰대장과 얘기해봐라. 주둔지의 병사들을 보내 수리를 도와줄 거다."

쇼의 냉담한 말에 농부는 투덜거렸다.

"그렇겠죠. 분명히 잘도 도와줄 거예요……."

안두인은 쓰러져 있는 자고의 발 옆에 멈춰 서서 알레리아를 바라봤다.

"일찍 오셨군요."

그는 가쁜 숨을 몰아쉬며 말했다. 물론 자고의 일은 중요했다. 왕국 내 모든 백성의 일이 중요했다. 하지만 알레리아가 이곳에 온 것도 자고가 고통받는 이유와 직접적인 관련이 있었다. 월머의 죽음과 관련된 살인자를 찾아내 정의의 심판을 내려야 했다. 알레리아는 매우 시급한 임무를 수행하기 위해 떠났었다. 실바나스를 찾아내는 일이었다. 하지만 국왕은 알레리아가 이렇게 빨리 돌아오리라고는 예상하지 못했다. 월머의 죽음은 수많은 죄악 중 하나에 불과했다. 안두인은 알레리아의 팔을 붙든 채 농장에서 조금 벗어나 말이 기다리고 있는 곳으로 이끌었다. 그는 거두절미하고 물었다.

"일찍 돌아오셨군요. 혹시 좋은 소식이 있나요?"

알레리아 윈드러너의 섬세하고 창백한 얼굴은 두건에 반쯤 가려져 있었지만, 그럼에도 안두인은 굳게 다문 그녀의 입술에 어린 실망감을 읽을 수 있었다. 그녀는 시선을 아래로 향한 채 걸음을 옮겼다. 눈에 띌 만큼 온몸에 힘이 들어가 있었다.

"아니요."

알레리아는 속삭이듯 대답했다. 그 한마디만으로도 감정이 북받치는지 그녀의 목소리가 갈라졌다. 알레리아의 얼굴은 지쳐 있었고 야위었다. 검은 얼룩 때문에 공허에 물든 눈이 더욱 형형하게 빛났다.

"폐하, 오늘은 좋은 소식이 없습니다."

그들은 울타리에 도착했다. 안두인은 가로대 하나를 붙잡고 꽉 움켜쥐었다. 낡고 닳은 나무가 삐걱대는 소리를 냈다. 그는 가로대가 부러지기를 기다렸다. 부숴버리고 싶었다. 참을 수 없는 거센 분노가 밀어닥치자 그는 두 눈을 감아야 했다. 알레리아가 그의 눈에 어린 것을 볼까봐 두려웠다.

"제 동생은 탁 트인 평원을 너저분하게 활보하는 멧돼지가 아니에요."

알레리아는 안두인과 조금 거리를 두고서 망토 아래의 초록색, 황금색 흉갑 앞에 팔짱을 끼며 말을 이었다.

"실바나스는 아주 영리한 아이고, 어둠의 힘을 모두 동원하여 자취를 감추고 있어요."

"당신은 제가 아는 최고의 사냥꾼이고요. 실패할 거라고는 생각하지 않습니다. 당신이 실바나스를 가장 잘 알시니까요, 알레리아. 당신이 우리의 가장 큰 희망이었습니다."

안두인은 악다문 이 사이로 말했다.

쇼가 공허 엘프를 응시하며 조용히 둘 사이에 합류했다. 잠시 동안 그들 모두 아무 말도 하지 않았다. 초원을 향해 점점 더 빠르게 다가오는 폭풍 때문에 세찬 바람이 불어왔다. 뿔엄니멧돼지의 작은 무리가 경고하듯 꿱 울며 빠르게 들판을 떠났다. 감시의 언덕으로 가는 그리핀이 머리 위를 지나갔다. 아직도 안두인의 손아귀에 붙잡힌 채 흔들리고 있는 나무 울타리에서 다시 삐걱거리는 소리가 났다. 그는 여전히 나무 울타리를 부러뜨리고 싶었다.

뭐든 부숴버리면 이 울분이 조금이나마 풀릴 것 같았다.

그들은 군단을 물리쳤다. 이 세계에 불과 파멸을 퍼붓던 살게라스의 공포도 이겨냈다. 그들은 끝없이 인내했다. 군단에게 얼마나 많은 이들이 목숨을 잃었던가? 느조스 때문에 얼마나 많은 이들의 정신이 타락하고 광기에 내몰렸던가? 그러나 고대의 신조차도 결국엔 그들의 힘 앞에 쓰러졌다. 하지만 단 한 명의 여인이 처벌을 피했다. 처음에는 실바나스를 찾아내는 일이 대수롭지 않으리라 생각했지만, 점점 더 큰 비용과 점점 더 많은 노력이 요구되자 어쩌면 불가능할지도 모른다는 생각이 들기 시작했다.

"계속 시도할 거예요. 영원히 숨을 수는 없을 테죠. 조만간 모습을 드러낼 거예요. 그때가 되면, 동생의 모든 적이 전력을 다해 실바나스를 덮칠 거예요."

말하는 내용과 달리 알레리아는 그다지 확신할 수 없다는 투로 말했다.

안두인은 감았던 눈을 천천히 뜨며 금발의 엘프를 향해 고개를 돌렸다. 둘의 눈이 마주치는 순간 그는 찌릿한 충격을 느꼈다. 기억 속 어두운 한구석에서 불쾌한 속삭임이 들리는 듯했다. 한 번은 알레리아가 제안을 한 적이 있었다. 실바나스가 느조스를 상대하게끔 놔두는 게 어떻겠냐는 제안이었다. 알레리아와 여동생 베리사는 그게 가장 현명한 방법이라고 말했다. 하지만 안두인의 생각으로는 말도 안 되는 일이었다. 지금도 그 생각은 변하지 않았다. 물론 같은 피가 흐르는 그녀들에게 자매의 힘을 신뢰할 만한 이유가 있었다. 가장 시급한 위협을 이용하여 또 다른 시급한 위협을 제거하지 않을 이유가 뭐가 있겠는가? 하지만 안두인은 거절했다. 실바나스의 힘을 의심하는 건 아니었다. 하지만 이제…… 하지만 이제는…… 쇼가 그를 부른 것 같다는 생각이 들었지만, 안두인은 그 기억과 함께 따라온 어둠의 힘 안에서 길을 잃었다. 알레리아는 그에게 왜 그런 요청을 했을까? 실바나스 윈드러너처럼 기만으로 가득 찬 자에게 운명을 맡기려 하다니, 알레리아는 어쩌다가 눈이 멀고 만 걸까? 심지어 이제는 여동생을 찾아 정의의 심판을 내리라는 명시적인 임무마저 실패했다.

어쩌면 알레리아는 무언가를 숨기고 있는지도 모른다. 차갑게 빛나는 저 눈에 담긴 건 공허의 끝없는 수수께끼만이 아닌지도 모른다. 알레리아가 온전히 충성하리라는 것을 확신할 수 있을까? 지금 그녀를 곁에 두는 것이야말로 어리석고 무모한 짓은 아닐까?

아라시 고원에서 어리고 순진한 왕이 뱀의 말을 믿었던 그때, 실바나스를 믿었던 바로 그때처럼 어리석고 무모한 짓을 하고 있는 건 아닐까……

아니, 알레리아는 지금껏 수도 없이 자신의 본성을 증명해왔다. 그리고 그녀의 말에 틀린 부분은 없었다. 실바나스는 쉬운 사냥감이 아니었다. 사냥은 계속될 것이고, 안두인은 국왕으로서 아군의 승리를 믿고 기다릴 것이다. 그것이 왕의 의무였다. 남자라면 자신의 한계를 알아야 했지만, 지금의 안두인은 그 한계를 인정할 수 없었다. 너무 많은 사람들이 그에게 의지하고 있었다.

울타리의 가로대가 기어코 부러졌다. 고쳐야 할 것이 하나 더 늘었다.

끝없이 길게 나열된 걱정거리들 사이로 한 가지가 더 추가되었다.

"갑시다. 폭풍이 거의 다 왔군요. 스톰윈드로 돌아가서 다음 과정을 논의하는 게 좋겠습니다. 실바나스는 쉬지 않을 겁니다. 우리도 그래야겠죠."

둘을 등진 채 안두인이 돌아서며 나직이 말했다.

제 1 장

오그리마

오그리마의 메마른 열기와 끝없는 소음을 접하자, 놀랍게도 오랜만에 고향에 돌아온 기분이었다. 고집 세고 괴팍한 가족에게 돌아온 기분과 비슷했다. 스랄이 직접 선택하진 않았지만, 오랜 여정을 거치며 존경하게 된 가족이었다. 듀로탄의 아들이자 전 대족장인 스랄은 호드 대도시의 낯익은 향기와 혼란을 마주하면 몸이 움츠러들리라 예상했다. 하지만 실제로 이곳에 도착해보니 그 바쁜 리듬에 놀랍게도 수월하게 스며들 수 있었다.

그런 익숙함이, 그런 수월함이 왠지 그를 두렵게 했다. 물론 많은 것이 달라져 있었다. 호드 자체가 변화했다. 그래야만 했다. 더는 단 한 명의 대족장이 그들 모두를 다스릴 수 없었다. 아니, 낯선 가족처럼 호드는 성장하고, 고통받고, 확장하고, 뒷걸음쳤다. 그리고 마침내 서로 다른 국가들이 하나의 목소리로 통일된 조직이 아닌, 강인한 여러 목소리가 모여 합창하는 새로운 가치를 찾은 것 같다고 스랄은 생각했다.

늑대는 무리를 짓고 수가 늘어나면 더 강해진다. 그롬마쉬 요새의 호드

의회에서, 아주 멋진 늑대들 여럿이 그의 곁에 자리를 잡았다.

두려워하지 말자. 스랄은 모인 자들을 둘러보며 생각했다. 누구도 이끌 필요가 없다. 그저 동등한 이들 사이에 함께 자리하면 된다.

그런 생각에도 그의 자부심은 상처입지 않았다. 오히려 만족했다.

스랄은 젊은 타우렌 용사 두 명이 원형 건물 중앙에서 이야기를 마무리하는 동안 무릎에 손을 얹고 몸을 앞으로 기울였다. 그들은 북부 불모의 땅 산말에서 어둠 순찰자 첩자 두 명을 목격했다. 그리고 그 즉시 해당 지역의 선임 정찰병에게 알린 후 순찰자들을 추적하여 체포했다. 하지만 첩자들은 미처 심문을 하기도 전에 독극물을 삼키고 죽었다. 이제 그들은 듀로타에서 어둠의 여왕의 눈 역할을 할 수 없었다.

희미한 박수 소리가 회의장 여기저기서 들려오고, 두 명의 용사는 한껏 가슴을 부풀린 채 창을 그러쥐고 당당히 서 있었다. 스랄은 그들이 얼마나 오랫동안 살아갈 수 있을지 생각했다. 여기서 멀리 떨어진, 춥고 황량한 어떤 땅에서 최후를 맞게 될지 생각했다. 그들이 전쟁이라는 방앗간에서 짓이겨진 후 어떤 가족을 남기게 될지 생각했다.

아니, 그래서는 안 된다. 그들은 그런 일을 막고자 노력했다. 그것이 의회를 구성한 목적이었다. 단 한 명의 변덕 때문에 유혈 사태가 일어나는 것을 피하고, 조금 더 정제된 정치로 모두를 이끌고 싶었다. 여전히 많은 이들이 휴전이라는 말을 꺼내는 것조차 꺼리는 상황이었지만, 지금의 호드에게 간절히 필요한 여유를 잠시나마 확보할 방법은 그것뿐이라고 스랄은 생각했다.

"잘했소!"

로르테마르 테론이 두 명의 용사를 향해 외쳤다. 길고 창백한 은발, 도적에게나 어울릴 법한 안대, 그리고 섬세하게 다듬은 뾰족한 턱수염이 눈에 띄는 블러드 엘프 지도자가 술잔을 들었다.

"정말 용맹한 모습을 보여주었소. 호드의 멋진 용사들을 위해 건배를 듭시다. 록타르!"

"록타르!"

스랄도 자신의 컵을 들었다. 하지만 그의 시선은 진홍빛 옷을 입은 블러드 엘프 지도자의 비어 있는 옆자리에 머물렀다. 오후 내내 많은 이들의 시선과 로르테마르의 성한 한쪽 눈이 그 빈자리에서 방황했다. 정말 역설적이었다. 논란의 여지가 있는 실바나스 윈드러너의 통치 방식과 스스로 선택한 망명에 대응하고자 의회가 모인 이 자리에, 그녀를 대신해서 포세이큰의 뜻을 대변할 자가 없었다.

잔달라 트롤의 새로운 여왕인 탈란지까지도 먼 고향을 떠나 의회를 만나기 위해 이곳에 와 있었다. 탈란지 여왕은 그롬마쉬 요새 안에 원을 그리며 놓인 의자들 중 스랄과 마주 보는 자리에 앉아 있었고, 지금까지는 입을 거의 열지 않았다. 그가 알고 있던 자신만만한 젊은 여왕의 평소 모습과는 달랐다.

탈란지를 기준으로 입구에서 가장 가까운 쪽에는 새로 임명된 빌지워터 무역회사의 무역왕이 앉아 있었다. 고블린인 가즈로의 체격은 작았지만, 다양한 보고와 논의, 다른 의견들을 통해 온종일 탁월한 존재감을 뽐냈다.

그 고블린이 에일 맥주 한 잔을 더 따를 때, 열린 아치문으로 두 명의 형체가 불쑥 들어섰다. 타우렌 용사들과 가즈로는 깜짝 놀랐고, 덕분에 맥주 절반이 셔츠에 쏟아졌다. 그는 거칠게 투덜거리고는 한 다발로 묶은 갈색 머리를 앞뒤로 흔들며 얼룩진 옷을 열심히 닦았다.

눈에 띄게 비어 있던 그 빈자리의 주인이자 의회 구성원이 마침내 나타났다. 야윈 모습에 두 눈이 황금색인 언데드 여성이 요새 안으로 조용히 빠른 걸음을 옮겼다. 그녀의 시선은 사방을 둘러봤지만, 태도로 보아서는 모임에 늦은 것을 조금도 미안해하지 않는 것 같았다. 그녀 뒤에 서 있는 유령처럼 창백한 또 한 명의 언데드 여성은 조금 더 침착한 태도를 보였다. 두 여성은 극단적으로 달랐다. 한 명은 뼛속까지 고통으로 피폐해졌고, 다른 한 명은 티 없이 매끄러운 외모에 탁월한 매력이 빛을 발하고 있었다.

포세이큰의 현 지도자인 릴리안 보스와 칼리아 메네실이 요새 안에서 숨 쉬는 모든 이들의 이목을 집중시켰다. 무공을 보고하던 두 명의 용사도 갑작스럽게 내려앉은 침묵이 불편한 듯 몸을 틀었다. 칼리아는 릴리안의 일거수일투족을 면밀히 살폈다. 나중에 시험을 치르기라도 한다는 듯이. 긴 침묵이 흐른 후 바인 블러드후프가 손짓하자 타우렌 두 명은 천천히 대부족장 뒤로 돌아와 무릎을 꿇고 앉았다.

아무도 입을 열지 않았다. 모두들 두 여성에게 무슨 말을 해야 할지 모르는 것 같았다. 릴리안 보스는 어깨에 걸친 낡은 가방을 추슬렀다. 그녀의 장화와 경갑, 망토에는 진흙이 잔뜩 튀어 있었다.

스랄의 오른쪽에 앉아 있던 하얀 머리에 하얀 문신이 새겨진 첫 번째 비전술사 탈리스라가 주먹으로 입을 가리고 우아하게 기침을 했다.

나는 저들의 지도자가 아니다. 침묵이 고통스럽게 이어졌다. 스랄은 자리에서 일어나 두 팔을 활짝 벌리고 따뜻한 미소를 지으며 새로 온 손님을 환영했다.

"두 분이 안 계셔서 아쉬워하던 참이었소. 포세이큰이 없다면 호드를 호드라 할 수 없지."

스랄의 우렁찬 인사에 릴리안은 고개를 끄덕였다. 아랫입술을 어찌나 세게 깨물었는지, 스랄은 피부가 찢어지는 게 아닐까 걱정스러웠다. 창백한 얼굴에 흰옷을 입은 칼리아 메네실이 미끄러지듯 앞으로 다가와 스랄에게 고개 숙여 인사했다.

"감사한 말씀이네요."

"함께해주시오."

스랄은 자기 자리로 돌아가 새로 온 손님들을 위해 남겨두었던 등받이가 높은 의자를 가리켰다.

"오그리마 최고의 음식과 포도주 혹은 벌꿀 술을 마음껏…… 어…… 저기, 필요한 게 있으면 언제든 말씀해주세요."

불페라 키로가 실언이 부끄러운 듯 두 앞발을 비비며 말했다. 호드에 새로 합류한 종족이니 이해할 만했다. 조금 더 작은 목소리로 그가 덧붙였다.

"그럼 자리에 앉아주세요."

자그마한 소란 덕분에 긴장이 풀어졌고, 가즈로는 황갈색 불페라가 실수하는 모습을 보며 마음껏 키득키득 웃었다. 언데드에게는 당연히 음식도 음료도 필요하지 않았다. 스랄은 포세이큰의 새로운 지도자들이 키로의 말에 불쾌한 기색을 내비치지 않아 정말 다행이라고 생각했다. 그 대신 거대한 체구를 깃털로 꾸민 바인 블러드후프와 로르테마르 테론이 빈자리 양쪽에서 두 언데드를 열렬히 환영했다.

"무슨 일로 늦어졌는지 여쭤봐도 되겠소?"

두 여성이 자리에 앉자 로르테마르가 물었다.

"우리 동족은 오그리마에 긴 시간 머물 수가 없다."

릴리안이 마침내 대답했다. 그녀가 자리에 앉아 가방을 내려놓자 처음보다는 조금 편해 보였다. 등을 곧게 펴고 가죽 망토를 벗은 그녀의 푸른 두 눈이 더 환하게 타올랐다.

"여긴 너무 더워. 우린 서늘하고 습한 어둠을 선호한다. 다시 시작하기는 쉽지 않겠지만, 어쨌든 적절한 장소를 찾아야 했다. 휴전과 함께 분위기가 조금 풀어지긴 했지만, 그렇다 해도 얼라이언스 함선들이 바다에서 우리 깃발을 반기며 맞이해주진 않아."

맞은편 무역왕 옆에서 칼을 갈고 있던 검은창 트롤 로칸이 쉿, 소리와 함께 벌떡 일어섰다. 두 엄니가 단검처럼 예리하게 빛났다.

"놈들이 괴롭히던가?"

"멀리 돌아왔을 뿐이다. 덕분에 여정이 며칠 더 추가됐지."

릴리안이 쉰 목소리로 말했다.

"긴장이 고조된 시기에는 조심하는 게 낫죠. 외교적인 문제가 발생할 수도 있으니까요."

칼리아가 부드러운 목소리로 덧붙였다. 그녀는 지친 듯 어깨를 으쓱한 후 햇빛에 바랜 파란 숄을 벗어 단정하게 갰다.

"중간에 공격받기라도 했다면 데렉 프라우드무어가 우리 계획을 방해하기라도—"

"프라우드무어는 아무것도 할 수 없어요."

스랄이 한껏 팽팽해진 긴장감이 사라져간다고 느낀 순간, 잔달라의 젊은 여왕이 냉담한 태도로 일어섰다. 탈란지는 손으로 허공을 갈랐다. 수많은 황금 피어싱들이 부드럽게 반짝였고, 보석으로 뒤덮인 높은 머리 장식이 불빛에 흔들리며 요새 반대쪽까지 그림자를 드리웠다.

가죽이 삐걱거리고 강철이 찰랑거리는 소리와 함께 요새에 모인 의회 구성원들이 수군거리며 불편한 듯 몸을 움직였다. 스랄은 뒤쪽에 있던 수행원 제칸이 길게 한숨을 내쉬는 소리를 들었다.

"호드는 잔달라를 겨냥했던 공격을 막지 못했습니다. 끔찍한 실패였지만 난 담담하게 받아들였죠. 우리가 회복한 후에는 얼라이언스를, 프라우드무어를 공격할 거라고 믿었기 때문입니다. 얼라이언스와 평화 조약을 맺는다는 건, 프라우드무어 가문과 제이나와의 전쟁도 포기한다는 뜻이겠죠. 내 백성이 마땅한 복수를 할 수 있으리라 생각했던 내가 어리석었습니다."

탈란지는 감정이 북받쳐 떨리는 목소리로 말했다.

스랄은 콧마루를 움켜쥐었다. 지금까지는 아무런 문제없이 흘러왔건만. 어쩌면 이런 상황을 미리 예측해야 했는지도 모른다. 이곳에 모인 지도자들 모두 달라도 너무 달랐다. 호드의 일원이 된다는 것이 어떤 의미인지 각자의 생각이 달랐고, 미래의 전망 또한 다른 것이 분명했다. 요새 안에 불안한 목소리가 해일처럼 차오르기 시작했다.

스랄이 잔달라 트롤의 새로운 여왕을 미처 달래주기도 전에 릴리안이 대꾸했다.

"데렉은 이제 우리의 일원이다. 그건 받아들여야 할 거야."

그 말에 탈란지는 으르렁거리며 포세이큰의 지도자를 향해 위협적으로 한 걸음 다가섰다.

"내가 받아들여야 하는 건 아무것도 없어요. 당신들에게는 내가 필요하죠. 나도 한때는 호드가 필요하다고 생각했지만, 이제 보니 당신들은 줄다자르 공성전에 대한 정의의 심판을 도울 생각이 없는 것 같군요."

릴리안은 눈 한번 깜빡이지 않고 자리에서 일어나 앙상한 손가락으로 트롤을 가리켰다.

"잔달라의 정의만 중요한 게 아니야! 포세이큰은 너무 오랜 시간 버려지고, 비난받고, 무시되었다. 데렉은 포세이큰이고, 포세이큰은 호드다."

작은 목소리로 동의하는 말들이 사방에서 웅성거렸다.

"그렇다면 잔달라 부족은 호드가 아닐 수도 있겠군요."

탈란지는 매서운 목소리로 받아쳤다. 이번에는 그녀가 그롬마쉬 요새를 휘어잡을 차례였다. 그녀는 회의장 중앙으로 걸어 나가 목소리를 높이며 주위의 수군거리는 소리를 잠재웠다.

"호드는 어떻게 대응할 계획인가요? 내 백성을 어떻게 지원할 생각입니까? 언제쯤 우리의 상처를 인정할 건가요?"

"지금 같은 상황에서 경솔하게 행동했다가는 휴전이 위험해질 수도 있어요."

나이트본 비전술사 탈리스라가 끼어들었다. 스랄이 보기에는 무척 현명한 처사였다. 그녀는 꼰 다리 위에 우아하게 손을 올린 모습으로 차분히 앉아 탈란지 여왕과 릴리안 보스가 서로를 잡아먹을 듯 맞서는 모습을 바라봤다.

"이미 우리 자원은 너무 넓은 범위에 흩어져 있소."

로르테마르가 합리적인 의견을 보탰다.

"우리 해군이 잔달라의 전투를 지원하는 일은 심사숙고할 필요가 있소. 아무래도 이런 문제는 외교로 해결하는 것이 나을 거요. 쿨 티라스로 대표단을 파견해서—"

"대표단? 외교? 하! 그롬마쉬 요새에서 겁쟁이들이나 할 법한 이야기가 오가는 것을 들으면 우리 조상님들이 눈물을 흘리실 걸세."

로칸이 고개를 가로저으며 우렁차게 외치자 검은창 부족 옆에 서 있던 마그하르 오크들은 그 말에 동의하듯 무기를 들고서 바닥을 쿵쿵 두드렸다. 그중 한 명이 로칸보다 더 큰 목소리로 외쳤다.

"그렇다! 그렇다!"

탈란지는 로칸을 가리키며 한층 더 높아진 목소리로 말했다.

"평화 운운하며 이빨 빠진 호랑이가 되지 않은 이가 그래도 한 명은 남아 있군요!"

"다들 어느 정도는 불만이 있을 수밖에 없소. 하지만 이제는 그 모든 것들을 호드 전체의 이익과 견주어봐야 하오. 물론 쉬운 일은 아닐 거요, 여왕. 그 누구도 쉬울 거라고 하진 않았소. 때가 되면 잔달라 부족이 겪은 부당한 일들을 바로잡을 수 있을 거요."

바인 블러드후프의 말에 탈란지는 경악한 듯 중얼거렸다.

"때가 되면이라……."

그제야 스랄은 자신을 포함해 자리에 앉아 있는 자가 얼마 되지 않는다는 것을 깨달았다. 회의장 전체에서 산발적인 논쟁이 벌어지고 있었고, 오랫동안 이글거리며 남아 있던 불만의 흔적이 그에게 전해져왔다. 스랄은 바인 블러드후프 그리고 로르테마르와 시선을 맞췄다. 이곳에 모인 이들의 지도자이든 아니든, 논의의 질서를 되찾는 불쾌한 과업은 그의 몫인 것 같았다. 바인은 이미 최선을 다했고, 지금은 그와 연대를 맺을 수 있는 존재가 필요했다.

스랄이 자리에서 일어섰다. 뒤이어 바인이, 그다음에는 로르테마르가, 마지막으로 탈리스라가 자리에서 일어났다. 넷 중 그 누구도 입을 열진 않았지만, 회의장 안의 모든 이들은 곧 그들의 행동을 눈치챘다. 하나씩 목소리가 잦아들고, 곧이어 모두의 시선이 그들에게로 향했다. 스랄이 진정해줄 것을 요청하기도 전에, 탈란지는 맹렬한 기세로 회의장을 빠져나갔다. 호위병들도 황급히 여왕을 뒤따르며 긴장한 모습으로 양해를 구하려는 듯 스랄을 향해 고개를 숙였다.

"완벽하군. 회의를 잠시 중단하겠다. 우선 다들 식사를 한 후, 나중에 다시 시작하기로 하지……."

스랄은 한숨을 내쉬며 말했다. 그럴 수 있을지 모르겠지만. 그는 소리

없이 덧붙였다.

담담한 목소리로 모두에게 하는 경고였지만, 다들 진의를 파악한 것 같았다. 그가 호드의 지도자들과 수행원들 사이를 뚫고 출입구를 향해 걸어가는 사이, 그 자리의 모든 이들은 멋쩍은 태도로 시선을 외면한 채 조용히 길을 열어주었다. 스랄은 아직 노인이라고 할 수는 없었지만, 내딛는 걸음걸음마다 지친 기색이 뼛속까지 파고들었다.

대체 무엇에 동의했던 걸까? 스랄은 다시 한 번 코를 움켜쥐며, 뒷머리에서 욱신거리는 두통을 억눌렀다. 몸을 움직여 난투를 벌인다 해도 이토록 고통스럽진 않을 것이다. 뜨거운 오후 햇살과 함께 밀려든 대초원의 목초 내음과 솟아진 흙냄새가 그에게 수많은 추억을 일깨웠다. 스랄은 눈을 껌뻑이며 바깥의 찬란한 햇살 속으로 들어섰다. 손을 들어 눈을 가리자 불과 얼마 전, 멀고어의 깊은 골짜기를 발아래 두고 썬더 블러프의 드높은 봉우리 정상에 서서 지금과 같은 내음을 음미하던 때가 떠올랐다. 탈란지의 원수 제이나 프라우드무어가 그의 옆에 서서 얼마큼의 피를 흘리든, 어떠한 고난이 뒤따르든 그들 사이의 동맹은 수립할 가치가 있다고 이야기했다.

"호드, 얼라이언스. 이 교차로에서 처음 만난 것도 아니잖소, 제이나? 그 끝은 파국이었지. 이번이라고 다르겠소?"

스랄이 제이나에게 말했었다. 그렇게 되묻는 스랄의 팔 위로 제이나는 부드럽게 손을 올렸다. 어쩌면 그의 마음을 움직인 것은 제이나의 말이 아닌 그녀의 행동이었을지도 모른다.

"우리가 달라요."

스랄은 그녀의 말을 믿었었다. 하지만 지금은 확신할 수 없었다. 의회의 논쟁이 귓가에서 메아리치며, 머리는 반으로 쪼개질 듯 아파왔다.

오그리마 위로 피어오른 먼지구름이 가혹한 태양을 잠시 누그러뜨렸다. 의식용 횃불이 그롬마쉬 요새 밖의 연기 자욱한 길을 따라 타올랐다. 호드의 문장이 그려진 붉은색 간이 천막 아래로 연회에 쓸 십여 개의 탁자가 놓여 있었고, 예상했던 대로 호기심 많은 구경꾼들이 요새 밖에 모여 기다리고 있었다. 스랄을 뒤따라 다른 의회 구성원들이 요새에서 줄지어 빠져나오자 웅성거리는 소리가 골짜기를 가득 채웠다. 오그리마는 이미 축제 분위기로 가득했다. 북과 피리 소리가 울려 퍼지고, 어린아이들의 손에 들린 막대기에는 뿔 달린 와이번 모양 깃발이 팔락이고 있었다. 대부분의 부모는 아이들이 천막 밖으로 벗어나지 않게 붙잡고 있었고, 몇몇 아이들은 부모의 어깨에 올라앉아 있었다.

스랄은 어깨를 따뜻하게 데워주는 햇살을 만끽하며 잠시 그 자리에 서 있었다. 그리고 아버지의 어깨에 앉아 균형을 잡으려 애쓰는 어린 오크들을 향해 슬픈 미소를 지어 보였다. 그가 아이들을 향해 손을 흔들자, 제칸이 느릿느릿 그의 옆에 와서 섰다. 로르테마르도 첫 번째 비전술사 탈리스라와 함께 그의 곁으로 다가왔다. 로르테마르는 탈리스라가 이번 연회를 위해 준비한 최상급 나이트본 포도주의 빼어난 장점을 설명하는 소리에 넋을 잃은 채 귀를 기울이고 있었다.

"뭔가?"

스랄이 물었다. 그는 늘 그렇듯 용감한 트롤 청년 주술사가 뭔가 하고 싶은 말이 있다는 걸 알아챘다. 제칸은 재주가 많은 청년이었지만, 자신의 감정을 감추는 일에는 조금 서툴렀다.

"대지 고리회에서 전령이 왔습니다."

제칸이 말했다. 다른 의회 구성원들도 스랄을 따라 축제 천막을 향해 천천히 걸음을 옮겼다. 로르테마르는 잠시 시간을 할애하여 그 자리에 모인 군중들의 관심에 보답하고 있었다.

"연회를 즐길 시간이라고 했잖나."

스랄이 거친 목소리로 대꾸했다.

"그 전령의 이야기는 들어보시는 게 좋겠습니다."

스랄은 대족장으로 지내는 동안 '또 뭔가?'라는 말이 입에서 떨어질 틈이 없다는 걸 익히 깨달았다. 군중을 등지고 돌아선 스랄은 울퉁불퉁 얽은 회색 얼굴과 수염, 입술을 가로지르는 흉터가 있는 연로한 오크와 마주했다.

"유카."

스랄은 망설임 없이 전령의 이름을 불렀다. 단순한 전령이 아니었다. 그는 상대 주술사를 즉시 알아봤다. 그들은 군단과 맞섰던 전투를 함께 이겨냈다. 무슨 일인지 아직 알 수는 없지만, 유카가 혼돈의 소용돌이에 있는 자신의 자리를 떠나 이곳까지 왔다면 상황이 심각한 건 분명했다.

"트롬카, 옛 친구여. 오그리마에는 무슨 일이오?"

둘은 서로의 어깨에 손을 얹었다. 유카는 잠시 볼을 깨물다가 슬픈 모습으로 길게 숨을 들이쉬었다.

"스랄, 정령들이 혼란에 빠졌네. 우린 조상님들과 평온하게 소통했었지만, 어느새 그분들도 잔뜩 화가 나서 복수심에 불타고 있어. 그들은 우리를 비난하고, 지혜를 빌려주지도 않으려 하네. 친구여, 뭔가 끔찍하게 잘못됐어."

유카는 어딘가 불편하기라도 한 듯 조각된 지팡이를 다른 쪽 손으로 옮겼다. 오랜 전투와 세월에 단련된 선견자가 이토록 안절부절못하는 건 결코 흔한 일이 아니었다.

"언제였소?"

스랄이 낮은 목소리로 물었다. 그 대화가 둘 외에 다른 이들에게 전해져서는 안 될 것 같았다. 제칸은 자신이 끼어들 자리가 아니라는 걸 느꼈는지, 스랄과 거리를 두며 정중하게 물러났다.

"최대한 빨리 왔네. 이제는 이런 여정조차 너무 벅찬 일이지만, 자네라면 내 말을 들어주리라 생각했네, 옛 친구여."

"당연한 일이오. 그대가 노쇠한 뼈를 움직인다는 건, 이 세계에 종말이 다가오고 있다는 뜻일 테니까."

스랄은 유카를 놀리려 했지만, 둘의 무미건조한 웃음은 그리 오래 가지 않았다.

"농담할 상황이 아니네. 정령의 세계가 이토록 불안정해진 건 처음이야. 내가 기나긴 겨울을 몇 번이나 견뎌왔는지 자네도 잘 알고 있지 않나."

유카의 말에 스랄은 고개를 끄덕였다. 그의 손은 여전히 주술사의 팔을 붙잡고 있었다.

"알겠소, 유카. 이 사실을 의회에 알리고, 내가 직접 그대의 이야기가 무시되는 일이 없도록 하겠소."

그 말에 노쇠한 오크의 주름진 얼굴에 안도하는 미소가 떠올랐다.

"서두르게, 듀로탄의 아들이여. 서둘러야 하네. 조상님들이 울부짖으며 우리를 부르고 있어."

제 2 장

나즈미르

아파리는 턱 아래에 두 손을 모으고, 불쌍한 세시의 눈동자에서 마지막 생명의 흔적이 스러지는 모습을 지켜봤다. 아니, 불쌍한 세시가 아니었다. 어리석은 세시였다. 다리의 오랜 상처가 욱신거렸지만 그녀는 고통을 무시했다. 지금 하는 일이 고통보다 훨씬 더 중요했다.

"네가 그녀를 선택했을 때, 이미 죽음을 선택했다."

아파리가 부드러운 목소리로 말했다.

"이 마녀야!"

거칠게 내뱉은 그의 마지막 말이 눅눅한 동굴에 울려 퍼졌다. 마치 죽음의 로아가 트롤의 목에서 비명을 뜯어낸 듯한 소리였다. 트롤의 푸른 눈에서 마지막으로 절망이 환하게 타올랐지만 이내 공허해졌다. 그의 시선은 아파리의 어깨 너머 어딘가에 고정되었다. 그녀의 반대쪽 어깨에는 굶주린 공포거미가 몸을 움츠리고 앉아, 날카로운 작은 입으로 숨을 들이쉬며 죽음의 맛을 음미하고 있었다.

"이 녀석은 안 돼, 다즈. 놈의 피를 한 모금이라도 마셨다가는 내장을 모두 쏟은 채 동전처럼 납작해질 테니까."

아파리가 공포거미에게 경고했다.

구토풀. 원시 습지에서는 구름처럼 흔한 식물이다. 세시는 동쪽 줄잔 폐허에 남겨진, 기둥으로 만든 커다란 석판 위에 시체가 되어 누워 있었다. 사체에서는 벌써부터 역겨운 냄새가 풍겼다. 보랏빛 피부는 말린 과일처럼 쭈글쭈글해지고 축 늘어졌다. 동굴 천장에서 부드럽게 똑, 똑, 똑, 떨어지는 물소리와 함께 석판에서도 액체가 흘러내렸다. 끊임없이 쏟아져 내리며 동굴 입구를 가린 폭포 소리가 잠시 뒤틀리고, 아파리는 가장 믿음직스러운 부하의 희미한 발소리를 들었다.

"이렇게 되는 겁니까?"

타요가 물었다. 그녀는 사체 옆에 있던 아파리 곁으로 다가와 콧잔등을 찡그렸다. 그녀의 코에는 커다란 뼛조각이, 길게 돌출된 엄니에는 날카로운 황금 가시가 끼워져 있었다. 길게 늘어뜨린 말총머리에는 진흙과 검은 물감을 발라 타르가 흘러내리는 것처럼 보였다. 야즈마가 반역을 준비한 이래로 타요는 줄곧 충직한 친구이자 부관 역할을 해왔다. 타요의 가족도 그녀의 사상에 공감했다는 이유로 탈란지에게 추방되었고, 돌아오면 처형해버리겠다는 협박을 받았다.

"배신자 여왕 역시 이렇게 죽는 겁니까?"

"구토풀과 강봉오리 뿌리야. 내가 직접 만들었지. 위대한 우리 땅의 심장에서 더러운 오점을 씻어낼 약이다, 자매여."

아파리는 가루가 담긴 작은 자루를 들어 보이며 말했다.

아파리는 잡초와 약초, 약물과 분말에 대한 지식이 방대했다. 다리에 심각한 부상을 당한 후 그녀는 고통과 붓기를 완화시키고 감염된 다리에서 풍기는 악취를 없애기 위해 갖은 시도를 다 했다. 효과가 있는 건 아무것도 없었다. 상처는 계속해서 욱신거리고 악취를 풍겼다. 결국 그녀도 다른 모든 흉터와 배신과 마찬가지로, 그 또한 자신이 잃어버린 모든 것을 상기시켜줄 생의 흔적임을 수용할 수밖에 없었다.

줄다자르의 밀림 마을에는 그 풀이 사방에 널려 있었다. 치유사들은 아이들이 뭔가 독성이 있는 걸 삼켰을 때는 항상 그 풀을 해독제로 사용했다. 적절한 양을 사용하면 몸에 큰 도움을 주지만, 잘 말린 후 가루를 내어 강봉오리 뿌리와 섞으면, 구토풀도 치명적인 독성을 발휘했다.

다만 편안하게 저세상으로 넘어갈 수 있는 방법은 아니었다.

타요는 고개를 끄덕이며 물었다.

"여왕은 고통받아야 합니다. 언제 하실 겁니까?"

아파리는 돌아서서 부하를 바라봤다. 석판 위에서 바싹 말라붙어 엉망이 된 사체보다는 훨씬 보기 좋은 모습이었다.

"그자가 그토록 아끼는 호드가 지켜보는 앞에서 행할 것이다. 그녀는 자신의 백성들을 제쳐두고 호드를 선택했다. 그러니 그들에게 둘러싸여 죽는 것도 나쁘진 않겠지. 조상님들의 뜻을 이루소서."

아파리가 조롱하듯 미소를 지었다.

"조상님들의 뜻을 이루소서."

아파리의 선창을 받아 타요가 화답하며 주먹을 쥐고 법랑을 칠한 방어구 위에 얹었다. 가죽 탄띠 두 개가 그녀의 가슴 앞에서 교차했다. 탄띠에는 밝은색 깃털을 단 독침이 가득 매달려 있었다.

"말씀드릴 게 또 있습니다. 창백한 기수가 찾아왔습니다. 이번에는 살아 있지 않은 엘프와 함께 왔습니다. 당신을 만나 뵙고 싶다고 합니다."

뒤쪽에 있던 사체가 쉬잇 소리와 함께 숨을 내쉬자, 아파리가 재빨리 몸을 돌려 바라봤다. 죽은 트롤의 어깨와 가슴 근육이 일그러지고 있었다. 갈라진 입술 사이로 검은 체액이 끊임없이 흘러나왔다. 아파리는 그와 똑같은 점액질이 탈란지의 입에서 흘러나오는 모습을 상상했다. 환하게 빛나던 여왕의 두 눈이 흐릿하게 공허해지는 모습을…….

구토풀은 몸 안의 질병을 씻어내는 역할을 했지만, 이번 일은 단순히 질병을 치료하는 문제가 아니었다. 트롤 하나의 죽음이 전부가 아니었다. 탈란지는 잔달라 제국을 타락시키는 모든 것의 상징이었다. 그 여왕의 통치 행위는 고대로부터 이어져온 잔달라의 강력한 유산을 더럽히는 오점에 불과했다. 아파리는 배신자 여왕이 절망 속에서 헛되이 발버둥치며 자신의 목을 필사적으로 쥐어뜯는 모습을 지켜보고 싶을 뿐이었다.

"아파리……."

그녀가 고개를 한 번 끄덕이자 타요는 폭포의 장막으로 가려진 동굴 입구로 돌아갔다. 어깨 위의 다즈가 배가 고픈 듯 몸을 꿈틀거렸다. 쏟아져 내리는 물줄기와 동굴을 가린 그림자 너머 바깥에서는 사우로리스크 한 무리가 곁을 지나가는 위협을 보며 으르렁거리고 새된 울음소리를 냈다.

"가라. 사냥하러 가." 아파리가 나직이 말했다.

공포거미는 그녀의 어깨를 긁으며 회색 날개를 펄럭인 후, 동굴 위쪽에서 쏟아져 내리는 물의 장막을 향해 활공하며 날아갔다. 아파리는 다즈가 떠나는 모습과 폭포에 부딪쳐 반짝이는 햇살을 바라봤다. 만화경처럼 다채로운 색상이 언뜻 반짝였지만, 왠지 상상의 산물처럼 보였다. 하지만 그렇지 않았다. 무지개는 그녀의 시야에 각인되어, 검은 그림자를 보랏빛과 푸른빛으로 물들였다. 좋은 징조였다. 다즈는 어린아이가 햇살을 향해 던져 올린 공처럼 솟아올랐다. 부드러운 날개가 한 남자의 머리를 스치듯 지나갔다.

그래, 그들이 나타났다. 아파리는 온몸을 부들부들 떨었다. 이제 본격적으로 계획이 시행되고 있었고, 그녀는 갑자기 생기가 도는 듯한 기분을 느꼈다. 이런 기쁨을 마지막으로 느껴본 것이 언제인지 기억조차 나지 않았다.

아파리는 두 손을 맞잡고는 묵직한 반지들이 찰랑거리는 소리와 함께 손님들을 향해 다가갔다. 흑발에 두 눈은 붉은색인 그 남자가 성가신 듯 공포거미를 향해 손을 내젓고는 두꺼운 검은색 코트의 옷깃을 세웠다. 타요는 그 남자보다 머리 하나 정도는 더 컸고, 방어구를 착용한 다른 일행과는 키가 거의 같았다.

"창백한 기수, 환영한다. 하지만 두 시간 후면 떠나야 할 것 같다. 우리는 한자리에 오래 머무르지 않는다. 우리 야영지에 같은 해가 두 번 드는 일은 없어."

아파리가 남자를 향해 말했다.

"현명한 조치군."

그의 타오르는 시선이 동굴을 훑어보다가 아파리 뒤편의 끔찍한 광경 앞에서 멈춰 섰다. 남자는 그저 능글맞게 웃을 뿐이었다.

"우리는…… 처리 방식을 논의하러 왔다. 다른 곳에서 이야기하는 게 어떻겠나? 혹시 너희 늪에서는 저런 걸 예의라고 생각하는 건가?"

"아니."

아파리가 대꾸했다. 그녀는 존중하는 뜻으로 고개를 살짝 기울였지만, 고개 숙여 인사하지는 않았다. 이제 아파리는 그 누구에게도 고개를 숙이지 않았다.

"예의가 아니라 약속이다."

남자는 의아하다는 표정으로 한쪽 눈썹을 치켜올렸고 그의 곁에 있던 엘프는 초조한 듯 한숨을 내쉬었다. 핏줄이 툭툭 불거지고 여기저기 얼룩이 생긴 그녀의 분홍색 피부는 하늘공포의 날개처럼 역겨웠다. 그녀는 날개가 달린 기이한 투구를 한쪽 팔 아래 끼고 있었는데, 아파리는 저렇게 무거운 방어구를 뒤집어쓴 채 어떻게 싸울 수 있는지 궁금했다. 하지만 저 엘프가 위험한 상대라는 점에는 의심의 여지가 없었다. 엘프의 두 눈에는 문화와 관습을 초월하는 살육의 빛이 번뜩이고 있었으니까.

"약속이다. 충직한 시종 야즈마의 복수를 하겠노라, 맹독의 여왕 샤드라에게 한 맹세다."

아파리는 살아 있는 망자의 조용한 질문에 답하듯 다시 말했다. 그녀는 주머니에서 구토풀의 초록색 줄기를 꺼내 들고 이리저리 빛을 비춰보았다.

"샤드라는 죽었다. 야즈마도 죽었지만 그 독은 남았다. 내 심장에 담긴 독이다. 조만간 그 독이 배신자 여왕의 핏줄을 타고 흐를 것이다."

아파리는 혼잣말을 하듯 낮게 중얼거렸다.

* * *

제칸이 가만히 앉아서 전쟁의 잔혹한 발굽을 피할 수 있었던 건 아니었다. 아니, 그는 계속해서 쓸모 있는 병사가 되는 방법을 배우고, 그런 쓸모가 아무 소용없는 곳이 어디인지 배웠다. 그가 로데론의 전장에서 바로크 사울팽의 곁에 서게 된 것 또한 멍청하게 장난을 치거나 낮잠이나 자고 있었기 때문은 아니었다. 그래서 제칸은 자신의 상관이 대지 고리회 주술사와 중요한 이야기를 숨죽여 교환하고 있을 때에도 가만히 있지 않았다.

제칸은 큰 키에 중무장한 검은창 트롤 지도자 로칸의 뒤에 접근하여 보조를 맞췄다. 로칸의 그림자 속에 몸을 숨긴 그는 그 자리에 모인 의회의 구성원과 그들의 호위병, 참모, 구경꾼들이 고함치고 환호성을 지르며 축제 천막의 매혹적인 그늘 아래로 모여드는 모습은 무시했다. 제칸은 그 환호성이 자신에게 향하는 것이라고 생각할 만큼 어리석진 않았다. 그는 그림자 속에 있었고, 그 또한 그림자였다. 처음에는 아버지의 그림자, 그다음에는 사울팽의 그림자, 이제는 스랄의 그림자…….

제칸은 그림자처럼 조용히 움직이며, 잠시 시간을 때울 만한 흥미로운 일을 찾았다.

"손은 바쁘게, 정신은 명민하게 해라."

아버지 헤카지는 제칸의 키가 랩터의 무릎 정도일 때부터 거듭 당부했다.

"그러면 일거리도 놀거리도 부족함이 없을 테니까."

그날은 일거리와 놀거리가 함께 찾아왔다. 명망 있는 손님들을 환영하기 위해 천막 밖에서는 북 치는 고수들에게 둘러싸인 멋진 춤꾼 세 명이 열띤 몸놀림을 보여주고 있었다. 고블린 가즈로가 고수들을 향해 쭈뼛거리며 다가가 우스꽝스러운 잔발춤을 추자 춤꾼들이 웃음을 터뜨리는 모습이 보였다. 끊임없이 이어지는 중독성 있는 음악의 리듬이 천막을 향해 다가오는 모든 이들에게 서서히 퍼졌다. 잔뜩 긴장해 있던 어깨들이 박자에 맞춰 움직이고, 알몸에 가까운 옷차림을 한 춤꾼들의 재기 넘치는 몸짓에 가늘게 떴던 눈들이 휘둥그레졌다.

탈란지와 잔달라 대표단만 무심한 표정으로 따로 떨어져 있었다. 놀랄 일은 아니었다. 호드 의회가 탈란지와 그녀의 일행을 따뜻하게 환영해주었지만, 그녀의 반응은 냉담하기만 했다. 제칸은 흥미로운 시선으로 그녀를 가만히 살폈다. 솔직히 말해서 여왕의 아름다움에 심취하기도 했다. 그 누구보다 섬세한 엄니와 매혹적인 푸른 눈에서 시선을 뗄 수 없었다.

물론 탈란지 여왕의 화끈한 성미 또한 남달랐다.

탈란지는 연회가 벌어지는 탁자의 남쪽 끝자리에서 이리저리 오가고 있었다. 청록색 피부와 노란 머리카락의 어린 트롤 소녀가 거대한 종려나무 잎으로 여왕에게 부채질을 해주고 있었다. 바람이 영 탐탁지 않았는지, 탈란지는 손을 내저어 소녀를 쫓았다. 제칸은 얼굴을 찌푸렸다. 처음 도착했을 때는 탈란지의 수행원 수가 더 많았던 것 같은데? 아니, 하녀 중 한 명이 사라진 건가? 물론 오그리마가 전 세계에서 가장 복잡한 도시는 아니었지만, 잔달라 수행원들 중 한 명 정도는 그날 오후 회의에 참석하던 도중 길을 잃었을지도 모른다.

어쩌면…… 뭔가 생각이 떠올랐다. 할 일이 생각났다. 제칸은 기회를 포착하고 옆걸음으로 가까이 다가갔다. 지금의 호드는 이용 가능한 세력을 모두 동원해야 했고, 탈란지의 협력이 필요했다. 잔달라의 여왕이 전시든 평시든 호드와 함께하고, 기꺼이 병력을 제공해주도록 설득해야 했다. 또한 의회에도 참여시켜야 했다. 하지만 지금까지 그녀는 그중 어떤 일도 내키지 않는 것 같았다.

"도와드릴까요, 폐하?"

제칸은 깊이 고개 숙여 인사하고는 가장 매혹적인 미소를 지었다. 부채질을 하던 소녀는 경계하는 듯 희미한 소리를 냈다. 여왕이 그를 바라봤다. 머릿속을 꿰뚫어보는 듯한 시선이었다. 그러고는 눈을 굴리며 어이없다는 표정을 지었다.

"뭘 도와줄 수 있다는 거죠?"

탈란지의 날카로운 시선이 제칸의 소박한 옷차림과 손톱 밑의 흙을 확인한 게 분명했다. 그에 반해 탈란지와 그녀의 시종들은 황혼녘의 반딧불이들처럼 반짝였다.

"수행원들이 조금 부족해 보여서 말입니다. 혹시 심부름 시키실 일이 있거나 포도주가 한 잔 더 필요하시면—"

탈란지는 고개를 옆으로 기울였고, 부드럽게 잘랑거리는 귀걸이 소리와 함께 그의 말을 끊었다.

"날 염탐하기라도 하는 건가요?"

제칸이 바라던 반응은 아니었다. 제칸은 주춤주춤 뒤로 물러났다. 여왕을 귀찮게 했다며 스랄에게 한바탕 잔소리를 듣게 될 것 같았다. 그는 항복하듯 두 팔을 들어 올렸다. 그 순간 누군가 날카로운 칼끝으로 그의 등골을 쓸어내리기라도 한 것처럼 서늘한 한기가 온몸에 감돌았다. 그렇게 물러나던 제칸이 뒤로 넘어질 듯 위태롭게 기우뚱거렸다. 잠깐 동안 몸이 균형을 잡았나 싶었지만 이내 넘어지지 않으려고 두 팔을 마구 내저어야 했다. 결국 중심을 잃고 나자빠진 제칸의 팔꿈치가 뭔가 단단한 것에 부딪히며 축축하게 젖었다. 술잔이었다. 탈란지의 시종 하나가 돌아왔고, 쓰러지던 제칸이 그 트롤 시종을 정면으로 덮친 것이다.

술잔은 바닥으로 떨어졌고, 포도주가 제칸의 발과 탈란지의 드레스 밑단에 흩뿌려졌다.

"조심해!"

쟁반과 술잔을 들고 있던 시종이 떨어진 술잔을 황급히 주워 올리며 소리쳤다. 트롤 시종은 탈란지보다 나이가 많았고, 코 위를 가로지르는 십자 흉터와 이마에 송골송골 맺힌 땀이 눈에 띄었다.

"미련한 녀석 같으니! 여왕님이 드실 포도주였단 말이다!"

"실수일 뿐이야. 나쁜 뜻이 있는 건 아니었겠지……."

탈란지가 침착하게 치마를 들어 젖은 부분을 확인하며 말했다.

하지만 제칸에게는 여왕의 말이 들리지 않았다. 그는 새하얀 비단 드레스에 묻은 얼룩만 뚫어져라 바라봤다. 갑자기 첫 번째 비전술사 탈리스라의 부드러운 목소리가 머릿속에 울려 퍼졌다.

'어서 빨리 저희 비전 열매 산그리아를 맛보여드리고 싶군요, 로르테마르. 오그리마의 모든 분들이 마음껏 드실 수 있을 만큼 넉넉히 준비해두었답니다.'

여왕의 드레스 밑단에 묻은 얼룩은 포도주라 하기엔 지나치게 흉측한 자줏빛이었고 점점 검은색으로 변해가고 있었다. 심지어 바닥에 쏟아진 액체에서는 뚜렷한 죽음의 악취가 풍겼다.

"다시 한 잔 가져다드리겠습니다, 폐하."

트롤 시종은 탈란지 여왕에게 깊이 고개를 숙이고는 황급히 자리를 떠나려 했다.

"안 돼, 멈춰 서."

제칸은 단호한 목소리로 그를 불러세운 뒤 무릎을 꿇고 바닥에 쏟아진 액체를 손가락에 묻혀 냄새를 맡았다. 그 액체의 정체가 무엇인지는 몰라도 분명 포도주는 아니었다. 허브 차, 혹은 그것과는 비교도 안 될 만큼 끔찍한 약물인 것 같았다.

"뭘 가져온 거지?"

"포, 포도주다. 그냥 포도주라고."

시종은 말을 더듬었다. 이마에서 비 오듯 쏟아지는 땀이 관자놀이를 타고 흘러내렸다.

자리에서 일어난 제칸은 탈란지 여왕과 흉터가 인상적인 트롤 시종 사이에 재빨리 끼어들었다. 시종은 어느새 튜닉 아래에서 단검을 꺼내 들고는 여왕을 향해 달려들었다. 그 소란은 의회 전체의 주의를 끌기에 충분했다. 제칸은 주위의 모든 것이 폭발한 듯 혼란에 휩쓸리는 것을 느꼈다. 북소리가 갑자기 중단되고, 천막 밖에 모여 있던 군중들 사이로 희미하게 웅성거리는 소리가 번졌다.

"물러나세요! 제 뒤로 몸을 피하세요!"

제칸이 탈란지를 향해 소리쳤다. 그 순간 투척 도끼가 제칸의 어깨 위로 머리카락을 스치듯 지나갔다. 그는 재빨리 도끼가 날아가는 방향으로 번개 화살을 쏘았다. 번개가 시종을 강타하더니 천막 기둥으로 내던져졌고, 시종은 축 늘어진 채로 바닥에 쓰러졌다. 아슬아슬하게 목표물을 빗나간 도끼는 그대로 바닥에 박혔다. 스랄의 무거운 발소리가 들려오고, 곧이어 그의 위압적인 그림자가 제칸을 스쳐 지나가더니 암살자를 향해 달려들었다. 도끼를 던진 자가 누구인지 명백해지는 순간이었다.

"잡아라! 여왕을 지켜라!" 누군가 소리쳤다.

제칸은 퍼뜩 정신을 차리고 스랄을 뒤쫓아 달렸다. 하지만 그도 스랄도 한발 늦었다. 트롤 시종은 손에 들고 있던 단검을 재빨리 자기 배에 찔러 넣고는 그대로 자신의 배를 갈랐다.

"말해라. 누가 널 보냈느냐? 누구냐?"

스랄이 트롤의 목을 붙잡았지만, 단검이 이미 제 역할을 다한 후였다.

"여왕은…… 우리 이빨을…… 느끼지도 못할 것이다."

늙고 흉터로 뒤덮인 트롤은 마지막 힘을 쥐어짜내 위협의 말을 남긴 후, 고개를 축 늘어뜨렸다. 바싹 마른 입술 사이로 핏줄기가 흘러내렸다.

트롤이 마지막 말을 남기자마자 탈란지가 다가와 스랄과 제칸을 옆으로 밀쳐냈다. 여왕은 암살자 옆 피가 흥건한 바닥에 무릎을 꿇고 앉았다.

"분명 잔달라군요. 우리 백성이…… 대체 어째서?"

"백성들 모두에게 묻고 확인해야 하오. 암살자가 한 명뿐인 경우는 없으니까."

스랄이 준엄한 목소리로 말했다.

"당신 백성들이나 확인하세요!"

탈란지는 불같이 화를 내며 벌떡 일어섰다. 손과 드레스가 피와 독으로 뒤덮여 있었다.

"피가 더 흐르기 전에 고향으로 돌아가겠습니다."

"사절단의 안전은 내가 보장하겠소."

스랄이 한숨을 내쉬며 그녀 앞을 막아섰다.

"당신이 보장할 수 있는 건 없어요. 배도, 병사도, 내 안전도."

탈란지는 똑바로 서서 고개를 꼿꼿이 세웠다. 스랄과 시선을 맞추기에 충분한 키였다. 제칸은 몸을 움츠렸다. 그들 주위로 다른 종류의 열기가 들끓었다.

"제가 필요한 곳은 이곳이 아니에요. 제 고향 잔달라가 절 필요로 하죠. 그러니 그곳으로 돌아가야겠어요."

모두의 눈이 수행원들을 불러 모아 당당하게 천막을 빠져나가는 잔달라 여왕의 뒤를 쫓았다. 스랄의 눈만이 그렇지 않다는 것을 제칸은 보았다. 모든 것이 눈 깜짝할 사이에 일어났다. 암살자, 번개, 여왕의 분노…… 제칸은 자신의 팔이 암살자의 손에서 술잔을 떨어뜨리던 순간을 곱씹을 수밖에 없었다. 분명히 그의 두 발은 단단히 땅을 딛고 서 있었다. 무언가, 혹은 누군가가 잔달라 트롤 암살자를 향해 제칸을 떠밀었다.

의회 구성원들이 소란에 이끌려 한 명씩 차례로 천막에 들어섰다. 검은창 부족의 족장 로칸이 그제야 단검을 꺼내며 제칸의 곁으로 다가왔다. 큰 키의 족장은 싱긋 웃으며 제칸의 등을 두드렸다. 그 충격이 어찌나 강한지, 혼란스러운 상황에 현기증까지 느끼고 있던 제칸은 조금 비틀거렸다.

"잘했다, 꼬마야. 그야말로 신달과도 같은 반사 신경이었어."

내가 한 게 아니야. 번개를 쏘아 보낸 건 내가 맞지만, 술잔은 대체 어떻게 된 걸까? 술잔은…… 제칸은 눈살을 찌푸리며 주위에 모인 의회 구성원들의 얼굴을 둘러봤다. 오직 스랄만이 그와 같은 생각을 하고 있었다. 제칸은 이마에 잔뜩 주름을 잡은 채 음울한 생각에 잠긴 눈빛으로 모인 이들을 바라봤다. 잠시 뒤 호드 최강의 용사들이 제칸 주위로 모여들어 로칸과 같은 인사를 건넸다. 누군가 '영웅'이라 칭하는 소리에 제칸은 고개를 가로저었다. 아니, 아니, 나는 영웅이 아니다. 오그리마의 관문 정도라면 백 개는 들어갈 수 있을 만큼 작은 밀림 속 마을 출신인 그는 그저 쓸모 있는 병사가 되고 싶었을 뿐, 이름을 떨치고 싶은 생각은 없었다.

제칸은 군중들 사이에서 다시 스랄의 얼굴을 찾았지만, 그의 표정은 여전히 굳어 있었다. 구름 한 점 없는 하늘에 묻은 검은 얼룩은 곧 쏟아질 비를 예고하는 전조였다. 그걸 알아채는 자는, 그 비에 대비하려는 자는, 거의 없을 것이다. 하지만 위대한 지도자가 이를 걱정한다면, 그를 따르는 현명한 전사도 함께 걱정해야 하는 법이다.

검은창 족장 로칸이 제칸의 어깨에 손을 얹었다. 하지만 제칸은 웃지 못했다. 그저 마음속으로 떨고만 있었다.

제 3 장

다자알로

북쪽에서 뜨겁고 건조한 바람이 탈란지를 향해 불어왔다. 볼둔이 그녀를 향해 숨을 내쉰 것 같았다. 그녀는 '거대한 봉인' 꼭대기에 서서 불어오는 산들바람을 들이쉬며, 고향의 정수를 몸속으로 흡수하려 했다. 여기가 바로 탈란지가 속한 곳이었다. 밀림. 조상 대대로 이어져온 광대한 황금의 도시. 그곳에 서 있노라면 세상 끝에 선 기분이었다. 푸르른 신록의 가능성과 생명력만이 사방으로 끝없이 뻗어 있었다. 이렇게 청명한 밤에는 서쪽 예언자의 사원 너머로 에메랄드빛 벨벳처럼 드리운 봉우리들이 선명하게 눈에 들어왔다.

고향. 여종 지키는 탈란지의 무거운 의례용 팔찌와 반지를 하나씩 빼고, 푸르른 산맥처럼 부드러운 안감을 덧댄 상자에 담았다. 장신구를 하나씩 뺄 때마다 탈란지는 몸이 가벼워지는 것을 느꼈지만, 어딘가 이상하게…… 약해지는 기분도 들었다.

그녀는 잠시 밀림에서 눈을 떼고 날렵한 작은 손을 바삐 움직이는 지키를 바라봤다. 잔달라의 왕족을 섬기는 하인들은 철저하게 존재감을 감추는 훈련을 받았다. 발소리를 내지 않고 걷는 법을 익히고, 왕족의 눈에 띄지 않고 옷을 갈아입히는 법을 배웠다. 탈란지는 트롤 소녀 지키를 아무 말 없이 바라보았다. 짙푸르고 소박한 머리카락과 피어싱, 흉터도 없고 시간과 고통으로 손상된 곳 하나 없는 어리고 상냥한 얼굴을.

나에게도 저런 순수했던 시절이 있었을까? 저렇게 평온해 보이는 시절이 있긴 했을까?

지키는 일을 마치자 상자를 닫고 한쪽에 내려놓은 후 여왕이 오그리마에 입고 갔던, 비취와 보석으로 장식한 겉옷의 죔쇠를 풀었다. 그러고는 탈란지가 하얀색 새틴 원피스를 머리 위로 올려 벗을 때까지 참을성 있게 기다렸다.

"나가보거라, 지금은 혼자 있고 싶구나."

탈란지가 말했다.

"여왕 폐하, 드레스에 얼룩이—"

"나중에 하자. 이제 가봐라, 지키."

목소리를 높일 필요는 없었다. 어린 트롤은 고개를 끄덕인 후 여왕의 의복을 모아 들고 하인들만 사용하는 숨겨진 통로를 이용해 자리를 떴다.

탈란지는 밀림과 산맥을 등지고 왕좌로 돌아갔다. 아직도 가끔씩 왕좌를 바라볼 때면 아버지가 앉아 있는 모습이 보이곤 했다. 왕좌의 양옆으로 영원히 타오르는 횃불이 자리했고, 그 횃불에 온몸이 환하게 빛나던 라스타칸 왕이 화려한 깃털로 장식된 왕관의 무게를 짊어지고서 음울한 눈빛으로 창밖을 바라보는 모습이었다.

하지만 아버지 라스타칸은 이제 없었다. 죽었다. 살해당했다.

왕좌에 다가서던 탈란지는 주먹을 꽉 움켜쥐었다. 어린 시절, 아버지는 탈란지를 가끔씩 그 거대한 의자에 앉혀주곤 했다. 태양을 닮은 쐐기가 머리 위, 한참 높은 곳에 머물러 있던 시절이었다. 왕의 따스한 온기가 아직도 왕좌의 쿠션에 남아 있는 듯했다. 아버지가 그 왕좌의 일부가 되기라도 한 듯이.

탈란지는 몸을 웅크린 채 부들부들 떨었다. 햇살이 스러지자 뜨겁던 볼둔의 바람도 차갑게 식어갔다. 그녀는 어떤 논의도 이야기도 없이 서둘러 오그리마를 떠났다. 탈란지는 집으로 돌아온 것이 기뻤지만, 지나치게 서둘러 떠난 것이 실수였다는 생각을 떨칠 수 없었다. 탈란지가 그곳에 남아 계속해서 지원의 필요성을 역설했더라면, 호드 의회가 인근 해양을 지킬 수 있는 함선을 허락해주었을지도 모른다. 그것이 호드에게서 기대할 수 있는 전부였다. 그들에게는 휴전이 너무나도 큰 의미였기에, 라스타칸 왕을 살해한 자들에게 정의의 심판을 내리는 것은 더 이상 기대할 수 없었다. 무언가 다른 방법을 찾아야 했다.

하지만 그녀는 아무것도 손에 넣지 못한 채 오그리마를 떠났다.

아니, 아무것도 얻지 못한 것은 아니었다. 마음속을 가득 메운 두려움과 옷에 남은 검은 얼룩과 함께였다. 붉은 머리 트롤이 허둥대다가 암살자와 부딪혀 독이 든 잔은 쏟지 않았다면, 그녀는 듀로타의 사막 위에 누워 얼굴로 날아드는 파리 떼도 인지하지 못하는 시체가 되어버렸을 것이다.

"브원삼디."

탈란지는 죽음의 로아의 이름을 속삭였다. 아버지는 마지막 순간 로아와의 저주받은 맹약을 딸에게 전해주었고, 탈란지는 아버지의 혈통뿐 아니라 끔찍한 저주까지 짊어지고 있었다.

그녀의 발치에서 밤바람보다 더 차가운 회색 안개가 구불구불 소용돌이쳤다. 그 안개가 알현실을 가득 채우고 곧이어 낮익은 목소리가 들렸다.

죽음의 세계의 외마디 한숨과 함께 브원삼디가 모습을 드러냈다. 화려한 환영사라기보다는 음울한 장송곡에 가까운 소리였다.

무덤의 로아가 소용돌이치는 푸른 연기에 감싸인 채 잔달라의 왕좌 위로 둥실 떠올랐다. 앙상한 뼈들이 그의 얼굴을 뒤덮고 있었지만, 의기양양한 미소는 흔들리지 않고 남아 있었다. 로아의 가슴에 새겨진 하얀 문신이 빛을 발했고, 거칠게 자란 검은 머리카락이 양치식물처럼 뾰족뾰족하게 뻗어 있었다.

"오, 오, 오, 우리 여왕님께서 고민이 많은 모양이군. 힘든 일이 있으면 옛 친구 브원삼디에게 다 털어놓는 게 어떠신가?"

브원삼디가 킥킥 웃으며 농담을 건네자 탈란지는 팔짱을 끼었다.

"그럴 기분이 아니에요, 떠벌이 아저씨. 제 백성 중 하나가 호드 의회 앞에서 제게 독을 먹이려 했어요. 그것도 한낮의 연회장에서요! 적들이 점점 대담해지고 있어요."

"하! 네 영혼을 손에 넣을 뻔했구나! 그래서 날 소환한 건가?"

그는 둥실 떠 있는 채로 미끄러지듯 가까이 다가왔다. 가면 뒤에서 기대감에 찬 두 눈을 깜빡이는 광대 같은 모습이 보였다.

"죽음에 관해 생각하다 보니 저세상에 있는 좋은 친구가 생각나던가? 이거야 원, 몸 둘 바를 모르겠군, 폐하."

"아니, 아니에요, 브원삼디. 그런 게 아니라고요."

탈란지는 끙, 소리와 함께 돌아서며 말을 이었다.

"아버지와 이야기하고 싶어요. 당신은 영혼의 수호자이자 죽음의 군주니까, 분명히 우리 아버지를 전리품처럼 소중히 보관하고 있겠죠. 그분을 만나게 해주세요. 아버지의 가르침이 필요해요."

죽음의 로아 브원삼디가 요란한 웃음을 터뜨리자 마치 천둥이라도 친

것처럼 발아래 사원이 흔들렸다. 브원삼디는 거꾸로 뒤집힌 채로 탈란지의 머리 위, 그녀와 코가 맞닿을 만큼 가까이 접근했다.

"내가 시키는 대로 무작정 따르는 하인이라도 된 것 같나? 내가 네 아비의 영혼을 뒷주머니에 넣어두고 있는 것 같아? 왕의 영혼은 하찮은 장난감이 아니다, 소녀."

"당신에게는 모든 것이 장난감에 불과하겠죠. 모든 게 그저 놀이일 뿐이잖아요."

탈란지가 전혀 기죽지 않은 태도로 맞받아치자 브원삼디의 웃음이 사라졌다. 그는 요란하게 코를 킁킁거리며, 마치 멧돼지처럼 그녀의 냄새를 맡았다.

"네게서 죽음의 악취가 풍기는구나. 죽음이 가까이 다가왔었던 모양이지? 아주 가까이 말이야. 혹시 아비에게 저세상에서 사는 건 어떤지 묻고 싶은 건가?"

탈란지는 손을 내저으며 그대로 로아를 통과했고, 브원삼디는 순식간에 사라졌다. 여왕이 발코니로 걸음을 옮기자 드넓게 펼쳐진 도시와 밀림이 기다리고 있었다. 밤이 다가오자, 수백 개의 횃불이 환하게 타올랐다. 호기심에 형형한 빛을 발하며 그녀를 올려다보는 수많은 군중들의 눈동자 같았다. 모두가 그녀를 필요로 하는 것만 같았다.

"아니, 여왕으로서 선임자의 의견을 묻고 싶을 뿐, 다른 의도는 없어요, 위대한 정령이시여. 왕을 불러내주세요. 그분의 지혜를 빌릴 수 있게, 영혼을 불러내주시라고요."

"그것은 불가하다, 소녀."

어느새 브원삼디가 다시 곁에 나타나, 화로가 얹어진 커다란 황금 기둥에 느긋하게 기대섰다.

"넌 날 조종할 수 없어. 나도 널 조종할 수 없고."

그가 다시 한 번 상기시켰다.

"적들은 그렇게 생각하지 않더군요."

탈란지가 투덜거렸다. 그녀는 자신의 몸을 더 꼭 감싸 안았다.

"잔달라 백성의 절반 정도는 제가 당신에게 복종한다고 생각하고 있어요. 다들 그렇게 생각한다면, 제가 백성들을 정상적으로 통치할 방법은 없어요. 하! 암살자들이 오늘 공격해온 것도 놀랄 일은 아니죠. 아버지의 피와 왕관, 로아, 이제 반란군까지 모두 물려받았으니까요. 그자들을 제거할 수 없다면, 여왕으로서 전 이미 끝난 거나 마찬가지에요."

"끝이니 뭐니 우중충한 얘기만 하고 있구먼. 오늘 누가 널 지켜줬다고 생각하지? 구원자에게 감사 인사라도 해야 하는 것 아닌가."

브윈삼디가 그녀의 옷에 묻은 커다란 얼룩을 가리키자 탈란지는 콧방귀를 뀌며 그를 곁눈질로 흘겨봤다.

"트롤 청년의 서툰 행운을 자기 공으로 돌리려는 건가요?"

탈란지의 말에 브윈삼디는 싱긋 웃었다. 루쉬카 가면 뒤에서 두 눈이 반짝였다.

"내가 살짝 밀어줬거든, 아주 살짝. 하지만 강한 자의 행동은 사소한 것이라도 엄청난 결과를 초래한다는 사실, 알고 있겠지? 이제 진짜 강함이란 어떤 것인지 알았을 거야. 모든 이들이 네게 뭔가를 바랄 거다. 늘 무언가를 부탁하겠지, 지금의 너처럼. 그 암살자는 네 죽음을 바랐지만, 내가 허락하지 않았다. 네가 아버지를 만나는 것도 허락할 수 없어. 하지만……."

브윈삼디는 말끝을 길게 늘어뜨리며 뱀이 경고하는 듯한 소리를 냈다.

"하지만, 뭔가요?"

탈란지가 따져 물었다.

"하지만 거래를 하고 싶다면 얘기가 달라질 수도 있겠지? 그래야 공정하지 않겠어? 내가 네 목숨을 구해줬으니, 너도 이 오랜 친구 브원삼디에게 뭔가 해줄 수 있겠지……."

탈란지는 다시 콧방귀를 뀌고 테라스 가장자리로 걸어갔다. 로아의 타오르는 시선이 뒤통수에 꽂히는 것을 느꼈다. 브원삼디에게 구속되어 있는 건 저주였다. 아무 이유 없이 그에게 감사할 생각은 없었다.

"그러면 다음번에도 그렇게 살짝 밀어줄 건가요? 그 다음번에도?"

탈란지가 긴 한숨을 내쉬고는 말을 이었다.

"제 도시는 불안에 떨고 있는데, 호드는 아무것도 도와주지 않으려 해요. 배도 병력도 보내주지 않고, 그저 아무것도 하지 않으려고 하죠. 잔달라의 운명이 제 손에 달려 있는데, 백성이 절 믿지 않는다면 번영과 평화를 어떻게 이룰 수 있겠어요? 아버지라면 어떻게 해야 할지 아실 거예요. 언제나 답을 알고 계셨으니까요. 어쩌면 아버지의 로아인 레잔이라면 뭔가 알고 있을지도 모르죠."

침묵. 횃불들이 탁탁 불꽃을 튀며 타올랐다. 아래쪽에서는 교대 중인 경비병들의 철컹거리는 방어구 소리와 발소리가 들려왔다. 온 도시가 왠지 기분 나쁠 정도로 조용했다. 그녀의 로아도 그랬다. 탈란지는 따끔한 일침을 기대했다. 농담이든 의혹의 칼날을 뒤틀 만한 도발적인 말 한마디든. 하지만 브원삼디는 아무 말 없이 그녀를 바라보고만 있었다.

탈란지는 집중력이 떨어졌는지 한순간 브원삼디의 두 눈에서 불꽃이 사라진 것처럼 보였다. 그는 어딘가…… 흐릿해 보였다. 슬퍼 보였다.

"뭐죠? 할 말이 없나요? 단 한마디도? 당신답지 않군요, 브원삼디."

로아는 고개를 절레절레 저었다. 그의 발치로 모여들었던 안개가 조금씩 짙어지더니 어느새 파랗게 타오르는 그의 기이한 눈빛만 보였다.

"우리의 결속은 강하다, 꼬마 여왕. 하지만 그렇다고 해서 내가 너의 하수인이 되는 건 아니야. 네 아비의 영혼은 소환하지 않겠다. 유감이지만 오늘 밤은 너 혼자 보내야 할 것 같구나."

제 4 장

나즈미르

후퇴는 수치스러운 일이 아니라고, 실바나스는 가르쳤다. 비록 후퇴라는 행위를 절대적으로 경멸했지만, 그럼에도 완전한 실패를 방지한다는 의미가 있다고 가르쳤다. 나타노스는 날개 달린 도마뱀의 옆구리에 박차를 가해 속도를 높였다. 짐승의 고통스러운 비명은 완전히 무시했다. 잔달라 반란군이 그에게 선물로 준 테러닥스라는 야수였는데, 사실 그에겐 별다른 의미가 없었다. 그저 그 짐승이 더 빨리 날아, 나즈미르에서 그들을 발견한 정찰병을 따돌릴 수 있다면 그만이었다. 테러닥스는 빠르고 무모하게 날았다. 그는 다시 한 번 코트 주머니를 뒤적이며 약병이 잘 들어 있는지, 밀림의 나무 위로 떨어진 건 아닌지 확인했다. 아, 주머니에서 약병이 만져졌다. 그는 혹시나 하는 마음에 주머니 단추를 단단히 채웠다.

후퇴. 익숙한 개념이었다. 후퇴가 짜증스럽진 않았지만, 잔달라 정찰병이 접근하고 있다는 사실조차 알아채지 못했던 반란군 지도자 아파리 코룬의 어설픈 처사가 정말이지 마음에 들지 않았다.

"적의 화살만 사용해라!"

나타노스의 목소리는 바람에 실려 쐐기꼴 대형으로 그를 따라 비행하고 있던 어둠 순찰자들에게 전해졌다. 순찰자들의 조준은 예리했다. 밝은색으로 칠해진 화살들은 잔혹할 만큼 정밀하게 표적을 향해 날아갔고, 탈것에 올라탄 잔달라 트롤을 한 명씩, 한 명씩 맞혔다. 이제 여덟 명만 남은 잔달라 정찰대는 공격을 눈치채고 자세를 낮춰 밀림의 나무 아래쪽으로 달렸다.

"적이 밴시의 비명호에 도달하면 안 된다!"

시라가 소리치며 조심스럽게 야수의 고삐를 당기자 테러닥스는 차분하게 날개를 펄럭이며 나타노스가 따라붙기를 기다렸다.

"반란군들과 동맹을 맺은 게 실수였어."

나타노스는 고개를 숙여 지상에서 그들을 쫓아 달리는 정찰대의 시선을 피했다.

"곧장 남쪽으로 가라. 그쪽 산맥은 육로로는 넘을 수 없다."

동쪽 바다로 그들을 호위하던 순찰자들은 대형을 풀고 맹렬한 속도로 나무들을 향해 하강했다. 그들은 밀림 속 마을 주민들이나 입을 법한, 여기저기 해지고 찢어진 넝마를 입고 있었지만 잔달라 정찰병들이 가까이서 봤다면 그들이 남쪽 바다를 향해 달아나고 있는 트롤이 아니라는 것쯤은 쉽게 알아챌 것이다.

"젠장."

나타노스가 욕설을 뱉으며 특징 없는 갈색 두건을 머리 위로 당겨 썼다. 그때 그가 타고 있는 테러닥스와 비슷한 야수가 울창한 나무숲에서 튀어나왔다. 그 야수는 나뭇잎을 흩뿌리며 나타노스의 오른쪽에 있던 어둠 순찰자 렐리아스를 향해 돌진했다. 망할 잔달라 정찰대 중에 드루이드가 있는 게 분명했다. 그자가 지금 이 추격전에 가장 적합한 생물의 형태로 변신한 모양이었다.

"떨어뜨려!"

나타노스가 외쳤다. 그는 활을 꺼내 들고 안장 위에서 몸을 틀었다. 정찰병이 그를 알아볼 수도 있고, 최악의 경우 아래쪽 바위 언덕으로 추락할 수도 있었다.

렐리아스도 날개 달린 녹색 생물을 향해 화살을 겨누었다. 그녀는 눈에 보이지도 않을 만큼 빠른 손놀림으로 시위를 당겨 발사했다. 마지막 두 발의 화살이 날개에 적중했다. 그 생물은 찢어질 듯한 비명을 내지른 후 추락했다. 육신이 희미하게 아른거리더니 원래의 트롤 형태로 돌아갔다. 트롤의 어깨에는 화살이 박혀 있었다.

나타노스는 렐리아스와 다른 어둠 순찰자들에게서 시선을 거두고, 서둘러 해안으로 가는 일에만 집중했다.

"소용없어! 놈들이 우릴 찾아낼 거야!"

시라는 침을 뱉었다.

"그럴 순 없지. 여왕님의 의지는 실현되어야 한다. 먼저 가라. 선원들에게 배를 돌려 해안으로 들어오라고 해라. 궁수들에게는 발사 준비를 시켜두고."

나타노스가 단호하게 말했다.

"배를 해안으로 끌고 오라고? 미쳤어?"

"그냥 하라는 대로 해!"

나타노스는 두건 아래 투구의 가느다란 틈으로도 분노로 타오르는 시라의 눈빛을 볼 수 있었다. 시라 문워든은 그의 명령을 받거나 따르는 걸 좋아하지 않았다. 사실 그녀가 좋아하는 건 아무것도 없었다. 시라와 그녀의 동료인 언데드 칼도레이 델라린 서머문은 서로 묘한 동질감을 공유하면서 나타노스를 노려보는 것 외에는 별다른 취미가 없었다. 가끔은 시라가 그 언데드를 '델'이라고 불렀다. 시라에게 애정이라는 감정이 아직은 남아 있음을 보여주는 증거는 그것뿐이었다.

그들이 군말 없이 명령을 따를 때도 있었는데, 그건 만족스러울 만큼 많은 적들을 도살할 때뿐인 것 같았다. 시라와 델라린은 모든 것을 향해 분노했다. 나타노스를 향해, 그들의 여신을 향해, 그들을 어둠 속에 홀로 남겨둔 세상을 향해 분노를 퍼부었다. 나타노스도 그것이 어떤 기분인지 잘 알고 있었다. 하지만 그는 그런 감정을 수용하고 더 강해졌다. 무엇이 더 강해졌는지는 나타노스도 알 수 없었다. 다만 시라와 델라린에게는 오직 서로만이 남아 있을 뿐, 그 외에는 아무것도 없는 것 같았다. 그들이 진심으로 실바나스에게 충성하고 있는 것인지, 아니면 찰나에 불과하지만 아찔한 카타르시스를 선사하며 현실의 고통을 잊게 해주는 살상의 순간과 살상 그 자체에 충성하고 있는 것인지, 나타노스는 가끔씩 궁금해졌다.

시라는 그를 마지막으로 한 번 더 노려본 후 명령에 따랐다. 그녀는 회전과 함께 경이로운 속도로 강하했다. 시라는 순식간에 푸른 바다를 배경으로 작은 점이 되었고, 해안에서 멀리 떨어진 채 닻을 내리고 있는 배로 향했다. 델라린 서머문도 비슷한 방식으로 그 뒤를 따랐다.

나타노스는 나무 사이에서 순찰자들을 찾았지만, 그들과 공격자들 모두 밀림을 빠져나가고 있었다. 넓게 트인 장소에서 싸우는 건 좋은 방법이 아니다. 잔달라 정찰대 중 한 명이 지금 달아나기라도 한다면 모든 계획이 엉망이 될 수도 있었다. 하지만 트롤들에게 이곳은 자신들의 땅인 만큼, 이곳을 지키는 방법이라면 본인들이 잘 알고 있다고 생각할 것이다. 하지만 본격적으로 전투가 시작되면 갑판 위에서 기다리고 있는 어둠 순찰자들을 이

길 수 없었다. 나타노스는 손가락 두 개를 입술에 대고 휘파람을 날카롭게 세 번 불었다. 그러자 어둠 순찰자들이 숲속의 교전에서 벗어나 나타노스 주위로 모여들었다. 나타노스는 아래쪽 해변을 가리키며 말했다.

"넓은 곳에서 모두 처리한다. 생존자를 남기지 마라."

조금 지저분하지만 빠른 해결책이었다. 잔달라 트롤 입장에서는 이제 와 포기하기엔 자존심이 상했는지 나타노스가 예상한 대로 움직였다. 그들은 밀림 속 은신처에서 뛰쳐나왔다. 잔달라 트롤이 미끼를 물고 나타노스 무리를 따라 해변으로 나오자, 그들이 타고 있던 랩터의 발이 모래에 푹푹 빠졌다. 나타노스는 재빨리 몸을 숙여 자신을 스쳐 날아가는 화살을 피했다.

어느새 줄다자르의 밀림 지대에서 여기저기 날카로운 바위가 튀어나와 있는 모래 경사로로 접어들었다. 숲이 우거진 언덕과 파도가 밀려드는 해안을 사이에 두고 모래사장이 길게 펼쳐졌고, 굶주린 새들이 먹이를 기다리는지 머리 위를 빙빙 돌았다. 나타노스는 새들을 실망시키고 싶지 않았다.

"속도를 늦춰라. 적을 유인해."

그는 다시 한 번 휘파람을 불며 기수들에게 지시했다.

나타노스는 밴시의 비명호를 바라봤다. 평범한 상선의 돛으로 바꿔 단 배가 그들을 향해 빠른 속도로 다가오고 있었다. 전속 전진하는 선체가 거친 파도에 부딪치며 바우스프릿이 위아래로 마구 흔들렸다. 델리리아 도스 선장은 배를 우아하게 회전시켰다. 보라색 무늬가 새겨진 선체의 측면이 해안 가까이 다가왔고, 곧이어 화살을 시위에 걸고 난간에 도열한 십여 명의 어둠 순찰자들이 눈에 들어왔다.

"착륙! 자신들의 승리가 코앞에 있는 것처럼 놈들을 착각하게 만들어라."

나타노스의 명령에 그를 따라오던 어둠 순찰자 세 명이 즉시 따랐다. 그들 모두 동시에 모래사장에 착륙했고, 그대로 돌아서서 달려오는 랩터 기수 일곱 명을 바라봤다. 잔뜩 흥분한 채 굽은 칼을 머리 위로 쳐든 트롤들의 두 눈은 전투의 기대감으로 불타오르고 있었다.

하지만 적의 기대감을 충족시켜줄 생각은 없었다. 그들은 나타노스와 어둠 순찰자들의 공격 범위 안으로 들어서기도 전에 쓰러졌다. 트롤들은 미끼를 물었고, 그것이 그들을 파멸로 이끌었다. 비처럼 쏟아지는 화살이 호를 그리며 나타노스와 어둠 순찰자들의 머리 위를 지나갔다. 밴시의 비명호에서 발사한 그 화살들은 치명적인 명중률로 잔달라 트롤의 몸을 꿰뚫었다. 나타노스는 트롤들이 한 명씩 차례대로 해변에 고꾸라지는 모습을 지켜봤다. 그는 렐리아스에게 밴시의 비명호로 가라는 지시와 함께 몇 마디를 덧붙였다.

"시라에게 승리했다고 전하고, 배는 항해 준비를 시켜라. 당분간 이곳에 다시 정박할 수는 없으니까."

렐리아스가 빠르게 고개를 끄덕이고는 야수의 옆구리를 걷어차자 모래를 흩뿌리며 하늘로 솟아올랐다.

"방어구를 모두 벗겨라. 무기는 수거하고 사체는 바다에 던져버려라. 결코 발견되어서는 안 된다. 순찰자들이여, 잊지 마라. 우린 이곳에 온 적이 없다. 이곳의 일이 마무리되거든 북쪽으로 날아와 우리를 찾아라."

나타노스는 순찰자들이 명령을 따를 것이라 믿고 렐리아스에 이어 곧장 배로 향했다.

갑판 위에서는 나타노스가 자리를 비울 때면 늘 그렇듯 시라가 깔끔한 솜씨로 선원들을 지휘하고 있었다. 하늘공포들은 모두 먹이와 물을 먹고 갑판 아래로 내려가 다음 지상 임무를 기다리며 휴식을 취했다.

"역시 배를 멋지게 몰아줬군. 이제 어서 여길 떠나자."

나타노스는 델리리아 선장에게 지시를 내린 후 선미에 있는 커다란 선실로 향했다. 선장은 그를 향해 절도 있게 경례했다. 길고 검은 머리카락이 바닷바람을 맞아 이리저리 휘날렸다. 선장은 다른 순찰자들보다 훨씬 더 키가 컸다. 건장한 체격과 섬세한 아치형 눈썹이 인상적인 여자였다. 지금까지 그녀에게 배를 맡긴 건 썩 괜찮은 경험이었다.

"아슬아슬했군."

시라가 새된 목소리로 말을 건네고는 투구를 벗고 고개를 흔들자 머리카락이 흘러내렸다. 그녀는 배의 좁은 복도를 걸으며 나타노스의 뒤를 따랐다. 델라린 서머문은 갑판 위에 남아 갑작스럽게 승무원들의 기강을 점검하겠다고 공표했다. 지금까지 쌓인 분노를 어딘가에 표출하고 싶은 모양이었다.

"지나치게 위험했다. 이제 슬슬 아파리 코룬이라는 자를 무작정 믿어서는 안 될 것 같다는 생각이 드는군. 함정인지도 모르겠다."

"그렇진 않을 거다."

시라의 말에 나타노스가 차분하게 답했다. 그는 망토에서 모래를 털어낸 후 망토를 그대로 잡아 뜯었다. 코트와 장화에서 성가신 모래를 전부 제거하려면 몇 시간은 걸릴 것이다.

"아파리의 눈을 들여다보니 그 증오는 진짜인 것 같더군. 그자도 우리만큼이나 탈란지와 호드를 제거하고 싶어 한다. 그리고 그자 없이는 우리도 성공할 수 없어."

나타노스는 부드럽게 선실 문을 열었지만, 시라는 당장이라도 문을 걷어차 부숴버릴 듯한 표정이었다. 어둠 감시관은 환하게 빛나는 선창으로 걸어가 매서운 눈빛으로 파도를 바라봤다.

"조직력 없이 절박하기만 한 반란군 따위는 필요 없어."

시라가 탁자에 투구를 거칠게 내려놓자 가지 촛대가 흔들거렸다.

"어둠 순찰자 한 부대만 있으면 쇠스랑을 든 농부 이백 명은 대체할 수 있을 거야. 그리고 나 혼자 그 두 배는 대신할 수 있어."

그녀는 장갑을 벗고 손톱을 살폈다.

"대단한 열정을 보여줘서 정말 고맙다, 시라. 그리고 잘 알겠다. 하지만 이 지역에서 작전을 수행하는 데는 정밀한 활동뿐 아니라 절대적인 비밀 유지가 필요하다. 용의 안식처에서 했던 이야기를 기억하나?"

시라는 잠시 동안 그 질문을 곱씹은 후 의자에 풀썩 주저앉으며 말했다.

"우린 잔달라에 온 적이 없어."

"맞다."

나타노스는 긴 탁자에 앉은 시라 곁으로 다가와 섰다. 그는 의자 두 개를 치우고 돌돌 말린 채 중앙에 쌓여 있는 두루마리 하나를 꺼냈다. 나타노스는 이 지역 지도를 펼쳐놓은 후 접혀 있는 네 개의 모서리를 조심스럽게 똑바로 폈다.

"우린 지금 이곳에 있지 않다. 이곳에 올 일은 결코 없지. 반란군이 서툴게 활동하는 것은 오히려 우리에게 득이 된다. 혼돈이 우리에겐 유리해. 우리의 새로운 친구들은 폭풍이 되고, 우린 한 줄기 번개가 되어 내리칠 것이다."

나타노스가 검지로 나즈미르 북부를 짚었다. 작은 사각형과 그 옆에 적힌 이름표에 얼룩이 남았다.

죽음의 사원.

"그래도 내 솜씨는 다른 곳에서 활용하는 게 더 나을 것 같아."

시라는 몸을 틀어 양팔을 탁자 위에 겹쳐놓았다.

"여왕 곁에 있는 것이 좋겠어. 그 옆에서 가장 많은 적을 죽일 수 있을 테니까. 은밀한 작전 같은 건 관심 없다. 지금은 살육만이 날 만족시킬 수 있어."

그 무엇도 널 만족시킬 수는 없을 거야, 라고 나타노스는 생각했다. 언데드의 삶이란 그런 것이었다. 하지만 그는 억지로 미소를 지었다.

"시라, 신의 죽음이 만족스러운 일이 아니라고 생각한다면, 정말 엄청난 탐욕이라고밖에 달리 할 말이 없군. 브원삼디는 여왕님의 마지막 눈엣가시다. 브원삼디를 제거하는 것이 우리 임무지, 시라. 심부름꾼이나 보내서 해결될 일 같았으면 그런 부하를 보내셨을 거다. 여왕님께서는 네가 이곳에서야말로 가장 큰 활약을 할 수 있다고 생각하셨다. 우리가 그런 결정에 의문을 제기할 수는 없어."

"내 충성심을 믿지 못하는 건가?"

시라는 으르렁거리듯 말했다. 붉은 두 눈에서 더욱더 뜨거운 불길이 타올랐다.

"아니, 넌 이미 이곳에 와 있다. 그로 인해 쉬운 길 대신 옳은 길을 선택한 것이지. 우린 이 세계를 구해야 한다. 그러려면 어떤 고락이든 감내할 수 있어야 한다. 네가 죽음을 갈망한다는 건 알고 있다, 시라. 하지만 죽음 또한 이곳에서 찾아야 할 거야."

나타노스는 뒤로 기대앉으며 지도가 돌돌 말리게 내버려두었다.

"이 임무가 네 재능에 어울리는 일이 아니었다면, 실바나스 님은 애초에 널 택하지도 않으셨을 거다."

시라는 지친 한숨을 길게 내쉬었다.

"이번 임무를 명예로운 일이라고 생각해보겠어. 하지만……."

나타노스는 목구멍에서 새어 나오는 한숨을 억눌렀다. 시라가 어둠의 여왕의 계획 안에서 자신이 맡은 역할을 받아들이도록 해야만 했다. 그녀가 집중력을 발휘하여 헌신적으로 움직이도록 만들어야 했다.

"하지만…… 우리가 그녀 곁에 있어야 한다고 생각하지 않나? 얼라이언스와 호드 모두 실바나스를 쫓고 있다. 그들이 그녀의 행방을 알아내기라도 하는 날엔—"

"그럴 일은 없다. 여왕님은 두 진영을 상대로 모두 승리할 것이다. 왜인줄 아나?"

나타노스가 단호하게 말을 끊으며 물었다. 시라는 아무 말 없이 그를 바라봤다. 하지만 그녀의 몸이 앞으로 조금 기울어져 있었다. 적어도 그의 이야기를 듣고는 있는 모양이었다.

"얼라이언스 지도자들은 서로를 믿지 않는다. 모두 분열되어 혼란에 빠져 있지. 호드는 어떤가? 호드는 그보다 더 무능력하다. 각자 목적이 다른 여덟 개의 목소리가 서로 비밀을 숨기고 다른 것을 원한다는 건…… 애초에 이루어질 수 없는 일이지. 그들은 아무것도 해낼 수 없어. 우리의 힘이 가장 필요한 곳은 여기다. 여왕님께서 그렇게 결정하셨으니, 우린 그분의 의지를 실천하기만 하면 된다."

잠시 침묵하던 시라는 비꼬는 듯한 미소를 지었다.

"좋아, 브라이트콜러. 이제 알겠다."

"그래, 계속 그렇게 이해해주면 좋겠군. 브원삼디는 상당한 위협이고, 너무 많은 것을 알고 있다. 그자만 사라지면 어둠의 여왕의 계획이 본격적으로 실행에 옮겨질 것이며, 더는 고통을 느끼지 않아도 될 것이다. 우린 이 잔혹한 세계를 해방시킬 것이다."

그는 잠시 말을 멈추고 어둠 감시관이 투구를 들고 일어나는 모습을 지켜봤다.

"이건 명예로운 일이다, 시라. 여왕님께는 충직한 부하가 얼마 남지 않았다. 남아 있는 우리가 그분을 실망시킬 수는 없어."

"내 여신은 날 버렸다. 실바나스는 그러지 않겠지. 그것만큼은 확신하고 있어."

선실 밖으로 나가려던 시라가 문간 앞에 잠시 멈춰 서서 말했다. 배가 흔들렸다. 파도에 부딪힌 선체의 널빤지들이 삐걱거렸다.

선실 안에 홀로 남아 있던 나타노스는 자리에서 일어나 바다가 보이는 둥근 창가로 다가갔다. 여느 때처럼 어둠의 여왕에게로 생각이 흘러가자, 오한이 온몸을 타고 흘렀다. 그녀에게서 이렇게 멀리 떨어져 있다는 사실에 육체적인 고통이 느껴지는 것 같았다. 거리가 멀어지면서 둘을 묶어놓은 줄이 팽팽하게 당겨져 끊어질 것만 같았다. 매 순간이 지날 때마다 그 줄은 더 팽팽하게 당겨지고 점점 더 그를 옥죄어왔다.

나타노스는 두 눈을 감고 가혹한 은백의 돌풍과 함께 휘날리는 눈보라를 상상했다. 진홍빛으로 빛나는 두 눈이 폭풍을 꿰뚫었다.

"실망시키지 않겠습니다." 그가 속삭였다.

날카롭게 문을 두드리는 소리에 그는 눈살을 찌푸리며 자신의 감상적인 면을 나무랐다. 중요한 건 임무와 여왕의 계획뿐이다.

"들어와라."

선실 천장에 매달린 촛불이 정중한 인사와 함께 두건을 벗는 비스린의 창백한 얼굴을 비췄다. 칼도레이 어둠 순찰자인 그녀의 얼굴에는 상대를 꿰뚫어 보는 듯한 두 눈과 그 눈을 닮은 진홍빛 나뭇잎 문신이 새겨져 있었다.

"아, 드디어 왔군. 발각됐나?"

나타노스는 아주 오랫동안 비스린이 돌아오기를 기다렸고, 이렇게 무사히 돌아온 모습을 보니 마음이 놓였다.

"고원은 눈에 띄지 않고 통과한 것 같습니다."

비스린이 차분한 목소리로 대답했다.

"통과한 것 같다?"

그는 콧방귀를 뀌었다. 어느새 마음이 다시 불편해졌다. 조금 더 자세히 살펴보니 그녀의 왼쪽 손목에는 피투성이로 넝마가 된 붕대가 감겨 있었다.

"그 정도로는 부족하다. 실수는 용납할 수 없어, 비스린. 부상은 어떻게 된 건가?"

"고원에서 야수와 싸워야 했습니다. 심각한 부상은 아닙니다. 그보다…… 이렇게 간청합니다, 순찰대장님. 지금은 더 시급한 문제가 있습니다. 렐리아스가 말하길 반란군에게서 연락이 왔다고 합니다."

"뭐라고?"

"아파리의 계획이 실패했습니다. 첩자들의 보고에 따르면, 탈란지 여왕이 오늘 밤 왕궁으로 돌아왔다고 합니다. 드레스에는 큰 얼룩이 묻어 있었다고 하더군요. 암살 시도 과정에서 부상을 당했을지도 모릅니다."

나타노스는 실망감을 내비치지 않으려고 애를 썼지만, 턱이 꿈틀거리는 건 막을 수 없었다. 그는 잠시 동안 가장 효과적인 접근 방법이 무엇일지 생각했다. 그들은 이미 반란군과 협력하고 있었다. 적절한 거짓 정보를 흘려 그 불길을 키워주면 어떨까.

"그렇다면 동틀 무렵 할 일이 많겠군. 순찰자들을 집합시켜라, 비스린. 그리고 도시의 정보원들에게 연락해서 호드가 여왕에 대한 신뢰를 잃었다는 소문을 퍼뜨리라고 지시해라. 어쩌면 그들이 직접 왕국을 빼앗으려 할지도 모르니까."

"하지만—"

"우리는 진실의 대장정을 시작하려고 이곳에 온 게 아니다."

나타노스는 딱 잘라 말하고는 돌아서서 비스린을 바라봤다. 그의 주먹이 둔탁한 소리를 내며 거칠게 탁자를 내리쳤다.

"우리는 공포를 유발하고자 이곳에 온 것이다. 놈들이 서로를 의심하고 다투게 해라. 당황하게 만들어라. 그 계집이 밴시 여왕을 등진 자신의 선택을 후회하도록 만들어줘라."

제 5 장

오그리마

모래로 뒤덮인 오그리마의 대로 위에서 제칸은 호기심 많은 청중들을 앞에 두고 서 있었다. 서부 대지제단에서 차분하게 동료들을 만나며 오후 시간을 보내려 했던 제칸의 계획은 완전히 틀어졌다. 푸른 불길이 타오르는 고대 마법석과 기둥의 힘으로 충만한 평온의 현장에서, 처음 주술을 배우는 신출내기 주술사들의 웃음소리와 함께하려 했던 하루는 이미 사라지고 없었다.

낮은 천막의 그림자 아래 있어도 뙤약볕은 타는 듯이 뜨거웠다. 제칸은 책상다리를 하고 자리에 앉아 이마에 흐르는 땀을 닦았다. 메아리 섬에 드리워진 나무 그늘의 서늘한 안식처가 그리웠다. 그곳의 밀림은 오후 햇볕 아래에서 고된 일을 마친 후 시원한 바닷물에 뛰어들 수 있는 오아시스였다.

고향 같던 그 밀림이 지금은 너무나도 먼 곳에 있는 것처럼 느껴졌다. 제칸은 뭔가 잘못됐다는 생각을 떨쳐버릴 수가 없었다. 일단, 끊임없이 땀이 흐르는 것부터 잘못됐다.

"그 여자가 정말로 죽을 뻔한 거예요?"

제칸의 무릎까지밖에 오지 않는 어린 오크가 애타는 눈빛으로 물었다.

모두들 그야말로 매서운 기세로 질문을 퍼부었다. 암살 시도 현장에 그가 있었다는 소문이 쫙 퍼진 것이다. 수업을 빠진 어린 주술사들이 제칸 주위에 모여들어 그를 한쪽 구석으로 몰아넣었다. 손으로 턱을 괸 아이들이 호기심 어린 표정과 휘둥그레진 눈으로 그를 바라보고 있었다.

"분명히 역사상 가장 아름다운 트롤이겠죠!"

한 판다렌 소녀가 말했다.

"아저씨가 칼에 찔렸다고 들었어요!"

"상처 좀 보여주세요!"

"얘들아, 얘들아…… 다 얘기해주마. 너희 같은 어린아이들에게는 너무 충격적일 수도 있지만……."

제칸은 쿡쿡 웃으며 두 손을 들어 쏟아지는 질문 세례를 진정시켰다.

"흥, 아니에요! 그 정도는 아무것도 아니라고요. 유 이만 빼고요. 저 녀석은 덩치만 크지 아직 멍청한 애기라니까요."

오크 소년 아구가 외쳤다.

"아니거든!"

유 이가 아구를 향해 혓바닥을 내밀었다. 잔뜩 성이 난 듯 온몸의 어두운 색 털이 흐트러졌다.

"맞거든!"

제칸은 다시 웃음을 터뜨리고는 호주머니에서 손수건을 꺼내 이마에 흐르는 땀을 닦았다.

"계속 그렇게 싸우면 아무 얘기도 안 할 거야."

미래의 대지 고리회 지도자들이 입을 다물었다. 그래 봐야 잠시 뒤엔 지금의 침묵을 만회하려는 듯, 아이들이 다시금 열정적으로 장난치리라는 사실을 제칸은 잘 알고 있었다. 그때 갑자기 천막 근처 수풀에서 공간이 갈라지는 바람에 여섯 명의 아이들과 제칸은 깜짝 놀랐다. 차원문이 전기의 푸른 마력으로 지지직거리며 넓어졌다. 잠시 후 보라색 실크로 감싼 다리가 나타나고, 뒤이어 차원문에서 나이트본이 빠져나오더니 정갈한 예복에 묻은 먼지를 털어냈다.

제칸은 그 즉시 하얀 머리에 갸름한 얼굴의 엘프를 알아봤다. 첫 번째 비전술사의 부탁을 받고 심부름을 하거나 전갈을 전해준 적이 몇 번 있었다. 제칸은 이미 많은 땀을 흘리고 있었지만, 상대를 보자 땀이 폭포수처럼 쏟아지기 시작했다. 무슨 말을 전하러 왔는지는 몰라도 다급한 일이 분명했다. 급한 전갈이 아니었다면 그롬마쉬 요새에서 주술사의 초소까지 그냥 걸어왔을 테니까.

"방해해서 미안하군. 의회에 출석해줘야겠다, 제칸. 지금 당장."

로르리드렐이 짓궂은 미소를 지었다. 그리 미안한 표정은 아니었다.

"안 돼요! 지금 데려가면 안 된다고요!"

유 이가 끙, 소리를 내며 나이트본을 노려보자 아구가 덧붙였다.

"이제야 재미있는 이야기를 하려던 참이에요. 그 얘기만 마저 하고 데려가요!"

"그럴 수는 없단다."

로르리드렐은 입가에 미소를 지은 채 유 이의 표정을 따라하며 얼굴을 찌푸렸다. 그러자 아이는 겁에 질렸는지 시선을 피했다.

"제칸은 지금 너희들과 수다를 떠는 것보다 중요한 일이 있다. 다들 교실로 돌아가서 지금 있었던 멍청한 일은 잊어버리는 게 좋지 않을까?"

그 말에 제칸은 차원문 옆에 서 있는 엘프에게 황급히 다가가 낮은 목소리로 말했다.

"괜히 겁줄 필요는 없잖아요? 아직 애들이라고요."

로르리드렐은 아무 말도 하지 않았다. 괜한 논쟁을 시작해봐야 현명한 일이 아니라는 걸 제칸은 잘 알고 있었다. 온몸의 세포가 제칸에게 제단에 남아 아이들과 어울리라고 말하고 있었지만, 감히 스랄과 다른 지도자들을 기다리게 할 수는 없었다. 제칸은 가슴을 당당히 펴고 차원문 안으로 들어섰다. 곧이어 배 속의 내장을 밖으로 끄집어내는 듯한 묘한 느낌과 함께 그롬마쉬 요새에 도착했다.

그들이 나타났다고 해서 대화가 끊어졌다거나 하는 일은 없었다. 요새는 묘하게 고요하고 조용했다. 아무래도 모두가 자신을 기다리고 있었던 것 같다고, 제칸은 생각했다. 호드 의회의 모든 지도자들이 둥글게 반원을 그리며 제칸 앞에 앉아 있었다. 작달막하고 귀가 뾰족한 초록색 고블린 가즈로를 시작으로, 바인 블러드후프, 첫 번째 비전술사 탈리스라, 구부정한 포세이크 릴리안 보스, 후오진 수도사 지 파이어포우를 지나 전 대족장 스랄이, 마지막으로 스랄의 왼쪽에는 로르테마르와 검은창 부족의 로칸까지 앉아 있었다.

정말이지 위압적인 광경이었다.

"고마워요, 로르리드렐. 늘 그렇듯 빠르군요."

첫 번째 비전술사 탈리스라가 부드러운 목소리로 말했다.

"잘 왔다, 제칸."

의회의 판다렌 대변인 지 파이어포우가 우아한 몸짓으로 손을 내밀었다. 그의 붉은 가죽 튜닉이 횃불 빛을 받아 환하게 빛났다. 제칸은 지 파이어포우와는 교류가 거의 없었지만, 그 판다렌 수도사는 언제나 존중하는 태도로 제칸을 대해주었다.

"어제 잔달라 여왕을 지켜준 것은 정말 탁월한 업적이었다. 그러나 유감스럽게도, 지금은 네게 그보다 더 큰 부탁을 해야 할 것 같다."

"옳다고 생각하는 일을 했을 뿐이에요."

제칸이 조금 긴장한 태도로 말했다. 호드 지도부의 힘과 지혜를 마주하는 자리에서, 제칸은 자신이 아직도 어리다는 것을 실감했다. 앞에 줄지어 앉아 있는 지도자들 중에는 친구라 부를 수 있는 이도 있었지만, 그럼에도 다리가 후들거리고 배 속이 조여오는 것을 느꼈다. 늦잠을 자거나 친구의 머리카락에 불을 붙였다는 이유로 혼쭐이 나던 어린 꼬마 주술사 시절로 되돌아간 기분이었다. 제칸은 말을 이었다.

"그리고 어제도 말씀드렸다시피 그저 우연한 사고였을 뿐입니다."

여덟 명의 지도자들 사이에서 재미있다는 듯 쿡쿡 웃는 소리가 새어 나왔다. 반원의 중앙쯤에 앉아 있던 스랄은 팔꿈치를 무릎에 얹고 몸을 앞으로 기울였다.

"그럴지도 모르지. 하지만 그 트롤이 칼을 꺼내 들었을 때, 자네는 주저하지 않고 여왕을 보호했네. 아주 명예로운 본능이야. 명예로운 행동이지."

제칸의 얼굴이 희미한 미소로 풀어지고, 오랫동안 참고 있던 숨이 새어 나왔다. 아무래도 문제가 있어 불려온 건 아닌 모양이다. 다행이었다. 호드 의회가 훈장이라도 주려는 걸까. 아니면 진급을 시켜주려는 것인지도 모른다.

"아무리 선한 행동이라도 처벌을 피할 수는 없소."

로르테마르르가 두 손의 손가락을 모아 붙이고 가시 박힌 의자에 느긋하게 기대앉았다.

제칸은 딸꾹질이 나왔다.

"처, 처벌이라고요?"

"괜히 겁주지 마세요."

첫 번째 비전술사 탈리스라가 반짝이는 눈빛으로 로르테마르를 바라보며 부드럽게 책망했다.

"당신에게도 큰 명예가 될 거예요. 당신의 능력을 의회에 증명할 수 있는 기회를 드리려고 해요. 호드의 대사로 잔달라에 가주세요."

대사? 내가? 제칸은 자신도 모르게 코웃음을 쳤다. 하지만 제칸 외에는 아무도 웃지 않았다.

"어…… 아, 진담이시군요."

"암살 시도만큼이나 진지하지."

제칸의 왼쪽에 앉아 있던 고블린 무역왕 가즈로만이 키득키득 웃으며 그의 기분을 풀어주었다.

"그래! 정말이다, 꼬마야. 어서 가방을 싸거라. 곧 줄다자르로 가야 할 테니까."

제칸은 본능적으로 스랄을 바라보고, 다시 로칸에게로 시선을 돌렸다. 의회의 구성원 중에서 그가 가장 잘 알고 있고 친분이 있다고 생각하는 둘을 번갈아 봤다. 로칸은 잠시 그와 눈을 맞췄다. 거대한 엄니와 검은 구슬 같은 눈동자가 인상적인 연로한 정예 어둠사냥꾼은 제칸을 다독이고 스스로를 믿어보라는 듯 고개를 끄덕였다.

"전…… 대사 같은 건 해본 적이 없습니다."

제칸은 등 뒤에서 맞잡은 손을 배배 꼬며 가까스로 대답했다.

"탈란지 여왕을 의회에 참여시켜야 하네."

스랄은 대사 임명의 충격으로 혼란에 빠진 제칸을 달래주려는 듯 차분하게 설명을 이어갔다.

"여왕은 우리에 대한 믿음을 잃었네. 하지만 자네가…… 목숨을 바쳐 그녀를 지켜주었지. 자네의 젊음과 일천한 경험이 오히려 도움이 될 걸세, 제칸."

"탈란지는 분명 당신을 얕잡아볼 거예요. 그 점을 이용하세요. 우리의 눈과 귀가 되어주세요."

첫 번째 비전술사 탈리스라가 말했다.

"가능한 한 자주 보고해주고. 조금이라도 분위기가 바뀌거나, 그 도시에서 뭔가 이상한 일이 생기면 즉시 알려주시오. 여왕과 관련된 것이라면 뭐든 도움이 될 테니까. 잠재적 아군인 그녀를 잃을 수는 없소. 여왕의 도시는 우리 함선의 재보급 지점으로 반드시 필요한 전략적 요충지임을 잊지 마시오."

로르테마르가 덧붙였다.

제칸은 귀가 저릿해질 정도로 집중해서 그들의 말을 들었다. 요새 전체가 다시 침묵에 잠겼다. 그는 몸이 움츠러들지 않도록 안간힘을 써야 했다.

"우리의 제안을 받아주시겠어요? 당신의 대답을 듣고 싶군요. 시간이 별로 없습니다."

부드럽지만 단호한 목소리로 탈리스라가 물었다.

내게 선택의 여지가 있는 걸까요? 제칸은 묻지 않았다. 하지만 그들 사이로 그 질문이 맴돌고 있다는 사실을 잘 알고 있었다. 오그리마까지 와서 스랄의 총애를 받는 것만으로도 그는 평생의 업적을 이루었다고 생각했다. 전쟁이 그를 먼 곳까지 데리고 왔다. 무너져 내리는 흉벽에서 바로크 사울팽이라는 전설적인 전사와 함께했던 그는 잔혹한 막고라와 함께 오그리마의 성문 앞에서 그 위대한 오크가 목숨을 잃는 모습까지 지켜봐야 했다.

티리스팔 숲에서 처음으로 전투를 맛본 후 밴시 여왕의 추악한 마법에 사울팽이 쓰러지는 모습을 목도하는 순간까지, 마치 한평생이 지나간 것 같았다. 지금 의회 앞에 서서 자신에게 자격이 있는지 확신할 수 없는 이런 명예를 수용할지 말지 고민하는 제칸의 모습을 본다면 그가 뭐라고 했을까. 머리가 희끗희끗했던 그 전설의 노병은 과연 무슨 말을 해주었을까, 갑자기 궁금해졌다.

그 질문에 답하듯 혼란스러운 순간에 종종 느껴지곤 했던, 조상님들의 메아리가 느껴졌다. 그들의 목소리와 존재감이 그와 함께하며 제칸에게 힘을 북돋워주었다. 묵직한 건틀릿을 착용한 손이 그의 어깨에 올려졌다. 당당히 고개를 들라고 말하는 아버지의 목소리가 아니었다. 제칸은 사울팽의 기척을 느꼈다. 위대한 전사의 힘과 오랜 경험이 거대한 보루처럼 단단하게 느껴졌다. 사울팽의 눈에서도 가끔은 피로와 후회가 느껴지긴 했지만, 약한 모습을 드러낸 적은 단 한 번도 없었다.

"이래도…… 괜찮은 걸까요? 탈란지 여왕은 우리의 동료잖습니까? 그런데 지금 그녀를 염탐하자는 건가요?"

제칸이 안절부절못하며 떨리는 목소리로 물었다.

"위해를 가하라고 자네를 보내는 것이 아니네. 여왕의 마음을 알지 못하면, 그녀를 도울 수도 없지 않겠나."

로칸이 그를 안심시키려는 듯 담담히 대답했다.

제칸은 오랫동안 그를 바라봤지만 로칸은 차분하고 당당했다. 그의 눈 속에서 다른 속셈 같은 건 조금도 보이지 않았다.

"그렇다면…… 받아들이겠습니다."

"그럼 이제 의회는 해산하겠습니다. 평안한 여정과 행운이 따르길 기원할게요, 제칸. 당신이 우릴 실망시키지 않으리라 믿어요."

첫 번째 비전술사 탈리스라가 의회의 해산을 선포했다.

제칸이 미처 대답하기도 전에 모두들 자리에서 일어났다. 탈란지가 불쾌감을 숨기지 않고 회담에서 퇴장한 직후, 호드의 지도부는 수행원이나 참모, 부관들도 모두 내보낸 채 그롬마쉬 요새에서 비밀회의를 계속했다. 제칸의 어머니도 그와 형제들이 서로 다퉜을 때 비슷한 처분을 한 적이 있었다. 형제들을 가족의 오두막에 앉혀놓고는 가슴속에 맺힌 말을 모두 꺼내놓을 때까지 소리를 지르고 마음껏 싸우도록 내버려두었다. 그 덕분에 형제들과 별 탈 없이 지낼 수 있었다.

호드의 지도부 역시 아주 오랫동안 요새 안에 갇혀 있었고, 그렇게 모여 앉아 소리를 지르고 마음껏 싸우고 나니 효과가 있었던 모양이다. 지도자들은 한 명씩 제칸을 지나쳐 요새 밖으로 나갔다. 그의 팔을 붙잡고 신뢰하고 있음을 적극적으로 표현하는 이도 있었고, 일부는 고개만 끄덕여 보이기도 했으며 가즈로는 그에게 윙크를 했다.

스랄과 검은창 부족의 로칸이 마지막으로 그에게 다가와 요새가 텅 빌 때까지 잠시 그의 곁에 머물렀다. 어느새 요새 안에서 들리는 소리라고는 제칸의 귓가에서 쿵쿵거리는 자신의 맥박과 타들어 가는 횃불 소리뿐이었다. 로칸은 크게 한숨을 내쉬더니 스랄을 곁눈질로 바라봤다.

"이 친구가 잘할 수 있겠소?"

로칸이 물었다. 마치 제칸이 그 자리에 없다는 듯한 말투였다.

"나나 당신이 곁에 있는 것보다는 어린 여왕의 거부감이 덜할 테지."

스랄은 반쯤 놀리는 듯한 말투로 말했다.

"왜죠? 왜 직접 가시지 않는 건가요? 전…… 아무것도 아니라고요."

제칸의 입이 바싹 말랐다.

"사울팽은 그렇게 생각하지 않았지. 나 또한 그렇게 생각하지 않아. 나는 해야만 하는 일이 있고, 가야만 하는 곳이 있어. 유카가 대지 고리회에서 아주 심각한 소식을 전해왔다네. 그래서 자네가 잔달라 트롤들 사이에서 자네 자리를 찾는 동안 나 또한 나만의 여정을 떠나야 하네. 의회에서도 누군가 유카와 함께 놀드랏실로 가야 한다는 결정을 내렸어. 영혼의 세계가 불안정해진 이유를 알아내야 하거든. 나는 그곳에서…… 음, 아무런 기대 없이 그냥 가는 게 좋을 것 같군."

스랄은 제칸의 어깨에 손을 얹었다. 조금 전 어깨에서 느껴졌던 손의 기척과 거의 같은 느낌이었다. 그렇게 전 대족장 스랄은 땋은 머리를 휘날리며 무거운 발걸음으로 요새를 떠났다. 오랜 세월 그를 짓누른 짐의 무게와 피로가 이제는 감당하기 힘든 듯 어깨가 조금 처진 모습이었다.

"이걸 받게."

로칸은 칼이 여러 개 엮어 있는 허리띠에서 단검 하나를 꺼냈다. 가볍고 균형 잡힌 무기로, 칼날과 칼자루 사이에 반짝이는 룬 문자가 새겨져 있었다.

"우린 독사 소굴로 널 보내는 거다, 꼬마야. 암살자도, 위험한 순간도 많을 테지. 네겐 주술사의 힘이 있지만, 허리에 칼을 차고 있으면 마나가 모두 소진된 후라 해도 무기가 하나쯤은 남아 있는 셈이지."

제칸은 단검을 두 손으로 조심스럽게 받아들었다.

"감사합니다, 로칸. 하지만 전 단검으로 싸우는 법은 모르는걸요."

로칸은 엄지손가락을 들어 제칸의 관자놀이를 꾸욱 누르며 말했다.

"그건 본능이다. 전부 다 본능이지. 주술사답게 생각하고 전사처럼 싸워라, 꼬마야. 그리고 너 자신을 위해 그림자처럼 스며들어라."

제칸은 단검을 바라보며 고개를 끄덕였다.

제 6 장

스톰윈드

"몇 명이라고요?"

스톰윈드 국왕은 대성당의 마지막 종소리에 귀를 기울였다. 하루를 마무리하는 햇살이 머리 위 스테인드글라스 창문을 비추며 높은 제단에 푸른빛과 보랏빛의 음울한 그림자를 드리웠다. 종소리의 메아리가 울려 퍼지는 가운데 안두인은 가만히 대답을 기다렸다.

"여섯 명이네."

크림색과 검은색, 황금색이 어우러진 사제복을 차려입은 아서 주교가 나지막이 속삭이며 빛의 대성당 지하 묘지로 통하는 문의 자물쇠를 열었다.

"아니, SI:7이 찾아낸 게 여섯 명이라고 해야겠군. 해일에 휩쓸려간 게 몇 명인지는 아무도 모르네."

안두인의 친구이자 믿음직스러운 참모인 길니아스의 국왕, 겐 그레이메인이 대답했다.

"아직 숨어 있는 자들도 있을 겁니다."

대총독 투랄리온이 말했다. 그의 당당한 체구와 넓은 어깨는 은색과 황금색으로 빛나는 빛벼림 방어구가 아니더라도 충분히 눈에 띄었다. 덥수룩한 수염과 커다란 흉터가 아니더라도, 투랄리온은 전장에서 잔뼈가 굵은 진짜 전사로 보일 것이다. 두 사람은 안두인의 뒤를 따라 지하 묘지로 이어지는 구불구불한 통로를 내려갔다.

"쇼가 최소한 십여 명의 첩자들을 보내 잔달라 해안과 동부 왕국 사이의 바다를 감시하고 있습니다."

"이제 말씀은 삼가주세요, 여러분. 듣는 사람이 없는 곳으로 가죠."

안두인이 속삭이듯 말했다.

저녁 미사까지 모두 끝난 대성당은 거의 텅 비어 있었지만, 수사와 사제 몇 명은 남아 있었다. 그중에는 예상치 못한 손님들이 무슨 일로 찾아왔는지 엿보고 싶은 이들도 있을 것이다. 스톰윈드 국왕과 명망 높은 전사 두 명이 함께 있는 모습에 관심 없는 사람이 있을까? 스톰윈드의 시민들에게 투랄리온은 그야말로 신화 그 자체였다. 이 도시의 성벽 앞, 스톰윈드로 이어지는 다리 앞에는 그의 모습을 본뜬 조각상이 장대한 위용을 뽐내며 시민들을 지키고 있었다. 그는 은빛 성기사단을 결성하는 데 도움을 주었을 뿐 아니라, 빛의 수호자 우서나 티리온 폴드링처럼 전설과 노래의 주인공이 된 영웅들과 함께 싸웠다.

세 사람은 대화를 중단하고 깊은 지하 묘지를 향해 꽤 오랫동안 조용히 내려갔다. 그 아래에서 기다리고 있는 것이 두려웠지만, 안두인은 걸음을 재촉했다. 아무리 두렵다 해도 국왕의 명에 따라 작전을 수행한 병사들이 어떤 운명을 맞이했는지 확인하는 것 또한 왕의 임무였다.

공기가 차가워졌다. 비가 추적추적 내리는 가을날을 떠올리게 하는 진흙과 벽돌 냄새가 밀려들었다. 벌레와 부패의 역겨운 악취가 지나가고, 말린 꽃과 약초의 희미한 향기가 선명한 죽음의 냄새를 지우려고 애처롭게 발버둥 쳤다.

지하 묘지의 최하층은 온몸에 모피를 두른 사람이라도 덜덜 떨게 만드는 냉기로 가득했다. 그리고 그곳에는 피부가 온통 변색되고, 입술은 단말마의 비명으로 끔찍하게 뒤틀린 사체들이 축축한 옷에 감싸인 채 줄지어 그들을 기다리고 있었다. 투랄리온은 벽에서 떼어낸 횃불을 들고 재빨리 시체들을 비췄다. 늘 냉철한 그의 얼굴이 안타까운 마음에 온통 어두워졌다.

"공격이 얼마나 정확했는지 한번 보십시오. 단 한 발로 심장을 꿰뚫었습니다."

그의 곁에 놓인 시체는 젊은 드워프였다. 불그스레한 수염이 모래와 해초로 뒤엉켜 있었다.

겐이 투랄리온 곁으로 다가와 드워프의 가슴을 뚫고 나온 화살을 조심스럽게 살펴봤다.

"전부 이런 식이군. 단 한 발이 곧 치명타였네. 여기와 여기, 화살 깃을 잘 보게. 아무래도 잘라낸 것 같아."

"그래서 쇼가 시체들을 이곳으로 옮겨온 겁니다."

투랄리온이 낮은 음성으로 말했다. 그의 두 눈은 드워프의 시체 너머 안두인에게 고정되어 있었다. 안두인은 전쟁으로 날카롭게 벼려진 성기사가 두려워하는 모습을 본 적이 없었다. 지금 투랄리온의 두 눈에 어려 있는 감정은 공포가 아니었다. 분노였다.

"제가 놓친 게 있나요?"

안두인이 굳은 표정으로 물었다.

"잔달라의 화살입니다. 하지만 이건 잔달라의 전술은 아닙니다."

투랄리온이 대답했다.

"당연히 아니지! 이건 누군가의 장난일세. 아주…… 끔찍한 장난이지. 어떻게 된 영문인지는 아직 잘 모르겠지만."

겐은 이리저리 서성였다. 악다문 입에서 당장이라도 늑대인간의 으르렁거리는 울음소리가 터져 나올 것 같았다.

"이 세계를 통틀어 이런 적중률을 구사할 수 있는 자들은 많지 않네. 지금 가장 가능성이 높은 건 빌어먹을 밴시 여왕을 따르는 녀석들이야."

"어둠 순찰자의 짓이라는 말씀인가요? 확실합니까?"

안두인이 중얼거리듯 물었다. 그의 눈은 두 사람 사이를 바삐 오갔다.

"확실하냐고? 아니. 하지만 난 그자들의 화살을 수도 없이 봐왔고, 그자들이 싸우는 방식과도 일치하네. 정확도는 말할 것도 없고."

겐은 씩씩거리며 대답하고는 더 거칠게 이리저리 서성였다. 우리에 갇혀 잔뜩 성난 늑대와 꼭 닮은 모습이었다.

"어둠 순찰자가 잔달라에서 뭘 하고 있는 걸까요? 잔달라 트롤은 호드의 동맹이지만, 그렇다고 그들이 실바나스나 어둠 순찰자들의 친구는 아니에요."

안두인은 하마터면 죽은 병사의 장화를 손으로 만질 뻔했다. 다른 곳에 정신이 팔려서 지금 곁에 있는 것이 시체라는 사실을 잠시 잊은 것 같았다. 다시 보니 병사의 가슴을 꿰뚫은 자상이 또렷하게 눈에 들어왔다. 빛이여, 이렇게 시리도록 어린 병사들이…….

그럼에도 전사한 병사들이 고향으로 돌아와 빛의 성역에서 보호받고 있다는 사실이 조금이나마 위안이 되었다.

"실바나스의 경고인지도 모릅니다. 어쩌면 실바나스가 새로운 여왕을 벌하고자 순찰자들을 직접 보낸 것인지도 모릅니다. 호드와 잔달라가 연합한 건 어둠의 여왕이 대족장이던 시기였습니다. 하지만 최근의 첩보에 따르면, 탈란지가 호드와의 동맹을 철회하고 독자적인 활동을 시작한 것 같습니다. 실바나스가 배신을 어떻게 생각하는지는 우리 모두 잘 알고 있지 않습니까."

투랄리온이 신중하게 말했다. 안두인은 성기사의 말을 곱씹으며 고개를 끄덕였다. 하지만 겐은 생각이 달랐는지 좌절감에 두 손을 들었다.

"이건 둘도 없는 기회일세, 안두인. 모르겠나? 실바나스가 가는 곳에 어둠 순찰자들도 따라가는 법이지. 어둠의 여왕이 가까운 곳에 있을 수도 있네. 이 만행은 그자가 치명적인 실수를 저지른 거야. 즉시 동원할 수 있는 병력을 모두 끌어모아 서쪽으로 출항해야 하네. 실바나스가 잔달라와 협력하고 있든, 둘 사이가 어긋났든, 우리와는 아무 상관이 없네. 모든 것을 끝낼 수 있는 기회를 허비해서는 안 되네."

겐 그레이메인의 묵직한 중저음이 지하 묘지를 쩌렁쩌렁 울렸지만, 안두인은 미동도 하지 않았다. 국왕은 결연한 눈빛으로 투랄리온을 바라봤다. 성기사 역시 그 말을 쉽사리 받아들이지 못하는 것 같았다. 투랄리온은 묵직한 황금색 판금 갑옷을 덜그럭거리며 몸을 틀었다. 걱정 때문인지 이마에 깊은 주름이 패여 있었다.

"지금은 생각할 때입니다, 폐하. 행동할 때가 아닙니다. 색출되지 않은 첩자들이 여전히 활동하고 있고, 휴전 협정 또한 잊어서는 안 됩니다. 잔달라는 분명 광대한 대륙입니다. 하지만 그곳의 백성들은 호드를 환영하는 것이지, 밴시 여왕을 반기는 게 아닙니다."

투랄리온은 생각에 잠긴 듯 손에 턱을 괴며 말을 이었다.

"호드도 저희처럼 실바나스를 처리하고 싶어 합니다. 그런데 호드가 이렇게 중요한 정보를 공유하지 않는다면, 폐하께서 서명하신 휴전 협정은 큰 의미가 없는지도 모릅니다."

"휴전이라니! 호드는 절대로 믿을 수 없는 족속들이네. 대체 몇 번이나 속아야 그 사실을 깨달을 텐가, 안두인? 또 속을 생각은 아니겠지."

겐이 거칠게 말을 뱉었다. 휴전이라는 말조차 용납하지 못하는 게 분명했다.

안두인은 또다시 속아 넘어갈 생각은 없었다. 하지만 호드를 신뢰한다고는 말할 수 없어도, 그들의 행동을 심사숙고해야 할 필요는 있었다. 호드가 정말 약속을 지킬 생각이 없었다면, 막고라를 치르기 전이나 그 후에 오그리마의 관문 앞에서 안두인과 얼라이언스 장군들을 모두 암살할 수도 있었다.

안두인은 겐이 진정하기를 기다렸다. 하지만 연로한 그의 얼굴은 분노로 붉게 달아오르고, 희고 굵은 수염이 부들부들 떨리고 있었다.

"겐……."

안두인은 참모이자 친구인 그에게서 잠시 눈을 떼고, 바닥에 놓인 시체들을 천천히 둘러보며 입을 열었다.

"지금까지는 성급한 행동이, 신중하고 조심스러운 행동보다 더 큰 피해를 주었죠. 단순히 우리의 주의를 돌리려는 시도일지도 몰라요. 그런 일에 과도한 병력을 투입하지는 않겠습니다."

안두인의 말에 대총독 투랄리온도 고개를 끄덕여 동의했다.

"고민해봐야 할 것 같습니다. 실바나스가 잔달라로 간 이유가 무엇일까요? 그곳에서 얻고자 하는 게 무엇일까요?"

"그런 게 무슨 상관인가?"

겐이 버럭 소리를 질렀다.

"자네도 얘기하지 않았나, 투랄리온. 잔달라의 여왕이 실바나스에게 충성을 맹세했었다고. 그 맹세가 아직 지켜지고 있는지도 모르네. 잔달라의 여왕이 호드를 등지고, 그 배신자와 수하들을 보호하고 있는지도 몰라. 어쩌면 이 용맹한 병사들은 진실을 알아냈다는 이유로 이렇게 죽임을 당해야 했는지도 모른단 말일세."

그는 분노를 감추지 못한 채 사망한 척후병들을 향해 손짓했다.

안두인 국왕에게는 진실을 알아내야 할 의무가 있었다. 그 진실이 무엇이든 피할 수는 없었다. 두 사람 모두 가치 있는 의견을 제시했지만, 투랄리온의 생각이 조금 더 현명하다는 사실을 부인할 수 없었다. 하지만, 하지만.

"한 가지 생각난 게 있습니다, 여러분. 불과 얼마 전, 멀지 않은 곳에서 있었던 일이죠. 고요했던 아라시 고원에서요. 평화롭게 진행되었어야 할 그 회합 말입니다. 예측하지 못했던 사태로 인해 헤어져야만 했던 가족들이 상봉하는 순간을 꿈꿨던 회합……이었죠."

나지막한 목소리로 말을 이어가던 안두인이 이야기를 멈추고 한숨을 내쉬었다. 그는 몸을 앞으로 기울이며 주먹으로 석판을 짚었다.

"인간과 포세이큰이 선의를 가지고 한자리에 모였어요. 모두가 같은 감정을 공유하고 서로의 사랑을 다시 한 번 확인하려고 했죠. 많은 이들이 그랬어요. 그런데 그 모든 신뢰와 그 모든 사랑이 학살로 끝나고 말았습니다."

안두인은 눈을 들어 겐 그레이메인을 바라봤다. 고맙게도 분노로 불타오르던 늑대인간의 얼굴에서 어느새 붉은 기운이 사라지고 있었다.

"두 분의 제안을 신중하게 생각해봤어요. 투랄리온, 알레리아 윈드러너와 함께 이들의 죽음에 대한 진상을 조사해주세요."

자리에서 일어난 안두인은 가슴에 손을 얹었다. 투랄리온은 확신에 찬 미소로 그를 바라봤다. 안두인은 그 자리에서 승인을 내렸다.

"당신을 얼라이언스의 총사령관으로 임명하겠습니다. 당신의 임무는,

당신의 유일한 임무는 실바나스 윈드러너를 찾아내 정의의 심판을 받게 하는 것입니다. 수단과 방법을 가리지 말고, 밤낮으로 그녀를 추적해 찾아내주십시오."

투랄리온은 몸에 익은 품위 있는 태도로 고개를 숙이며 그 명예와 임무를 받아들였다.

"제 심장과 검으로 명을 받들겠습니다."

길니아스의 국왕과 스톰윈드의 국왕은 성기사가 떠나는 모습을 함께 지켜봤다. 투랄리온은 사슬과 판금 갑옷이 조용히 절그렁거리는 가운데, 횃불의 일렁이는 빛을 온몸에 받으며 임무를 수행하고자 곧장 자리를 떠났다.

"현명한 선택이었네."

음울하고 서늘한 공간에 둘만 남자, 겐은 두 손을 맞잡았다.

"탈란지 여왕이 실바나스에게 어떤 악마 같은 속임수를 배웠는지 누가 알겠나. 무릇 모든 왕국의 모든 바위 아래에는 벌레가 숨어 있는 법. 자네의 왕국도 다르지 않네."

"당신 생각이 틀렸으면 좋겠군요."

안두인이 대답했다. 이유는 모르겠지만 지하 묘지에 계속 머물러 있고 싶다는 생각이 들었다. 망자들 사이에 앉아 그들의 고통과 그간의 여정에 대해 알아가고 싶었다. 좌절과 실패로 점철된 하루를 또다시 마주하는 것보다는 그편이 차라리 쉬울 것 같았다. 하지만 이제는 시체를 염하고 장례를 치러야 할 때가 되었다.

"겐, 빛에 맹세코 이들의 명예를 지켜줄 수 있는 장례를 치러주겠어요. 모든 병사의 이름을 돌에 새기고 별에 아로새길 겁니다. 이들이 결코 잊히지 않으려면 무엇을 더 하면 좋을까요?"

"이들은 복무의 의미를 알고 있었네, 안두인. 제빵사나 재봉사의 삶을 기대하고 입대한 건 아닐 거야. 다들 알고 있었을 걸세."

겐은 안두인의 등에 한 손을 올리고 국왕을 위로했지만 안두인은 돌아서며 겐의 손을 떨쳐냈다. 횃불의 안전한 빛 밖으로 벗어나자, 뼛속까지 서늘한 기운이 느껴졌다.

"아니요, 겐. 이들은 그 사실을 알지 못했을 겁니다. 누구라도 마찬가지였을 거예요. 죽음이라는 어둠 속에서 무엇이 우리를 기다리는지 아는 사람은 아무도 없을 겁니다."

제 7 장

다지알로

"따라서 탄원자의 요청을……."

탈란지는 모든 참관인과 군중들이 기대감에 숨을 들이쉬는 것을 느꼈다. 그녀는 주목받는 것을 즐기며 잠시 뜸을 들였다. 여왕에게 부여된 수많은 과업 중 그녀가 가장 좋아하는 것이 바로 이 순간이었다.

"승인한다."

그 말과 함께 넉넉한 금화가 왕좌에서 아래쪽 군중을 향해 쏟아져 내렸다. 대회의실의 모든 이들에게서 환호성이 울려 퍼졌다. 탄원자는 기껏해야 열일곱 살쯤 되어 보이는 소녀였다. 소녀는 군중의 우렁찬 환호성을 받으며 얼굴을 붉혔고, 가족들이 달려 나와 그녀를 포옹했다. 앞서 소녀를 변호하고자 가슴 저린 연설을 했던 아버지 베짐이 딸을 꼭 끌어안았다.

"처벌해야만 한다면, 제게 벌을 내려주십시오, 탈란지 여왕님. 제 딸아이만은 용서해주세요. 이 아이는 제 빛이요, 우리 가족의 심장입니다. 모두의 희망이 제 딸에게 달려 있습니다."

딸의 행복에 모든 것을 바치려는 아버지의 모습이 탈란지를 감동시켰다. 그립고도 그리운 아버지의 모습을 떠올리게 했다. 병사와 배라면 내줄 수 없었을 것이다. 하지만 금화라면 얼마든지 소유하고 있었고, 지금 소녀에게 필요한 건 금화였다. 피라미드 형태의 왕궁 상층에서는 잔추리 의회의 구성원과 경비대, 왕족이 생활했고, 하급 귀족들은 대부분 하층 지역에서 거주했다.

나브레라는 이름의 소녀는 입이 귀에 걸린 채로 왕좌를 향해 몇 번이고 허리 숙여 인사한 후 기뻐하는 가족들과 함께 알현실을 떠났다. 소녀는 배신자 야즈마와 관련이 있다는 이유로 처벌을 받고 쇠락한 파카쉬 귀족 가문의 일원이었다. 탈란지가 호드와의 회담을 위해 오그리마에 가 있는 동안 탈란지에게 충성하는 전사와 사제, 참모들로 구성된 잔추리 의회는 파카쉬 가문의 혐의를 모두 기각해주었다. 하지만 혐의가 벗겨졌다 해도 가문의 바닥난 금고가 다시 채워지지는 않았고, 트롤 소녀 나브레는 끔찍한 가난 때문에 강대하고 부유한 로칵 가문의 연인과 제대로 된 결혼식조차 치를 수 없었다.

발코니 밖에는 소녀의 약혼녀 킬라가 두 손을 턱 밑에 모으고 애타게 기다리고 있었다. 그녀의 어깨에는 일찌감치 좋은 결과를 예상한 듯 아름다운 구슬로 장식된 망토가 걸쳐져 있었다. 이제 두 소녀의 결혼을 가로막는 장애물은 더 이상 없었다. 개선장군처럼 당당하게 알현실을 떠나는 탄원자들의 머리 위로 꽃과 씨앗이 흩뿌려지는 모습을 보며, 탈란지의 심장에도 따스한 온기가 돌았다. 킬라의 아름다운 망토가 헛되지 않았다.

"두 소녀 모두에게 행운과 건강이 함께하길."

의회의 최초이자 유일한 토르톨란인 라쉬크가 중얼거렸다.

"행복한 아이들이군요. 보기 좋습니다. 지루하지만 나쁘지 않네요."

토르칼리의 방패 조노크가 덧붙였다. 체격이 너무 커서 의회의 좌석에 앉을 수 없는 이 광포한 트롤은 라쉬크의 곁에 서 있었다.

이십여 명의 잔달라 트롤이 대회의실에 아직 남아 있었다. 잔추리 의회는 높은 계단을 사이에 두고 참관인들과 구분되어 있었다. 중앙에는 좀 더 쉽게 올라갈 수 있는 낮은 계단이 탈란지와 다른 이들이 탄원자의 이야기를 듣고 판결을 내리는 자리까지 이어졌다. 탄원자들 뒤로 티끌 한 점 없는 하늘이 푸르른 장막처럼 펼쳐졌다. 대회의실은 외부를 향해 열려 있었고, 도시 위 상공에는 하늘공포들이 장대한 위용을 뽐내며 선회하고 있었다.

아주 긴 하루였다. 힘겨운 날이었다. 탄원자와 탄원자, 요청과 요청이 오랫동안 이어졌다. 여왕의 시간은 개인의 것이 아니었다.

"로아의 빛이여, 우리를 비추소서. 그 소녀가 마지막인 것 같군요."

상급 정무관 라타가 한숨을 내쉬고는 기지개를 켜며 일어섰다. 노랗게 바랜 뼈가 그녀의 가슴과 어깨를 보호했고, 기름 낀 파란색 머리가 한쪽 눈으로 흘러내렸다. 탈란지는 소녀 나브레가 자신의 사정을 이야기할 때 라타가 졸고 있는 모습을 봤었다. 하급 가문의 사랑 이야기 따위는 상급 정무관인 자신이 심사해야 할 만큼 의미 있는 탄원이 아니라고 생각하는 것 같았다.

그때 아래쪽에 모여 있던 군중이 반으로 갈라지며 고함 소리가 들렸다. 누군가 군중들을 뚫고 다가오고 있었다. 두 팔을 머리 위로 올리고 요란하게 소리치며 대회의실에 남아 있는 구경꾼들의 주의를 끌었다.

전쟁드루이드 로티는 한숨을 쉬며 의자에 기댄 채 축 늘어졌다. 엄니로 장식된 견갑이 황금색 도료를 입힌 의자에 부딪혀 찰랑거렸다.

"공크여, 차라리 절 데려가소서. 도무지 끝이 없군요……."

군중을 헤치고 나온 트롤은 키가 크고 야윈 모습에, 초록색 머리카락 네

가닥이 앞쪽으로 뻗어 있었다. 그는 노동자처럼 볕에 그을린 거친 외모에 무거운 배낭을 짊어지고 있었다.

"사실입니까? 그 소문이 정녕 사실입니까? 호드가 여왕님을 암살하려 했습니까? 보나 마나 여왕님을 끌어내리고 이 도시를 차지하려는 수작입니다!"

의회가 모든 탄원이 끝나고 전원 퇴장할 때까지 유지하려 했던 평화는 온데간데없이 사라지고 말았다. 탈란지의 오른쪽에 있던 라쉬크가 끙, 하는 신음 소리를 내며 녹색 부리를 손에 묻었다.

"정의의 심판을! 사실입니까? 정의의 심판을!"

아래쪽에서 누군가 소리쳤다.

"더러운 호드! 배신자들!"

탈란지는 자리에서 벌떡 일어섰다.

"자, 모두들 조용히 하라. 조용히 해. 소문은 소문일 뿐이다."

잔뜩 화가 난 탈란지는 기진맥진해진 몸을 추스르며 적절한 말을 골랐다. 군중들을 누그러뜨릴 수 있는 말이 필요했다. 이 도시를 더 불안하게 만들 수는 없었다. 사령관 라케라가 그날 아침, 암살 시도가 있었다는 소식이 다자알로까지 퍼졌다는 심각한 소식을 전해왔다. 설상가상으로 정찰병이 사라졌다는 소식과 북부 국경에서 분쟁이 번지고 있다는 소식까지 들려왔다.

"호드는 아직 우리의 동맹입니까?"

아래쪽에서 누군가의 목소리가 들렸다.

"누가 여왕님을 암살하려 한 겁니까?"

또 다른 목소리가 큰 소리로 물었다.

"시끄러운데 모두 베어버릴까요?"

사령관 라케라가 코웃음을 치며 여왕의 귓가에 속삭이자 탈란지는 쓴웃음을 지으며 사령관을 자제시켰다.

"우리는 호드와 함께하지만, 이는 그들이 우리에게 합당한 지원을 제공해줄 때만 가능할 것이다."

탈란지 여왕은 군중을 향해 목소리를 높였지만, 성가시게 웅성거리는 소리는 잦아들지 않았다. 피보다 더 진한 추문의 냄새를 맡은 모양이었다.

"호드는 우리 요구를, 잔달라의 요구를 들어줄 것이다. 그리고 그들이 우릴 돕지 않는 한, 우리도 호드를 돕지 않을 것이다."

"저기! 저기 좀 봐! 그들 중 하나다. 우리 동족이 아니야! 잔달라가 아니라고."

"암살자다!"

시끌벅적한 외침과 충격에 휩싸인 비명이 터져 나왔다. 해일처럼 군중들이 모여들더니 느닷없이 나타난 또 다른 불청객 앞에 방벽을 세웠다. 탈란지는 두 눈을 가늘게 뜨고 대회의실에 누가 나타났는지 확인하려 했다. 그 트롤은 두 명의 근위병과 함께 나타났다. 화려하고 아름다운 근위병의 방어구에 비해, 이방인의 의복은 단순하고 소박했다. 하지만 그의 모습을 보자 머릿속에서 뭔가 떠오르려 했다. 낯익은 트롤이었다. 어떻게 아는 사이지?

"호드! 호드에서 온 놈이다! 붙잡아서 심문해! 너희는 어째서 우리 여왕님을 지키지 않았느냐?"

배낭을 짊어진 초록색 머리의 골칫덩이가 재빨리 돌아서서 '호드에서 온 놈'에게 달려들더니 거칠게 밀쳤다. 그러자 호드에서 온 이방인 트롤이 옆으로 밀려나며 화려한 빨간색 머리가 휘날렸다. 경비병들이 끼어들었지만 군중의 소란은 점점 더 커지기만 했다. 이제 탈란지의 눈에 보이는 건 이방인 트롤의 붉은 정수리와 군중 위로 삐죽 솟아 있는 미늘창뿐이었다.

소용돌이치는 군중들 사이에서 목이 졸린 이방인의 비명이 터져 나왔다. 지금 잔달라 여왕의 눈앞에서 호드에 소속된 이가 살해된다면, 그녀의 입장은 감당하기 어려울 만큼 곤란해진다. 도시에서는 저항 세력이 힘을 키우고 있고, 쿨 티란 병력이 해안을 엄습하고 있는 지금…… 호드의 트롤이 잘못되는 건 허용할 수 없었다. 아직 호드가 필요할지도 모른다.

"멈춰라!"

또 한 번의 고함 소리. 경비병들도 혼돈의 소용돌이에 삼켜진 것 같았다.

"멈춰라. 그리고 그자를 놔줘라."

여왕의 권위와 함께 울려 퍼진 탈란지의 목소리가 마침내 효과를 발휘하며 대회의실 안의 모든 군중들이 움직임을 멈췄다. 모두들 저마다 하던 일을 멈추고 길을 내주었다. 갈라진 군중 사이로 난 좁다란 길을 따라 호드의 이방인 트롤이 황급히 다가왔다. 그는 어깨와 팔에 묻은 흙을 털어내고, 경계하는 눈빛으로 등 뒤의 무리를 바라보더니 의회로 이어지는 계단을 향해 비틀거리며 걸음을 옮겼다.

"아는 얼굴이군."

탈란지가 부드럽게 말했다. 이제야 기억이 떠올랐다. 여왕은 호드 트롤 뒤에 서 있는 경비병들을 향해 손짓했다.

"탄원자들을 내보내라. 의회의 논의도 이것으로 마무리한다. 내가 직접이…… 여행자를 상대하겠다."

탈란지 여왕이 서둘러 오그리마를 떠났던 탓에, 그 트롤의 이름조차 알아볼 기회가 없었다. 이제 와 생각해보니 분명 실수였다. 호드 의회와의 관계가 냉랭해진 것은 사실이지만, 이 밀림의 트롤은 그녀의 목숨을 구해주었으니까.

“이리 오시죠. 이곳까지 찾아온 용건을 말씀하세요.”

탈란지는 아래쪽을 향해 말했다.

붉은 머리 트롤은 소박하지만 열정적인 태도로 고개 숙여 인사했다.

“저는…… 호드의 대사 자격으로 왔습니다. 제칸이라고 합니다. 제칸…… 대, 대사입니다.”

제칸의 말에 탈란지가 한쪽 눈썹을 치켜올리자 사령관 라케라가 쏘아붙이듯 말했다.

“대사? 그냥 첩자라고 하는 편이 낫겠군.”

제칸이 고개를 끄덕이며 마뜩잖게 여기는 사령관을 향해 손짓했다.

“네, 첩자입니다. 대사이기도 하고요. 첩자, 눈과 귀죠. 코랑 입은 어떨까요? 호드는 여왕님을 걱정하고 있어요. 그리고 당신의 친구가 되길 원합니다, 탈란지 여왕님. 절대 포기하지 않을 거예요.”

제칸은 지나치게 긴장한 탓에 너털웃음을 터뜨렸고 민망했는지 어깨를 으쓱했다.

“그런 것 같군요. 뭐, 이보다 나쁜 선택지도 얼마든지 있었겠죠.”

탈란지는 제칸을 위아래로 살피며 천천히 말했다.

호드는 스랄을 보낼 수도 있었다. 상대가 스랄이었다면 어땠을까? 제이나 프라우드무어를 향한 우직한 충성심을 버리지 못하는 스랄을 결코 신뢰하지 못했을 것이다.

제칸이 다시 한 번 긴장감을 이기지 못하고 웃음을 터뜨렸다.

“하하, 저도 그렇게 생각합니다.”

“그냥 박살을 내버릴까요?”

조노크는 충분히 그럴 능력이 있었다. 그는 어마어마한 체격 덕분에 개미들 사이의 공포뿔처럼 보였다.

"아니, 조노크. 저자는 내 손님이야."

탈란지는 두 손바닥을 서로 마주 댄 채 '대사'를 오랫동안 바라봤다. 본능적으로 그를 돌려보내고 싶다는 생각이 들었지만, 암살자의 손에서 독이 든 잔을 떨어뜨리고 치명적인 칼날을 마주하고도 그녀 앞을 막아주었던 그에게 그런 대접을 할 수는 없었다. 탈란지는 아버지의 타오르는 듯한 시선이 자신을 꿰뚫어 보는 것을 느꼈다. 못마땅한 시선이었다. 아버지는 탈란지가 잔달라에 호드를 몰래 불러들였을 때조차 그녀의 판단을 믿어주었다. 인정한다는 게 고통스러웠지만 그에게는 기회를 줄 필요가 있었다. 붉은 머리의 풋내기 트롤은 긴장한 듯 안절부절못했다. 탈란지 입장에서는 오히려 그를 이용하거나 경험이 부족한 그에게서 의도치 않게 동맹의 정보를 얻어낼 수도 있을 것 같았다.

"이쪽으로 오세요, 제칸 대사. 이 왕궁에 머무르시려면 이곳의 복잡한 통로에 익숙해져야 할 겁니다."

사령관 라케라는 넌더리가 난다는 듯 악다문 이 사이로 거친 숨을 들이쉬었지만, 탈란지는 이를 무시했다.

"자, 계단을 올라오세요. 제가 직접 안내해드리죠."

* * *

"오그리마도 굉장하다고 생각했지만, 여긴…… 여기는 정말……."

탈란지는 짓궂게 웃으며 밀림 트롤이 입을 떡 벌린 채 제자리에서 빙빙 돌며 경이로운 광경에 감탄하는 모습을 지켜봤다. 황금과 터키옥으로 장식된 통로, 달콤한 향기를 풍기는 백합들, 세공한 보석처럼 반짝이는 타일이 깔린 평온한 물웅덩이까지, 이 왕궁의 놀라운 아름다움을 탈란지는 가끔씩 잊곤 했다. 시골 밀림 출신 청년이 고대의 화려함을 마음껏 뽐내는 왕궁을 바라보며 경탄하는 모습을 지켜보는 건 확실히 재미있는 경험이었다.

"메아리 섬에 이런 건 없어요. 폐허라면 있었죠. 커다란 투기장도 있었지만 이건 그야말로 꿈에서만 보던 풍경이네요!"

제칸은 여전히 입을 다물지 못한 채 감탄사를 연발했다.

왕궁의 하층부에 자리한 전당은 상층과 알현실을 환하게 밝히며 이글거리는 태양에서 벗어나, 동굴 같은 서늘함을 유지하고 있었다. 물이 졸졸 흐르는 배수로가 양옆으로 지나가고, 다채로운 모자이크가 발아래로 펴져 나갔다. 제칸은 쉬지 않고 끝없이 놀랐다. 탈란지는 몇 번이고 손을 뻗어 그의 벌어진 입을 덜컥, 닫아주고 싶은 충동을 느꼈다.

"이 왕궁은 언제나 내 집이었습니다. 그러다 보니 외부인의 눈에는 어떻게 보이는지 잊을 때가 많죠."

근위병 두 명이 조심스럽게 거리를 유지하며 양옆에서 보조를 맞췄다.

"하! 제 왕궁은 모래와 관목 숲이었습니다. 우리 마을 전체를 이곳 왕실 옷장에 집어넣을 수도 있을 것 같군요."

제칸은 자신의 농담이 우스워 죽겠다는 듯 배를 붙잡고 웃었다.

탈란지는 싱긋 웃으며 모퉁이를 돌았다. 다른 곳에 정신이 팔린 나머지 피라미드의 심장부에 도달했다는 것도 모르고 있었다. 걸음이 비틀거리고, 미소를 짓는 게 힘들어졌다. 탈란지는 지금껏 무슨 수를 써서든 왕궁 하층부에 자리한 이 공간을 피해왔다. 통로를 지나 황금빛의 높은 전당을 들여다보는 것만으로도 가슴속에 공포가 차올랐다.

"무슨 일이시죠, 여왕 폐하?"

제칸이 미간을 모으며 물었다.

"전…… 이곳을 좋아했어요. 이 전당은……."

탈란지는 간신히 한 걸음을 내딛고, 다시 한 걸음을 더 내디뎠다. 기억이 온몸을 뒤덮으며 그녀를 어둠 속으로 내동댕이쳤다. 바닥은 깨끗이 닦아놓은 지 오래였고, 엉망이 되었던 주변도 이미 오래전에 정리가 끝난 상태였다. 하지만 아버지가 살해당한 장소는 영원히 잊을 수 없을 것 같았다. 품에 안긴 아버지에게서 온기가 사라져가던 느낌이 여전히 생생했다. 별처럼 빛나던 두 눈의 생기가 스러져가고 손이 축 늘어지던 그 순간, 브원삼디는 아버지의 영혼을 거두어갔다.

바닥의 냉기에 무릎이 시려오는 것을 느끼며 이곳에서 아버지를 안고 있던 그때, 분노로 숨이 막혀왔고 진정한 외로움이 무엇인지 깨달았다. 평생 동안 라스타칸 왕은 자신의 딸 탈란지를 지켜보고, 가르치고, 사랑해주었다. 그들의 유산과 대지를 지키기 위해 투쟁해왔다. 이제 와 생각해보니, 아버지가 두려워한 것은 딸을 실망시키는 것, 오직 그 한 가지뿐이었던 것 같다.

그리고 결국…… 결국에는…….

"어렸을 때 이곳에서 많이 놀았었죠."

탈란지가 나지막이 말했다. 다른 기억들도 되살아났다. 행복한 추억이었다. 선생님이 하프 줄을 튕기는 동안, 숨을 참고서 물웅덩이 속에 한참 동안 숨어 있던 기억도 떠올랐다.

"내 친구 파리와 함께 여기서 몇 시간 동안 숨바꼭질을 하기도 했죠. 그 친구가 항상 이겼어요. 물속에서 더 오랫동안 숨을 참곤 했죠. 아버지가 이곳에서 돌아가셨을 때, 다시 어린아이가 된 것 같았어요. 내가 아주 작은 꼬마가 되어버린 채로 왕관을 물려받고, 그저 여왕 놀이나 하고 있다는 기분이 들었죠."

탈란지가 한숨을 내쉬고는 고개를 절레절레 젓자 호드의 대사 제칸은 아무 말 없이 그녀를 바라봤다.

"이곳에서 난 얼라이언스와 그자들의 저주받은 마녀 제이나 프라우드무어의 진정한 잔혹함을 혹독하게 깨달았어요. 제이나는 언제나 뱀처럼 간교하고 이기적인 배신자였죠. 당신네 의회가 체결한 휴전 협정에 침이라도 뱉고 싶군요. 그건 우리 백성들의 고통과 고난을 모두 무시하는 작태니까요."

두 손을 꼼지락거리던 제칸은 잠시 주저하다가 황급히 입을 열었다.

"하, 하지만 프라우드무어는 바인 님의 구출을 도와줬어요. 아즈샤라와 싸울 때 우리와 함께 싸워주기도 했고요. 아버지의 왕관을 물려받을 때 어린아이가 된 기분을 느끼셨다고 했지만, 당신은 이미 어린아이와는 완전히 다른 트롤이 됐어요. 누구나…… 달라지는 법이죠."

제칸은 허리띠 앞쪽에 손을 공손히 모으고 고개를 숙인 채 덧붙였다.

"당신은 이제 진정한 여왕이 되셨어요. 제 눈으로 직접 봤습니다. 당신이 지시하는 방식이나 말하는 방식은…… 모두의 귀를 기울이게 만들죠. 호드 역시 귀를 기울일 겁니다."

탈란지는 돌아서서 제칸을 바라봤다.

"그러면 지금까지 내가 털어놓은 이야기들을 그쪽에 전하겠다는 건가요?"

제칸이 어깨를 으쓱하고는 탈란지를 향해, 피라미드의 심장부 더 깊은 곳으로 천천히 다가갔다. 주위를 둘러보던 그의 시선이 천장으로 향했다.

"아니요, 폐하. 그 슬픔은 지극히 개인적인 것이니까요."

제칸은 허리를 굽히고 수정처럼 맑은 물웅덩이에 손을 담갔다. 제칸의 얼굴에 한순간 쓸쓸한 미소가 스치는 것 같았다.

"저도 많은 이들을 잃었습니다. 아버지를 잃고, 또 한 분을 잃었죠."

"또 한 분이라고요?"

"저희 대군주께서는 막고라 도중 밴시 여왕의 마법에 목숨을 잃었어요. 그분도…… 완벽하진 않았습니다. 많은 생명들을 해친 것도 부인할 수 없죠. 그저 단순히 해쳤다고 할 수는 없어요. 그분이 엘프들에게, 그들의 나무에 행한 일은 너무나도 끔찍한 행위라 저 따위는 감히 이렇다 저렇다 평가할 수조차 없습니다. 하지만 그분은 제게 전사가 되는 법을 가르쳐주셨습니다. 당당히 일어서는 법을 가르쳐주셨죠. 확고한 가르침을 주셨지만, 제가 어땠는지 상상이 되시나요? 전…… 그렇게 강인하지 않아요. 머릿속에서 그때의 막고라를 수도 없이 반복해서 그려봤어요. 그럴 때마다 결과가 달라질 수도 있지 않았을까, 하는 생각이 들어요. 제가 그 결과를 바꿀 수도 있었으리란 생각이요."

제칸은 자리에서 일어나 얼굴의 물기를 닦아냈다.

"하지만 당신의 브원삼디가 사울팽 님을 데려갔고, 그 사실은 다른 무엇으로도 바꿀 수 없죠."

탈란지의 몸이 뻣뻣하게 굳었다.

"나의 브원삼디가 아니에요."

"네? 당신의 왕좌는 무덤의 로아와 밀접한 관계를 맺고 있다고 다들 그러던데요."

제칸이 고개를 갸웃거렸다.

"다들이라는 게 정확히 누구죠?"

제칸의 눈이 혼란에 빠진 듯 휘둥그레졌다.

"전부 다요, 폐하. 모든 이들이 그렇게 얘기합니다."

여왕은 지친 듯 어깨가 축 늘어졌다. 그와 논쟁하는 건 어리석은 일이었다. 진실에 대해 언성을 높여봐야 아무 소용없었다. 그녀와 로아가 맺은 피의 맹약과 관련해서 호드가 얼마나 자세히 알고 있는지, 그것이 궁금했다.

"흠, 보기보다 설득력이 있군요, 대사."

탈란지가 제칸을 뚫어져라 바라보며 말했다.

제칸이 무어라 대답하기 전에, 탈란지는 그의 어깨 너머에서 뭔가 움직이는 것을 보았다. 열린 문간에 서 있던 근위병 두 명이 순식간에 경계 태세에 돌입했다. 그중 키가 큰 근위병 한 명이 검을 들고 통로로 들어섰다.

"무슨 일이지?"

탈란지는 제칸을 밀어내고 근위병들에게 다가서며 물었다.

"여왕 폐하—"

근위병이 미처 대답도 하기 전에 날카로운 창날이 근위병의 투구와 흉갑 사이의 틈을 꿰뚫었다. 아직 공격당하지 않은 또 한 명의 근위병이 재빨리 돌아서서 동료의 죽음을 초래한 공격에 주의하며 입구를 막아섰다.

탈란지는 비명을 질렀다. 가장 먼저 든 생각은 '어떻게 이런 일이 일어난단 말인가?'였다. 반란군이 무슨 수로 이렇게 깊숙한 왕궁의 내부까지 들어올 수 있었던 걸까? 그다음 떠오른 감정은 끓어오르는 투지였다. 아버지께서 숨을 거두신 이곳에서 죽을 수는 없어.

"제 뒤로 오십시오!"

근위병이 소리쳤다. 탈란지는 그녀의 이름을 떠올리려고 애를 썼다. 뭐든 기억해내려고 발버둥쳤다. 숨을 쉬어, 숨을 쉬라고! 근위병의 이름은 마랄이었다. 혈트롤이 침공해왔을 때, 얼라이언스가 왕궁을 공격했을 때 언제나 선봉에 섰던 병사였다. 그녀는 정예병이었다. 신뢰할 수 있다.

탈란지는 앞으로 달려 나가 입구에서 버티고 있던 마랄과 함께 섰고, 제칸이 그 뒤를 바싹 따랐다. 여러 음성들이 통로를 가득 메웠다. 피에 굶주린 스산한 목소리들이 하나의 구호로 합쳐졌다.

"여왕을 사냥해라! 여왕을 사냥해라! 여왕을 사냥해라!"

"여기서 나가는 다른 길이 있습니까?"

제칸이 어깨 너머를 몇 번이고 돌아보며 속삭이듯 물었다.

"아니요, 다른 길은 없어요. 이곳에서 저들과 맞서야 합니다."

탈란지는 눈을 감고 손에 힘을 모았다. 로아가 그들을 보호할 것이다. 여긴 그녀의 영토였고, 조상들과 신들의 힘이 그녀 곁을 지켜줄 것이다.

"여왕님의 명에 따르겠습니다."

제칸은 빈손이 아니었다. 그가 허리춤에서 꺼낸 단검을 높이 쳐들고 칼날에 번개의 힘을 주입했다.

"적이 옵니다!" 근위병 마랄이 외쳤다.

너무 많아. 탈란지는 생각했다. 적이 너무 많다고!

혼란스러운 와중에 적의 머릿수를 세느라 시간을 낭비하진 않았지만, 가벼운 방어구 차림에 창을 들고 이곳으로 뛰어든 적들은 언뜻 봐도 십여 명은 되어 보였다. 처음 두 명이 마랄의 미늘창과 강하게 충돌하며 뒤로 밀쳐졌고, 무리들과 함께 나뒹굴며 반격의 기회가 열렸다.

"로아여, 우리를 수호하소서!"

탈란지의 외침과 함께 활짝 편 손 앞으로 아른거리는 보호막이 나타나 그녀와 마랄, 제칸을 감쌌다. 창은 보호막을 뚫지 못하고 바닥으로 떨어졌다.

마랄은 미늘창을 아래로 내리더니 밖으로 세차게 뻗어 앞쪽의 트롤 두 명을 찔렀다. 얼굴에 하얀색과 검은색 물감을 칠한 그들은 바닥으로 쓰러졌다. 쓰러진 자들 주위로 피가 흘렀다. 하지만 적의 기세는 꺾이지 않았다. 그들은 쓰러진 동료를 거리낌 없이 짓밟으며 근위병에게 달려들었다. 그들은 무기를 버리고 마랄이 내뻗은 미늘창의 길고 단단한 손잡이에 매달렸다. 두 명의 트롤이 안간힘을 쓰며 창을 비틀어대자, 마랄은 결국 미늘창을 놓치고 탈란지의 보호막 뒤로 물러나야 했다. 그때였다.

"머리 조심해요!"

제칸의 단검에 모여든 불길이 앞쪽으로 날아가, 미늘창을 빼앗은 놈들 중 하나를 기습적으로 덮쳤다. 다른 한 명은 미늘창으로 마랄을 공격했지만 그녀는 유연하게 피하며 황금색 허리띠에서 단검을 꺼냈다.

통로 안쪽에서 격앙된 고함 소리가 들려오자 탈란지는 가슴이 철렁 내려앉는 듯했다. 반란군 몇 명 정도는 막아낼 수 있겠지만, 놈들의 지원군까지 몰려온다면 제압되는 건 시간문제였다.

하지만 반란군이 몰려들지도, 환호하지도 않았다. 오히려 그들은 당황했고 사방으로 흩어지려 했다. 다른 곳을 지키고 있던 왕궁의 근위병들이 집결하기 시작했기 때문이었다. 미늘창을 빼앗았던 반란군 트롤은 욕설을 내뱉으며 달려들어 길을 열려고 했다. 하지만 마랄은 적의 손에서 미늘창을 빼앗아 창대로 놈의 이마를 있는 힘껏 후려쳤다.

탈란지는 학살이 시작되기 전에 근위병들을 향해 외쳤다.

"모두 생포해라!"

하지만 침입자들은 항복하지 않았다. 적들은 자신들을 향해 뻗어 있는 근위병들의 날카로운 미늘창으로 달려들어 스스로 몸을 꿰뚫었다. 탈란지는 분노와 좌절감에 이를 악물었다. 그때 마지막으로 남아 있던 반란군 하나가 여왕을 향해 달려들었다. 그는 하얀색 줄이 그려진 검은 가면을 쓰고 있었다. 가면 뒤쪽의 눈은 광기로 빛나고, 그의 몸에서는 기이한 녹색 불길이 분출되었다. 그러자 탈란지의 보호막 중앙이 갈라지며 틈이 생겼다. 적은 그녀를 향해 한걸음에 달려와 작고 날카로운 칼날을 그녀의 목덜미에 들이밀었다.

"우리는 과부거미의 이빨이다, 배신자 여왕이여. 우리가 사방에서 널 지켜본다!"

그는 속삭이듯 말하며 거칠게 여왕을 밀쳐 쓰러뜨렸다.

그때 가면을 쓴 적의 뒤쪽에서 갑작스럽게 푸른 연기 한 줄기가 피어올랐다. 묘하게 달그락거리는 소리와 함께 최후의 숨결 같은 서늘한 기운이 내부를 뒤덮었다. 거대하고 앙상한 손가락이 적의 어깨를 톡톡 두드리자, 가면을 쓴 트롤은 화들짝 놀라 뒤를 돌아봤다. 브원삼디의 흉측한 얼굴이 바로 코앞에 있었다.

"어이."

로아는 느닷없이 나타났던 것과 마찬가지로 갑작스럽게 사라졌다. 하지만 그 정도만으로도 적의 주의를 돌리기엔 충분했다. 반란군 트롤의 입이 뒤틀리고 멍하니 벌어지면서 두 눈 속의 빛이 꺼져갔다. 그 순간 탈란지의 귀에 단검이 살을 찢는 소리가 들렸다. 다행히 그녀의 목이 아니라 적의 목을 가르는 소리였다. 반란군 트롤의 가면이 번개로 지글거리며 머리카락이 타올랐다. 제칸의 단검이 반란군의 목에 박혀 있었다.

탈란지는 숨이 끊긴 적을 밀어내며 몸을 굴렸다. 축 늘어진 시체가 바닥에 널브러지고, 그녀는 숨을 헐떡였다.

과부거미의 이빨. 탈란지는 믿을 수 없다는 듯 고개를 저었다. 그들은 샤드라와 야즈마의 추종자들이었다. 하지만 지금은 로아도 대여사제도 죽고 없었다.

"여왕님! 여왕 폐하!"

근위병들이 눈물을 글썽이며 탈란지 곁으로 모여들었다.

"하…… 난 괜찮다. 놈들 중에 생존자가 있다고 얘기해다오."

그녀는 끙, 소리와 함께 일어나 앉았다.

"생존자는 없습니다. 모두 저희 창에 달려들어 자결했습니다."

마랄이 탈란지에게 손을 내밀며 말했다.

탈란지는 근위병의 도움으로 자리에서 일어나, 제국의 심장부 바닥을 흥건하게 뒤덮은 피와 죽음을 바라봤다. 스랄의 말이 옳았다. 브원삼디의 말이 옳았다. 암살자는 끝없이 몰려들 것이다. 백성이 분열된 상황에서 그녀가 어떻게 잔달라의 진정한 여왕이 될 수 있겠는가? 내란과 분열이 계속된다면 그녀가 지키고 구축하려 한 모든 것이 위태로워질 것이다.

"그 암살자와 똑같군."

탈란지는 가면을 쓴 반란군 옆에 무릎을 꿇고 앉으며 중얼거렸다. 불은 꺼졌지만 이미 그의 얼굴 절반을 집어삼킨 뒤였다.

"모두 대의를 위해 목숨을 버렸구나…… 나를 죽이기 위해서."

죽은 트롤의 피가 그녀를 향해 흐르자 탈란지는 한 걸음 뒤로 물러났다. 그녀는 돌아서서 호드의 대사를 바라봤다. 호드. 이곳에서 아버지가 돌아가셨을 때, 그녀는 혼자였다. 하지만 지금은 아군이 곁에서 그녀를 바라보고 있었다. 탈란지 여왕을 두 번이나 지켜준 자였다.

"정찰병을 두 배로 늘리고, 왕궁을 봉쇄해라. 의회와 이야기를 해야겠어요, 제칸. 그 후에도 우리는 논의해야 할 문제들이 아주 많을 것 같군요."

제 8 장

디지알로

"이것 좀 봐! 우린 아주 괜찮은 팀인데, 찌릿찌릿 꼬마."

제칸은 회의실 문에 바짝 기대섰다. 본능적으로 그는 단검을 두 손으로 받치고 눈앞의 로아에게 공손히 내밀었다. 하찮은 무기였지만 그에겐 하나뿐인 공물이었다. 제칸은 온몸을 부들부들 떨었다. 무덤의 로아가 방금…… 나를 '찌릿찌릿 꼬마'라고 부른 건가? 내가 감히 말대꾸를 할 수 있을까? 상대는 신인데. 뜻 모를 목소리가 새어 나왔지만, 지금 그의 머릿속을 꽉 채운 건 손에서 말라가는 핏자국과 황금 꽃병 앞에서 환한 미소를 지은 채 둥실 떠 있는 무덤의 로아 브원삼디뿐이었다. 탈란지는 이번 공격 때문에 반란을 우려하는 잔추리 의회를 달래는 동안, 잠시 밖에서 기다려 달라고 제칸에게 부탁했다. 신과 함께 있어야 한다는 이야기는 깜빡한 모양이었다.

"다, 당신은…… 브원삼디 님이시죠? 제, 제게 하고 싶은 말씀이라도……?"

제칸은 말을 더듬었다. 브원삼디는 단검 따위 아무런 관심도 없는 듯했다. 그런 단검을 굳이 떠받치고 있는 것이 어딘가 어색해진 제칸은 작은 칼을 주섬주섬 허리춤에 집어넣었다.

"아, 말을 할 수 있었군. 눈도 괜찮은 것 같고. 다행이구나, 꼬마야. 네게 하고 싶은 말이 딱 하나 있다. 고맙다는 말을 하고 싶구나."

제칸은 귀를 의심했다.

"고맙……다고요? 무슨 일로 고맙다는 말씀을 하시는 거죠?"

"내가 투자한 상품을 지켜줬으니까."

제칸의 입이 바싹 말랐다. 높게 윙윙거리는 소리가 지속적인 경고처럼 귓속에서 울렸다. 그는 혹시라도 말이나 행동을 실수할까 두려워 가만히 바라보기만 했다. 지금 자신이 말을 섞고 있는 존재는 다름 아닌 로아였으니까. 어린 시절부터 장난꾸러기 신에 대해서 참 많은 이야기를 들어왔지만, 정말로 신을 만났을 때 어떻게 해야 하는지는 아는 바가 없었다. 부패와 어둠의 소용돌이에 감싸인 거대한 신을 눈앞에서 보고 있으려니 희미하게 현기증까지 느껴졌다.

브원삼디는 콧방귀를 뀌더니 연극적인 태도로 한숨을 쉬었다.

"너희들의 목숨은 참 애처로울 정도로 덧없다니까. 너희는 다들 왔다 가지만, 개중 일부는 조금 더 흥미로운 방식으로 오가는 경우도 있지."

그는 의회의 논의가 이루어지고 있는 회의실 쪽으로 고개를 갸웃거렸다.

탈란지.

"정말 그랬는지는 잘 모르겠지만…… 적당한 때에 적절한 곳에 있었던 것 같습니다."

제칸은 잔뜩 긴장해서 뒤통수를 벅벅 긁다가 손이 아직 피투성이라는 사실을 뒤늦게 깨닫고 그만두었다. 브원삼디가 우렁찬 소리로 웃음을 터뜨렸다.

"그래서? 강한 힘을 지닌 자들이 다들 어쩌다가 그렇게 된 것 같으냐? 분명히 얘기하지만 똑똑해서 그런 건 아니야."

제칸은 여전히 회의실 문 앞에서 꼼짝도 못한 채, 고개만 가로저었다. 내면의 목소리가 커지고 점점 더 동요했다.

"전 힘을 원하는 게 아닙니다. 그저 호드 의회에 도움을 주고 싶었어요. 의회가 여왕을 지켜보라며 절 보냈으니, 전 시키는 대로 할 뿐입니다."

브원삼디는 생각에 잠긴 채 천천히 턱을 쓰다듬으며 왼쪽에 있는 화분에 기대섰다. 그러자 화분 안의 꽃들이 움츠러들더니 그대로 시들어버렸다.

"그래, 꼬마가 보기에 우리 여왕님은 어떤 것 같으냐?"

제칸은 가면을 썼던 암살자의 피로 뒤덮인 손을 내밀었다.

"곤경에 처해 있는 것 같습니다."

"눈썰미가 괜찮은데, 꼬마."

로아의 두 눈에 담긴 푸른 불길이 더 뜨겁게 타올랐고, 제칸은 메슥거림이 한층 더 심해지는 것을 느꼈다.

"사방이 곤경으로 가득하다. 병이 곪아터지고 있어. 여기도, 너희 호드도, 내 세계에서도……."

제칸은 가시덤불을 삼키는 기분이었다. 로아가 가까이 다가와 그를 위아래로 살폈다. 부패의 악취가 신을 따라와 블러드 엘프의 향수처럼 강하게 들러붙었다. 제칸은 로아의 말에 집중하려 애썼다. 어둠땅…… 제칸은 유카가 스랄에게 영혼의 세계에 문제가 생겼다고 이야기하는 것을 엿들었다. 로아의 말과 유카의 말은 같은 이야기일까?

제칸은 분명 눈을 뜨고 있었는데 큭큭거리는 웃음소리와 함께 어느 틈엔가 로아가 제칸의 코앞까지 다가와 있었다.

"네 눈이 모든 걸 말해주는구나, 꼬마야. 이번에는 고맙다는 말을 하고 싶었다. 여왕을 두 번이나 구해줬으니, 그런 일에는 마땅히 선물이 따라야지. 받아주겠나?"

브원삼디는 맹수가 으르렁거리듯 말했다.

제칸의 귓속에서 윙윙거리는 소리가 점점 더 커졌다. 로아를 직접 상대해본 것은 살아생전 처음이었지만, 지금은 무덤에 계신 현명하셨던 할머니께서 그를 향해 비명을 지르는 소리가 들리는 것 같았다. 브원삼디의 전설적인 속임수와 관련해 얼마나 많은 이야기를 들어왔던가?

제칸은 침을 꿀꺽 삼키고는 발밑을 흘긋 쳐다봤다.

"서, 선물이 뭐죠?"

"그건 얘기해줄 수 없지만, 이거 하나는 말해주지. 죽음의 환영이야. 네가 보고 싶어 할 환영이지. 내가 선물 하나를 줄 테니 너도 선물을 하나 주면 어떻겠느냐?"

브원삼디의 해골 같은 얼굴에 떠오른 미소를 보고 제칸은 뼛속까지 시린 오한을 느꼈다.

"내게서 죽음의 환영을 선물로 받고, 그 대가로 네가 한 가지 일을 해주는 거야."

"제가 뭔가 보답을 해야 한다면 그건 선물이 아니잖아요."

제칸이 중얼거렸다.

"받고 싶으냐, 받기 싫으냐, 꼬마야?"

브원삼디가 다시 한 번 우렁찬 목소리로 소리치자 통로가 온통 뒤흔들렸다. 회의실 안쪽에도 침묵이 내려앉았다. 그들도 브원삼디의 포효를 들은 모양이었다.

"제, 제가 뭘 해야 하죠?"

제칸은 얼마 되지 않는 시간차를 두고 같은 생각을 했다. 내게 선택의 여지가 있는 걸까?

"잔달라는 호드와 함께해야 한다. 여왕은 호드 의회에 참석해야 하고. 네 매력을 십분 발휘해봐라, 꼬마야. 여왕이 그 방법밖에 없다고 생각하도록 만들어야 한다. 그게 잔달라에 있어서 최선의 결과이고, 내게도 최선의 결과란다."

로아는 천천히 고개를 끄덕이며 말했다. 제칸도 고개를 끄덕이게끔 유도하는 것 같았다.

어쩌면 속임수가 아닌지도 모른다. 제칸이 줄다자르에 와 있는 까닭도 바로 그 때문이었다. 탈란지를 지키고 그녀가 호드를 신뢰할 수 있도록 설득하기 위해서였다. 제칸은 얼굴을 찡그리며 생각했다. 왠지 너무 쉬운 일 같았다. 죽음의 환영이라…… 누구의 죽음일까? 아버지 헤카지의 환영일까? 아니면 스승인 사울팽의 환영일까? 두 가지 다 보고 싶은 환영이었다.

"왜 당신이 직접 설득하지 않으시는 거죠?"

제칸의 물음에 로아는 비웃듯 피식 웃으며 두둥실 멀어지더니 자기 때문에 시들어버린 꽃을 바라봤다.

"여왕이 지금은 도무지 이 브원삼디 님의 충고를 들으려 하지 않더구나. 하지만 네 얘기라면 들을 거야, 그렇지?"

제칸은 숨을 깊이 들이쉬며 무덤에 계신 할머니께서 지금 이 모습만큼은 보지 못하시길 바랐다. 이렇게 답하는 모습을 보신다면 크게 실망하실 테니까.

"환영을 보여주세요."

브원삼디의 얼굴에 미소가 떠오르더니 곧이어 세상이 어둠에 잠겼다.

이게 죽음인가? 혹시 날 죽인 건가?

아주 오랫동안 아무 소리도 들리지 않았다. 제칸은 사방으로 끝없이 뻗어 있는 듯한 공허 속에서 무력하게 꿈틀거렸다. 뭔가 서늘하고 축축한 것이 팔과 목덜미를 간지럽혔다. 다음 순간 고블린의 다이너마이트가 폭발하듯 눈부신 빛과 함께 태양이 나타나 머리 위 검은 먹물 같은 무無의 장막 사이로 구멍이 뚫렸다. 음산한 목소리들과 창이 부딪치는 희미한 소리가 스쳐 지나간 후, 마음을 편히 가라앉히는 대자연의 소리만 남았다. 어둠의 자리를 대신한 광대한 초목의 바다에서 곤충들이 섬세한 날개를 파르르 떨며 날았다.

제칸은 손을 뻗어 높이 자란 거친 풀을 쓰다듬었다. 그 손은 제칸의 것이 아니었다. 훨씬 더 크고, 강하고, 전쟁의 상흔으로 가득한 손이었다. 앞쪽에서 자그마한 산들이 땅에서 솟아올라 자리를 잡았다. 넓게 펼쳐진 지평선에서 무언가, 아니 누군가를 보고 탈부크 무리가 놀란 듯 이리저리 흩어졌다.

"아버지! 손쉬운 사냥감이었잖아요. 나이 때문에 실력이 녹슬었다고 말하진 마세요!"

햇빛에 그을린 얼굴에 검은 머리채가 늘어진 오크가 달려와 그의 앞에 섰다. 황금색 눈가에는 웃음기 어린 주름이 잡혀 있었다. 가장 빛나는 시기를 살아가고 있는 그 오크의 얼굴은 왠지 낯이 익었다. 아주 좋은 느낌으로 눈에 익었다.

"드라노쉬……."

오크는 어깨에 멘 화살통에서 화살 하나를 더 뽑아냈다.

"정신 차리세요. 다른 무리가 오고 있어요. 빈손으로 돌아가면 어머니께서 우리 가죽을 벗길 거라고요."

"어머니…… 드라노쉬……."

기억이 해일처럼 밀려들었다. 제칸의 기억이 아닌, 바로크 사울팽의 추억이었다. 이 평원은 바위 하나, 풀 한 포기, 숨겨진 웅덩이들까지 그의 익숙한 도낏자루만큼이나 잘 알고 있는 곳이었다. 고향. 그는 고향에 돌아왔다.

"렘다."

그는 낮게 속삭였다. 저릿한 고통이 밀려들더니, 이내 먹먹하고 애틋한 감정으로 바뀌었다. 그의 아내…… 그들은 다시 만날 것이다. 진수성찬이 차려진 탁자와 벽난로 곁에서 그는 아내의 얼굴에 손을 얹고 오랫동안 그리워하다가 하마터면 잊어버릴 뻔했던 그녀의 입술을 더듬을 것이다.

"아버지?"

아들은 아버지가 다치기라도 했는지, 아니면 갑자기 바보가 되어버린 건 아닌지 의아해하며 대답을 기다리고 있었다.

"그래. 난 준비됐다, 드라노쉬. 앞장서거라."

아버지와 아들은 지평선 아래로 반쯤 삼켜진 주홍빛 태양을 향해 돌아섰다. 두 오크는 활시위를 당기고 보조를 맞춰 걸었다. 드레노어의 부서진 평원에서 사냥감이 기다리고 있었다.

태양이 다시 제칸의 눈을 삼키고, 그는 앞서 경험했던 형체 없는 무의 공간으로 떨어져 내렸다. 느긋하게 박자를 맞추는 심장 박동이 맥동했다. 잠시 아찔한 메스꺼움이 지나간 후, 발아래에서 궁정의 돌바닥이 느껴졌다.

제칸은 비틀거리며 얼굴을 더듬었다. 트롤의 모습으로 돌아온 얼굴에는 어느새 눈물이 흐르고 있었다. 자신의 육신으로 돌아오니, 다시 살아 있는 자들의 세계로 돌아오니 마치 따뜻한 품속에 안기는 것 같았다. 안도감이 온몸을 뒤덮었다. 그는 회의실 문에 편안하게 기대섰다. 브원삼디가 판사의 판결을 기다리는 피고인처럼 초조한 태도로 제칸을 뚫어져라 바라보고 있었다.

"저도 그럴까요? 아버지께서 절 기다리고 계실까요?"

제칸의 물음에 브원삼디는 앙상한 손가락을 흔들어 보였다.

"그걸 미리 알면 재미가 없잖아. 보고 싶은 걸 봤나?"

제칸은 고개를 끄덕였다.

"그…… 그런 것 같습니다."

제칸은 그 환영을 받아들이면서 브원삼디와의 거래를 수용했다. 제칸은 온몸을 부들부들 떨었다.

로아는 키득키득 웃으며 그를 향해 과장된 몸짓으로 허리를 숙여 인사했다.

"꼬마 제칸이 거인들의 발자취를 따라 걷고 있구나. 눈은 똑바로 뜨고 있어야 한다, 알았지? 거인들도 발을 헛디딜 때가 있으니까."

제 9 장

아라시 고원

"너라는 거 다 알고 있어, 동생아. 숨지 마라, 실바나스. 내게서 달아나려 하지 마…… 이번엔 안 돼. 이번엔 안 된다고."

불타오르는 듯한 붉은 눈동자가 그림자를 뚫고 알레리아 윈드러너를 사냥했다. 그녀는 음산한 숲속을 거닐었다. 시들어버린 나무들의 부러진 가지가 그녀의 망토를 긁고, 볼을 할퀴고, 피부를 찢어 피가 흘렀다. 알레리아는 스스로 사냥꾼이 되어 수치스러운 여동생의 자취를 뒤쫓고 있다고 생각했지만, 이제는 확신할 수가 없었다.

어느새 그녀는 사냥감이 되어 있었다.

알레리아의 시야 가장자리에서 두터운 보라색 연기의 촉수가 아른거렸다. 숲과 여동생, 그리고 알레리아 자신의 어둠과 싸우고 있었다. 하지만 그녀는 버텼다. 정확히 계산된 도약을 하며 나무에서 나무로 피하고, 앞쪽에서 언뜻 보이는 망토 자락을 포착했다. 어린 시절 이런 놀이를 얼마나 많이 했던가? 막내 베리사와 함께 셋이서 깔깔대며 쿠엘탈라스의 은빛 숲에서 서로 사냥꾼이 되겠다고 싸우던 일이 떠올랐다. 세 자매 모두 재치와 은신술로 상대를 이기고 싶어 열심이었다.

"이제 가까이 있어. 아주 가까이 있다고, 언니……."

울퉁불퉁한 관목과 나무들 사이로 실바나스의 속삭임이 들려왔다. 동생의 목소리는 가느다란 비단 실처럼 그녀를 인도했다.

"난 언제까지라도 널 쫓을 거야. 절대 멈추지 않아."

알레리아가 중얼거렸다.

"그럼 뭘 기다리고 있는 거지?"

실바나스의 목소리가 천둥처럼 알레리아의 머릿속을 채웠다. 앞쪽에서 숲을 헤치며 달려가고 있다고 생각했던 실바나스가 어느새 뒤쪽에서 나타났다. 막고라에서 승리하고자 구사했던 그 더러운 마법을 다시 한 번 사용한 것이 분명했다. 포세이큰 여동생이 소리를 내지르자 그녀의 입에서 그림자가 쏟아져 나와 숲을 채우고, 이리저리 뒤틀리며 알레리아를 에워싸더니 얼음장 같은 손길로 붙잡았다.

"속삭이던 얘기가 맞았구나."

알레리아는 가까스로 말을 뱉었다. 그림자가 옥죄어오며 그녀의 호흡을 앗아갔다. 숨을 들이쉴 때마다 유리 조각을 억지로 삼키는 것 같았다.

"고대의 존재들이…… 널 죽이라고 했다. 그랬어야 했는데, 그 얘길 들었어야 했어."

실바나스가 뒤로 물러났다. 커다란 흉터가 남은 차디찬 얼굴만이 어둠 속에서 모습을 드러냈다.

"언니는 한 번도 날 이기지 못했어. 최후는 순식간에 찾아올 거야. 두고 보라고."

죽음이 가까이 다가왔다. 공허는 알레리아에게 어서 영혼을 넘기고 동생보다 더 강한 힘의 화신이 되라고 소리쳤다. 매력적인 제안이었다. 아, 정말이지 매력적이었다.

육신을 버려라. 속삭임이 엄습했다. 육신을 버려라.

알레리아는 숨을 헐떡이며 결정을 내리기 전 마지막 숨을 들이쉬려 했다. 하지만 그조차도 허락되지 않았다. 그 순간 고통 속에서 두 형체가 나타나 실바나스를 둘러쌌다. 그중 한 명은 알레리아의 작은 코와 뾰족한 턱을 꼭 닮은 금발의 하프엘프로, 두 눈이 마치 태양처럼 빛났다. 다른 한 명은 성기사의 방패처럼 체격이 건장한 구릿빛의 인간 남성이었다.

"아라토르! 투랄리온!"

이 외침이 그녀가 마지막으로 남기는 말이 된다면 불행 중 다행이리라. 가장 사랑하는 이들의 이름이었으므로.

"그들을 해치지 마라!"

아라토르와 투랄리온은 알레리아를 보고 있지 않았다. 정면을 똑바로 응시한 그들의 두 눈은 공포에 질려 있었다. 검은 핏줄이 둘의 목과 얼굴에 툭툭 불거지며 거미줄처럼 번져나갔다. 피부는 잿빛으로 변하고 두 눈은 어느새 뻥 뚫린 구멍만 남았다. 건장했던 체구는 쪼그라들어 방어구 안에 앙상한 뼈다귀로 남았고, 눈 깜짝할 사이에 둘은 가루가 되어버렸다.

그런 중에도 알레리아를 둘러싼 그림자들은 점점 더 강하게 조여들었고, 압박을 견디지 못한 알레리아의 눈동자가 돌출되어 흘러나왔다. 이곳에 승리는 없었다. 사냥의 황홀감 같은 건 존재하지 않았다.

실바나스. 실바나스와 그녀의 진홍빛 두 눈동자 속에서 춤추는 잔혹한 기쁨만이 남아 있었다.

"네 속삭임이 이런 얘기도 해주던가, 알레리아? 날 거역하면 이런 대가를 치르게 될 거라고?"

실바나스가 알레리아를 도발하며 뒤로 물러서더니 밤의 어둠 속으로 사라졌다.

"아니!"

알레리아는 비명을 지르며 깨어났다. 안장 위에서 몸이 오른쪽으로 크게 기우는 바람에 깜짝 놀란 말이 히힝 하고 울었다. 탄탄한 손이 그녀의 어깨를 붙잡고 흔들어 꿈의 잔영을 떨쳐주었다. 투랄리온. 그의 손길은 좋은 치료제처럼 알레리아를 회복시켜주었지만, 그녀는 자존심 때문에 그 사실을 말할 수 없었다. 최근 둘 사이가 조금 서먹해졌다. 하지만 투랄리온은 이렇게 곁에 있었다. 분명히 살아 숨 쉬고 있었고 경계심 때문인지 얼굴을 잔뜩 찌푸리고 있었다. 그는 알레리아에게 손을 대고 있는 것이 고통스럽기라도 한 듯 재빨리 손을 거두었다.

"밤새도록 달려왔잖아. 당신, 안장 위에서 잠이 들었어, 알레리아. 조용히 있길래 조금 전까진 몰랐는데, 끔찍한 악몽이었던 모양이네."

투랄리온의 무뚝뚝한 말에 그녀는 한숨을 쉬었다. 그에게 자세한 얘기를 해주고 싶었지만, 둘 다 아직 준비가 되어 있지 않았다.

"어떤 악몽이었는지 당신은 상상도 못할 거야."

"조만간 이동을 멈추고 휴식을 취해야겠어."

투랄리온이 앞쪽을 바라보며 말했다. 그의 피부는 한밤중 구름 사이로 새어 나오는 달빛을 흡수하기라도 한 듯 기분 좋은 빛을 발했다. 그들은 스트롬가드 요새에서 달아나는 호드를 찾아 이십여 명의 병사들과 함께 고원을 샅샅이 뒤진 후, 이제 막 탄돌 교각에서 돌아오는 길이었다. 함께 이동하는 동안 알레리아와 투랄리온은 서로 다른 천막에서 잠을 잤다. 알레리아는 뜬눈으로 밤을 지새며 둘 사이의 거리를 가늠했다. 그렇게 떨어져 있을 때는 그가 그리웠지만, 함께 있을 때는 어떻게 해야 할지 도무지 알 수가 없었다.

그녀는 한때 윈드러너의 유산은 죽음뿐이라고 생각했었지만, 투랄리온과 함께 새로운 생명을 탄생시켰다. 그리고 그 사실은 엄습해오는 의혹을 언제까지라도 막아낼 방패가 되어줄 것이다.

투랄리온은 갑자기 아련해진 그녀의 표정을 못 본 체했다.

"다들 많이 지쳤으니 잠깐이라도 쉬어야 기운을 차릴 수 있을 거야. 나도 좀 쉬어야 할 것 같고."

"안 돼. 피난민들부터 찾은 후에 쉬라고 해."

알레리아는 단호했다.

"알레리아—"

"계속 이동한다."

알레리아는 그를 향해 흘긋 시선을 던졌다. 투랄리온은 뭔가 말하려다가 그녀의 눈빛에 어린 무언가를 눈치채고 입을 다물었다. 둘의 사랑이 지금까지 이어질 수 있었던 이유는 투랄리온이 그녀 안의 어둠을 헤아리고 수용할 수 있었기 때문이었다. 많은 이들이 둘의 관계는 실현될 수 없다고 생각했다. 제라의 영예로운 빛으로 벼려진 투랄리온과 르우라의 공허 마력이 주입된 알레리아는 평화로운 공존이 불가능해 보일 만큼 모든 면에서 달랐다. 하지만 알레리아는 그런 관계에서 시적인 아름다움을 보았다. 빛이 없다면 어둠도 없다. 비극과 고난의 불길로 다듬어진 둘의 관계, 이와 같은 관계의 결속은 쉽게 깨지지 않는 법이다.

"알레리아 님! 투랄리온 님!"

공허 엘프 대장인 셀로셀 나이트기버가 앞쪽 공간의 균열을 통해 나타났다. 그의 곁에는 투랄리온의 충직한 부관이자 남다른 미모를 자랑하는 빛벼림 드레나이, 센이 함께 있었다. 그녀는 나이트기버와 의식적으로 거리를 유지했고, 균열을 벗어나면서 경멸하듯 몸서리쳤다. 어쩌면 공허의 균열에서 벗어나지 못할 거라고 생각했는지도 모른다.

"뭘 찾아냈나?"

알레리아가 말에 박차를 가해 그들에게 다가서며 물었다. 뒤따르던 기수들도 그녀 곁으로 모여들었다. 여덟 시간 가까이 정찰을 한 탓에 모두들 지쳐 있었다.

길 한가운데에서 기다리고 있던 셀로셀과 센에게 균열의 보랏빛이 여전히 들러붙어 있었다. 셀로셀이 북쪽 언덕을 향해 손짓했다. 알레리아가 눈을 가늘게 뜨고서 밤의 언덕을 바라보자, 달들을 향해 피어오르는 가느다란 연기가 보였다.

"트롤베인이 얘기한 대로군."

투랄리온이 말을 탄 채로 다가오며 말했다.

"움직이고 있나?" 알레리아가 물었다.

진줏빛 머리카락을 땋아 뿔 뒤쪽에 왕관처럼 감은 드레나이가 기수들에게 다가와 탈것을 찾았다.

"그렇진 않습니다. 참호에서 머물고 있는 것 같습니다. 보초도 제대로 세워두지 않았습니다. 일행은 대부분 여자와 아이들뿐입니다. 저들은 군인이 아닙니다."

"그럼 언덕으로 달아나기 전에 지금 공격한다."

"조심해야 하지 않겠어?"

투랄리온의 물음에 알레리아가 대꾸도 없이 말에 박차를 가하며 전속력으로 달리자, 투랄리온도 속도를 높여 그녀 옆에서 함께 달렸다. 발굽 소리가 점점 커지는 가운데 세찬 바람에 그의 목소리가 갈라졌다.

"저들 중에 정말로 어둠 순찰자가 있다면……."

"어둠 순찰자라면 눈에 띄지 않게 숨었을 거야. 그리고 혹시라도 그녀가 저들 중에 있다면, 지금 제대로 공격해야 해. 달아나기 전에."

알레리아가 외쳤다.

그들은 언덕 주변을 따라 북쪽으로 달려 작은 공터에 들어섰다. 그곳 산자락에는 얼기설기 세워놓은 천막과 땅을 파낸 대피호가 있었다. 길에서 벗어난 위치라 눈에 띄지 않았지만, 가까운 곳에서 깨끗한 물을 구할 수 있는 썩 영리한 위치였다. 총명어와 랩터 고기가 간이 선반 위에서 말라가고 있었고, 변변찮은 저녁 식사를 마치고 남은 토끼 뼈만 수북이 쌓여 있었다.

공격은 신속하게 이루어졌고 손쉽게 끝났다. 셀로셀 대장이 냉기 파편을 날려 경비를 서며 졸고 있던 트롤의 가슴을 정밀하게 타격하여 더는 위협이 되지 않도록 무력화시켰다. 앞서 정찰조가 얘기했던 것처럼, 그들은 농부와 농부의 가족들이었다. 훈련받은 전사는 단 한 명도 없었다. 얼라이언스 파견대의 절반은 말에서 내리고, 나머지 절반은 야영지 주위를 포위하여 모든 퇴로를 차단했다. 투랄리온과 알레리아, 드레나이 센은 조금 전 모닥불이 꺼져 연기가 피어오르던 야영지 중앙으로 향했다.

"조용히 묻는 말에 대답하기만 하면 아무도 다치지 않는다!"

공포의 비명이 울려 퍼지는 가운데 알레리아가 외쳤다. 그녀는 로브를 입은 포세이큰 남성이 겁에 질린 오크 가족을 지키고 있는 모습을 바라봤다. 어머니와 함께 있던 아이는 뭐가 그리 서러운지 울음을 그치지 못했다. 아직 치아도 제대로 나지 않은 젖먹이 아이 하나가 오크 어머니 곁에 웅크리고 앉아 있었다. 다들 굶주림에 지쳐 퀭해진 눈이 두려움으로 가득 찼다.

알레리아는 입을 다문 채 피난민들이 자기들끼리 수군거리도록 놔뒀다. 투랄리온은 그녀 곁에 서서, 몸의 중심을 한쪽 다리에 싣고 칼자루에 가만히 손을 얹었다.

"여기서 단서가 끊어질 수도 있겠어."

투랄리온의 나지막한 목소리에 그녀는 단호하게 고개를 가로저었다.

"다나스 트롤베인이 분명히 말했어. 선발대가 붉은 눈에 망토를 입고 무장한 여자를 확인했다고 말이야. 민간인 무리와 함께 있다는 것도."

알레리아는 피난민들이 알아채지 못하게 슬쩍 남서쪽을 가리키며 덧붙였다.

"얼라이언스 척후병들이 해안에 밀려 올라온 곳이 여기서 멀지 않아. 트롤베인의 선발대가 어둠 순찰자와 매우 흡사한 자를 목격한 곳도 이 지역이고."

"그래. 그게 다 우연이라면 정말 엄청난 일이겠지."

"저들 중에 분명 뭔가 알고 있는 자가 있을 거야. 입을 여는 자도 있겠지."

알레리아는 고개를 돌려 겁에 질린 얼굴들을 면밀히 관찰했다.

"얼라이언스의 개들 같으니!"

두툼한 검은색 로브를 입은 포세이큰이 비틀거리며 앞으로 나섰다. 한때는 큰 키에 체격이 건장한 남자였겠지만, 언데드의 저주와 오랜 세월에 시달려 이제는 눈에 띄게 등이 굽어 있었다. 두건 아래로 드러난 턱에는 생전의 검은 수염이 아직 남아 있었다.

"당신들에게는 연민이란 것도 없소? 이들은 모두 고향을 잃고 굶주린 무고한 자들이오. 당신네들의 그 끝없는 전쟁이 빚어낸 희생자들일 뿐이란 말이오."

"당신이 저들 모두를 대변하나?"

알레리아가 앞으로 나선 포세이큰을 매섭게 노려보며 물었다. 그의 옷깃에 약초가 드문드문 꽂혀 있는 모습이 눈에 띄었다. 앙상한 손가락도 풀물이 들어 색이 변해 있었다.

늘 그렇듯 싸늘하고 새된 속삭임이 시작되었다. 그림자처럼 덧없는 목소리였다.

저자가 입을 열 때까지 연약한 뼈를 비틀어라. 모조리 부러뜨리고 골수를 뽑아내 저자가 감추고 있는 비밀을 드러내라.

"난 그저 목소리를 낼 뿐이오. 누군가 이들을 대표해야 한다면 내가 하겠소."

포세이큰이 언성을 높이며 대꾸했다.

"오늘 밤 이곳에서 피를 볼 생각은 없다. 우리가 찾는 정보를 내놓는다면 담요와 식료품을 나눠주고 이대로 보내주겠다."

투랄리온이 차분하지만 단호한 목소리로 말했다.

그 말에 모여 있던 피난민들은 서로의 얼굴을 쳐다봤다. 희망을 품는 자들도 있었고, 의심하는 자들도 있었다.

투랄리온이 말 많은 포세이큰을 상대하는 사이, 알레리아의 시선은 호기심의 촉수에 이끌려 다시 어머니 오크와 아이들에게로 향했다. 공허는 종종 이런 식으로 그녀를 이끌면서 늘 기만할 기회를 찾았다. 살아 있는 모든 존재의 내면에 자리 잡은 어둠을 추적하는 것이었다. 처음에는 여자의 굶주린 모습만 보였지만, 뭔가 다른 것이 눈에 띄었다. 어머니 오크는 땅에 웅크리고 앉아 앞뒤로 몸을 흔들며 주위를 둘러싼 병사들을 쳐다보려고도 하지 않았다. 그러면서도 긴장된 태도로 몰래 그들의 동태를 살폈다.

잠시 다른 곳에 정신이 팔린 알레리아는 속옷 차림의 오크 꼬마가 달려오는 모습을 보지 못했다. 어깨에 묶은 얇은 담요를 망토처럼 펄럭이던 그 소년은 자그마한 엄니를 드러내며 전사의 포효를 내질렀다.

"준! 안 돼!" 어머니가 외쳤다.

투랄리온은 무릎을 꿇고 오크 꼬마의 허리를 붙잡아 번쩍 안아 들고서 빙빙 돌린 후, 미소 지으며 다시 풀밭에 내려놓았다.

"오늘은 안 된다, 꼬마야."

"제발 살려주세요!"

오크 어머니가 담요 안에서 흐느끼는 아기를 꼭 끌어안았다.

알레리아는 쪼그리고 앉아 오크 아이에게 두 손을 얹고 진정시켰다. 아이의 커다란 갈색 눈이 그녀의 눈을 똑바로 바라봤다. 아이는 분명 두려워하고 있었지만 거칠고 당찬 용기가 느껴졌다.

"내 말 알아들을 수 있니?"

알레리아의 물음에 준이라는 아이가 고개를 한 번 끄덕였다.

"준, 내 아들이 처음 칼을 들고 군인 놀이를 할 때 내가 해줬던 얘기를 네게도 들려줄게."

알레리아가 상냥하게 말했다. 그 순간이 눈앞에서 다시 펼쳐지고 있는 듯 생생한 기억이 떠올랐다. 서리가 내리던 겨울, 드문드문 창백한 햇살이 스톰윈드 왕궁의 안뜰을 비추던 날, 아라토르는 장난기 가득한 미소를 지으며 머리 위로 목검을 든 채 개구리를 향해 휘둘렀지만, 검은 엉뚱한 기둥을 때렸다. 다른 여인이라면 자부심이 차올랐겠지만, 알레리아는 슬픔만이 느껴졌다.

"너희 장로가 뭐라고 얘기하든, 전쟁은 영광스러운 것이 아니야. 전쟁은 모든 이들의 가장 악한 모습을 보면서도 어쩔 수 없이 그들을 지켜야 하는 거란다. 어서 어머니에게 돌아가렴. 그리고 내가 한 말을 절대로 잊지 마라."

알레리아는 준을 돌려세워 보냈다. 아이는 재빨리 투랄리온과 포세이큰의 곁을 지나쳐 자신을 기다리는 어머니의 품에 안겼다. 마침내 오크 어머니는 고개를 들어 알레리아를 바라봤다. 속삭임이 점점 더 커지고, 확신하는 태도로 알레리아의 귓속을 끊임없이 때렸다.

저 여자다. 저 여자. 저 여자야.

"저 여자야. 내가 직접 얘기해보겠어."

알레리아가 투랄리온에게만 들리는 목소리로 매섭게 말했다.

"알레리아, 잠깐—"

투랄리온은 셀로셀을 향해 돌아서며 붙잡힌 피난민들을 향해 손짓했다.

"다들 차분하게 기다릴 수 있도록 잘 지켜라. 필요하다면 식량과 마실 물을 나눠줘도 좋아. 알레리아와 잠시 얘기하겠다, 대장."

셀로셀은 경례를 하고 피난민 무리 앞에 섰다.

"우릴 내버려두시오!"

알레리아는 포세이큰이 외치는 소리를 들으며 투랄리온과 함께 언덕을 내려갔다. 다른 이들의 목소리가 사라지고 달빛의 장막 아래 둘만 있게 되자 그제야 그들은 걸음을 멈췄다. 투랄리온은 한숨을 쉬고는 얼굴을 쓸어내렸다. 그의 눈은 언덕 위쪽의 상황을 바라보고 있었다.

"이제 어떻게 할 거야?"

"필요한 일이라면 뭐든 해야지."

알레리아는 망설임 없이 대답했다. 아라시 고원에서 말을 달리는 동안 그녀를 덮쳤던 꿈이 다시 되살아났다. 또 한 번 서늘한 냉기가 온몸을 타고 흘렀다. 죽음의 손가락이 등을 더듬는 것만 같았다.

"그 오크 어미가 뭔가 알고 있어. 왜 셀로셀에게 먹을 걸 주라고 명령한 거지? 지금 당장 저 야영지를 샅샅이 수색해야 해. 국왕의 명령은 명확했어. 우리는 어떤 대가를 치르더라도 실바나스를 찾아내야 하고, 어둠 순찰자라면 그녀가 있는 곳으로 우릴 데려다줄 거야."

투랄리온은 진중한 표정으로 고개를 끄덕였다. 의심 비슷한 어두운 무언가가 그의 눈에서 반짝였다.

"빛은 내게 자비를 베풀라 하지만, 알레리아, 난 당신 생각도 이해할 수 있어. 정말이야. 당신이 그 꼬마에게 한 얘기도 들었어. 이게 정말 우리의 가장 악한 모습일까?"

알레리아는 정면을 똑바로 바라보며 한숨을 쉬었다.

"환영을 봤어, 투랄리온. 수많은 환영을. 실바나스를 막지 못하면 도래할 천 개의 미래를. 하나하나 너무나 끔찍했지. 그런 미래를 피하기 위해서라면 가장 악한 모습이든, 다른 무엇이든 감내할 수 있어."

"공허는 거짓말이 능숙하잖아."

투랄리온이 지적했다.

"물론 그렇지. 나도 맹목적으로 믿는 건 아니야. 공허가 내게 무슨 말을 하려는 건지 계속 자문하고 의심해본다고. 그 기만 속에 어떤 계략이 숨어 있는지 늘 살펴봐. 공포와 파괴의 껍질을 벗겨보면, 단 하나의 결론에 도달할 수밖에 없었어. 공허가 원하는 것이 무엇이든, 지금 상황에 안주한 채 아무것도 하지 않으면 우리를 기다리는 건 파멸뿐이야. 우린 명령을 받았어. 나도 민간인을 심문하는 게 탐탁지 않아, 투랄리온. 하지만 우리에게 다른 선택지가 있을까?"

"내가 그 오크 여자와 얘기하게 해줘. 올바른 방식으로 그녀를 추적할 기회를 달라고. 시간은 없고 우리의 임무는 막중해. 우리가 누구인지, 우리를 실바나스 같은 자들과 구분해주는 원칙이 무엇인지 잊지 마."

투랄리온은 그녀를 향해 손을 뻗었고, 알레리아는 그가 말과 결속으로 둘 사이의 거리를 좁히고 있는 것을 느꼈다. 그녀도 그 손을 맞잡았다. 알레리아가 공허 형상을 하고 있었다면, 그렇게 손을 맞잡는 것만으로도 그에게 낙인처럼 화상 자국이 남았을 것이다. 하지만 그 순간에는 둘의 맞잡은 손이 훌륭한 치료제가 되어주었다.

"좋아. 어미와 얘기해봐."

투랄리온이 옅은 미소를 짓고는 오크 어머니를 향해 걸음을 옮겼다. 그는 알레리아를 등지고서 오크 앞에 웅크리고 앉아 말을 걸었다. 조금 가까이 다가간 알레리아는 주변을 살펴보는 척했지만, 사실은 둘의 대화에 귀를 기울이고 있었다. 하지만 그건 대화라고 할 수 없었다. 투랄리온이 딱딱한 돌벽을 머리로 들이받고 있는 것만 같았다.

"부디 이름이라도 얘기해주십시오. 제 이름을 먼저 말해드리죠. 저는 얼라이언스 군사령관인 대총독 투랄리온이라고 합니다. 우리를 두려워할 필요는 없습니다. 우린 유혈 사태가 아니라 정보를 원할 뿐이니까요. 자, 부인, 이름이 뭡니까?"

투랄리온의 부드러운 목소리에 오크는 아주 오랫동안 주저하다가 알레리아에게는 들리지 않는 낮은 음성으로 툭 뱉어내듯 무언가를 중얼거렸다.

"감사합니다. 몇 가지 물어봐도 괜찮겠습니까?"

"물어봐요."

오크의 짧은 대꾸에 투랄리온은 고개를 끄덕이며 그 말에 따랐다. 상냥하지만 조금 더 직접적으로. 하지만 이내 초조해하는 것 같았다. 투랄리온은 그녀와 가족이 원하는 곳까지 무사히 갈 수 있도록 호위해주겠다는 조건까지 내걸며 그녀를 설득하려 했다. 하지만 아무 얘기도 들을 수 없었다. 투랄리온은 센을 불러 오크 어머니에게 병사들의 보급품으로 가져온 포도주와 과일을 나눠주라고 지시했다.

오크는 평범한 질문마저 회피하면서 대화를 거부했다. 그럼에도 그녀는 포도주를 마시고 과일을 씹어 먹더니, 투랄리온이 코볼트보다 어리석다는 듯 멍하니 바라봤다. 초조해진 투랄리온은 협조해주기만 하면 얼라이언스가 더는 귀찮게 하는 일 없이 사라져주겠다고 말했다. 오크는 그저 어깨를 으쓱할 뿐이었다. 오크의 태도에 아무런 변화 없이 한 시간가량이 지났을 때, 투랄리온은 무릎에서 으드득 소리를 내며 일어서더니 알레리아에게 돌아왔다. 그는 불과 한 시간 만에 몇 년은 늙어버린 것처럼 보였다.

"검은물 조개처럼 입을 다물어버렸어."

"그런 것 같더군. 이제 어떻게 할 생각이지?"

알레리아는 자신이 뭘 하고 싶은지 알고 있었다. 아니, 해야만 하는 일이었다. 하지만 투랄리온의 입에서 그 얘기를 듣고 싶었다. 그는 알레리아를 흘긋 바라보고는 수염이 까칠하게 자란 턱을 어루만졌다.

"해야만 하는 일이라고 말하는 건 쉽지만, 그게 전부가 아니잖아?"

"투랄리온…… 몇 시간이나 더 낭비해야 해? 저 여자야. 저렇게 고집스럽게 구는 것만 봐도 알 수 있잖아. 그녀는 자신과 다른 이들까지 한통속으로 만들 수 있기 때문에 아무 이야기도 하지 않는 거라고."

알레리아가 호드 피난민들을 지키고 서 있는 병사들을 향해 손짓하자 투랄리온은 다급히 말했다.

"다른 이들에게 물어보자. 아니면……."

"아니면, 필요한 정보를 강제로 뺏을 수 있어. 지금 빼앗으면 돼."

알레리아의 단호한 말에 그는 곁눈질로 그녀를 바라봤다.

"이제 우린 그런 존재가 된 건가?"

상황이 달랐다면, 다른 달 아래였다면 그의 말이 상처가 될 수도 있었겠지만, 알레리아는 주저하지 않고 그 말을 무시해버렸다.

"내 여동생은 지금껏 제대로 싸워볼 만한 적을 만나보지 못했어. 그 아이는 선과 악의 족쇄에 얽매여 있지 않기 때문에 우릴 속이고, 기만하고,

따돌릴 수 있었던 거야. 어떤 대가를 치르더라도 임무를 수행하겠다는 의지 하나로, 스스로 모든 굴레를 벗어던진 거라고."

알레리아가 속삭이듯 낮게 중얼거렸다.

"지금 당신 목소리에 왠지 존경심이 섞여 있는 것 같은데?"

투랄리온의 말에 알레리아는 한숨을 쉬었다.

"내 여동생에게 존경할 만한 건 하나도 남아 있지 않아. 그 녀석이 지금 여기 있다면 나는 녀석의 머릿속을 공포의 환영으로 가득 채워 터뜨려버렸을 거야."

투랄리온은 입을 다물었다. 그는 그대로 돌아서서 다시 언덕을 올라가기 시작했다.

"그래, 무슨 일이 있어도."

투랄리온이 언덕을 오르며 말했다.

"무슨 일이 있어도 말이지."

그들이 야영지로 돌아왔을 땐, 병사들이 피난민들에게 담요 몇 장과 빵 몇 조각을 나눠준 후였다. 하지만 병사들은 여전히 피난민들을 둘러싼 채 환하게 횃불을 밝히고 있었다. 횃불은 잔뜩 겁먹은 피난민 열 명의 얼굴을 비췄다. 그들에게선 씻지 않은 체취와 연기 냄새가 풍겼지만, 알레리아는 순간순간 고개를 드는 동정심을 짓밟으며 오크 어머니에게 다가가 섰다.

"이름이 뭐지?" 알레리아가 물었다.

오크는 아들에게 검은색 빵 조각을 건네준 후 다른 곳으로 쫓아 보냈다. 포세이큰 연금술사가 언짢은 얼굴로 황급히 다가오더니 오크 어머니의 품에서 아이를 안아 들어 자신의 로브 안에 품었다.

"흠."

오크는 알레리아의 발치에 가부좌를 틀고 앉아 대답을 거부했다.

"고우지스야."

투랄리온이 나직이 알려주었다.

"최근 너희와 함께 이동했던 어둠 순찰자에 관해 알고 있는 걸 모두 털어놔라."

알레리아는 자신의 말이 끝나기 무섭게 발가락에서부터 솟아오른 암흑 마력이 손가락 끝으로 쇄도하는 것을 느꼈다. 공허가 그녀에게 비밀을 끄집어내라고 외쳤다. 공허가 준 힘을 이용하여 오크를 헤집어놓고 진실을 뜯어내길 원하고 있었다.

고우지스라는 이름의 오크 여자는 흥 소리와 함께 고개를 돌려 시선을 외면했다. 하지만 의지와는 달리 그녀의 무릎이 불안하게 떨렸다.

"어둠 순찰자가 우리에게 무슨 볼일이 있겠어?"

"좋은 질문이군요. 순찰자가 원하는 게 무엇이었습니까? 지금은 어디 있습니까? 대답만 해주면 우리는 이대로 떠나겠습니다."

투랄리온이 알레리아의 옆으로 다가와 또 한 번 설득을 시도했지만 고우지스는 다시 콧방귀를 뀌며 침을 뱉었다. 타액이 알레리아의 뾰족한 장화를 아슬아슬하게 빗나가 떨어졌다.

"틀린 답이다."

공허는 기꺼이 그리고 매우 손쉽게 오크의 정신으로 침입했다. 알레리아의 숙련된 손길이, 그 능력에 대한 그녀의 지식이 공허를 이끌었다. 고대의 존재들은 가장 사소한 생각을 지렛대 삼아 대상을 광기로 내몰고, 굴복하지 않는 자를 끔찍한 고통으로 몰아넣고는 원하는 정보를 끄집어냈다. 고우지스가 자신의 머리를 붙잡으며 헐떡였다. 두 눈이 두려움으로 벌어지고 스산한 빛을 내뿜었다.

"붙잡아."

알레리아의 낮은 속삭임에 투랄리온은 그녀의 말을 따랐다. 그는 빛의 힘으로 반짝이는 황금색 수갑을 꺼내 들더니 오크의 손목과 발목을 단단히 묶고 사슬로 그녀를 땅에 결박했다.

주위의 세계가 멀어져가고, 오크의 정신 속에는 알레리아만 남았다. 알레리아는 모래를 헤집는 것처럼 고우지스의 기억과 생각을 샅샅이 뒤졌다. 매초가 흐를 때마다 점점 더 끔찍한 고통 속으로 빠져들었다.

이것이 대가다. 이것이 대가야…….

고통은 영원히 떠나지 않을 것이다. 그것이 대가였다. 알레리아는 그 생각이 자신의 것인지, 아니면 그녀 안에서 끓어오르는 공허의 생각인지 알 수 없었다.

붉은색 눈 한 쌍이 그녀의 눈길을 끌었다. 창백한 피부와 웨이브 진 파란 머리, 눈 주위로 붉은 꽃 문신이 새겨진 여자, 이 여자에 대한 기억이 명확히 남아 있었다. 동생의 손길에 뒤틀려버린 칼도레이였다. 텔드랏실이 불타오르던 그때 칼도레이 순찰자들은 고향을 지키며 죽어갔다. 하지만 그들에게는 평화로운 안식조차 허용되지 않았다.

그들은 되살아나 괴물을 섬겨야 했다.

오크 여자는 비명을 질러댔고 그녀의 얼굴을 타고 눈물이 마구 흘러내렸다. 정신을 관통하는 고통과 싸우느라 온몸이 기이한 각도로 구부러졌다.

"그만! 그만두시오! 가엽지도 않소? 놓아주시오! 내가 그 어둠 순찰자에 관해 모두 이야기하겠소. 그 순찰자의 요구에 따라 우린 모두 침묵을 지키겠다고 맹세했지만, 이렇게 된 이상 당신네가 원하는 것이라면 뭐든 말해주겠소!"

알레리아는 하던 것을 멈추고 오크 여자에게서 거칠게 떨어져 나와, 비틀거리며 뒤로 물러섰다. 그녀가 가쁜 숨을 몰아쉬며 조금씩 시야를 되찾자, 어둠은 조용히 물러났다. 포근한 손이 그녀의 등을 쓰다듬었다. 투랄리온이었다. 호흡을 가다듬으며 그녀는 갑자기 끼어든 수염 난 포세이큰을 향해 돌아섰다.

고우지스는 풀썩 쓰러져버렸고, 어린 아들이 달려와 어머니의 소매를 끌어당겼다.

"그 어둠 순찰자는 지난주에 반나절도 안 되는 시간 동안 우리와 함께 이동했을 뿐이오."

포세이큰은 부들부들 온몸을 떠는 오크를 걱정스러운 시선으로 바라보며 서둘러 말했다. 그는 아직도 오크의 아이를 안고 있었다. 아이는 그새 울음을 그쳤지만, 그의 로브 겨드랑이 사이에 파묻혀 코를 훌쩍이고 있었다.

"부디 저 오크 여인에게 더는 고통을 주지 마시오. 내가 모든 걸 얘기하겠소. 뭐든지 물어보시오!"

"진실만 이야기해라."

알레리아는 냉랭한 목소리로 말하며 몸을 추슬렀다.

"그 어둠 순찰자는 어디에서 합류했지?"

투랄리온의 질문에 포세이큰은 북쪽을 가리켰다.

"스트롬가드 근처의 길이었소. 그 여자는 힐스브래드에서 오는 중이었고. 아니, 그렇게 말했소. 말에 무슨 문제가 생겨서 자기를 내동댕이쳤다고 하더군. 그때 손목을 심하게 다쳤고, 그 후에는 랩터의 공격을 받았다고 했소."

포세이큰이 로브 안쪽으로 손을 집어넣자, 주위의 모든 병사들이 재빨리 무기에 손을 얹었다. 그는 병사들의 행동에 개의치 않고 빨간색의 작은 주머니를 꺼냈다.

"보다시피 나는 치유사요. 연금술사지. 코틀리라고 하오. 여기 이 피난민들을 돌보는 것처럼, 그 여자도 치료해주었소."

알레리아는 고개를 끄덕였다. 결과가 괜찮았다. 아까보다는 분명 진전이 있었다.

"계속해라. 그 여자를 치료한 후엔 어떻게 됐지? 무슨 말을 하던가?"

"말이 별로 없는 여자였소. 뼈를 맞추고 붕대를 감아줬더니 그대로 떠나버렸소. 남쪽으로 급히 가야 한다고 하더군. 팔디르의 만으로 간다고 하는 것 같았소. 트롤의 땅으로 가는 배를 타야 한다고도 말했지."

"이름 같은 건 듣지 못했나?"

알레리아는 투랄리온의 목소리에서 잔뜩 흥분한 기색을 감지할 수 있었다. 그녀도 같은 기분이었다. 연금술사의 말이 사실이라면 확실한 단서를 얻은 셈이었다. 지금 그 포세이큰에게서 기만하려는 의도는 느껴지지 않았다. 오직 공포만 느껴질 뿐이었다.

연금술사 코틀리는 눈살을 찌푸리며 뒤통수에 드러난 두개골을 문질렀다. 그는 멍하니 오른손에 안은 아이를 흔들어 얼렀다.

"그녀의 이름이라면 듣긴 했소. 비스…… 뭐라고 했는데. 비스…… 비스린."

"고맙다. 정말 큰 도움이 되었다, 연금술사. 앞서 무례했다면 미안하다."

투랄리온이 정중하게 목례를 하며 말했다.

그 말을 끝으로 둘은 돌아섰고, 포세이큰은 오크 여자에게 다가가 무릎을 꿇고 맥박을 쟀다. 그녀는 신음 소리를 내며 몸부림쳤다. 쇠약했지만 살아 있었다. 정신도 언젠가는 회복될 것이다. 하지만 그 과정은 느리고 불편할 것이다. 알레리아는 후회를 느낄 만한 마음의 여유가 없었지만 어느새 그런 감정이 꿈틀거리며 파고들어, 걸음을 옮길 때마다 싸늘하고 떨쳐지지 않는 고통을 남겼다.

셀로셀 대장이 다가왔다. 그의 횃불이 투랄리온과 알레리아를 따뜻한 온기로 감쌌다.

"명령을 내리시겠습니까?"

"음식과 담요를 더 줘라. 물도 여유분 모두 나눠주고. 어서 이곳을 떠나 머물 곳을 찾으라고 얘기해라. 마른나무껍질이 곧 공격해올 것 같다."

알레리아가 말을 향해 걸음을 서두르려 할 때 셀로셀이 다시 물었다.

"저 포세이큰 연금술사는 어떻게 할까요?"

"스톰윈드로 데려가라. 아는 게 더 있을 것 같다. 지금은 아무리 사소한 정보라도 놓쳐서는 안 되니까."

제 10 장

나즈미르

아파리 코룬은 마지막 향에 불을 붙여 얼굴 앞에서 흔들고는 피어오르는 연기를 깊이 들이마셨다. 폐 쪽에서 통증이 느껴졌다. 그런 고통 또한 의식의 일부였다.

오른쪽 다리 깊은 곳에서 욱신거리는 아픔이 계속됐다. 그 무엇도 고통을 달래주지 못했지만, 고통은 오히려 그녀에게 힘을 주었다. 배신자들의 피가 그녀의 마법에 힘을 주듯이. 타요는 아픈 다리를 무릎에서 깔끔하게 절단해줄 불페라 외과의사가 있다고 얘기했지만, 아파리는 거절했다. 그리고 다리가 시들어 검은 반점이 얼룩덜룩 피어오르게 내버려두었다. 시간이 얼마 남지 않았음을, 단 한순간도 낭비할 수 없음을 상기시켜주는 흔적이었으니까.

그 다리로 얼마나 오랫동안 걸을 수 있을지 알 수 없었다.

"모든 준비가 끝났습니까?"

타요의 목소리가 포로의 길에서 몰아치는 거센 바람을 뚫고 들려왔다.

아래쪽 타르 구덩이에서 부글거리는 거품이 피어오르며 악취가 풍겼지만, 향이 그 냄새를 조금이나마 누그러뜨려주었다. 아파리는 다리의 고집스러운 통증을 무시하고 비틀거리며 일어섰다. 타요는 돕지 않았다. 도우려 해도 아파리가 거절하리라는 것을 이미 잘 알고 있었기 때문이다. 과부거미의 이빨 추종자들이 주위에 느슨한 원을 그리며 모여 있었는데, 그들에게 지도자의 약한 모습을 보여줄 수는 없었다.

"나는 준비됐다." 아파리가 대답했다.

타요의 머리카락은 타르 웅덩이처럼 검게 칠해져 있었다.

"암살은 실패했다, 타요. 호드가 답을 찾아 여기로 오겠지. 우리는 그들의 땅에서 여왕을 공격했지만, 놈들이 우리 땅에 침입하는 것은 허용할 수 없어. 그들은 수가 너무 많아서, 정의가 실현되기 전에 우리 모두와 창백한 기수를 압도할 것이다."

"폭풍이 접근을 차단할 겁니다, 아파리. 이 마법은 이 제국만큼이나 오랫동안 계속되어왔습니다. 우린 실패하지 않을 겁니다. 모든 걸 잃진 않았으니까요."

타요가 그녀를 안심시키자 아파리는 코웃음을 쳤다.

"창백한 기수가 이걸 본다면, 다시는 우리에 대해서 의혹을 품지 않을 것이다. 그는 자신이 강하다고 생각하지만, 우리의 진짜 힘을 모르고 있어. 이것이…… 이것이 그자의 모든 불만을 해소시킬 것이다. 그리고 과부거미 이빨의 진짜 힘을 보여줄 거야."

아파리는 주위를 둘러싸고 있는 반란군을 바라봤다. 반란군의 수는 매일 증가했다. 느리지만 확실한 속도로 다자알로와 그 주변 마을의 잔달라 트롤이 고향을 떠나 반란군 세력에 합류하고 있었다. 그들이 왕궁을 공격했다는 사실이 주변 지역으로 번지고 있었다. 탈란지는 그 후 시상에 모습을 드러냈고, 암살당해 목숨을 잃었다는 소문을 잠재웠다. 하지만 여왕의 얼굴이 좋아 보이지 않는다고 모두들 수군거렸다.

과부거미의 이빨이 여왕을 위협할 수 있다면, 그들은 단순한 골칫거리가 아니라 실질적으로 왕좌를 위협하는 존재였다. 여왕이 다른 세력을 끌어들이는 것을 허용할 수 없었다. 잔달라는 단절되고 고립된 채 취약해져야만 다시 강해질 수 있다.

"우리 모두 준비가 끝났다. 우리의 힘을 남김없이 동원해야만 바다를 뒤흔들고 구름을 조종할 수 있다!"

아파리가 손을 들자 과부거미의 이빨 구성원들은 경외감에 입을 다물었다. 그녀는 반짝거릴 만큼 공들여 연마한 검은 바위 앞에 서 있었다.

그리고 그 바위 위에는 궁정의 귀족 한 명이 누워 있었다. 그가 몸을 꿈틀거렸다. 아파리의 가슴 위에서 공포거미 다즈가 송곳니를 드러냈다. 두 눈이 달처럼 휘둥그레진 늙은 트롤은 단단히 묶인 채 재갈이 물려 있어서 그가 거칠게 웅얼거리는 소리는 아파리의 목소리에 묻혀버렸다. 반란군은 그 귀족의 값비싼 로브와 보석을 지나가던 상인에게 넘기고 식량과 무기로 교환했다.

"형제자매들이여, 나와 함께 주문을 외워라. 너희들의 목소리가 필요하다! 너희 목소리가 천상에 닿게 하라! 너희의 의지를 알려라!"

아파리 주위로 서른 명 가량의 트롤이 원을 그리며 앉아 있었고, 그들의 머리 위로 독수리들이 천천히 선회했다. 그들의 의도를 짐작하기라도 한 듯 하늘에 걸린 달은 핏빛으로 흠뻑 물들어 있었다. 아파리의 추종자들이 검은 튜닉을 벗자, 허리춤에 두른 천 위로 거미의 다리를 닮은 하얀색 무늬가 휘갈겨져 있었다. 개중 일부는 조각한 부적을 몸에 걸고 있었고, 또 일부의 몸에는 복슬복슬하고 덩치 큰 독거미가 멋대로 기어 다니고 있었다.

주문은 천천히 시작되었다. 아파리는 팔을 넓게 휘둘러 추종자들을 지휘했다. 의식의 제단으로 사용하고 있는 넓적한 바위 위에는 원이 그려져 있었고 타요는 그 원을 따라 걸었다.

그곳에서 멀지 않은 아래쪽, 바위가 깎여나간 곳에 임시 야영지를 만들었다. 피해망상에 사로잡힌 듯 점점 더 정찰을 강화하고 있는 왕실 근위대 때문에 늪의 동굴에서 쫓겨난 그들은 새로운 안식처를 마련한 것이다.

아파리는 충직한 추종자들을 바라봤다. 줄다자르의 한쪽 끝에서 한쪽 끝까지 쫓겨온 무리는 다들 굶주리고 지친 모습이었다. 모두들 며칠 동안 뼈를 끓인 수프와 종잇장처럼 얇은 박쥐 날개만 먹으면서 연명하고 있었다. 상관없었다. 그들은 멈추지 않을 것이다. 그런 굶주림이 그들을 거칠고 무모하게 만들었고, 아파리는 그게 좋았다. 창백한 기수 나타노스도 조만간 순찰자들을 이끌고 그들과 합류하여 탈란지와 저주받을 로아를 향한 마지막 공격을 준비할 것이다. 그때가 되면 배신자 여왕이 달아날 곳은 없었다.

바다도 과부거미의 이빨이 내뿜는 분노로 소용돌이치고 있었다.

아파리는 원 중앙에 있는 늙은 트롤을 향해 절뚝거리며 다가갔고, 그 사이 타요는 여덟 개의 의식용 횃불에 불을 붙였다. 하얀 불길이 창백한 꽃처럼 피어났다. 매캐한 연기가 향냄새와 뒤섞여 귀족의 몸에서 풍기는 땀 냄새를 지웠다. 아파리는 칼을 들고 잠시 멈춰 서서, 제물이 지금 무슨 생각을 하고 있을지 떠올려봤다. 아파리는 그를 알고 있었다. 그의 가족도 알고 있었다. 하지만 그런 건 지금 아무 상관도 없었다.

한때 아파리도 부유한 귀족 가문의 일원이었다. 저 늙은 트롤의 어린 딸처럼 아름다웠다. 탈란지보다 더 아름답다고 여겨지기도 했다. 당시 아파리의 머리칼은 깨끗한 은빛 폭포처럼 한쪽 어깨를 타고 흘러내렸다. 섬세하게 땋아 엮은 머리채 사이로 분홍색 꽃과 구슬이 살며시 모습을 드러냈다. 자크라제트 장군도 종종 그녀의 매끈한 초록색 피부와 여리여리한 팔을 아름답다고 칭찬하곤 했다.

"춤을 추기 위해 태어난 팔이야."

왕궁의 전당에서 스쳐 지나가던 그녀를 보며, 장군은 이렇게 이야기했다.

하지만 그런 말들이, 그런 매끈한 피부와 꽃을 엮은 머리채가 이제는 모두 잔혹한 농담처럼 느껴졌다. 이제 그녀는 그 은빛 머리카락을 절대로 감지 않았고, 어여쁜 얼굴은 가면 뒤에 감췄다. 다리의 상처는 계속 곪아 시큼한 악취를 풍기며 진물이 흘렀다. 다리의 감염된 부위는 그녀와 의사들이 지금껏 보아온 어떤 상처와도 달랐다. 마법과 습포제 모두 아무런 효과가 없었다. 그 상처는 육체가 아닌 마음과 정신에서 기인한 생채기였다. 일부 주술사는 아파리의 면전에서 상처가 치유되지 않는 이유가 그녀 자신 때문이라고 말하기도 했다.

그녀의 세계가 산산이 조각나고, 미래가 도난당하고, 육체가 부서진 지 고작 몇 달밖에 지나지 않았지만, 그 시간이 그녀의 삶에서 가장 진실한 시기였다. 그 몇 달이 그녀를 정의했다. 이제 경박한 언행 같은 건 없었다. 장난칠 시간도 없었다. 이제 아파리에게는 과부거미의 이빨만이 살아가는 이유였으며, 어머니의 유산을 이어가는 것만이 유일한 관심사였다.

"이제 이건 필요 없겠지."

아파리는 힘겹게 무릎을 꿇으며 말했다. 그녀가 늙은 트롤의 입에서 재갈을 풀자마자 귀족은 애원하기 시작했다.

"이럴 필요는 없네! 황금이 필요한가? 그런 건 얼마든지 줄 수 있어! 제, 제발…… 제발, 아파리! 우린 남이 아니잖나! 날세, 베짐이야! 자네도…… 자네도 날 알고 있잖아! 원하는 건 뭐든 줄 테니, 제발 이러지 말게! 우리

딸이 곧 결혼할 걸세. 살아서 그 모습을 볼 수 있게 해주게!"

"아, 딸을 팔아먹은 건가. 그렇다면 이것이 곧 자비가 되겠군. 황금 따위는 넣어두어라, 이 제물아. 하지만 비명은 기꺼이 들어주겠다."

아파리는 잔인하게 상대를 조롱했다. 그녀가 의식용 검을 망설임 없이 내리꽂자 제물의 심장을 관통하고 피를 쏟아냈다. 연료. 마법에는 대가가 따르는 법이다.

"나브레…… 용서해……다오."

늙은 귀족의 여린 목소리가 잦아들고 눈이 뒤로 넘어갔다. 폭풍의 연료가 돌에 새겨진 눈금을 따라 흐르기 시작했다.

다리의 통증이 더는 아파리를 귀찮게 하지 않았다. 솟구치는 힘을 느끼며 그녀가 벌떡 일어섰다. 그녀는 춤을 추기 위해 태어난 팔을 들어 달을 향해 뻗었다. 추종자들의 환희에 찬 포효는 혈마법처럼 중독성이 있었다.

"그랄, 저희에게 대해의 비밀을 깨달을 수 있는 지혜를 허락하소서!"

아파리의 우렁찬 외침과 함께 타요가 횃불을 들어 올렸다. 추종자들이 그랄의 이름을 외칠 때마다 불길은 더 높이 타올랐다.

"그랄, 그랄, 그랄……."

그려진 기호를 향해 흘러가던 피에 불이 붙었다. 이글거리는 불길과 함께 아파리 주위의 땅이 진동하며 빛을 내뿜었다.

"아쿤다, 저희에게 구름을 끓어오르게 할 힘을 허락하소서!"

"아쿤다, 아쿤다, 아쿤다……."

"피는 불이 되고 불은 더 밝게 타올라 하늘을 밝히고, 우리에게 당신의 힘을 보여주소서!"

아파리는 주먹을 움켜쥐었다. 그녀 주위로 솟아오른 새하얀 불길이 돌의 무늬를 따라 하얀색으로 그려진 기호에 닿은 후, 다시 중앙에 있는 제물에게로 돌아왔다. 불길은 옷으로 옮겨갔고 둥글게 굽으며 타들어갔다. 타요가 횃불을 높이 들어 올리자 주문은 점점 더 불규칙해졌다. 추종자들은 이리저리 뛰고 춤추고 웃으며 서로를 맴돌았다. 그때 갑작스럽게 불길이 꺼지고, 바람이 잦아들었다. 모든 것이 침묵에 잠긴 순간, 불은 다시 타올랐다. 이번에는 아파리의 두 손 위에서 타올랐다.

멀리 동쪽에서 우르릉 소리가 들려왔고, 그들의 의식이 성공했음을 알려왔다. 곧이어 잔달라 해안 상공에 먹구름이 몰려들고, 그 아래 바다에서는 배보다 높은 파도가 밀려들었다.

아파리가 두 손바닥을 맞부딪치자 마법은 쉬잇 소리와 함께 잦아들었다. 그 힘이 핏줄을 타고 온몸으로 흐르던 순간, 추종자들이 환호성을 지르던 그 순간, 그녀는 행복이 무엇인지 깨달았다.

아파리 앞에 검게 그을린 채 미동도 없이 널브러져 있는 시체는 독수리들에게 줄 식사 거리에 불과했다.

타요는 기뻐하는 기색을 크게 드러내진 않았지만, 횃불을 들고 싱긋 웃으며 아파리에게 다가와 빈손을 그녀의 어깨에 얹었다.

"야즈마 님이 자랑스러워하실 겁니다."

아파리는 고개를 끄덕이며 아직도 연기가 피어오르는 시체 옆에서 공포거미가 안절부절못하는 모습을 지켜봤다.

"그렇겠지."

아파리가 한숨을 내쉬고는 혀를 차자, 공포거미가 공중으로 휙 튀어 올라 비틀비틀 그녀의 어깨로 날아왔다. 거미는 어깨에 앉으며 그녀의 귀를 깨물었다.

"기다려라, 꼬마야. 지금은 슬퍼할 필요 없어. 배신자들이 모두 죽고 발치에 쓰러지면, 그때 마음껏 먹게 해주마."

제 11 장

아라시 고원

"알레리아! 투랄리온…… 뭘 알아낸 거죠?"

제이나 프라우드무어가 모래사장에 들어서고, 그녀의 뒤로 차원문의 소용돌이가 뒤틀리며 닫혔다. 짠바람과 파도 거품이 그녀를 맞이했다. 그녀는 스톰윈드 국왕의 명령을 받고 재빨리 이곳까지 이동한 것이다. 투랄리온과 알레리아가 임무를 맡았지만 별다른 진전이 없자 국왕은 걱정이 많은 모양이었다. 둘에게서 아무런 연락도 없이 며칠이 지난 후였다. 그들을 아라시 고원으로 이끌었던 정보가 결실을 맺었는지, 그렇지 못했는지 알 방법이 없었다. 제이나는 조금만 더 기다려보라고 국왕을 설득했지만, 무슨 말을 해도 안두인 국왕의 걱정을 달래줄 수 없었다.

한 인간 남자가 땅바닥에 널브러져 있었다. 그는 어찌 줄 모르며 온몸을 부들부들 떨었고, 검은 구름이 그의 머리를 감싸고 있었다. 남자의 손발은 황금 족쇄로 구속되어 있었다.

투랄리온이 먼저 돌아서서 그녀를 바라봤다. 성기사의 집중력이 흩어지자, 남자를 모래사장에 묶어두고 있던 번쩍이는 사슬이 빛을 내뿜으며 사라졌다. 제이나 프라우드무어는 빛과 공허가 공존하는 모습을 눈앞에서 목격하는 일은 없으리라 생각했건만, 지금 이곳에서 그 흔치 않은 광경을 보고야 말았다. 끔찍하군. 제이나는 생각했다. 둘은 대체 무엇에 사로잡힌 걸까? 어쩌면 안두인이 제이나를 보내기로 결단한 것이 현명한 결정인지도 몰랐다.

"이 남자와 가족이 밴시 여왕의 어둠 순찰자 중 한 명에게 숙소를 제공하고, 밀항까지 시켜주었습니다."

투랄리온은 대꾸라도 했지만, 알레리아는 눈길조차 주지 않았다. 아무래도 밀수업자에게서 고통에 찬 비명을 이끌어내느라 너무 바쁜 나머지 제이나의 질문에 대답할 여유가 없는 것 같았다. 해안에서 멀지 않은 곳에 작은 전초 기지가 세워졌고, 소수의 얼라이언스 병사들이 그곳 출입구에서 어슬렁거리며 기다리고 있었다. 해안에는 공허 엘프 몇 명이 밀수업자의 가족으로 보이는 사람들을 삼엄하게 지키고 있었다. 그들은 무릎을 꿇고 앉아 부들부들 떨고 있었다.

"그 사실을 어떻게 알아낸 거죠? 이 사람이 저항했나요?"

제이나가 다시 물으며 밀려드는 파도를 따라 이리저리 휩쓸리는 축축한 모래 위의 투랄리온과 알레리아 곁으로 다가갔다.

"가족 중 아비 되는 자가 저희 질문에 대답을 거부했습니다만, 이 사람은 아주 흥미로운 단검을 소지하고 있더군요."

그 말과 함께 투랄리온이 단검을 꺼냈다. 섬세하게 엮은 손잡이는 은 두개골로 장식되어 있고, 칼자루를 따라 보라색 보석이 반짝였다.

"포세이큰의 칼집에 더 어울리는 단검이라고 생각하지 않으십니까?"

제이나는 그들이 발견한 증거를 받아 들고 자세히 살펴봤다. 실바나스와 그녀의 수하들이 사용하는 무기와 닮아 있다는 사실을 부인할 수 없었다.

"피난민 한 무리가 저희를 이쪽으로 안내해주었습니다. 그 무리의 포세이큰 연금술사가 어둠 순찰자의 상처를 치료했고, 그자는 해안 쪽으로 떠났다고 했습니다. 이름은 비스린이라고 합니다. 혹시 아는 자입니까?"

투랄리온이 물었다.

남쪽에서 불어온 매서운 칼바람이 제이나의 피부를 스치고, 푸른색과 금색이 뒤섞인 망토를 이리저리 흩날렸다. 바람이 차갑기도 했지만, 제이나는 이미 그 전부터 어둠을 불신하는 마음 때문에 떨고 있었다. 알레리아가 밀수업자에게 고통을 가하는 모습이 혐오스러웠다.

투랄리온의 얼라이언스 병력을 비롯하여 많은 사람들이 그 모습을 지켜보고 있었다. 제이나가 느끼는 불편한 감정을 똑같이 느끼고 있는지, 몸서리치는 사람도 있었다.

"몰라요."

"그건 상관없습니다. 곧 찾아낼 수 있을 테니까요."

제이나가 칼을 돌려주며 대답하자 투랄리온은 어깨를 으쓱하며 말했다.

밀수업자는 입을 다문 채 축 늘어졌다. 죽은 것 같았다. 그는 온몸을 둥글게 말고서 모래사장에 쓰러져 있었고, 거품이 이는 파도가 그의 장화를 적셨다. 알레리아는 깊이 숨을 들이쉬었다. 그녀의 두 눈에는 묘하게 흥분한 기색이 서려 있었다. 잔혹한 일을 마무리한 알레리아가 돌아서서 그들을 바라봤다.

"네, 곧 찾을 수 있을 겁니다. 저들은 작지만 바다를 지나갈 수 있을 만큼 튼튼한 배를 제공했어요. 그 멍청한 순찰자가 상당히 구체적인 요구를 했더군요. 서쪽으로 데려다 달라고 말입니다. 여기서 서쪽으로 배를 타고 갈

만한 곳은 잔달라의 해안뿐이죠."

알레리아는 만족스러운 듯 고개를 끄덕이며 제이나와 투랄리온을 번갈아 바라봤다.

투랄리온과 알레리아가 빛과 공허를 모두 사용하여 알아낸 결과물만큼은 제이나 역시 반론을 제기할 수 없었지만, 그 방법에는 동의할 수 없었다. 둘은 어딘가 멍해 보였다. 아무리 내키지 않는 일이라고 해도 같은 일을 전에도 해본 적이 있는 것 같았다. 제이나는 이 방법이 부족한 시간 내에 결과를 얻어내기 위한 최후의 수단이지, 그들의 새로운 일상은 아니길 바랐다.

시간이 정말 부족했다. 아제로스를 구석구석 뒤지는 일은 분명 힘겨운 임무였다. 게다가 수색 시간이 길어지면 길어질수록 실바나스는 더 많은 생명을 앗아갈 터였다. 뿐만 아니라 대혼란을 일으키기 전에 그녀를 찾아낼 확률이 점점 더 줄어들 것이다.

"국왕 폐하도 두 분이 이런…… 이런 방법을 사용하고 있다는 걸 알고 계신가요?"

제이나는 외교적인 표현을 고르고자 애를 썼다.

마침내 모래 위에 쓰러져 있던 불쌍한 남자가 몸을 움직였다. 그의 손이 무기력하게 젖은 모래를 움켜잡았다. 그의 부인과 아들이 흐느끼는 소리가 바람에 실려 들려왔다.

"국왕이 아주 명확하게 얘기했습니다. 정보를 얻기 위해서라면 필요한 수단은 뭐든 사용해도 좋다고 말입니다. 그리고 이제 실바나스가 잔달라를 노리고 있다는 사실을 확인했어요. 대상 범위를 좁히는 데 성공했으니, 안두인 국왕도 기뻐할 겁니다."

알레리아는 망설임 없이 대답했다.

"승리하기 위해 이런 일까지 해야 한다면, 아마 기뻐하지 않을 거예요. 저도 마찬가지고요."

제이나는 헐떡이는 밀수업자를 향해 손짓하며 새된 목소리로 말했다.

"시간이 지나면 모든 게 분명해질 겁니다, 제이나."

알레리아가 머릿속에 있는 말을 내뱉기 전에 투랄리온이 끼어들었다. 공허 엘프의 얼굴은 으르렁거리듯 일그러졌다.

"알레리아가 그에게 큰 부상을 입힌 건 아닙니다. 그리고 지금부터는 빛이 그의 고통을 달래줄 겁니다. 제가 직접 살피겠습니다. 알레리아의 분노에 스며들어 있는 공허를 제가 통제하겠다는 말씀입니다."

"이 사람이 절 통제할 필요는 없어요."

"그래요."

제이나는 둘의 곁을 스쳐 지나가, 부들부들 떨고 있는 밀수업자 곁에 무릎을 꿇고 앉았다. 그녀는 조심스럽게 남자를 다시 눕히고, 한 손으로 그의 머리를 받쳤다. 그녀는 남자의 얼굴을 보며 혹시 생각나는 사람이 있을까 싶어 떠올려보려 했다.

"그는 아는 걸 모두 털어놨어요. 그 사람 때문에 여기서 꾸물거리는 건 시간 낭비예요."

알레리아가 초조한 듯 말했다.

"죄송합니다……."

희미한 목소리가 남자의 가늘고 새파랗게 질린 입술 사이에서 새어 나왔다. 알레리아가 그의 몸에서 온기를 모두 앗아간 것만 같았다.

"가족들이…… 먹을 것이 없었습니다. 폭풍이 물고기를 모두 쫓아버려서—"

"저렇게 좋은 단검이라면 괜찮은 가격에 팔 수 있을 거예요. 사랑하는 사람들이 관련되어 있을 때는 누구나 해야만 하는 일을 해야겠죠. 지금은 정직하게 대답하는 것이 속죄하는 길이에요. 그런 의미에서 묻겠어요. 혹시 더 하고 싶은 말이 있으면……."

제이나가 남자의 말을 대신해주었다. 알레리아는 한숨을 쉬었다. 하지만 제이나의 품에 안긴 밀수업자는 허공을 더듬으며 정신없이 고개를 끄덕였다.

"그 여자는…… 순찰자는…… 빛의 여왕이 보름달이 되기 전에 목적지에 가야 한다고 했습니다. 그 뒤에는…… 배가 지나갈 수 없다고요."

남자의 눈이 뒤로 넘어가며 끙끙거리기 시작했다.

"지금 뭐라고 했습니까? 뭐라고 한 겁니까?"

투랄리온이 다그쳐 물었다. 그는 황급히 제이나 곁으로 다가오며 묵직한 장화로 모래를 마구 튀겼다. 제이나는 눈살을 찌푸리며 남자의 머리를 해변의 모래 위에 부드럽게 내려놓았다. 배가 지나갈 수 없다라…… 마지막 경고를 이끌어낸 건 고문이 아니라 연민이었다. 조금만 더 참을성을 발휘했다면 이 남자는 불필요한 고통 없이 아는 걸 모두 털어놨을지도 모를 일이었다.

"다음 보름달이 언제죠?"

당황한 투랄리온은 얼굴을 찌푸린 채 작은 목소리로 날짜를 계산했다.

"엿새 후입니다."

제이나는 누워 있는 남자를 건들지 않도록 조심하며 자리에서 일어나 알레리아에게 다가갔다. 공허 엘프는 팔짱을 끼고서 의심의 눈빛을 감추려고도 하지 않은 채 마법사를 바라봤다. 솜털 같은 한쪽 눈썹이 꿈틀거렸고 뒤틀린 미소를 짓고 있었다.

"잔달라까지 안전하게 갈 수 있는 시간이 엿새밖에 남지 않았군요. 전 지금 스톰윈드로 돌아가서 '이 모든 일'을 국왕 폐하께 말씀드리겠어요."

제이나가 '이 모든 일'을 강조하며 말하는 것을 놓치지 않은 알레리아는 오른쪽으로 몸의 중심을 옮기더니 제이나가 차원문을 소환하려는 곳을 가로막았다. 두 여자의 눈이 마주쳤다. 제이나는 서늘한 기운이 손바닥을 자극하는 게 느껴졌다. 빨리 이곳을 벗어나지 않으면 심각한 언쟁에 휘말릴 수 있다고 그녀의 본능이 경고하는 듯했다.

"그게 지금 우선순위인가요, 제이나? 고자질이나 하는 것이?"

그들을 바라보고 있는 병사들 때문인지 알레리아가 낮은 목소리로 말했다.

제이나는 길게 땋아 내린 머리를 뒤로 넘기며 다시 한 번 차원문을 소환했다. 알레리아의 등 뒤로 불편하리만큼 가까운 곳에서 공간이 갈라졌다.

"진정해요, 알레리아."

제이나는 투랄리온처럼 대담한 회유 전술을 사용하며 말했다.

"안두인 국왕에게 이번 임무의 진행 상황을 알리려는 것뿐이니까."

그러는 김에 고자질도 좀 하고. 제이나는 알레리아가 비켜서길 기다린 후 서둘러 차원문을 향해 걸음을 옮겼다. 제이나는 공허를 믿지 않았고, 공허에 사로잡힌 자라면 상대가 누구든 믿을 수 없었다.

안두인은 알레리아와 투랄리온이 국왕의 이름을 앞세워 어떤 일까지 행하고 있는지 모르는 게 분명했다. 알았다면 이런 행위까지 용납하지는 않았을 테니까. 그들은 아주 위험한 전례를 만들어가고 있었다. 눈부신 파란빛, 은빛, 분홍빛이 스쳐 지나가고, 제이나는 차원문을 통과하여 팔디르의 만 남쪽에서 스톰윈드로 이동했다. 육체가 공간을 가로지른 속도만큼 그녀의 정신도 빠른 속도로 움직였다. 차원문을 통과할 때면 으레 느끼는 방향 감각의 혼란도 그녀의 근심을 덜어내진 못했다.

빛과 어둠이 어떻게 그런 방식으로 공존할 수 있을까? 투랄리온처럼 경험 많고 지혜로운 성기사라면 그런 행동은 하지 말았어야 했다. 알레리아도 마찬가지였다. 그런데도…… 그런데도…… 그들은 기이한 연금술로 빛과 어둠을 혼합하여 실바나스를 추적하는 과정에서 가장 쓸모 있는 정보를 알아냈다.

제이나는 스톰윈드 왕궁의 알현실에 들어섰다. 안두인은 아직 보이지 않았다. 파란색과 금색 제복을 입고 왕좌 곁을 지키고 있던 무장 호위병 두 명이 그녀를 지도실로 안내했다. 젊은 국왕의 친구이자 참모이기도 한 제이나 프라우드무어는 왕궁을 자유롭게 드나들 수 있는 중요한 손님이었다. 그녀는 망토를 휘날리며 알현실에서 어슬렁거리는 귀족과 병사, 방문객들을 지나쳤다.

늘 그렇듯 안두인은 허리를 숙인 채 누렇게 바랜 거대한 아제로스 지도를 살펴보고 있었다. 다른 책들과 작은 해도들도 탁자 위에 흩어져 있었고, 길니아스 국왕이 그의 곁을 지켰다. 하지만 제이나는 두 사람 모두에게 자기가 본 것을 말하긴 조금 껄끄러웠다. 겐 그레이메인은 성미가 무척 급한 편이었고, 휴전 협정이 체결된 이후로는 그런 성격이 더 심해진 것 같았다. 안두인은 지도실에 나타난 그녀를 보고 환하게 웃었다. 그의 푸른 눈동자가 오랫동안 기다려온 소식을 앞두고 희망에 차 반짝이는 것 같았다.

"제발 좋은 소식이 있다고 말씀해주세요."

그 말이 안두인의 첫마디였다.

제이나는 마음의 준비를 하고 오른손을 흔들어 수정구가 매달린 지팡이를 소환해 능숙하게 그러쥐었다. 그녀는 놋쇠로 마무리한 지팡이 끝으로 동부 왕국과 잔달라 트롤 대륙 사이에 있는 대해를 가리켰다.

"엿새 내로 잔달라 동부로 향하는 낚싯배를 잡아야 해요. 보름달이 뜨면 두 대륙 사이의 항로에는 배를 띄울 수 없다고 하더군요. 비스린이라는 어둠 순찰자에게 배를 마련해준 밀수업자가 모두 털어놨어요."

제이나는 용건만 간략하게 말했다. 밀수업자의 잔혹한 운명과 관련된 이야기는 조금 미뤄두기로 했다.

안두인의 두 눈이 더 환하게 빛났다. 그는 기쁨에 겨워 지도가 놓인 탁자를 주먹으로 내리쳤다.

"드디어, 드디어! 마티아스 쇼를 불러주세요. 추적을 맡기는 데 그만한 적임자가 없을 거예요. 쿨 티라스에서 오랜 대장정을 겪어봤으니 배에서도 잘 버틸 수 있을 테고요."

"나도 그렇게 생각하네. 하지만 병력을 좀 더 보내야 하는 게 아닐까?"

겐도 국왕의 생각에 동조하며 무뚝뚝한 어조로 덧붙이자 제이나가 고개를 저었다.

"우리가 그 지역에 잠입한다는 사실을 호드가 알아서는 안 돼요. 잔달라는 아직 호드의 보호를 받고 있으니까요. 우리 배가 지나가는 건 그렇다 쳐도, 그 대륙에 상륙하는 모습은 공격 행위로 비춰질 수도 있어요."

"제이나의 말이 맞습니다. 휴전 협정은 이미 위태로운 상태잖아요. 호드나 탈주한 실바나스와 또 한 번 전쟁을 치른다면 우리 역시 살아남을 수 없어요. 처음부터 조심스럽게 접근해야 합니다. 마티아스 쇼는 필요하다면 그림자도 될 수 있는 사람이에요."

국왕은 겐 그레이메인의 등을 두드렸다.

"어서 가서 마티아스를 찾아주세요. 그의 실력과 파도현자의 마법이 함께한다면, 그 어둠 순찰자를 생포할 수 있을 겁니다. 행운이 따르길 기도하며 이제 서둘러야 해요."

겐은 제이나를 향해 고개 숙여 인사하고는 서둘러 지도실을 떠났다.

"알레리아에 대해…….”

제이나는 목걸이에 걸린 닻 모양의 펜던트를 만지작거리며 다음에 할 말을 조심스럽게 골랐다. 안두인은 잔뜩 흥분한 듯 허리를 숙인 채 지도를 살펴보고 있었다. 지도에 그려진 대해에 코가 닿을 것 같았다.

잠깐이나마 기분이 좋을 때 얘기하는 게 낫겠어.

"안두인…… 걱정스러운 일이 있어요."

제이나는 혹시라도 문 밖에서 훔쳐보거나 엿들을지도 모를 눈과 귀를 경계하며 차분한 목소리로 이야기를 꺼냈다.

"다들 그렇죠. 지금은 정말이지 위태로운 상황이니까요."

안두인이 웃음을 터뜨리려는 찰나, 그녀의 목소리에서 무언가 느껴졌는지 고개를 들고 제이나를 바라봤다.

"제이나, 무슨 일이죠? 정말 큰 걱정거리가 있는 표정이시네요."

제이나는 길게 한숨을 내쉬었다. 시간을 끌어봐야 아무 의미도 없었다. 안두인도 제이나가 본 것을 알아야 했다. 안두인 국왕은 사자의 힘과 함께 공감할 줄 아는 마음도 갖춘 흔치 않은 지도자였다. 그래서 그가 존중하는 이들을 비판해야 한다는 사실이 제이나의 가슴을 아프게 했다.

"알레리아와 투랄리온은 제가 보는 앞에서 그 밀수업자를 고문했어요. 알레리아는 공허의 힘으로 그의 정신에 침투했고, 투랄리온은 빛으로 만들어낸 사슬로 그 사람을 구속했죠. 차마 말로 표현할 수 없을 만큼 고통스러워 보였어요."

제이나는 탁자 주위를 돌며 안두인의 얼굴을 살피고는 말을 이었다.

"국왕 폐하…… 그들의 방법론이 폐하의 의중을 제대로 반영하지 못하는 것 같아 걱정이에요. 우리 모두는, 사병 하나하나까지도 당신의 왕권을 섬기죠. 우리는 당신의 기치 아래 모였어요. 그들의 행동이 당신의 승인을 받은 것이라면, 그 사실이 우리에겐 어떤 의미일까요?"

안두인은 아주 오랫동안 아무 말도 하지 않았다. 그의 얼굴에 떠올랐던 미소는 어느새 사라지고 없었다. 그는 고개를 가로저으며 제이나에게서 멀어지더니 풍성한 녹색 양탄자 위를 서성거렸다. 긴 시간이 흐르고 안두인은 방을 가로질러 커다란 불길이 타오르고 있는 화로로 다가갔다. 그는 타오르는 불길이 미치는 곳 바로 위에 손바닥을 올리고 아슬아슬하게 불길을 스쳤다.

"우리에게 어떤 의미일까요?"

안두인이 제이나의 질문을 그대로 되물었다. 그녀의 질문에 모욕감을 느낀 듯한 목소리였다.

"살인자들에게 정의의 심판을 내리기 위해서라면 어떤 대가라도 감수하겠다는 의미입니다. 전쟁에서 스러져간 이들을 잊지 않겠다는 의미이기도 합니다. 텔드랏실을, 로데론을 잊지 않겠다는 의미입니다. 그때의 막고라를 잊지 않겠다는 의미라고요. 장막의 바다 위로 피어오르던 불길과 수천 명의 아이들 눈에 비친 불꽃을 결코 잊지 않겠다는 그런 의미입니다!"

안두인이 주먹을 움켜쥐었다. 말을 내뱉을 때마다 점점 더 확신에 찼고, 점차 커지던 목소리는 급기야 고함 소리에 가까워졌다. 안두인은 곁눈질로 제이나를 살폈고, 목소리는 다시 속삭이듯 작아졌다.

"당신도 불과 얼마 전에 잔혹한 복수의 망치를 휘두르셨죠. 전 잊지 않았습니다, 제이나. 당신은 어떤가요?"

아, 위대한 사자여, 당신의 심장은 강철이 되어가고 있군요. 제이나의 심장도 테라모어를 파괴한 폭탄 때문에 한때 단단한 강철이 되어 있었다. 그런 감정이 한동안 그녀를 지배했고, 그녀의 힘과 심장, 정신 그 모든 것을 서릿발 속에 가두기도 했다. 슬프게도 호드를 완전히 말살해야 한다고 바리안에게 이야기하던 순간이 생생히 떠올랐다. 그녀의 마음이 녹는 데까지 정말 오랜 시간이 걸렸다. 게다가 그 얼음장 같은 분노의 잔재가 여전히 가슴속에 남아 있었고, 그렇기에 다른 이들의 사무친 분노를 느낄 수 있었다. 지금 안두인의 마음속에서도 그런 감정이 보였다. 모든 것을 차갑게 뒤덮는 슬픔이었다.

"제이나."

안두인의 그녀의 이름을 불렀지만, 제이나는 서둘러 대답하고 싶지 않았다.

제이나는 지팡이를 단단히 붙잡았다. 화로의 붉은빛이 안두인의 얼굴을 밝혔다. 아무 말 없이 그녀는 돌아서서 탁자 위에 펼쳐진 아제로스를 바라봤다. 지도는 이 세계의 대지를 충실히 재현하고 있었지만 그 안의 생명들, 세계 전체를 구성하는 작디작은 존재들은 단 한 명도 보여주지 못했다.

"잊지 않았어요. 그리고 당신의 아버지께서 볼진에게 명예를 지키지 않으면 끝장을 내겠다고 경고하던 것도 기억해요. 전 당신의 통치가 오래도록 유지되는 모습을 보고 싶어요. 그리고 당신의 왕권이 아름다운 모습으로 기억되길 바라고 있어요. 그리고 그 무엇보다 당신이 아버지와 같은 모습으로 기억되길 바라고 있죠."

제이나는 잔달라에 시선을 고정한 채 나직이 말했다.

"어려운 결정을 내려야 합니다. 전 투랄리온과 알레리아가 품위의 한계가 어디까지인지 깨닫고 그 선을 넘어가지는 않을 거라고 믿습니다."

제이나는 논의가 끝났다고 생각했지만, 안두인은 여전히 꼿꼿이 서서 강렬한 눈빛으로 그녀를 바라보고 있었다. 그의 두 눈은 상대방을 기쁘게 해주고 싶은 아이의 열정으로 환하게 빛났다. 하지만 대체 누구를 기쁘게 해주고 싶은 걸까? 그녀일까? 아니면 자기 자신일까?

"그들이 진정 명예를 모른다면, 그들의 조각상이 이 도시를 지키며 당당히 서 있는 게 가능할까요?"

제이나는 눈을 깜빡였다. 어느새 그녀는 썬더 블러프에 서 있었다. 승리에 도취된 채 그 뒤로 따라오는 낙관주의에 흠뻑 젖어 있었다. 어쨌든 그들은 오그리마의 지하 감옥에서 바인 블러드후프를 구해내는, 거의 불가능한 위업을 성공적으로 완수해냈으니까. 그러나 스랄은 그녀의 낙관적인 생각에 공감하지 않았다. 일시적으로 동맹을 맺자는 그녀의 생각을 경계했다.

이번이라고 다르겠소?

우리가 달라요.

"사람들은 변하죠."

제이나는 열띤 목소리로 말하며 어깨를 폈다. 그런 변화가 자랑스러웠다. 자신의 달라진 모습이, 그의 달라진 모습이 자랑스러웠다.

안두인은 잠시 그녀의 말을 곱씹은 후, 화로로 다가가 두 손을 불에 쬐었다. 그녀의 말이 그의 온몸에 냉기를 불어넣기라도 한 것 같았다. 안두인의 금발이 두꺼운 커튼처럼 얼굴 앞으로 흘러내려 그의 표정을 감췄다.

"사람들은 변하죠. 하지만 알레리아와 투랄리온만큼은 수많은 불운을 겪은 지금도 제가 믿을 수 있는 동지들이에요. 그들이 없었다면 스톰윈드도 존재하지 않았을 테죠. 그 둘은 이미 우리가 가장 사랑하는 이야기 속에 스며들어 있어요."

안두인을 흔들 수 없다는 것만은 확실히 알 수 있었다. 제이나는 돌아서서 지도실을 떠나려 했다. 그리고 마지막으로 그를 향해 작은 목소리로 애원했다.

"그런 이야기를 마지막으로 가다듬는 건 흔들리지 않는 시선과 시간이에요, 안두인. 언젠가 알게 되겠죠."

제 12 장

아탈그랄

"이 녀석 어때? 담대한 아르바호! 따라 해봐, 담대한 아르바호. 느낌이 괜찮지 않아?"

플린 페어윈드는 낄낄대면서 주 돛대를 팡팡 두드렸다. 그리고 바람을 가슴에 맞으며 깊이 숨을 들이쉬었다. 경건할 정도로 평온한 빛이 그의 얼굴에 가득했다.

"내가 직접 이름을 붙였어. 예전 이름은 솔직히 쓰레기였거든. 프라우즈. 이게 말이야 방구야? 아, 미안. 뭐라고? 프라우즈?"

마티아스 쇼는 입을 꾹 다문 채 정면만 바라봤다. 아무 말 없이 무시무시한 고르곤을 외면하듯 선장 페어윈드를 무시한다면, 그의 끝없는 수다가 중단되지 않을까 싶어서였다. 하지만 그렇지 않았다.

"대체 그게 무슨 뜻이야? 맙소사. 말할 때 침을 잔뜩 튀게 하려고 억지로 만든 이름 같잖아. 아니, 이쪽이 훨씬 낫다고. 내가 주사위 노름으로 이걸 따냈다는 게 믿겨져? 대체 누가 이렇게 멋진 녀석을 노름판에 걸었을까?"

"당신, 그때 아마 술에 절어 있었겠지."

쇼는 아무 생각 없이 중얼거렸다. 음, 이러다가는 되로 주고 말로 받겠군.

"그래, 그래! 꼭지가 완전 돌아가 버렸다니까! 하!"

페어윈드는 몸을 구부린 채 갑판 위에서 발을 동동 구르며 우스꽝스러운 웃음을 터뜨렸다.

"좋아, 좋아, 좋아. 쇼, 나에 대해 아주 잘 알고 있군. 이 배에 타기 전에 뒷조사라도 한 건가? 내 서류에는 어떤 내용이 적혀 있었어? 악마적인 미모의 소유자다? 모든 면에서 저항할 수 없는 매력이 넘친다? 끝내주는 뱃사람이다? 일격필살의 나팔총 솜씨가 돋보인다?"

사실 서류에 적힌 내용은 기대에 훨씬 못 미치는 내용들뿐이었지만, 굳이 지금 대꾸해줄 필요는 없을 것 같았다. 우르릉 쾅! 설화석고처럼 새하얀 번개 줄기가 수평선을 갈랐다. 잠시 후 거친 파도가 담대한 아르바호를 강타했다. 페어윈드는 팔다리로 돛대를 부여잡고 가까스로 서 있었다. 선원들이 바삐 움직이기 시작했고, 호각 소리가 울려 퍼졌다. 뱃머리에서 겨우 몇 킬로미터 떨어진 지점에 점판암 색의 구름이 몰려들었다. 쇼는 비틀거리다가 난간에 부딪혔다. 정강이의 해묵은 상처에서 고통이 밀려들어 자기도 모르게 신음 소리가 흘러나왔다. 곧 끔찍한 폭풍에 휘말릴 것 같았다.

"아직 하루 정도 남은 줄 알았는데."

쇼는 악다문 이 사이로 침을 뱉었다.

"폭풍이다! 그릭스비, 키를 잡아! 속도를 높이고 낮은 파도 쪽으로 간다! 폭풍우 전용 돛을 펼치고 갑판을 주시해! 내가 지켜보는 한 배에서 떨어지는 놈은 없어!"

페어윈드는 어느새 정신을 차리고 소리쳤다.

쇼는 난간을 붙잡은 손을 감히 놓을 생각조차 하지 못했다. 쿨 티라스에서 활동하는 동안 폭풍우는 적잖이 경험해봤지만, 그걸 통해 배운 건 신중하게 조심하는 사람만 살아남을 수 있다는 것뿐이었다. 빛이여, 그는 바다가 정말 싫었다. 첩보단장에게 필요한 건 사실, 가짜 책장 뒤 낡고 아늑한 집무실과 이글거리는 벽난로, 낙낙하게 여유로운 책상뿐이었다. 배 속이 뒤틀리고 턱이 덜컥덜컥 부딪혔다. 유난히 거친 파도가 뱃머리를 강타하는 통에 배가 요동치자 그의 온몸에 잔뜩 힘이 들어갔다.

"해일이여, 진정하소서! 빨리 끝났으면 좋겠는데."

페어윈드가 미끄러지듯 쇼의 옆으로 다가와 난간을 붙잡았다. 최근에 노름으로 따낸 애완 앵무새가 그의 어깨에 매달려 몰아치는 바람에 이리저리 흔들리고 있었다.

"솔직히 말해서 상황이 아주 좋지 않아. 폭풍용 돛이 빨리 펼쳐지지 않으면, 우리 모두 완전히 엿—"

또 한 번 거센 파도가 페어윈드의 말을 앗아갔다. 두 사람은 배 위에 나뒹굴었다. 페어윈드는 반대쪽 난간에 충돌하며 고통에 찬 신음을 내뱉었다. 쇼는 훨씬 더 운이 나빴다. 버둥거리며 빙판처럼 미끄러운 갑판에 손톱을 박아봤지만 그는 난간을 넘어가 배를 벗어났다. 아래쪽에는 부글거리는 바다 외에 아무것도 없었다. 돛에 연결된 아딧줄을 붙잡은 노움 한 명이 머리 위로 솟아오르는 모습이 보였다. 그는 비명을 지르는지 입을 크게 벌리고 있었지만, 6미터 파도의 우렁찬 굉음이 노움의 애처로운 목소리를 모두 삼켜버렸다.

쇼가 바다로 떨어지기 직전, 페어윈드는 가까스로 그의 손목을 붙잡았다. 가슴이 선체 측면과 충돌한 탓에 숨을 쉴 수가 없고 눈앞에는 별이 보였다. 쇼는 몸을 추스르며 한쪽 손으로 선체의 갈라진 틈을 붙잡았다. 페어윈드는 난간의 양쪽 봉에 각각 발을 붙이고 서서 쇼의 손을 붙잡고 있었다. 그는 가쁜 숨을 몰아쉬며 있는 힘껏 쇼를 배 위로 끌어올렸다.

"갑판 아래로 내려가! 어서! 당신은 아직 이런 파도를 감당할 수 없고, 난 너무 취했어. 봤지? 내가 지켜보는 한 배에서 떨어지는 놈은 없다니까."

페어윈드가 소리쳤다.

그들은 계단을 향해 품위 없이 물러났다. 다음 파도가 언제 덮칠지 모르는 상황에서 가장 안전한 방법은 네 발로 기는 것이었다. 쇼는 갑판 아래로 이어지는 통로에 도착하자마자 벌떡 일어섰다. 배 안으로 밀려든 바닷물이 그의 발치를 지나 계단 아래로 쏟아져 내리고 있었지만, 배가 침수될 기미는 아직 보이지 않았다.

쇼가 계단을 따라 내려가고 있을 때, 페어윈드가 지나가던 선원을 붙잡았다. 쇼의 눈에는 배 전체가 엄청난 혼란에 휘말린 것처럼 보였다. 하지만 선원들은 제멋대로 이리저리 뛰어다니는 듯 보여도 다들 맡은 임무를 성실히 수행했다.

"파도가 낮은 쪽으로 가자!"

페어윈드는 선원의 외투를 붙잡고 마구 흔들었다.

"안개가 짙지만 망루에 있는 네일러가 틈을 확인했다. 배를 돌려서 그곳을 통과하면 북쪽으로 안전하게 이동할 수 있어!"

두 사람은 고함을 치며 대화하면서도 차분한 태도를 유지했다.

"멜리는?"

머리부터 발끝까지 흠뻑 젖은 선원이 싱긋 웃으며 고개를 끄덕였다.

"그런 속도는 평생 본 적이 없습니다, 선장님."

두 사람은 멜리 스폴딩에 대해 이야기하고 있었다. 그녀는 쿨 티라스 최고의 파도현자로, 프라우드무어 함대에서 긴급 파견된 상태였다. 처음에 그녀는 자신보다 평균적으로 머리 하나만큼 작은 선원들과 잘 어울리지 못하고 홀로 지냈다. 그러던 어느 날 밤, 그릭스비가 플룻을 꺼내 연주를 시작했고, 멜리는 방에서 나와 너무나도 아름답고 구슬픈 뱃노래로 모두의 심금을 울렸다. 결국 그 자리에 있던 선원들은 죄다 눈물을 쏟았다. 그녀의 목소리는 빙하에 몰아치는 돌풍처럼 낭랑하고 쓸쓸했다.

"여기서 살아 나갈 수 있을까?"

쇼가 물었다. 고개를 숙인 채 좁은 계단을 벗어난 그는 상대적으로 천장이 높은 통로로 들어섰다. 그는 벽에 딱 붙어 서서 다른 선원이 지나갈 수 있게 길을 내주었다. 페어윈드는 계단을 달려 내려왔고, 쇼가 어깨로 선장실 문을 열자 그 뒤를 따라 들어왔다. 배가 파도를 타고 높이 올라가더니 다시 아래로 떨어져 내리면서, 현창 밖으로 아찔한 풍경이 지나갔다.

"문제없어, 쇼. 다 괜찮을 거야. 아무 문제없다고. 우린 원래 이런 폭풍우 속에서 살아간다니까. 인생이 짜릿하잖아. 이렇게 뛰어난 선원들을 찾는 건 쉬운 일이 아니야. 멜리와 네일러가 우릴 살려줄 테니, 두고 보라고."

페어윈드는 껄껄 웃으며 적갈색 수염에 묻은 소금물을 닦아냈다. 예상대로 그는 내용물이 가득 들어찬 주류 보관함으로 다가가, 배가 성난 수정뿔 코뿔소처럼 날뛰는 와중에도 조심스럽게 술병 하나를 꺼냈다.

"속을 좀 달랠 게 필요해서 그래."

페어윈드가 쇼를 안심시키려는 듯 묻지도 않은 말에 대답하며 크게 한 모금 들이켰다.

"그렇겠지. 그건 그렇고…… 시간이 좀 더 있을 줄 알았는데."

쇼가 한숨을 내쉬며 중얼거렸다.

페어윈드는 입맛을 다시며 술병을 들고 느릿느릿 창가로 다가가 거세게 밀려드는 파도를 바라봤다. 쇼는 창밖을 바라보는 것만으로도 속이 메스꺼웠다.

"그쪽 정보원이 거짓말을 한 모양이지."

"글쎄…… 아니면 이건 그저 개막전에 불과하고, 진짜 쇼는 아직 시작도 안 했을지 몰라."

쇼는 수염이 까칠하게 자란 볼을 문질렀다.

"그런…… 생각은 못 했는데. 뭐, 정보원 얘기가 사실이었다면 이건 정말 맛보기인지도 모르지. 바다를 통과할 수 없을 거라고 하지 않았어? 그런데, 짜잔! 우린 통과했잖아!"

페어윈드가 술병을 움켜쥐며 소리치던 그 순간, 그의 마지막 말을 가로막듯 우지끈하는 요란한 소리와 함께 불길한 비명이 울려 퍼졌다. 누군가 절박하게 선장실 문을 쾅쾅 두드렸다.

"내 얘기가 너무 성급했던 모양이네."

"들어와!" 쇼가 소리쳤다.

갑판 아래로 내려올 때 스쳐 지나갔던 선원이 재빨리 선장실로 들어왔다. 옷이 흠뻑 젖어 있는 와중에 일부가 불에 그을려 있었다.

"불이야? 불이 난 거야?"

페어윈드는 병을 거칠게 내려놓고 선원을 향해 달려갔다. 스무 살이나 되었을까 싶은 작달만한 청년이었다. 얽은 자국이 있는 얼굴에서 파란색 눈동자가 바삐 움직이고 있었다.

"불이 났냐니까, 스웨일스? 어떻게 불이 날 수가 있지?"

"버, 번개 때문입니다, 선장님! 그리고—"

"알았다!"

선원을 옆으로 밀친 페어윈드 선장은 허둥지둥 통로로 달려 나갔고, 쇼가 그 뒤를 따랐다. 대재앙과도 같은 폭풍우 속에서 어떻게 배에 불이 붙을 수 있는지 정말 궁금했다. 번개 때문일 테지만 불이 나더라도 파도에 곧 꺼지지 않을까?

갑판 위로 올라간 그들은 불에 그을린 주 돛대에서 그 아래 쌓인 나무통으로 불이 번지고 있는 것을 확인했다. 한동안 비와 파도를 헤치고 온 탓에 배는 축축하게 젖었지만, 불 앞에서도 위험한 상태였다. 쇼 역시 그들을 하늘 높이 날려버릴 만큼 많은 화약이 배 위에 쌓여 있다는 걸 알고 있었다.

"흠, 불이 날 줄은 몰랐는데."

페어윈드가 솔직히 인정하며 검지를 구부려 턱을 괴었다.

쇼는 다가오는 발소리를 페어윈드에게 경고해줄 수도 있었지만 그러지 않았다. 그 대신 여자가 지나가도록 슬쩍 자리를 피해주었고, 쇼를 스치며 지나간 여자는 페어윈드에게 곧장 주먹을 날렸다. 선장은 깃털 자루처럼 옆으로 내동댕이쳐지며 널브러졌다.

바닷물과 거품으로 미끄러워진 갑판을 가로지르며 등장한 멜리 스폴딩이 그들을 등진 채 고개를 숙이고 두 팔을 들어 올렸다. 수수께끼 파도현자의 마법이 선체 양옆으로 바닷물을 끌어올리더니 폭포수처럼 갑판 위로 부드럽게 떨어뜨렸다. 그러자 배에 붙었던 불이 순식간에 꺼졌고, 선원들은 환호성을 질러댔다. 담대한 아르바호는 속도를 늦추며 험난하고 지독했던 국지성 폭우를 빠져나왔다.

"잘했다, 멜리! 정말 잘했어!"

마티아스 쇼는 축하할 기분이 아니었다. 그는 손상된 돛대와 불타버린 돛, 연기가 피어오르는 식량을 살폈다. 그리고 건강한 사람의 몸에서 조용히 커져가는 암처럼 고요히 모여드는 검은 구름과 거세지는 폭풍우를 바라봤다. 이윽고 아르바호는 잔달라 트롤의 해역으로 진입했다. 지금까지의 폭풍이 그들의 접근을 차단하고자 누군가 인위적으로 생성한 재해임에는 틀림이 없었다. 대체 누가 그런 마법을 사용할 수 있을까? 어디서 그자들을 찾아야 할까?

"첩보단장님! 전갈이 도착했습니다! 아니, 그러니까 상어입니다…… 무슨 물건이 도착했습니다!"

이번에도 스웨일스였다. 온몸이 흠뻑 젖어 있고 군데군데 그을린 그가 이번에는 바다에서 비밀 전갈을 전달하는 데 사용될 법한 노움의 발명품을 들고 왔다. 전서구에 비해 찾아내기 쉽지 않은 연락 수단이었다.

"당신은 모든 게 항상 이런 식인가?"

페어윈드는 쿡쿡 웃으며 쇼가 상어를 열어 둥글게 말아놓은 쪽지 한 묶음을 꺼내 드는 모습을 지켜봤다.

"어수선한 시절이니까. 배에 탔다고 해서 첩보단장의 직무를 게을리 할 수는 없지."

쇼는 중얼거리며 배의 손상된 부분은 선원들에게 맡기고, 갑판 아래로 돌아가 육지에서 첩보원들이 알아낸 정보를 확인했다. 정보 확인은 사람들이 득실거리는 곳에서 할 수 있는 일이 아니었다. 안두인은 모든 선원이 엄격한 신원 확인을 통과했다고 단언했지만, 마티아스 쇼는 이번 작전을 다소 서둘러 준비했던 탓에 선원들을 제대로 관찰할 기회가 없었다.

"너무 편집증적으로 구는 거 아냐?"

페어윈드가 술에 취해 비척거리느라 사방의 문과 벽을 죄다 쿵쿵 두드려대며 그의 뒤를 따라왔다. 계속 이렇게 한숨을 쉬어댔다가는 남은 공기가 모조리 소진될 것 같다는 생각에 쇼는 서둘러 선실로 들어갔다. 조금이나마 안정적인 의자와 생각할 시간이 필요했다.

쇼는 주류 보관함에서 가장 멀리 떨어진 의자에 편히 앉았다. 치아 네 개가 두드러져 보이는 외눈 고블린의 초상화 아래에 덩그러니 놓인 의자였다. 그 고블린이 이 배의 이름을 따온 담대한 아르바였다. 플린 페어윈드 선장의 1등 항해사 고블린 중 한 명으로, 비극적인 작살 사고 때문에 목숨을 잃었다고 했다.

쇼는 배가 다시 느긋한 속도로 항해를 시작하면서 돌아온 익숙한 소음에 귀를 기울였다. 현창 밖에서 들려오는 갈매기 울음과 은은하게 부서지는 파도가 최면을 걸 듯 울려 퍼지자 어딘가 기대지 않으면 뱃멀미를 할 것 같은 기분이 들었다. 자신에게 온 전갈을 펴면서, 마티아스 쇼는 페어윈드가 자신에게 아직 관심을 보이고 있다는 사실을 깨달았다. 그 해적은 편안히 의자에 기대앉아, 창문에 닿을 만큼 의자를 뒤로 한껏 젖힌 뒤 발을 느긋하게 탁자 위에 올렸다.

"여자 친구에게서 온 거야?"

페어윈드의 물음에 쇼가 콧방귀를 뀌었다.

"그럴 리가. 호드에 침입한 우리 요원들의 첩보 보고서라고."

"오호, 재미있겠는데! 어쨌거나 당신은 편집증이 심각해."

페어윈드가 키득거리며 아끼는 술병을 쓰다듬었다. 그는 술병을 내려놓은 후 헛기침을 하며 방 안의 동태를 살폈다.

쇼는 첫 번째 전갈을 펼쳐 들고서 냉랭한 시선으로 선장을 바라봤다.

"호드와 휴전 협정을 체결했다고 해서 그들에 대한 감시를 게을리 할 수는 없지. 평시를 휴식의 기회라고 생각하는 건 멍청이들뿐이니까."

"그래, 뭐, 호드에 재미있는 소식이라도 있어? 또 무슨 배신의 기미라도 보이나?"

쇼는 빠르게 전갈을 훑어봤다. 그들의 특별한 속기 형식에 익숙하지 않은 사람이라면 아무 의미도 파악할 수 없는 암호로 적혀 있었다. 효율적이고 신중한 문서였다. 새로운 호드 의회의 모든 구성원을 감시하기에는 잠입한 요원의 수가 부족했지만, 그는 일단 오그리마에 도착한 후 적당한 목표물을 선택하라고 부하들에게 지시했었다.

'장창병'이라는 암호명을 사용하는 나르실라 킨사이트는 로르테마르 테론에게 주목했다. 무관의 연맹 출신으로 블러드 엘프 노병인 그녀는 호드와 얼라이언스 어느 쪽에도 소속되지 않고 정당한 몸값을 지불하는 고용주를 따랐다. 쇼는 그녀에게 정기적으로 골드를 제공하고 있었다. 그녀가 제공하는 첩보에는 충분히 그럴 만한 가치가 있었다. 귀를 기울이고 있는 청중을 위해, 쇼는 빠르게 소리 내어 전갈을 읽었다.

로르테마르는 온종일 서재에서 시간을 보내고 있다. 대부분 멍하니 책을 들여다보다가 여백에 뭔가를 끄적거리곤 한다. 책을 읽고 있다. 책을 읽고 있다.

특별히 눈에 띄는 사건이 없을 때, 요원들은 이런 식으로 시간의 흐름을 기록했다.

또 닷새 동안 책을 읽었다. 아직도 읽고 있다. 변한 건 없다. 그가 식사를 하려고 자리를 비웠을 때 그의 책 한 권을 입수하는 데 성공했다. 그는 시를 쓰거나 뭔가 사적인 기록을 남기고 있는 것으로 보인다. 신성 마력에 관한 문단 위에 '내 보라색 꽃은 태양을 향해 매일 구부러진다'라고 적혀 있다.

페어윈드는 껄껄 웃음을 터뜨렸다.

"보라색 꽃이라고? 흠, 이거야…… 혼란스럽군. 혼란스럽지만 재미있어. 다른 내용은 없고?"

"아쉽지만 꽃에 관한 내용은 없군. 하지만 호드 의회와 잔달라의 여왕이 만나던 자리에서 일어난 사건에 대해 설명하고 있어. 이쪽이 훨씬 중요한 얘기겠지. 트롤이 암살 시도를 했군…… 호드 내에 탈란지 여왕을 해치려는 자들이 있단 말인가."

마티아스 쇼는 전갈을 내려놓았다. 암살 시도 현장에 첩자를 잠입시켜됐다는 사실을 확인하고 기분이 한결 좋아졌다.

"폭풍의 원인을 알 수 있겠는데."

페어윈드가 골똘히 생각에 잠긴 목소리로 말했다. 그는 하릴없이 병 입구를 따라 손가락을 빙빙 돌리고 있었다.

"무슨 얘기지?"

"누군가 여왕을 살해하려 한다면, 여왕이 이 대륙 전체를 봉쇄하려는 것일 수도 있지. 암살자를 찾아낼 때까지 아무도 드나들 수 없도록 말이야."

"그거 참…… 언짢을 정도로 합리적인 얘기군."

쇼가 눈살을 찌푸렸다.

"어이쿠, 고맙구먼."

"이건 고블린 정보원에게서 온 전갈이군. 주교 크라제트—"

페어윈드는 마시고 있던 술 한 모금을 뱉어냈다.

"크라제트? 크라제트 그 친구? 나도 아는 녀석인데! 자유지대에서 허구한 날 노름만 하던 으스스한 땅딸보잖아! 카드 세 장을 받으면 항상 '친구들, 목이 말라서 그러는데 술 한 잔 더 갖다주기요'라고 말하다가 언제부터인가 '주교'라는 별명이 붙었지!"

쇼는 조용히 혀를 차고는 페어윈드의 발아래에서 탁자를 걷어차 버리고 싶은 욕구를 억눌렀다. 짜증스럽게도 해적의 말은 정확했다. 크라제트의 신원 조회 자료에 정확히 적혀 있는 내용이었다.

"그 친구 한번 보고 싶네! 카드 게임에서 내 앵무새 봉봉을 그 친구에게 잃었지. 그 새가 어떻게 됐나 늘 궁금했는데……."

페어윈드의 이야기는 계속됐다.

"그래, 흠…… 크라제트는 그 암살 시도 이후 호드와의 관계가 악화됐다고 판단하고 있어. 여왕이 갑자기 떠나버렸다는군. 그러자 호드도 자기네 첩자를 잔달라 쪽으로 파견한 모양인데, 제칸이라는 트롤 주술사라…… 재미있군. 호드가 우리 생각만큼 단단히 뭉쳐 있는 건 아닌 모양이야."

쇼가 전갈을 해독하며 페어윈드에게 설명했다.

"이런 걸 물어봐도 될지 모르겠지만, 크라제트를 대체 어떻게 꼬드겨서 당신 앞잡이로 삼은 거야?"

페어윈드는 능글맞게 웃으며 쇼의 생각을 방해했다. 너무 오래전 일이라 쇼는 기억을 한참 더듬어야 했다.

"앵무새. 이상할 정도로 앵무새를 많이 달라고 했었지."

쇼의 대답에 선장은 어깨를 으쓱하고는 술병을 가슴에 품었다.

"그 친구, 하나도 안 변했군. 잠깐, 그 트롤 여왕을 감시하려고 첩자를 보낸 건 좀 너무한 거 아니야? 거기서 하마터면 죽을 뻔했는데, 그런 여자도 믿지 못하겠다는 건가? 아니, 혹시 그 여왕이 실바나스와 공모라도 하고 있나? 그래서 우리가 조사하러 온 거야, 안 그래? 그리고 호드도 그 여자를 믿지 않는다면, 우린 모두 같은 목적으로 움직이는 셈이네!"

지금은 초급 첩자 교실 같은 걸 열거나 '우리'라는 말에 얼라이언스 정보조직 외의 인원은 포함되지 않는다는 사실을 지적할 여유가 없었다. 하지만 현재 상황을 곰곰이 생각해보면, 가만히 기다리면서 전략을 세우는 것 외에는 딱히 할 수 있는 일도 없었다.

"호드가 친구는 아니지만, 그렇게 멍청하진 않아. 내 경험으로는 정확히 뭘 찾아야 할지 알고 있을 때 음모를 밝혀내기가 더 쉬워지는 법이지. 그들이 첩자를 보낸 건 아마 선제적인 예방 조치였을 거야. 영리한 선택이었어."

그때 조심스럽게 문을 두드리는 소리가 들렸다.

"누가 지금—"

"누구야?"

쇼는 선장을 노려봤다. 페어윈드는 씨익 웃으며 탁자에 얹은 발을 쿵쿵 구르고 있었다. 파도현자 멜리가 고개를 내밀었다. 키가 크고 체격이 좋은 그녀는 적갈색 머리를 말끔하게 땋아 머리 위에 왕관처럼 둘렀다. 어두운 색의 피부가 햇볕에 타서 붉게 달아오른 그녀는 쇼와 페어윈드를 번갈아 보며 말했다.

"실례합니다. 또 폭풍이 오고 있어요. 잠시 말씀드리고 싶은 게 있습니다. 이런 날씨는…… 그냥 우연히 자연적으로 발생하는 게 아니에요. 게다가 제가 아는 마법 중에 이런 마법은 없어요. 이건 마치 상대가 우리 위치를 알고, 폭풍을 우리 쪽으로 보내는 것 같아요."

제 13 장

나즈미르

"더러운 시궁창이군. 오래 있을 곳이 아니라서 천만다행이야."

시라 문워든은 경멸하는 표정을 지었다. 진흙탕에서 발을 들어 올리자 질척거리는 소리가 크게 울려 퍼졌다.

그녀 옆에는 나타노스가 머리 주위로 모여드는 각다귀 무리를 무시한 채 목석처럼 가만히 서 있었다. 그는 살아 있지도 죽어 있지도 않은 존재의 체취를 없애려고 은은한 향수를 뿌리는 일이 많았다. 아무런 체취도 나지 않으면 불안감을 느끼는 자들이 많았다. 시라도 자신에게서 아무 냄새도 나지 않는다는 사실에 최근에야 익숙해졌다. 그녀는 나타노스처럼 우아하게 각다귀를 참지 못하고, 점점 더 빽빽하게 모여드는 벌레들을 향해 마구 손을 내저었다.

"그들은 어디 있지?"

시라가 성가신 듯 덧붙였다.

"기다려라, 시라. 조금만 더 기다려."

시라는 좋은 날에도 참을성이 별로 없었다. 썩어가는 진흙탕에 무릎까지 잠겨 있는 상황이라 더더욱 그랬다. 개구리습지는 그녀가 진짜 언데드라는 사실을 묘하고도 고통스럽게 일깨워주는 장소였다. 사방에서 여러 생명들이 그녀를 향해 포효했다. 초록색 이끼 장막을 드리운 습지 나무부터 집게를 달각거리며 뒤쪽 해안을 오르내리는 게들, 그리고 귀가 먹먹할 정도로 울어대는 개구리와 벌레들의 합창이 고요히 생각에 잠길 기회를 앗아갔다.

생명. 습지의 어디든 생명으로 가득했다. 요란하고 뻔뻔한 생명이었다. 악착같은 생명력의 냄새가 났다. 어느 곳도 덩굴이나 벌레 집, 연못 찌꺼기로 덮여 있지 않은 곳이 없었다. 앞쪽 나무 사이로 강물하마 한 무리가 힝힝거리며 울었고, 재잘거리는 새와 벌레의 새된 연주가 울려 퍼졌다.

한마디로 말해서 혐오스러웠다.

"이러다가는 산 채로 잡아먹히겠어."

시라는 그 말이 끝나기도 전에 손을 휘둘러 벌레 십여 마리를 잡을 수 있었다.

"저기다."

나타노스가 강물하마를 감춰주고 있던 나무를 가리켰다. 길게 늘어져 물이 뚝뚝 떨어지는 이끼 줄기들 때문에 습지인데도 불구하고 폐소 공포증이 느껴졌다. 네 명의 어둠 순찰자가 흩어져서 성가신 벌레와 수렁의 악취를 견뎌가며 성실하게 주위를 경계하고 있었다.

"보이나?"

나타노스의 물음에 시라는 두 눈을 가늘게 떴다.

"그들은 숲 바닥을 따라 그림자처럼 움직인다. 그리고 그림자로 남아 있는 한 계속 유용하게 이용할 수 있지."

나무 밑동 옆, 늪이 뻗어나온 뿌리들 사이로 움직이는 무언가가 보였다. 영리하게 진흙을 발라 위장한 트롤들이 그들을 향해 기어왔다. 뒤죽박죽 뒤엉킨 수풀과 늪에 쓰러진 나무들 사이에서 그들의 모습은 거의 보이지 않았다. 시라는 그들이 유용하다는 사실에 반론을 제기할 생각은 없었다. 그들은 이미 해안을 따라 요동치고 있는 치명적인 폭풍우를 피해 먼 바다에서 밴시의 비명호를 끌어온 자들이기도 했다.

"그만 숨고 나와도 될 텐데. 어차피 저들이 요청한 회담 아닌가."

시라가 딱 잘라 말했다.

"그 점은 나도 동의한다."

나타노스는 싱긋 웃으며 입술에 손가락을 대고 휘파람을 불어 잔달라 반란군에게 그들의 기척을 눈치챘다는 사실을 알렸다. 그들은 차례로 일어섰다. 반란군의 지도자도 포함되어 있었는데, 그녀는 눈에 띄게 절뚝거리며 그들을 향해 다가왔다. 시라는 왠지 마녀 아파리 코룬이 마음에 들었다. 각자의 삶을 정의하던 유일한 대상에게 배신당했다는 공통점 때문이었다. 시라에게 그것은 여신 엘룬에 대한 신앙심이었다. 아파리에게 그것은 잔달라 왕에 대한 충성심이었다.

몸이 편치 않았음에도 아파리는 민첩하게 늪을 가로질렀다. 그들은 모래톱에서 그리 멀지 않은 곳에서 만났다. 과부거미의 이빨 지도자는 예의 그 둥글납작한 공포거미 애완동물을 어깨에 얹고 열두 명 가량의 호위병들과 함께 나타났다. 그리고 언제나 아파리 곁을 지키는 부관, 훤칠한 검은 머리 트롤 타요도 함께였다.

아파리는 새하얀 머리카락을 진흙으로 검게 칠해 신분을 숨기고 있었다. 트롤들 중 반란군 특유의 흑백 로브를 입은 자는 없었다. 전부 다 특색 없이 소박한 누더기 방어구를 대강 착용하고 있었다.

아파리와 그녀의 부관인 타요만 그들과 대화하기 위해 일행에서 떨어져 나왔다. 트롤 마녀는 성한 다리 쪽에 체중을 싣고 손바닥을 심장 위에 얹었다.

"반갑다, 창백한 기수."

"드디어 왔군. 몸 상태를 보니 어려움이 있겠지만, 다음번에는 조금 더 신속하게 나와주기를 기대하겠다."

나타노스는 간결하게 대답했지만, 아파리의 눈에는 불꽃이 튀었다.

"당신이 걱정해야 할 어려움 따위는 없다, 창백한 기수."

"물론 그렇겠지. 적어도 우리가 비밀을 유지해야 하는 이유는 이해하고 있는 것 같군. 내륙으로 좀 더 깊숙이 진출하는 위험을 감수하기엔 어려운 상황이다. 잔달라 충성주의자들의 눈에 띄기라도 하면, 우리의 모든 계획이 수포로 돌아갈 테니까."

마녀는 초조한 듯 손을 내저어 그의 말을 잘랐다.

"대가는 가져왔나?"

"당신이 그런 걸 요구할 상황은 아닐 텐데. 하지만 나도 빨리 이 늪을 떠나고 싶다."

나타노스는 콧방귀를 뀌며 대꾸하고는 뒤를 돌아보며 순찰자 비스린을 손짓해 불렀다. 검은 머리의 순찰자는 법랑을 칠한 작은 상자를 들고 와 트롤과 블라이트콜러 사이에 조용히 내려놓았다. 시라는 배 위에서 소위 '대가'를 마련하는 모습을 지켜봤었다. 갖은 보석과 아름답게 연마한 금속 목걸이 조각, 귀한 명주가 담긴 작은 병들, 단검 등이 상자 안에 담겨 있었다. 가뜩이나 부족한 물자를 생각해봤을 때 시라의 기준으로는 조금 과하다는 생각이 들었다. 하지만 나타노스가 누누이 말하길 임무를 성공적으로 이끌려면 그 정도 대가는 치러야 한다고 못을 박았다.

“조만간 우리가 가야 할 곳에서는 이런 하찮은 것들이 아무 의미도 없다.”

한 시간 전쯤, 나타노스가 밴시의 비명호에서 시라를 안심시키듯 말했다.

시라는 머리 주위에서 윙윙거리는 벌레 무리를 또다시 손으로 때려잡으며, 마녀의 호위병이 무릎을 꿇고 한 손가락으로 상자를 여는 모습을 지켜봤다. 아파리는 웃지 않았다. 너그러운 대가에 고마워하지도 않았다. 아무런 반응이 없었다. 시라는 부글부글 속을 끓이며 나타노스를 바라봤지만, 그 또한 검은 머리 트롤과 마찬가지로 속내를 드러내지 않았다.

“이런 건 내가 원하던 게 아니야. 우리가 합의한 건 이런 게 아니었다.”

아파리 코룬은 경멸하는 표정으로 고개를 가로저었다.

나타노스는 차분하게 헛기침을 하며 비스린에게 돌아오라고 손짓했다. 그녀는 조금 전과 동일하게 상자를 집어 들고 조용히 뒤쪽의 자매들에게 돌아갔다.

“모욕적이군.”

시라가 중얼거렸다. 하지만 그러지 말았어야 했다. 마녀는 꿰뚫어 보는 듯한 청록색 눈으로 시라를 응시했다. 잠시 후, 시라는 천 마리의 거미가 등에서 기어 내려가는 듯한 느낌을 받았다. 그녀는 온몸을 부들부들 떨었지만, 시선을 피하지 않았다. 마녀의 속임수일 뿐, 별것 아니라고 스스로를 타일렀다.

“자, 자, 이건 단순한 오해였다. 우리에게 받고 싶은 게 뭐지?”

나타노스가 끼어들자 아파리는 싱긋 웃으며 날카롭게 연마한 누런 치아를 드러냈다. 뾰족한 치아의 끝은 까맣게 그을린 통에서 증류하는 독주 때문에 검게 물들어 있었다. 아파리는 절뚝거리며 앞으로 나와, 나타노스가 먹음직스러운 고깃덩어리라도 되는 양 위아래로 훑어봤다. 그녀가 무슨 말을 할지는 몰라도, 나타노스의 기분이 좋아질 것 같진 않았다. 아파리는 천천히 고개를 끄덕이며 입을 열었다.

"당신네 전령이 그러던데, 로아를 죽이고 싶다고."

그렇게 말하는 아파리의 두 눈에 생기가 돌았다. 그녀는 전령이 전해주었던 그 말이 마음에 드는 모양이었다.

"브원삼디를 죽이고 싶겠지만, 당신들만으로는 성공할 수 없다. 우리 도움 없이는 말이야. 당신이 원하는 건 쉬운 일이 아니야. 놈을 먼저 약화시켜야 한다. 신봉자와 공물이 그를 강하게 만들지만, 충직한 추종자가 사라진다면 놈도 약해질 수 있어. 놈의 제단은 아주 강력한 마법으로 보호되는데, 내가 당신에게 얘기한 공물이 그 마법을 약화시킬 것이다."

"계속해라."

나타노스가 그녀의 말을 재촉했다. 초조해하는 모습이 눈에 띌 정도였다.

"아주 소중한 것이 필요하다. 저 반짝이는 것들이 누군가에겐 소중할 수도 있겠지만, 당신에게는 아니지. 당신이 고통스러울 만한 것, 그 무엇으로도 대체할 수 없는 것을 포기해야 한다."

아파리는 비스린과 상자를 가리키더니 손을 흔들며 어깨를 으쓱했다.

"저 정도면 충분하고도 남을 텐데. 당신은 협상할 처지가 아니다."

나타노스는 굽히지 않았다.

마녀가 깜짝 놀랄 만큼 대담하다는 사실은 시라도 인정해야 했다. 트롤 마녀는 마치 연극이라도 하듯 크게 한숨을 내쉬고는 돌아섰다. 다리의 통증도 무시한 채 호위병의 도움도 거절하면서, 그녀는 과부거미의 이빨 구성원들을 불러 모으기 시작했다. 잠시 동안 시라는 그 모든 게 허세라고 확신했다. 하지만 모여 있던 트롤들이 늪의 빽빽한 초목 사이로 천천히 사라지기 시작했다.

"잠깐."

트롤들은 멈춰 서서 지도자를 바라봤다. 아파리는 오른쪽 어깨 너머로 그들을 바라보며 기다리고 있었다. 나타노스가 상대의 요구에 굴복하기 전에, 시라는 그의 팔꿈치를 붙잡고 작은 목소리로 말했다.

"안 돼."

하지만 나타노스는 이미 두꺼운 검은색 코트 속에서 사슬 목걸이를 꺼내 들었다. 오랜 세월 탓에 뒤틀리고 색이 바랜 휘장이었다. 초록색과 황금색이 섞인 낡은 휘장이 변색된 목걸이에 걸려 있었다. 장교의 휘장인가? 이미 오래전에 잊힌 전쟁의 잔해일까? 시라는 알 수 없었다. 나타노스와 실바나스는 한때 실버문에서 복무했다. 나타노스는 탁월한 전술적 재능으로 원정순찰대에서 빠르게 순찰대 군주로 진급했다. 다른 인간은 그 누구도 해내지 못한 업적이었다. 어둠의 여왕이 직접 그를 진급시켰다. 이 휘장이 그 업적을 상징하는 징표일까? 나타노스의 눈에서는 항상 진홍빛이 맥동했지만, 시라는 그 빛이 한순간 흐려지는 것을 보았다. 그의 눈빛은 오랜 세월이 아로새겨진 낡은 유품처럼 흐릿해졌다.

"대체 무슨 짓을 하는 거야? 길들여진 개처럼 배를 까고 저들의 요구를 들어줄 수는 없어. 품위를 지켜야 하지 않겠어?"

시라가 낮은 음성으로 다그치자 나타노스는 서늘한 미소를 지었다. 두 눈이 끓어오르는 분노로 활활 타올랐다. 그는 거친 숨을 내쉬며 마음을 가다듬으려 했다. 품위에 대한 비난을 도저히 받아들일 수 없는 모양이었다. 시라는 하마터면 몸을 움츠릴 뻔했다. 하지만 나타노스는 이마로 흘러내린 머리카락만 쓸어 넘길 뿐, 강렬하게 타오르는 시선으로 그녀를 바라봤다.

"침묵의 미덕을 배워두는 게 좋겠군. 그게 어렵다면 내가 가르쳐주겠다."

나타노스의 분노가 어느 정도 잦아든 것 같았다. 다만 그가 다시 시라를 바라봤을 때, 그의 시선은 신발에 묻은 오물을 보는 듯했다. 혐오스럽지만 어쩔 수 없이 곁에 둬야 하는 것을 응시하는 눈빛이었다.

시라는 끓어오르는 격분을 억누르며 침묵한 채 나타노스를 노려봤다. 그는 목에 걸린 사슬 목걸이를 당겨 끊은 후, 아파리에게 다가가 그 휘장을 건네주었다. 아파리 코룬은 다친 다리를 절룩이며 재빨리 움직였다. 그녀의 손이 흐릿해 보일 만큼 빠르게 그의 손에서 목걸이를 낚아채려 했다. 하지만 대가를 채가려던 아파리의 손을 나타노스가 먼저 붙잡았다.

"이건 평범한 장신구가 아니다, 마녀. 네가 약속한 대로 로아의 제단을 파괴하지 못한다면, 가혹한 결과가 뒤따를 것이다. 해안을 따라 먹구름 몇 개 불러내는 정도로는 어림도 없다. 이처럼 값진 대가를 지불했을 땐 그에 걸맞는 결과를 내놔야 할 거다."

시라는 싱긋 웃었다. 저 모습, 저게 바로 그녀가 알고 있는 블라이트콜러였다. 마녀가 고개를 뒤로 젖히며 웃음을 터뜨리는 순간, 시라는 아파리 코룬과 그녀의 호위병 뒤에서 움직이는 그림자를 봤다. 계속 거기 있었던 걸까? 시라는 손을 옆구리로 가져가 단검의 칼자루를 감싸 쥐고는 공격할 준비를 했다. 곧이어 그림자가 공중으로 튀어 오르더니 철퍼덕 소리와 함께 다시 웅덩이로 떨어졌다. 시라는 피식 웃음이 나왔다. 개구리였다. 개구리는 잠시 뜸을 들인 후 다시 품위 없게 뛰어올랐다.

"그래……."

아파리는 고개를 끄덕였다. 조용한 미소가 날카로운 치아를 감췄다. 엄니가 누렇게 변색되고 온통 진흙투성이였음에도 그 순간 그녀는 묘하게 아름다웠다. 천사 같았다. 그 목걸이에 손을 댄 순간 아름다운 꽃으로 새롭게 피어난 것 같았다.

"이것이야말로 주문에 필요한 것이다. 이 안에는 갈망과 고통의 힘이 담겨 있구나. 이 정도면 충분하겠다, 창백한 기수. 충분할 거야. 오늘 밤 첫 번째 제단을 공격하겠다. 브윈삼디의 조각상이 불탈 것이다. 그리고 이제 결전의 시간이 가까워질 것이다."

아파리 코룬은 킬킬 웃으며 돌아서서는 부관인 타요에게 휘장과 목걸이를 보여줬다.

"그게 뭐였지?"

시라는 어둠 순찰자들을 불러 모아 우중충한 은신처로 돌아가려던 나타노스에게 물었다. 그가 침묵의 가치를 가르쳐주겠노라 위협했다 하더라도, 시라가 입을 다무는 일은 없을 것이다. 그는 마치 끔찍한 패배를 겪은 듯 어깨가 축 늘어진 모습이었다.

"이젠 상관없다."

"그녀의 것이었군, 안 그래?"

나타노스는 멈춰 서서 비웃는 듯한 미소를 지으며 가슴을 가로지른 화살통을 옮겼다.

"이 일이 끝나면 저 마녀를 이 수렁에 빠뜨려 죽여버리라고 얘기해라."

그 순간 늪의 덤불이 부스럭거리는 소리에 둘은 멈춰 섰다. 모두의 눈이 아파리의 발치에서 멀지 않은 곳에 굴러떨어진 관목에 집중됐다.

"암살자다!"

아파리의 추종자 중 하나가 소리쳤다. 시라는 검을 빼 들었고 순찰자들은 화살을 시위에 걸었다. 나타노스도 거대한 장궁을 손에 들었다.

그때 커다란 창이 갈대를 스치고 날아가 관목에 꽂혔다. 타요가 완벽한 조준으로 던진 치명적인 창이었다. 그녀는 수풀로 다가가 창을 뽑아냈다. 투실투실한 두꺼비가 날카로운 창끝에 꿰어진 채로 축 늘어져 있었다. 타요는 침을 뱉고는 창에 꿰어진 두꺼비를 들어 올려 모두에게 보여줬다.

"이 늪에 살고 있는 거대한 자, 크라그와가 반역자 여왕에게 동조하고 있다. 놈의 꼬마 첩자들이 사방에 도사리고 있다. 이 녀석은 그냥 평범한 두꺼비일 수도 있지만, 우리를 염탐하는 첩자였을지도 모른다."

타요는 쿡쿡 웃으며 진흙투성이 입술을 핥았다.

"어느 쪽이든, 이젠 점심 재료가 됐지만."

제 14 장

오그리마

스랄은 모락모락 김이 나는 통구이가 담긴 접시를 멀리 밀어놓았다. 유카가 도착한 순간 식욕이 모두 사라진 것 같았다. 의회의 연회장에서 탈란지 여왕을 공격했던 반란군 세력이 잔달라 대륙에서도 재차 암살을 시도했다는 소식을 제칸에게서 이미 전해 들은 후였다. 그들은 스스로 '과부거미의 이빨'이라는 이름을 붙일 정도로 조직화된 세력이었고, 궁정에서 다수의 호위병들에게 부상을 입히고 두 명의 민간인을 납치하기도 했다.

제칸이 보낸 전갈이 손도 대지 않은 음식 접시 옆에 돌돌 말려 있었다. 스랄은 정기의 골짜기에 작은 거처를 마련했다. 소지품을 보관하고 침대를 들여놓은 조그마한 오두막이었다. 의회의 다른 구성원들은 좀 더 호화로운 숙소에 머물렀지만, 스랄은 소박한 장소가 더 좋았다. 집이 커지면 아내인 아그라와 두 아들, 듀락과 레제의 빈자리만 더 크게 느껴질 테니까.

가족들을 그의 곁으로 불러오기 전까지, 혹은 호드에 더는 그가 필요하지 않을 때까지는 작고 소박한 오두막으로 충분했다.

"그건 안 먹을 건가?"

유카는 주술사의 지팡이에 기대서서 생각에 잠긴 듯 회색 수염을 만지작거리며 물었다.

"내 저녁 식사가 탐나서 온 거요, 아니면 할 말이 있어서 온 거요, 유카?"

스랄의 물음에 주술사가 싱긋 웃었지만 그 웃음이 눈가의 주름에는 닿지 않았다.

"옛 친구여, 자네의 서신이 놀드랏실에 도착했고, 그 서신에 응답하려고 이렇게 왔네. 밤 전사가 한 가지만 약속하면 만나주겠다고 하더군."

스랄은 불편한 듯 몸을 움직였다. 어느새 허기가 싹 사라졌다.

"그 약속이 뭔지 어서 말해보시오."

"자네가 빚진 것을 가져와야 한다고 했네."

스랄은 눈살을 찌푸리며 턱을 긁적였다.

"또 뭐라고 했소?"

"그 외에는 아무 말도 하지 않았네."

유카는 어깨를 으쓱하고는 탁자 위에서 차갑게 식어가는 멧돼지 엉치살에서 노릇노릇하게 구워진 살점을 뜯어내 먹기 시작했다.

"그게 무슨 뜻인지는 자네가 잘 알 거라고 하더군."

"알겠소. 좀 어때 보였소?"

스랄이 음식에는 관심이 없어 보이자, 유카는 멧돼지 고기를 더 크게 뜯어냈다.

"분노가 사그라든 것 같지는 않았네. 그게 궁금한 건지는 모르겠지만."

당연히 그렇겠지. 나라면 그런 분노가 천 년 동안 타올랐을 테니까.

"좋소. 더는 여기서 전령을 기다리고 의회의 다툼이나 달래며 있을 수만은 없겠군. 어차피 이번 일로 또 다툼이 생기겠지."

스랄은 긴 한숨을 내쉬고는 식탁을 밀치며 일어나 천천히 문으로 갔다.

"시종!"

깡마른 오크 사환이 문간의 가죽 장막을 젖히며 나타났다.

"지금 즉시 요새로 달려가서 칼리아 메네실과 바인 블러드후프를 불러와라. 해가 지기 전에 놀드랏실로 떠날 것이다."

"알겠습니다!"

사환은 재빨리 달려 나갔다. 스랄은 방을 가로질러 침대 옆, 소지품을 넣어두는 낡은 상자를 열었다. 그는 깨끗한 가죽 방어구와 실을 엮어 만든 빨간색 망토를 꺼냈다. 아그라가 아이들에게 재봉을 가르치며 만들어준 옷이었다. 은은한 노란색과 짙은 진홍색 무늬가 망토 가장자리를 따라 수놓아져 있었다. 스랄은 손가락으로 그 무늬를 더듬었다. 고향.

스랄은 방어구를 입고 망토를 어깨에 걸쳤다.

"흠, 언데드 여자와 대부족장이라…… 그게 현명한 선택이라고 생각하나? 밴시 여왕을 떠오르게 하지 않을까?"

유카가 턱을 문지르며 걱정스러운 듯 중얼거렸다.

"바인은 실바나스를 증오하고, 그 감정은 모두 함께 느끼고 있소."

스랄은 그렇게 대답하고는 오두막을 떠났다. 주술사도 그의 뒤를 바짝 따라왔다. 실바나스는 바인을 마음 약한 골칫거리라고 생각했었다. 이는 바인이 그녀를 폐위하기로 결심하기 이전부터 공공연히 알려진 사실이었다. 바인에 대한 실바나스의 증오가 오히려 스랄에게는 그 타우렌을 믿게 된 결정적 계기로 작용했다. 이제 조금씩 바인을 알아가고, 대지모신과 정령에 대한 그의 헌신을 직접 보게 되면서 대부족장을 존중하는 스랄의 마음이 점점 더 커져갔다.

도시에서 솟아오르는 먼지구름이 햇볕을 가렸다. 스랄은 나그란드에 있는 그의 농장과 그곳의 대지에 군데군데 자리한 그늘지고 서늘한 물웅덩이가 그리웠다. 아이들이 깔깔대고 웃으며 물장구치는 소리가 귀에 들리는 듯했다.

"그럼 그 여자는?" 유카가 물었다.

"칼리아 메네실은 최근 되살아나기 시작한 칼도레이와 포세이큰 사이의 간극을 메꾸려 하고 있소. 그게 해가 되진 않겠지."

그들은 나란히 섰다. 연로한 주술사는 지팡이에 기대어 있었고, 스랄은 거리를 가득 채운 상점과 대장간을 두루 살폈다. 대장장이들은 밤낮으로 모루를 두드리며 피의 전쟁으로 부족해진 물자를 보충하고 있었다.

유카는 그의 말을 듣고 몸을 움찔했다.

"동의하지 않소?"

스랄은 상업 지역의 혼란한 중심부를 이리저리 통과하는 사환 궁크의 모습을 눈으로 쫓았다.

"자네 혼자 가는 게 더 좋을 것 같은데."

"의회 구성원의 절반은 내가 놀드랏실에 도착하자마자 매복 공격을 당할 거라고 확신하고 있소. 어느 정도의 타협은 필요하지. 그렇게 걱정되면 안으로 들어가 저녁 식사나 마저 드시오."

마침내 궁크의 맨발이 그의 시선을 벗어나 힘의 골짜기로 사라졌고, 유카는 웃음을 터뜨렸다.

"하, 대지의 결속자, 나를 빼놓고 갔다가는 정말 큰일 날 걸세. 내가 이미 세계수를 지키는 드루이드들에게 다 얘기해뒀거든. 자네가 선택한 동반자들과 함께 내가 직접 안전하게 안내해주겠네."

"좋소. 벌써부터 마음이 놓이는군."

"티알라가 세계수로 가는 길을 안전하게 열어주겠다고 얘기했네. 내가 그곳까지 안내한 후 티란데가 있는 곳으로 데려다주지. 그 후에는? 그 후엔 자네가 알아서 해야 할 거야."

유카는 비꼬는 스랄의 말을 무시하고 덧붙였다.

빚진 것을 가져와야 한다. 스랄은 바보가 아니었다. 분명히 티란데 위스퍼윈드와 말퓨리온 스톰레이지는 그에게 일말의 행동을, 텔드랏실에 가해진 전쟁 범죄에 대한 사죄를 요구하고 있었다. 나그란드에서 주술사의 모든 힘으로부터 단절되어 있던 그때도, 실바나스 윈드러너의 분노가 칼도레이의 수도를 불태우던 순간, 그는 온 세계가 뒤흔들리는 것을 느꼈다. 조용하게, 아주 먼 곳에서 수많은 존재들이 외치는 비명을 들었다. 그리고 끔찍했던 그 순간, 스랄은 대기 중에서 연기를 맛봤다.

내가 빚진 것이 무엇일까? 그런 요구에 어떻게 응해야 할까? 스랄은 끔찍한 악행으로 이어졌던 호드의 전쟁에 참여하지 않았다. 어쩌면 그렇기에 티란데와 말퓨리온이 그를 만나주겠다고 했는지도 모른다. 하지만 단 하나의 죄악에 대해서만 무고할 뿐, 그 외에는 내세울 만한 것이 없다. 아니 어쩌면 가진 것이 조금 더 있을지 모른다. 스랄은 오그리마의 높다란 고원과 휘날리는 깃발을 바라보며, 그 모든 것이 불타는 모습을 상상했다. 수많은 생명과 기쁨과 전쟁과 고통이 탄생한 이 도시 전체가 잿더미로 변해 무너져 내리는 끔찍한 광경을 상상했다. 그런 일이 일어난다면 나는 과연 무엇을 원하게 될까? 나에게 무엇이 필요할까?

이토록 한없이 깊은 상처를 어떤 약으로 치유할 수 있을까?

* * *

그들은 발로르모크에서 탈것을 바꿨다. 그곳까지 타고 온 갈기가 긴 와 이번은 남겨두고, 안장을 얹은 혈기왕성한 히포그리프 네 마리에 올랐다. 히포그리프의 깃털은 찬란한 파란색, 보라색, 초록색 무지개를 이루고 있었다. 다행히 가장 큰 야수는 바인의 묵직한 체중도 잘 견뎌주었다. 스랄은 길고 힘겨운 여정이 지나가는 동안 깊은 사색에 잠겨 있었다. 오그리마 외부의 노천광이 남긴 상처도, 성난남녘 강의 잔잔한 풍경도 그의 눈에 들어오지 않았다. 히포그리프가 점점 더 높이 날아오르자, 아즈샤라의 반짝이는 나무들도 어느덧 땅에 흩뿌려진 핏자국으로 보였다. 거칠게 소용돌이치며 흘러가는 물길을 따라 한참을 날아가자, 마침내 저녁 안개 사이로 하이잘 산이 아련히 모습을 드러냈다.

어두워진 하늘이 황제의 자수정을 연상케 하는 자줏빛으로 물들고, 세계수의 모습이 시야에 들어왔다. 그 뿌리가 옹이투성이의 울퉁불퉁한 손처럼 산비탈을 움켜쥐고 있었다.

"아아, 정말 아름답네요."

스랄의 오른쪽에 있던 칼리아 메네실의 탄성이 들려왔다.

"놀드랏실, 천상의 왕관. 세계수가 드리우는 그늘 속을 거닐 수 있다니, 이 얼마나 멋진 선물인가."

바인 블러드후프도 그녀의 기쁨에 동조하며 덧붙였다.

"저기!"

칼리아는 저 아래 놀드랏실의 호수 수면에서 서로의 꽁무니를 좇으며 장난치고 있는 한 쌍의 요정용을 가리켰다. 장난꾸러기 요정용들은 원을 그리며 빙빙 돌다가 언덕을 지나 스랄과 칼리아, 바인, 유카가 착륙한 빈터를 향해 빠르게 날아왔다. 그들은 칼리아 곁을 스쳐 지났고 용들의 보랏빛, 분홍빛 날개가 그녀의 머리카락을 흐트러뜨렸다.

그들은 히포그리프의 안장에서 내려섰다. 유카가 약속했던 대로 이곳까지의 여정을 무사히 마칠 수 있었다. 관리자가 히포그리프들을 묶어 데려가고, 위압적으로 느껴지는 침묵 속에서 가만히 기다렸다.

"이곳의 빛은 나뭇잎을 스치는 결까지 참 다르네요……."

칼리아가 세계수를 올려다보며 중얼거렸다. 드높은 나무 꼭대기는 구름 속으로 사라져, 아무리 시력이 좋은 자라도 보이지 않을 정도였다.

"꽃들 좀 보세요! 이보다 더 순수한 파란색 꽃을 보신 적 있나요?"

"아버지의 영혼에 맹세코, 대지모신의 진정한 축복이 함께하는 곳이군요."

바인은 무릎을 꿇었다. 그의 뿔과 방어구를 장식한 구슬들이 찬란한 햇살을 받아 반짝였고, 그는 아름다운 꽃을 가만히 감싸 향기를 맡았다.

스랄은 밤의 어둠이 밀려들어 그들이 서 있는 빈터를 소리 없이 둘러싸는 풍경을 바라봤다. 돌기둥 위에서 환하게 타오르는 푸른 불길이 어둠을 막아주는 유일한 불빛이었다. 공기는 신선하고 어여쁜 꽃들이 지천으로 피어 있었지만 스랄은 왠지 마음을 놓을 수 없었다.

"이곳은 스산한 장막에 덮여 있군."

스랄이 나직이 중얼거렸다. 나무뿌리 위에 자리 잡은 여관의 처마 밑에서 놀드랏실의 갈색, 초록색 인장이 새겨진 망토를 둘러맨 하이잘 감시관이 경계를 서고 있었다.

"빨리 움직여야 하네, 어서 가세."

유카만이 스랄의 혼잣말을 들었다. 연로한 오크 주술사는 앞장서서 회색 목재로 지어진 여관을 지나쳐, 좁다란 언덕길을 따라 수정처럼 맑은 호숫가로 그들을 이끌었다. 유카가 축축한 지면을 지팡이로 두드리자, 호수를 가로지르는 길이 그들 모두를 지탱할 수 있을 만큼 단단해졌다. 유카는 노쇠한 다리가 허용하는 한 가장 빠른 속도로 걸음을 옮겼다.

"다들 말씀을 조심해주시오."

스랄이 바인과 칼리아에게 경고했다.

"지금은 귀를 기울이는 것이 좋을 것 같소. 무슨 말을 해도 옛 상처를 치유해줄 수 없으니."

바인은 엄숙하게 고개를 끄덕이며 대답했다.

"그렇소. 이곳에 머무르고 있는 어둠이 느껴지시오?"

"애도하고 있군요……."

칼리아가 낮은 음성으로 부드럽게 말했다. 그녀의 발걸음은 얼어붙은 길 위에 떨어지는 빗방울처럼 섬세한 소리를 내며 울렸다.

"저도 처음엔 몰랐어요. 세계수의 아름다움이 워낙 압도적이니까요. 하지만 스랄의 말이 맞아요. 이곳은 지금 애도하고 있고, 우리는 그들의 슬픔에 침투한 거예요."

칼리아의 말에 스랄은 고개를 끄덕였다. 둘 다 상황의 심각성을 이해하고 있는 것 같아 마음이 놓였다. 여정을 함께할 동행인들을 제대로 고른 것 같았다.

"나도 가능하면 오고 싶지 않았소. 하지만 영혼의 세계에 균열이 생기고 주술사들조차 원인을 찾을 수 없다고 하니…… 이는 도저히 무시할 수 없는 심각한 상황이라 어쩔 수 없었소."

스랄은 당장 놀드랏실로 가봐야 한다는 사실을 의회에 설명했듯이 그들에게도 같은 이야기를 반복했다.

호수의 건너편에는 또 하나의 언덕이 솟아 있었고, 그 언덕마루에는 세 개의 은빛 천막이 세워져 있었다. 천막의 기둥에는 나뭇잎과 달이 조각되어 있고, 두꺼운 담요와 모피가 천막 앞에 넓게 펼쳐져 있었으며, 팔걸이가 올빼미 모양으로 조각된 긴 의자에는 쿠션이 놓여 있었다. 의자 아래에는 나이트 엘프 소녀가 앉아 애절하게 류트를 연주했다.

하지만 스랄은 그 음울한 음악을 제대로 듣지 못했다. 그의 시선은 올빼미 의자에 위엄 있게 앉아 있는 두 존재에게 사로잡혀 있었다. 호드 사절단이 가까이 다가가자 그중 한 명이 일어섰지만, 다가오는 이들의 모습을 살피면서도 인사를 하거나 맞이하는 기색은 드러내지 않았다. 대드루이드 말퓨리온이 위압적인 위용을 드러냈다. 훤칠한 키에 오랜 세월을 견뎌낸 나무처럼 강인한 풍채였다. 머리에는 사슴뿔을 연상케 하는 뿔이 자라 있고, 팔에는 깃털이 돋아나 있었으며, 에메랄드빛 수염은 유카의 긴 턱수염보다 훨씬 더 길고 섬세했다.

말퓨리온이 숲과 그 안의 생물들을 상징하는 존재라면, 그의 아내인 티란데 위스퍼윈드는 달의 여신 엘룬의 지고한 현신이었다. 하얀색으로 반짝이는 그녀의 방어구에는 별빛으로 새긴 듯한 금빛 무늬가 장식되어 있었다. 두 갈래로 정갈하게 땋아 내린 청록색 머리카락이 그녀의 얼굴을 감쌌다. 깨끗하고 아름다운 그녀의 의복이나 머리카락과 대비되어, 검게 타들어간 눈두덩이가 더욱더 스산해 보였다.

그 자리에는 말퓨리온과 티란데만 있는 것이 아니었다. 마이에브 섀도송과 샨드리스 페더문이 함께 있는 모습을 보고 스랄은 크게 놀랐다. 나무 그늘에서 조용히 대화를 나누고 있던 두 명의 나이트 엘프는 호드의 모습을 보고 입을 다물었다. 날카로운 날개가 달린 마이에브의 차가운 강철 투구는 주위를 둘러싼 대자연의 아름다움과 불편하고도 강렬한 대비를 이루었다. 반면에 구름처럼 부드러운 모피를 덧댄 그녀의 에메랄드빛 망토는 고요한 이 세계와 하나가 된 듯 자연스럽게 스며들었다. 샨드리스 페더문 역시 동료와 마찬가지로 무장한 채 방어구를 착용한 모습이었다. 가죽 투구 사이로 짙은 파란색 머리카락이 흘러내렸다. 그녀의 눈은 보이지 않았지만, 가려진 두 눈에는 적대적인 빛이 서려 있으리라는 것을 쉽게 짐작할 수 있었다.

유카는 카펫에서 몇 걸음 떨어진 곳에 멈춰 섰고, 스랄도 그와 어깨를 맞대고 섰다. 스랄 옆에는 그보다 체구가 작은 칼리아가 조용히 자리했고, 그녀의 왼쪽에는 바인이 나란히 섰다.

냉랭한 환영사를 기대하며 스랄은 깊이 고개 숙여 인사했다. 의회의 동료들도 그와 함께 정중히 인사하는 것을 보며 스랄은 조금 안도했다.

"약속을 지켰네. 듀로탄의 아들 스랄, 타우렌의 대부족장 바인 블러드후프, 로데론의 공주이자 호드 포세이큰의 대표 대행인 칼리아 메네실일세. 대지 고리회의 주술사들과 달숲의 드루이드들이 감지한 이상 현상에 대해 논의하고자 이렇게 왔네."

유카도 칼도레이의 지도자들에게 경의를 표하며 인사를 건넸다.

티란데는 음악을 연주하던 소녀의 어깨를 가만히 두드렸다. 소녀는 마지막 줄을 튕긴 후 연주를 멈췄다. 숲의 풀벌레들이 밤의 노래를 부르기 시작했지만, 그것으로 어색한 침묵이 누그러지진 않았다. 스랄은 티란데를 바라봤다. 그녀도 스랄과 눈을 맞춘 채 시선을 돌리지 않았다.

"이번 회담에 응해주어 고맙소."

스랄이 입을 열었다. 예상치 못한 거친 목소리가 튀어나오자 그는 목을 가다듬고 말을 이었다.

"유카를 비롯한 다른 주술사들은 정체 모를 사악한 존재가 영혼의 세계를 간섭하는 것이라 생각하고 있소. 우리의 망자들이 이승을 정상적으로 떠나지 못하고, 영혼을 인도해주려는 주술사들의 뜻에도 귀를 기울이지 않고 있소."

아무 대답도 돌아오지 않았다. 다들 눈조차 깜빡이지 않았다. 물론 바이에브와 샨드리스는 예의 그 투구 때문에 눈을 깜빡이고 있는지 알 수가 없었다. 하지만 그들 역시 눈조차 깜빡이지 않고 스랄 일행을 주시하고 있을 터였다.

"유카가 말하길 여사제들도 그와 비슷한 일을 경험했다고 했소."

스랄은 조금 언짢은 감정을 느끼며 계속 말을 이었다. 상대의 모욕적인 반응 때문에 그의 볼이 조금 달아올랐다. 젊은 시절이었다면 이런 모욕을 가만히 참고 있지만은 않았을 것이다.

"양쪽 모두 협력해야 마땅하리라 생각되오. 동의하지 않으시오?"

여전히 아무 대답이 없었다. 냉랭하고 무거운 침묵만이 드리워져 있었다. 그의 곁에 서 있던 칼리아가 불편한 듯 몸을 움직였다.

스랄은 거친 말이라도 내뱉고 싶은 심정을 꾹 억눌렀다. 그는 티란데의 눈을 다시 한 번 들여다봤다. 그녀의 눈 속에서 잦아들지 않는 불씨와 최면을 거는 듯한 어둠의 오로라를 응시했다. 나그란드에서의 일이 떠올랐다. 연기를 맛보고 먼 곳의 고통을 느꼈던 그 순간을. 티란데 또한 그와 유사한 고통을 느끼고 있었다. 텔드랏실이 불타던 그날처럼, 가슴 저미는 고통이 끊임없이 계속되고 있었다. 한때 그들은 나란히 전장에 섰었다. 스랄과 티란데, 말퓨리온은 힘을 합쳐 놀드랏실을 지켰다. 그 나무는 가까스로 지킬 수 있었지만, 세계수의 자매를 불태운 죄악에 대한 책임을 져야 했다.

"당신이 원한 것을 가져왔소. 우리가 빚진 것을. 호드는 진심 어린 사과를 전하고 싶소. 우리는 이제 대족장의 입을 통해 말하는 하나의 목소리가 아닌, 다수가 이야기하는 여러 목소리로 이루어져 있소. 우리는 의회를 구성했소. 다시는 한 명이 호드 전체의 힘을 남용하는 일이 없도록 하려는 것이오. 실바나스가…… 그대들 모두에게 그랬던 것처럼."

스랄의 말에 그제야 티란데의 눈 속에서 생생한 불꽃이 타올랐다. 스랄이 밴시 여왕의 이름을 입 밖에 낸 순간, 머리 위 달의 분노가 불타오르기라도 한 듯 달빛이 더욱더 형형해진 것 같았다.

"칼리아 메네실도 함께 왔소. 그녀는 우리가 변화하고자 하는 방향을 몸소 보여주고 있소."

스랄은 묵묵히 말을 이었다. 칼리아는 아무 말 없이 고개만 끄덕였다.

"릴리안 보스도 포세이큰을 대변하여 의사를 밝혔소. 그들은 실바나스와 그녀의 맹독 같은 영향력에서 벗어나 새롭게 태어나려 하오. 배신자에게 동조한 자들은 모두 추방되거나 처형되었으며, 그녀에게 충성하는 자들 모두 뿌리를 뽑았소. 바인 블러드후프 또한 실바나스를 실각시키고 대족장 자리에서 폐위시키려 했었소. 그가 더 일찍 실행하지 못하고, 더 많은 자들이 그의 생각에 귀 기울이지 않은 것이 아쉬울 뿐이오."

지금 벽에다 대고 이야기하고 있는 것인가? 티란데의 마음을 움직일 수 있는 것은 없다는 말인가? 그나마 다행인 것은 말퓨리온만큼은 스랄의 말을 듣고 있음을 알리려는 듯 그를 향해 희미하게 고개를 끄덕였다.

놀랍게도 샨드리스 페더문이 투구를 벗고 붉은 문신과 하얀 눈을 드러냈다.

"당신이라면 우리가 주저하는 이유를 알고 있겠지, 스랄. 동맹 간의 약속조차 모두 깨졌소. 당신의 이야기를 계속 듣긴 하겠지만, 그건 우리 동족이 회복되기를 갈망하는 것만큼이나 정의를 열망하기 때문이오."

샨드리스의 말에 마이에브가 콧방귀를 뀌었다.

"조심해라, 샨드리스. 저자의 사탕발림에 귀를 기울이는 것도, 저자의 말을 믿는 것도, 호드와 함께 실바나스를 추적하는 것도 네 목숨을 걸어야 할 만큼 위험한 일이다. 그 일이 끝나기만 하면, 놈들의 단검이 다시 네 등 뒤를 노릴 테니까."

그 말에 티란데도 냉소를 짓는 것 같았다.

샨드리스는 불쾌한 듯 성긴 눈썹이 하나로 모였다.

"나는 정의란 행동이라고 믿어, 마이에브. 이 얘기는 전에도 했던 것 같은데."

"누구의 행동? 호드의 행동? 누구의 행동 말이냐? 정의라고? 적어도 나는 실바나스 윈드러너가 마땅한 처벌을 받는다고 해도 만족할 수 없어. 텔드랏실이 불탄 건 그녀 혼자만의 책임이 아니니까."

마이에브의 날카로운 목소리가 숲의 고요를 깨뜨렸다.

"바인은 실바나스의 뜻에 거역했다는 이유로 수감되어 있었소. 그날 호드 전체가 그녀의 뜻에 동조했던 건 아니오."

스랄이 다시 한 번 상기시켰다.

"하지만 그녀는 당신네 뜻을 대변하고, 당신들의 뜻에 따라 행동했다. 대족장은 호드의 목소리이자, 호드의 손이다. 이제 당신들은 그 책임을 의회의 구성원들에게 분산시키고 비난의 화살을 여러 명에게 나누어주었다. 결코 잊히지 않을 역사 앞에서 겁쟁이처럼 몸을 숨기려 하다니!"

마이에브는 분노에 못 이겨 스랄을 향해 한 걸음 앞으로 나섰다. 그러자 샨드리스가 조심스럽게 그녀를 끌어당겼다.

"얼라이언스가 저지른 모든 과오와 죄악 때문에 당신이 비난받고 싶은 생각은 없겠지."

샨드리스가 마이에브를 달래듯 차분한 목소리로 말했다.

"그렇소. 지금 당신이 원하는 정의의 심판은 무엇이오? 썬더 블러프가 불타야겠소? 아니면 오그리마가? 무고한 우리의 백성들이 목숨을 잃어야 만족할 수 있겠소? 고통이란 결국 또 다른 고통을 불러오기만 할 뿐이라는 생각은 하지 않으시오?"

바인이 목소리를 높이자 스랄이 덧붙였다.

"대군주 사울팽도 실바나스와 함께 공성전을 지휘했소. 물론 대군주의 머릿속에 세계수를 파괴할 생각 같은 건 전혀 없었소. 그의 역할도 잊을 수 없겠지만, 사울팽은 바로 그 대족장의 손에 목숨을 잃어 무덤에 묻혔소."

"이런 의견 차이는 모두의 주의를 흐트러뜨릴 뿐이에요. 우리가 이렇게 갈라져 있으면, 대족장이었던 그녀를 체포하는 일이 더 어려워질 뿐이죠."

칼리아는 자기보다 훨씬 크고 체격이 좋은 바인과 스랄을 번갈아 바라본 후, 조심스럽게 목소리를 더했다. 작은 목소리였지만 단호하고 명확했다.

마이에브는 고개를 돌려 티란데와 말퓨리온의 반응을 살폈지만, 둘 다 아무 대답도 하지 않았다. 무겁게 내려앉은 침묵 속에서, 샨드리스가 다시 한 번 의견을 제시했다.

"우리가…… 일시적으로 암묵적인 합의를 체결한다 해도, 호드의 책임을 모두 면제해주는 것은 아닙니다. 이것은 그저 지금 이 순간에 필요한 전략일 뿐입니다. 이 제안을 받아들이지 않을 이유는 없습니다."

그녀는 조심스럽게 말을 골랐다.

"내 생각엔 이유가 많은 것 같은데."

마이에브가 혼잣말처럼 중얼거렸다. 티란데는 대꾸조차 하고 싶지 않은 것 같았다.

엘프가 다시 류트를 연주하기 시작했지만, 티란데가 올빼미 모양의 팔걸이를 내리쳐 침묵을 요구했다. 달이 더 커진 걸까? 조금 더 가까워진 걸까? 하늘의 달이 위협적으로 느껴졌다.

"아직 때가 되지 않았소. 아무래도 어리석은 만남인 것 같군. 보내줍시다."

말퓨리온의 묵직한 저음이 빈터를 가득 채웠다. 그는 아내를 향해 몸을 기울여 깃털로 덮인 손을 그녀의 어깨에 얹었다. 그러자 티란데는 꼬았던 다리를 풀고 긴 의자에 기대앉더니 남편 말퓨리온의 손을 치우고는 눈살을 찌푸렸다. 그녀가 입을 열었다.

"당신들이 불에 타고 녹아내린 일천 명 칼도레이의 시신을 씻겨주고, 흐느끼는 일천 명의 영혼 앞에 무릎 꿇고 입을 맞추고, 그들의 눈을 바라보며 '호드는 변했소'라고 이야기한 후 그들이 정말 당신들을 믿는다면, 그때나 또한 당신들의 사과를 받아들이고 나와 동등한 상대로 대해주겠어요."

강철처럼 날카로운 티란데의 목소리가 빈터의 공기를 모두 앗아갔다.

"이 자리에 모인 내 동족은 정의의 심판을 내리고 우리를 돕겠다는 당신들의 공허한 약속에 속아 넘어가 주려는 것 같지만 나는 달라요. 뼈저리게 배웠으니까."

티란데가 자리에서 일어났다. 스랄은 티란데의 명령에 따라 천상에서 달이 떨어져 그들을 짓누르진 않을까 걱정스러웠다. 그녀의 검은 두 눈이 형형한 빛을 발했다. 한 마디 한 마디 내뱉을 때마다, 엘룬의 분노가 티란데의 온몸에서 더욱더 차갑고 환하게 타올랐다. 숲이 마치 죽은 것처럼 잿빛으로 변했다. 티란데의 의지가 주위 모든 것의 생명력을 빼앗자 나무는 시들고 꽃과 수풀은 흙으로 돌아가 버린 것 같았다.

"그날 호드로 인해 몇 명의 고아가 생겨났을까요?"

티란데는 손바닥을 펴서 자신의 몸 앞을 사선으로 가르며 말을 이었다.

"매일 아침, 잠에서 깨어날 때마다 입속에서 잿가루를 맛보며 자라나는 그 아이들이 언젠가 당신을 찾아갈 거예요. 아, 당신을 찾아가서 똑같은 잿가루를 맛보게 해줄 거예요. 그때가 되면 당신도 정의가 무엇인지 알 수 있겠죠."

그녀는 숨이 찬 듯 다시 자리에 앉았다. 빈터에 빛이 돌아오고, 주위의 초목도 다시 푸르른 생기를 띠었다.

"서두르게. 이제 가야겠네…… 실수였어. 자네들을 데려오지 말았어야 했는데."

유카가 황급히 일행을 불러 모았다.

바인과 칼리아는 유카에게 떠밀려 반짝이는 수면을 가로지르는 얼음길로 먼저 돌아갔다. 스랄은 마지막까지 그 자리에 남아, 티란데에게 등이 보이지 않도록 조심스럽게 걸음을 뗐다. 그의 모습을 보며 티란데는 스랄에게만 들리도록 마지막 말을 건넸다.

"그 정의는 당신이 생각했던 처벌만큼 달콤하지는 않을 거예요. 그 정의가 찾아왔을 때, 어떤 휴전 협정도 당신을 구해주진 못할 거예요."

스랄은 유카가 팔을 붙잡고 잡아당기는 것을 느꼈다. 그는 주술사의 평가에 동의하지 않았다. 그들이 여기까지 온 것에는 아주 중요한 의미가 있었고, 그게 옳은 일이기도 했다. 스랄은 티란데가 원하는 것이 무엇인지 알고 있다고 생각했었다. 그가 빚진 것은 호드의 반성이라고 생각했던 것이다. 하지만 그것은 착각이었다.

스랄은 유카의 손을 떨쳐내고 주먹을 가슴에 올려 그의 진심을 증명했다.

"그렇다면 내가 빚진 것을 가져오겠소. 헛된 말이나 공허한 약속을 가져오진 않겠소. 당신에게 실바나스 윈드러너의 머리를 바치겠소."

티란데 위스퍼윈드의 얼굴에 희미한 미소의 흔적이 나타났다.

"그렇게 하세요. 만약 그러지 못한다면 다시는 나를 만날 생각조차 하지 마세요."

제 15 장

디지알로

악몽이 워낙 자주 반복된 탓에, 탈란지는 이제 자신이 악몽을 꾸고 있다는 사실을 알아차릴 정도가 되었다. 하지만 그 사실을 알아차린들 악몽에서 벗어날 수 있는 건 아니었다. 강물하마의 이빨처럼 굵고 하얀 송곳니에서 독이 똑똑 방울져 떨어졌고, 탈란지의 어깨가 타들어 가기 시작했다. 그녀는 비명을 질렀다. 독거미가 아가리를 벌리고 그녀의 머리 위에서 맴돌고 있었지만, 그녀는 아무것도 할 수 없었다. 면도날처럼 날카로운 이빨이 너무나도 가까이 다가왔다…… 몸부림치고, 발을 구르고, 온몸을 뒤틀어봐도 아무 소용이 없었다. 희망이 보이지 않았다.

샤드라의 모습을 닮은 그 생물이 탈란지를 침대에 찍어 눌렀다. 여덟 개의 다리가 살아 있는 감옥처럼 그녀를 가뒀다. 거미의 복부가 부풀어 올랐다. 비단 거미줄이 방 안을 가득 채웠다. 그것이 치명적인 고치가 되고 탈란지의 무덤이 될 것이다. 거대한 거미가 독이 뚝뚝 떨어지는 입을 크게 벌리자, 탈란지는 다시 한 번 비명을 질렀다. 거미의 입속에서 온몸을 버둥거리며 빠져나오려는 베짐의 얼굴이 보였다. 슬픔에 잠긴 채 아이들이 결혼의 결실을 맺을 수 있도록 관용을 베풀어달라며 여왕에게 간청했던 아버지였다. 하지만 과부거미의 이빨이 도시를 습격했던 그날, 베짐은 납치되었다. 얼마 후 탈란지의 정찰병들이 나즈미르 가장자리에서 베짐의 사체를 발견했다. 그는 신원을 알아보기 힘들 만큼 심하게 훼손된 채 불에 탄 모습으로 발견되었다.

베짐은 거미의 배 속에서 빠져나오려고 주위를 마구 긁어댔다.

"도와주십시오! 여왕 폐하! 여왕 폐하, 제발 도와주십시오!"

"그럴 수가 없어요…… 난……."

탈란지는 더욱더 거칠게 몸부림쳤다. 정말로 이게 끝이라면, 그녀가 지금껏 실패한 일들이 모두 이렇게 돌아온다면, 그녀도 가만히 누운 채로 죽어갈 생각은 없었다. 그녀를 구원할 수 있는 이름이 하나 있었다. 소리 높여 도움을 청하면 악몽을 쫓아버릴 수 있을 것이다. 베짐의 참담한 얼굴에서 눈물이 흘러내렸다. 그의 피부 위로 온통 물집이 솟아오르더니 타오르기 시작했다. 하지만 거미가 입을 다물어버렸고 그의 애원은 괴물의 배 속으로 묻혀버렸다. 거미가 탈란지를 향해 달려들었다.

"브원삼디!"

샤드라의 형상이 급작스럽게 멈춰 섰고 곧이어 산산이 조각났다. 깨진 조각은 푸른 연기가 되고, 촛불 연기처럼 천장으로 피어오르며 차츰 사라졌다. 또 하나의 꿈일 뿐이었다. 또 하나의 악몽에 불과했다. 상관없었다. 탈란지는 숨을 헐떡이며 침대에서 일어났고, 담요로 온몸을 감싼 후 이마에 맺힌 땀을 닦아냈다. 이마에서 뗀 손을 보니, 분명히 어제는 없었던 깊은 주름살이 여기저기 패여 있었다. 어떻게 이런 일이? 백성을 다스리는 일이 이토록 빠른 속도로 생명력을 앗아가고 있는 걸까?

"불렀나?"

탈란지는 가쁜 숨을 몰아쉬며 침대 끝에 걸터앉았다. 브원삼디가 거대한 황금빛 단상 맞은편에서 기다리고 있었다. 조금 습하지만 선선한 산들바람이 열린 발코니 창 사이로 불어왔다. 탈란지는 창을 향해 고개를 돌렸다. 서늘한 바람이 주는 안도감을 탐욕스럽게 받아들였다.

"그냥…… 악몽이었어요. 샤드라가 절 죽이려 했죠. 궁정에서 딸을 위해 탄원하던 그 애절한 아버지가 샤드라의 배 속에 있었어요. 정말이지 진짜 같더군요."

"죄책감이 진짜이기 때문이야. 밖을 봐라, 여왕. 악몽은 아직 끝나지 않았다. 지금 당장 어떻게든 해야 할 거야."

브원삼디가 그녀 앞에 나타나며 말했다. 가면 뒤에서 푸르게 불타오르는 눈이 희미한 빛을 발했다.

탈란지는 혀를 차며 담요를 가슴에 꼭 끌어안은 채 발코니로 나갔다. 눈에 띄게 메말라버린 손은 보지 않으려고 애를 썼다. 로아의 말은 사실이었다. 밀림이 불타오르고 있었다. 어둠 속에서 여덟 개 지점이 환하게 타올랐다. 그녀가 아직 잠이 덜 깼는지 브원삼디의 모습은 반투명하고 흔들리는 것처럼 보였다. 로아가 마치 이곳에 절반만 와 있는 것 같았다.

"어떻게 이럴 수가?"

탈란지는 입술을 꽉 깨물었다. 가슴속에서 끓어오르는 분노가 밖으로 쏟아져 나와 그녀를 집어삼킬 것 같았다.

"우리 병사들은 쉬지 않고 밀림을 순찰해요. 그런데도 들키지 않고 저런 짓을 했군요. 내 도시를 습격하고, 내 왕궁을 공격하고, 나를 공격하고…… 어떻게 이렇게까지 빨리 세력을 키운 거죠?"

브원삼디가 그녀 뒤로 둥실 떠올라 과부거미의 이빨이 저지른 만행을 살폈다. 탈란지도 그동안 게으름만 피우고 있었던 건 아니었다. 그녀는 매일 의회를 만나 새로운 접근 방식과 전술을 논의했다. 그들의 병력과 전쟁 물자는 우세했지만, 잔달라의 대지 자체가 방해 요소로 작용했다. 과부거미의 이빨 조직원들은 밀림을 이용하여 모습을 감출 수 있었다. 그들은 산개하여 활동한 덕분에 거대한 줄다자르를 지키고자 넓게 분포된 잔달라 군대를 쉽게 피할 수 있었다. 게다가 그 도시의 많은 이들이 여전히 탈란지 여왕의 통치를 못마땅하게 여기고 있었다. 그런 생각에 동조하는 귀가 동조하는 입이 되고 거짓말과 공포를 백성들에게 퍼뜨려, 탈란지 정권을 흔들고 서서히 갉아먹을 것이다.

"어떻게 해야 하죠? 보이지 않는 적을 어떻게 막아야 하나요? 그들에게는 요새도 없어요. 야영지조차 없죠. 내 병사들이 찾아냈을 땐 이미 사라지고 없어요. 우리는 수증기를 쫓고 있다고요. 이미 다 타서 재만 남아버린 불씨와 싸우고 있죠."

탈란지가 혼잣말을 하듯 중얼거렸다.

"그들은 너희 아버지가 맺은 맹약 때문에 널 공격하는 거야. 그들은 내가 널 조종한다고 생각하고 있어. 그리고 내 여왕이, 너라는 죽음의 여왕이 장차 어떤 존재가 될지 두려워하고 있지."

브원삼디가 불타고 있는 혼돈의 현장을 향해 손짓하자 탈란지는 로아를 노려봤다.

"나는 당신의 여왕이 아니에요."

"저들에게나 그렇게 얘기하라니까. 저자들이 내 제단을 불태우고, 그곳을 지키는 마법을 파괴하고 있다. 내 사제들을 도살하고 있어. 제단이 너무 많이 불타버리면, 나도 네게 큰 도움이 되지 않을 거야. 신봉자와 기도하는 이들이 없다면 로아는 아무것도 아니니까."

브원삼디가 음산한 목소리로 킥킥대자 탈란지는 놀란 숨을 삼켰다.

"당신을 해치고 있군요. 그래서 약해지고 있고요."

웃고 있던 브원삼디가 심각한 표정으로 고개를 끄덕였다.

"그건 너도 마찬가지야."

"저도요? 그래서 제 손이…… 제게 무슨 일이 벌어지고 있는 거죠, 브원삼디?"

그녀는 절망감을 느끼며 발코니 벽에 기댄 채 그대로 무너져 내렸다. 그녀는 화로의 불빛을 향해 손을 들어 올리더니 외면하던 손을 쏘아보며 소리쳤다.

"우리는 결속되어 있다, 어린 여왕. 우리는 같은 운명을 공유하고 있어. 내 추종자가 한 명도 남지 않으면, 공물과 신념도 모두 사라지면, 나 또한 사라지고 말 거다. 내 힘이 약해지면서, 내게 결속된 너의 힘도 약해지고 있어."

그가 한숨을 내쉬자 탈란지는 욕설을 뱉으며 담요 아래로 주름투성이 손을 감췄다.

"그럼 이 떨림도, 이 가슴속 고통도……."

"날 지켜주지 못하면 모든 것이 점점 더 악화될 거다, 탈란지. 반드시 날 지켜야 한다."

로아의 목소리에서 진짜 공포가 느껴졌다. 탈란지는 신조차 두려움에 떨고 있는 상황에서, 어떻게 해야 용기를 내고 당당히 일어설 수 있는지 알 수 없었다.

"그런…… 건 받아들일 수 없어요."

"받아들이든 말든 그게 사실이다."

브원삼디는 고개를 숙였다. 두 눈 속에서 타오르던 불길이 더욱더 희미해졌다.

탈란지는 떨리는 숨을 들이쉬었다.

"그게 사실이라면, 정말 그렇다면…… 반란군과 어떻게 싸워야 하죠? 당신도 절 도와줄 수 없나요?"

로아는 킬킬거리며 웃었지만 즐거워하는 기색은 조금도 보이지 않았다.

"병사들이 있지 않느냐, 탈란지. 그리고 병사라면 얼마든지 더 동원할 수 있다. 반란군과 어떻게 싸워야 하는지는 이미 잘 알고 있을 텐데."

호드. 물론 그렇겠지. 제칸이라는 호드의 대사는 끊임없이 그녀에게 오그리마로 돌아가 새로운 호드 의회에 합류하라고 잔소리를 해댔다. 그렇게 하면 대체 뭘 얻을 수 있다는 거지? 탈란지는 공허한 약속이 아니라 병사와 함선이 필요했다. 하지만 그녀의 고집이 밀림에 난 불을 끌 수는 없었다. 잔추리 의회는 아무런 해결책도 제시하지 않았고, 그저 반복적으로 우려를 표하기만 했다. 모든 게 탈란지에게 달려 있었다. 언제나 그녀에게 달려 있었다. 그리고 지금은 그녀의 목숨이 달려 있었다.

"저는 얼라이언스와의 휴전은 결코 받아들일 수 없어요. 하지만 호드에 도움을 청하겠어요. 이 문제는…… 이제 우리 손을 벗어난 것 같아요."

탈란지의 단호한 말에 브원삼디는 그제야 싱긋 웃었다.

"좋아, 좋아. 나를 공격하는 건 곧 너를 공격하는 거야. 놈들이 우리 둘 다 해치워버리면, 잔달라는 누가 지키겠어?"

탈란지는 로아의 미소가 미심쩍은 듯 두 눈을 가늘게 떴다.

"지금 제게 요구하는 사안은 사소한 일이 아니에요. 호드는 아버지를 살해한 마녀와 협력하고 있어요. 호드는 제이나 프라우드무어의 범죄를 모른 척하지만 전 절대로 그럴 수 없어요. 그러니 당신이 원하는 걸 손에 넣으려면 저도 얻는 게 있어야 해요."

"얻는 게 있어야 한다고? 넌 왕국을 얻고 목숨을 구할 거야. 그거면 충분하고도 남을 텐데."

브원삼디는 그녀를 보며 킬킬 웃었다. 상냥하지 않은 조소가 그의 입을 뒤틀었다.

"우리 사이의 결속을 끊겠어요, 브원삼디. 선왕이신 라스타칸과 맺었던 거래를 끊겠다고요. 더는 원하지 않아요. 제가 자존심을 버리고 호드에 이 몸을 의탁해야 한다면, 당신도 그 맹약을 포기하세요. 제 삶은 저만의 것이에요. 누구와도 결속될 이유가 없어요."

탈란지는 목이 메었다. 로아에게 최후통첩을 하는 건 흔한 일이 아니었다. 브원삼디의 잔뜩 찌푸린 얼굴을 보니, 그는 동의하지 않는 게 분명했다. 하지만 그녀는 죽음의 로아를 앞에 두고도 물러서지 않았다. 브원삼디가 그토록 탈란지를 원한다면, 절충할 수 있을 것이다. 그래야만 공정하다고 할 수 있다. 이제는 적어도 내가 거래를 제안할 수 있는 입장은 되지 않았을까.

"하, 그렇겐 안 되겠어, 꼬마 여왕."

"혹시…… 그 맹약은 파기할 수 없는 건가요? 그걸 파기하려면 제 목숨을 내놔야 하는 건가요?"

"그건 아니야, 탈란지. 하지만 후회하게 될 거다. 넌 지금껏 로아의 총애를 받으며 신의 보살핌 아래 살았다. 그런데 그에 따르는 대가가 하나도 없으리라 생각했느냐?"

산들바람이 그들 사이를 스쳐 갔다. 밀림 사이로 불길이 번지고, 나무들이 쓰러지면서 우지끈 소리가 사방으로 울려 퍼졌다. 외마디 비명이 밤하늘을 갈랐다.

탈란지의 침실이 서늘해지고 안개가 끼기 시작했다. 그리고 강렬한 마력이 그녀를 침대로 내던졌다. 브원삼디는 남은 힘을 그러모아 천둥처럼 외쳤다.

"어리석은 소녀야, 이제 더는 할 말이 없느냐?"

탈란지는 돌아서서 그를 바라봤다. 두려움에 떨지 않았다. 그녀는 아무 말도 하지 않았다. 멋대로 성질을 부리고 싶다면 그러라지. 지금 우위를 차지한 건 그녀였다.

"무모한 왕의 무모한 아이 같으니! 다른 로아가 아닌 이 몸과 함께하는 걸 행운이라 생각해라."

브원삼디는 침을 뱉었다. 격분한 그의 몸은 잔뜩 커져서 어느새 머리카락이 천장에 스치고 있었다. 하지만 그의 몸은 이내 작아졌다. 두 눈의 불길이 다시 흐려지고 어느새 푸른빛도 줄어들었다.

"무에젤라라면 당장에 널 산 채로 잡아먹었을 것이다."

다른 로아의 이름을 말하는 브원삼디의 형상이 흐릿하게 떨렸다.

"그쪽이었어도 똑같이 말할 거예요."

탈란지가 저항하듯 말했다. 그녀는 왕관도, 보석도, 무기도 없이 홑이불 한 장만 걸친 어린 여자였지만, 그럼에도 그녀는 잔달라의 여왕이었다.

"후회하게 될 거다."

브원삼디는 점점 더 작아지면서도 분명한 목소리로 말했다.

"거래가 성립되었다. 내 제단을 보호해라. 우리를 지켜라. 내가 다시 강해지면, 우리의 맹약을 없애주마. 넌 네 삶을 온전히 되찾을 것이다. 하지만 혼자가 된다는 것이 기쁘지만은 않을 게다."

제 16 장

디지알로

제칸은 가볍게 양쪽 발로 번갈아 뛰며 말할 차례를 기다렸다. 잔추리 의회는 그를 일정에 포함시켜주었다. 과부거미 이빨의 위협이 거세지면서 새벽부터 비상 회의가 소집되었다.

제칸은 공적인 자격으로 이렇게 중요한 자리에 참석해본 경험이 없었고, 이방인 무리 앞에 서본 경험은 더더욱 없었다. 사방에서 밀려드는 압박감에 온몸이 우그러드는 것만 같았다. 사실 그의 생각을 말하자면, 답은 간단했다. 탈란지는 호드의 도움이 필요했고, 호드는 그녀를 도와주려 하고 있다. 지금은 그녀가 개인적인 복수보다 잔달라의 안전과 평안을 우선시하도록 설득하면 되는 것이다.

물론 탈란지 여왕을 설득하는 건 쉽지 않을 것이다. 그녀는 높다란 황금 의자에 앉은 의회 앞에서 이리저리 거닐며 명료하고 단호한 목소리로 자신의 의사를 전달했고, 의회는 그녀의 모든 말에 동조하면서 고개를 끄덕였다.

“과부거미의 이빨은 자신들이 모든 곳에 존재하지만 또한 그 어디에도 없다며 우리를 기만하고 있다. 하지만 그건 사실이 아니다. 그들은 실수를 했다. 우리는 이제 그들이 무엇을 원하는지 알고 있다. 그들은 브원삼디를 약화시키려는 것이다. 그것이 곧 나를 약화시킬 수 있는 방법이라고 생각하기 때문이다.”

반짝이는 머리장식을 쓰고 깃털 달린 치마를 입은 시종들이 의회 구성원들 뒤에서 여왕의 말을 열심히 받아 적고 있었다. 탈란지가 조용히 귀를 기울이고 있는 청중들을 향해 연설을 계속하는 동안, 그들은 쉴 새 없이 석판에 기록을 남겼다.

“그들은 브원삼디의 힘이 담겨 있는 장소를 지속적으로 공격할 것이다. 그의 제단은 말할 것도 없지만, 그보다 중요한 장소는 죽음의 사원이겠지. 그곳이 무너져서는 안 된다. 하지만 이제 반란군이 어디를 공격할 작정인지 알게 되었고, 이는 곧 공격을 막을 수 있다는 것을 의미한다.”

탈란지 여왕은 제자리에 서서 당당한 모습으로 의회를 바라봤다.

“제단을 지켜야 한다. 죽음의 사원을 지켜야 한다. 그리하면 과부거미의 이빨도 어쩔 수 없이 전면전을 시작할 수밖에 없을 것이다.”

제칸은 가슴이 벅차 박수를 치기 시작했다. 하지만 정신을 차려보니 박수를 치는 이는 제칸 혼자뿐이었다. 게다가 제칸은 탈란지의 계획을 지지하고자 그곳에 머무는 게 아니었다. 그는 탈란지가 호드와 협력하도록 유도해야 했고, 그것이 애초에 스랄이 그를 파견한 가장 중요한 이유였다. 제칸은 헛기침을 하고는 커다란 대회의실 기둥의 그림자 속으로 숨어들었다.

검은창 부족의 족장 로칸은 동트기 몇 시간 전에 도착했었다. 제칸의 전갈을 읽고 위기감을 느낀 모양이었다. 잔혹한 폭풍이 해변에서 몰아치기 시작했다. 이제 바닷길로는 줄다자르에 접근 자체가 불가능했고, 하늘길을 이용할 수밖에 없었다. 물론 그것도 상당한 위험을 감수해야 했다. 가즈로의 비행선 중 하나가 로칸을 항구에 무사히 내려주는 데는 성공했다. 하지만 로칸이 육지에 내려서자마자, 그 비행선은 먹구름에서 내리친 번개에 손상되어 연안에 추락하고 말았다. 제칸은 무사히 도착한 로칸을 보자 마음이 놓였다. 호드 의회의 구성원일 뿐 아니라 여왕의 가까운 친구이기도 한 그의 도움을 받을 수 있다는 사실에 마음이 들떴다.

로칸 족장이 자리에서 일어났다. 그의 핏빛 휘장과 가죽 방어구는 파란색, 보라색, 황금색으로 온몸을 감싼 의회 구성원들과 강렬한 대조를 이뤘다.

"당신의 평가에 동의하오, 탈란지 여왕. 정찰병은 지금 보내는 게 좋겠소. 도시 내의 분위기가 그다지 좋지 않은 것 같으니 말이오. 앞서 발생한 공격 때문에 당신은 지금 무력하고 약해 보일 거요."

로칸의 직설적인 말에도 탈란지는 당황하는 모습을 보이지 않았다.

전쟁드루이드 로티가 자리에서 일어났다. 천장에 매달린 화롯불 탓에 법랑을 칠한 그의 방어구가 활활 불타는 것처럼 보였다. 그가 무뚝뚝하고 단호한 어조로 말했다.

"반란군의 위협을 오늘 당장 끝냅시다."

"병력을 소집합시다! 죽음의 사원은 광대한 지역입니다. 작은 거미들이 숨어들 만한 동굴들이 얼기설기 얽혀 있지요. 사원 전체를 확보하려면 꽤 많은 인원이 필요할 겁니다."

푸른 머리에 황금색 엄니가 인상적인 나탈하카타가 외쳤다.

끼어들 때가 왔다. 제칸은 졸라니가 발언을 한 뒤에 나서야 했지만, 의회의 열정과 확신이 지나치게 커지기 전에 끼어들 기회는 지금뿐이었다. 그에게는 호드의 이해관계를 대변해야 할 의무가 있었다. 또한 무덤의 로아 역시 탈란지의 마음을 바꿔놓으라고 그에게 당부했었다.

겁낼 거 없어. 조상님들이여, 절 지켜주소서.

"저, 저, 한 말씀 드려도 될까요?"

대회의실 전체에 갑작스러운 침묵이 내려앉고, 제칸은 10킬로미터 밖에서 앵무새가 날개를 퍼덕이는 소리를 들은 것 같았다. 그는 자신의 몸을 감춰주고 있던 기둥을 조심조심 돌아 나와, 팔짱을 낀 채 기대에 찬 눈빛으로 바라보는 탈란지의 그림자 안에 섰다.

"아, 제칸. 앞으로 나오게. 하고 싶은 말이 있나? 호드 대사의 이야기를 들어봅시다."

로칸이 그를 손짓하며 불러냈다.

"지금 같은 상황에 이럴 시간이 있나?"

나탈하카타가 투덜거렸다.

"간단히 말씀드리겠습니다."

제칸이 황급히 대회의실 중앙으로 걸어 나갔다. 문득 장대한 그롬마쉬 요새가 떠올랐다. 그곳에서 중요한 결정들이 얼마나 많이 내려졌을까? 실행 계획들이 얼마나 많이 수립되었을까? 얼마나 많은 전쟁이 선포되었을까? 나는 그저 메아리 섬을 떠나온 밀림 출신의 신출내기일 뿐인데…….

바로크 사울팽은 전쟁을 다른 시각으로 보는 법을 가르쳐주었다. 전쟁이란 본질적으로 막아야 하는 참상임을 그에게 가르쳐주었다. 제칸은 그 생각을 부적처럼 손에 붙잡으려는 듯 주먹을 꽉 쥐었다. 이제부터 그가 하려는 말은 수많은 잔달라 전사의 생명을 구할 수 있을지도 모른다. 그리고 탈란지가 그녀의 힘을 보태준다면, 호드의 생명도 구할 수 있을지 모른다.

"말해라, 꼬마."

나탈하카타가 초조한 듯 다그쳤다.

"죽음의 사원으로 병사들을 보내지 마세요."

시작이 좋지 않았다. 제칸은 미간을 찌푸리며 천천히 다시 말했다.

"여왕님 말씀이 맞아요. 브원삼디를 지켜야 합니다. 그리고 잔달라의 모든 백성도 지켜야 하죠. 하지만 여러분의 힘만으로는 할 수 없는 일입니다."

"이건 잔달라의 문제예요. 나도 불합리하거나 꽉 막히진 않았어요. 얼마든지 융통성을 발휘할 수 있어요. 호드에서 보내주는 병력도 기꺼이 맞아들일 수 있다는 뜻이죠. 단, 프라우드무어를 공격할 때도 똑같이 병력을 보내주겠다는 약속을 받아야겠어요."

탈란지가 제칸의 엄니에 닿을 만큼 가까이 다가왔지만, 제칸은 물러서지 않고 반박했다.

"아니, 아니요. 그런 약속은 할 수 없어요! 그 뒤에는 어떻게 하실 건가요? 지금도 모두들 당신이 무력하다고 생각하는데, 이곳의 제단과 사원조차 반란군에게서 지켜내지 못하면, 그때는 다들 어떻게 생각하겠어요?"

의회의 구성원들이 웅성거리기 시작했다. 제칸의 말에 관심을 보이고 있었다. 제칸은 기회가 왔음을 느끼고 계속 밀어붙였다.

"이 이야기를 마무리할 기회가 온 거예요. 지금까지 잔달라 백성들은 패배만을 경험했죠. 그들에게 또 한 번의 패배를 안겨줄 셈인가요? 왜 그런 위험을 감수하려는 거죠? 호드가 여러분과 함께할 거예요. 호드의 도움을 받으면, 호드의 힘과 함께한다면 이번 싸움에서는 승리할 수 있어요."

탈란지는 당장이라도 그의 목을 조를 준비가 되어 있는 것처럼 보였지만 침착하게 분노를 억눌렀다. 그러나 그녀의 가슴이 점점 더 격하게 오르내렸다.

"이건…… 선동 행위예요!"

"꼬마의 말에 일리가 있소. 현재 선동 행위로 규정할 수 있는 건 오직 하나, 과부거미의 이빨이 우리를 비난하기 위해 퍼뜨리는 헛소문뿐이오. 그 흐름을 바꾸지 못한다면 반란군에게 결정적인 승리를 거두지 못하는 한, 도시 전체가 당신에게 저항하게 될 거요."

로칸이 생각에 잠긴 듯 턱을 쓰다듬으며 말했다.

"여왕의 통치가 정말로 위협받고 있다면, 호드 병력을 이곳으로 다시 불러들이는 건 큰 실수가 될 겁니다. 당신을 모욕할 생각은 없습니다만, 로칸, 그쪽 장군들이 이번 기회를 침공의 기회로 삼는다면 어떻게 할 겁니까?"

토르톨란 라쉬크가 껍질에서 목을 길게 빼고는 목소리를 높였다.

"라쉬크의 말이 옳아요. 이 도시에서도 이미 그런 소문이 돌고 있어요. 호드가 이곳에 온다면 그 전에 먼저 약속부터 받아야겠어요. 우리 잔달라의 정의를 실현할 수 있도록, 얼라이언스의 공성전에 대한 복수를 완수하겠다는 확약을 받아야겠어요."

탈란지는 고개를 끄덕이며 라쉬크의 말을 받았다.

"소문이라……."

로칸은 자리에서 일어나 의회 구성원들이 앉아 있는 단상에서 내려왔다. 그는 먼저 탈란지를 바라보더니 이어서 제칸을 보며 지친 목소리로 말했다.

"나는 그 반란군이라는 자들이 의심스럽소. 그들은 지나치게 빠르고, 또 지나치게 영리하오. 로아가 그들을 돕고 있을지도 모르오. 아니면 다른 누군가가 돕고 있는지도 모르지."

"누구 말씀이신가요?" 제칸은 눈을 껌뻑였다.

"아직은 모르겠다, 꼬마야. 하지만 이제부터 알아볼 생각이다."

로칸은 제칸과 탈란지를 부드럽게 밀어내 둘 사이의 거리를 벌려놓고는 신중한 걸음으로 대회의실을 빠져나가며 말했다.

"자세한 정보를 알아내기 전까지는 나도 당신을 지지할 수 없소, 탈란지 여왕. 대사의 말이 맞소. 우리에게 기회는 한 번뿐이오."

허리띠에 찬 그의 붉은색 단검이 기묘한 마법으로 빛났다.

탈란지도 로칸에 이어 대회의실을 나갔고, 의회 구성원들도 요란하게 언쟁을 벌이며 자리에서 일어났다. 의회의 논의는 공식적인 선언도 없이 중단되었다. 모든 이들과 모든 것들이 요란하게 움직이기 시작했다. 제칸은 대회의실을 떠나는 의회 구성원들에게 이리저리 떠밀리며 아무 말도 못한 채 멍하니 그들을 바라봤다. 그들의 대화에 끼어들고 싶었지만 아무도 그를 환영해주지 않았다. 제칸이 의회 구성원들을 그곳에 붙잡아둘 만한 방법을 생각해내기도 전에, 대회의실은 텅 비어버렸다. 회의록을 작성하고 있던 시종들도 분주히 그곳을 벗어났다.

제칸은 머리를 벅벅 긁으며 방금 무슨 일이 일어났는지 곰곰이 생각했다. 그가 의회의 일부 구성원들을 조금이나마 설득하는 데는 성공한 것 같았다. 하지만 탈란지의 마음은 바뀌지 않았다. 지금까지 제칸은 탈란지가 조금씩 호드에 대해 공감하기 시작했다고 생각했는데, 아무래도 착각인 모양이었다. 무엇이 필요할까? 탈란지 홀로 맞설 필요가 없다는 사실을 깨닫게 하려면 어떻게 해야 할까?

"들어주셔서 감사합니다! 정말 들었는지는 모르겠지만요."

제칸은 이미 떠나버린 의회 구성원들을 향해 외쳤다.

"아, 다들 잘 들었다, 꼬마야. 아주 잘 들었지. 정말 잘했어."

그 목소리는 마치 죄악처럼 제칸의 온몸을 휘감고 죄어들어, 마음속에 있던 기쁨과 유쾌함을 모조리 짜내는 기분이었다. 제칸은 숨조차 제대로 쉴 수 없었다. 브원삼디. 로아가 다시 그를 찾아왔다. 불길한 가면을 쓴 그의 얼굴이 어딘가 약해진 듯했다. 말라가는 우물처럼 희미해져 있었다.

"잘하지 못했어요."

제칸은 축 늘어진 발걸음으로 단상에 다가갔다. 그는 황금과 보석으로 장식된 반짝이는 의회의 의자 아래 대충 걸터앉았다.

"탈란지 여왕은 절 믿지 않아요. 호드도 믿으려 하지 않고요. 이제 시간이 없어요."

브원삼디가 둥실 떠올라 제칸에게 다가오더니 그의 오른쪽에 앉았다. 온몸을 둘러싼 뼈와 방어구가 달그락거렸다. 로아가 모든 것에 그림자를 드리웠다. 창밖의 태양도 열기와 빛을 잃은 것 같았다. 그럼에도 브원삼디의 형상은 여전히 희미했다. 걱정스러울 정도였다. 닳고 해져서 속이 비쳐 보이는 낡아 빠진 리넨 바지 같았다.

"이럴 줄 알고 있었잖아. 너무 자책하지 마라, 꼬마야. 그래도 의회 구성원들 중 몇몇은 네 얘기를 들었다. 그것만으로도 아주 대단한 일을 해낸 거야. 다들 네게 강인한 힘이 있다는 걸 알아본 것 같다. 내가 진즉에 알아본 것을 이제야들 알아챈 거지."

그 말에 제칸은 몸을 꼿꼿이 세웠다. 로아가, 신이, 브원삼디가 나에게 지금 잘하고 있다고 말하는 건가? 내게 강인한 힘이 있다고? 현실이 아닌 것 같았다. 하지만 제칸은 분명히 로아의 말을 들었고, 덕분에 가라앉았던 기분이 나아지는 것을 느꼈다. 내가 뭐 그리 대단한 일을 했다고 그토록 영향력이 큰 존재들과 함께할 수 있었던 걸까? 브원삼디의 말이 옳은지도 몰랐다. 어쩌면 정말로 그에게 강인한 힘이 있을지도 모르지 않는가.

조상님들이시여, 언제나 저를 실망시키지 않으시는군요.

"대체 저에게서 뭘 본 걸까요? 전 실패했을 뿐인데요."

제칸은 쿡쿡 웃었다.

"자기들 편으로 삼고 싶은 존재로 봤겠지."

제칸은 벌떡 일어나 어깨에 드리운 호드의 휘장을 똑바로 폈다.

"맞아요. 의회는 틀림없이 제 얘기를 들었어요. 그들이 제대로 들었다면 여왕도 귀담아들었을지 몰라요. 포기할 수는 없어요."

제칸은 로아가 함께 걷는 것을 느끼며 발코니의 넓은 아치로 향했다. 발 아래로 잔달라를 뒤덮은 밀림의 양탄자가 보였다. 불은 꺼졌지만 섬뜩한 경고처럼 여전히 연기 기둥이 피어오르고 있었다. 로아는 그와 보조를 맞춰 함께 걸었다. 제칸은 다시 주먹을 쥐고 신이 그를 믿어준 순간을 마음에 새겼다.

"포기하지 마라, 꼬마야."

브원삼디의 유쾌한 웃음소리가 대회의실을 가득 채웠지만, 그 웃음소리에서 어딘가 슬픈 기색이 느껴졌다. 제칸은 더욱 굳게 결심했다. 로아를 지켜야 했다. 내가 반드시 해내고야 말겠어.

"포기하지 마라. 포기하지만 않으면 되는 거야."

로아의 말이 마치 그의 몸을 타고 흘러내리는 것 같았다. 브원삼디는 서서히 사라져갔다. 어느새 눈부시게 밝아오는 새벽빛 사이로 파르스름하게 불타오르는 로아의 눈만 남았다.

제 17 장

나즈미르

마티아스 쇼와 아래쪽 갑판 선원들 사이의 두꺼운 나무 벽을 통과하느라 희미해진 플룻 소리가 선장의 선실로 새어 들어왔다. 긴 세월의 흔적이 고스란히 남은 기다란 탁자 건너편에는 플린 페어윈드가 음악에 맞춰 발을 까닥이며 작은 목소리로 노래를 흥얼거리고 있었다.

"가서 선원들과 같이 마셔도 될 텐데."

쇼는 책 너머로 페어윈드 선장을 바라보며 말했다. 그의 손에 들린 책은 이미 오래전에 작성되어 더는 큰 의미가 없는 잔달라의 역사서였다. 무심코 손에 잡힌 무미건조한 자료였다. 지금 선실에 함께 있는 상대는 술병과의 친교에 조금 더 관심이 있어 보였다.

페어윈드가 어깨를 으쓱했다. 천장에 매달려 선실을 밝히는 등불이 앞뒤로 흔들리며 탁자 맞은편에 앉은 해적을 향해 떨리는 빛을 비췄다.

"선장이 끼어 있으면 선원들이 제대로 놀지 못해. 그 친구들도 자기들끼리만 느긋하게 즐길 시간이 필요하잖아."

"당신도 그런 시간이 필요하지 않나?"

쇼는 고개를 갸웃거리며 물었다.

"누구나 그렇지."

페어윈드는 쇼가 손에 들고 있는 얼룩진 책을 고갯짓으로 가리켰다.

"당신만 빼고. 쉬는 시간은 도통 없는 거야?"

"없어."

쇼의 짤막한 대꾸에 페어윈드는 콧방귀를 뀌었다.

"그거 보라고, 내 말이 맞지?"

"그렇군."

쇼는 책을 덮고 탁자 위에 내려놓았다. 머리 위로 팔을 뻗어 기지개를 켜자, 자기도 모르게 희미한 신음이 새어 나왔다.

"지금부터 쉬는 시간이라고 해두지. 그럼 이제 뭘 해야 하지?"

"대책 없는 친구구먼."

해적은 키득키득 웃으며 어이없다는 표정을 지었지만, 의자를 돌려 앉으며 술병을 내려놓았다.

"무슨 이야기를 해볼까?"

"당신이 쉬자고 했으니 당신부터 얘기해야겠지."

담대한 아르바호에서는 종종 항해에 아무 문제가 없고 하루 일과가 모두 끝난 뒤면, 선원들은 한자리에 둘러앉아 서로 이런저런 이야기를 들려주고 노래를 부르곤 했다. 하지만 쇼는 선장의 선실에 남아 있었다. 대개는 선장도 쇼의 곁에서 함께했다. 페어윈드는 늘 술에 취해 있었지만, 함께하는 밤이면 술을 홀짝이며 자기 이야기를 늘어놓았다. 처음에는 언제나 함께 있는 선장이 성가시기도 했지만, 쇼는 다른 사람을 만날 때면 늘 그렇듯 기이하고도 흥미로운 플린 페어윈드라는 대상을 조금씩 파악해가기 시작했다.

다만 페어윈드를 온전히 이해할 수 있는 날이 올 것 같지는 않았다. 쇼가 보기에 선장은 사람 좋은 웃음을 가면 삼아 마음속 깊이 품은 어둠을 잊고자 발버둥치는 것 같았다. 아니 애초에 그를 이해할 필요는 없었지만, 어째서인지 페어윈드의 마음을 이해해보고 싶었다. 그것이 첩보단장 쇼의 본성이었다. 그는 언제나 겉모습을 긁어내고 그 아래에 감춰진 것을 보려고 했다. 바로 그런 집착 때문에 쇼가 그 자리까지 올 수 있었던 것이기도 했다.

"이미 알고 있겠지만 우리 어머니는 도둑이었지."

페어윈드는 예고도 없이 불쑥 말했다. 두 사람을 둘러싼 선체 내부가 삐걱거렸다. 그들을 애지중지하는 어머니가 불러주는 듯한 선원의 자장가였다. 그 때문에 페어윈드가 이야기를 꺼냈는지도 모른다.

"몰랐는데."

쇼가 대답했다. 왠지 긴 이야기가 될 것 같아서 그는 자리에서 일어나 뒤쪽 보관함에 있던 귀한 포도주를 가져왔다.

"그래, 그랬었지."

페어윈드가 한숨을 내쉬고는 고개를 가로저으며, 두 손으로 연갈색 머리를 쓸어 넘긴 후 끈으로 다시 묶었다.

"항상 주점에서 일한다고만 얘기하셨지. 그날은 내가 우리 집 오두막 침대 밑에 숨어서 어머니를 기다리고 있었어. 어머니는 내가 뒤뜰에서 놀고 있을 거라고 생각했겠지만 아니, 다 지켜보고 있었지……."

쇼는 자기도 모르게 몸을 앞으로 기울였고, 페어윈드는 피식 웃으며 이야기를 이었다.

"내 눈에는 올이 다 풀린 드레스 밑단과 바닥이 쇠다 해질 때까지 신은 낡은 신발만 보였어. 어머니는 벽난로 옆에서 벽돌을 하나 빼내더니 그 안에 브로치와 커프스단추를 감췄지."

"당신을 봤나?"

페어윈드는 고개를 가로저었다.

"아니. 어머니가 나를 찾아 밖으로 나갈 때까지 기다리다가 침대 밑에서 기어 나왔지. 난 창문으로 몰래 나가 수풀 속을 돌아다니며 지금까지 줄곧 그곳에 있었던 시늉을 했어. 한동안 나는…… 글쎄, 화가 났다고 해야 할지 슬펐다고 해야 할지 모르겠네. 어머니가 나를 믿어주시길 바랐었거든. 한참이 지난 후에야 깨달았지. 자식을 위해 생명과 자유까지 희생할 각오로 살아가는 어머니라면 아이를 정말 많이 사랑했겠구나, 라고 말이야."

"용감한 분이시군."

쇼가 부드러운 목소리로 말했다. 그 말에 페어윈드는 콧방귀를 뀌며 삐딱한 시선으로 그를 바라봤다.

"왕 밑에서 일하는 사람이 잘도 그런 소리를 하네."

"지금은 당신도 왕 밑에서 일하고 있지 않나."

"젠장, 맞는 말이네."

페어윈드는 술병을 들어 넉넉히 들이켰다.

"그래, 지금은 어디 계시지? 당신 어머니 말이야."

쇼의 물음에 페어윈드는 혀를 차며 오랫동안 술병을 바라봤다.

"돌아가셨어. 도둑이라는 이유로 교수형을 당했지. 그날 난 멍청한 꼬마로 사는 걸 그만뒀어. 나는 억지로 형장에 가서 마지막 모습을 지켜봤지. 내가 워낙 작아서 사람들 너머로 아무것도 보이지 않던 게 아직도 생각나네."

페어윈드는 당시의 기억을 떠올리며 씁쓸한 미소를 짓고는, 뒤쪽 현창 너머 어둠에 잠긴 바다를 바라봤다. 그는 여기저기 긁히고 소금기에 찌든 장화를 탁자 위에 느긋하게 올려놓았다.

"소리는 거의 다 기억하고 있어. 나만 빼고 모두들 무슨 일이 일어날지 알고 있었겠지. 한순간 사람들이 다 같이 숨을 삼켰어. 그러고 나서……."

선장은 두 눈을 질끈 감았다. 쇼는 포도주를 입으로 가져가다 말고 얼어붙은 듯 우뚝 멈췄다. 그러고 나서?

"으지직 소리가 났어. 젖은 자갈을 망치로 때리는 것처럼. 어머니가 비명을 지르거나 내 이름을 부를 줄 알았는데, 그런 일은 없었어. 그저 다들 헉, 하고 숨을 삼켰고 잠시 뒤엔 모든 게 다 끝나 있었지."

쇼는 몸을 움찔하고는 포도주를 내려놓았다. 그는 한동안 아무 말 없이 잔을 빙빙 돌리다가 입을 열었다.

"어린 꼬마가 그런 소리를 들어선 안 돼."

"당신이라면 여러 번 들었겠지."

"그래. 너무 많이 들었지."

"그 소리를 들으면 항상 그렇게 구역질이 나나?"

"늘 그렇지."

쇼는 의도치 않았지만 그것으로 대화가 끝났다는 걸 알았다. 하지만 그대로 이야기를 끝내고 싶진 않았다.

"우리 할머니도 도둑이셨지."

페어윈드는 럼주를 벌컥 들이켜다 말고 사래가 들렸다.

"뭐라고?"

평소의 마티아스 쇼라면 다가오는 발자국 소리를 눈치챘어야 했다. 하지만 지금은 페어윈드의 이야기에 완전히 정신이 팔려 있었던 터라, 누군가 선실 문을 다급하게 두드릴 때까지 전혀 알아채지 못했다.

"선장님! 선장님!"

두 사람이 자리에서 벌떡 일어나자 담대한 아르바호가 위태롭게 기울어졌다. 책과 술잔, 술병과 사람들 모두 주류 보관함 쪽으로 미끄러졌다. 페어윈드는 술에 취해 균형이 흐트러졌고, 두 팔을 요란하게 휘두르며 고정되지 않은 다른 물건들과 함께 쇼를 향해 미끄러졌다. 첩보단장 쇼는 재빨리 선장의 어깨를 붙잡았다.

"고마워. 뭔가 문제가 생긴 것 같은데."

페어윈드가 나직이 중얼거렸다.

쇼는 이렇게 가까운 거리에서 타인을 마주한 게 처음이었다. 페어윈드에게서 위스키 냄새만큼 강렬한 소금 냄새와 비누 향기가 난다는 사실을 처음 알았다. 매혹적인 조합이었다. 선장의 가죽 외투는 햇살과 체열을 품어 따스했다.

"……그래, 문제가 생긴 게 분명하군."

쇼는 빠르게 눈을 깜빡이고는 한 걸음 뒤로 물러났다.

"선장님?"

선장실 문이 벌컥 열리자 페어윈드는 비틀거리며 선원에게 다가갔다.

"어서 갑판으로 와주십시오! 꼭 보셔야 할 게 있습니다!"

"계획을 변경하겠어!"

플린 페어윈드 선장은 전쟁 북소리 같은 천둥소리 너머로 선원들이 그의 목소리를 들을 수 있길 바라며 소리쳤다.

"상륙하자. 최대한 빨리 상륙해야 한다! 상륙할 수 있을지는 모르겠지만…… 아, 어딘가 가까운 곳에 육지가 있다면 정말 좋겠는데……."

건조하다는 게 어떤 건지 이제는 기억조차 나지 않았다. 행운이 그들과 함께한 건 채 하루가 되지 않았다. 파도가 일렁이기 시작할 때만 해도 지난번의 폭풍과 비교해서 그냥 기분 좋은 바다의 변덕이라고 생각했지만, 어느새 치명적으로 거대한 파도가 눈앞으로 솟구쳤다. 평상시 같았으면 술을 너무 많이 마셔서 헛것이 보이는 거라고 일축했겠지만, 아무리 맨정신으로 생각해봐도 저 폭풍은 자연스러운 현상이 아니었다. 비는 이제 폭우라고 할 수도 없었다. 양동이로 끊임없이 물을 퍼붓는 것 같았다. 거칠게 돛을 때리는 바람은 자꾸 멋대로 방향이 바뀌는 통에 아무리 숙련된 선원이라도 키를 제대로 잡고 있을 수 없었다.

"멜리! 멜리, 아직 배에 남아 있고 살아 있다면, 해안으로 데려다줘!"

페어윈드는 밧줄과 나무통, 난간 등 손에 닿는 것은 뭐든 붙잡아 당기며 주갑판을 가로질러 선미로 향했다. 파도현자를 찾아내야 이 폭풍에서 살아남을 수 있다고 생각했다. 살을 에는 듯한 바람이 모든 목소리를 붙잡아 날려버렸다. 갈매기 한 마리가 꽥액 소리치며 포탄처럼 그의 머리 옆을 스쳐 바다 위로 날아갔다. 눈 위에 손차양을 만들어 비를 막아보려 했지만 아무 소용이 없었다. 굵은 빗줄기의 장막과 어둠 외에는 아무것도 보이지 않았다.

문이 보였다. 드디어 도착한 그는 선미 갑판을 향해 몸을 날린 다음 위로 올라가는 계단 옆 난간에 절박하게 매달렸다. 그때 뒤쪽 문이 쾅 하고 열렸다. 돌풍이 있는 힘껏 문을 때리는 바람에 문은 쪼개진 나뭇조각이 되어 바닥에 흩뿌려졌다.

"쇼!"

첩보단장을 보자 선장이 소리쳤다. 쇼는 흠뻑 젖은 망토를 머리 위로 당겨 쓴 채 그 역시 무어라 소리치고 있었다. 그가 또 한 번 외쳤지만 아무 소리도 들리지 않았다. 두 사람은 코가 맞닿을 듯 가까이 섰지만 도무지 한

마디도 들리지 않았다.

"뭐라고? 난…… 입술을 못 읽어! 무슨 말을 하는 거야?"

페어윈드가 쇼의 어깨를 붙잡으며 또다시 소리쳤다.

갑자기 바람의 방향이 바뀌었다. 철썩 소리와 함께 돛대가 반대쪽으로 펄럭이고, 한순간 정적의 소용돌이가 감돌았다.

"육지라고! 육지!"

경고인가? 아니면 기뻐하는 건가? 페어윈드는 담대한 아르바호가 휘청이는 것을 느꼈다. 선장이라면 누구나 결코 듣고 싶지 않은 우지끈 소리가 귀를 찢을 듯 울려 퍼졌다. 선체가 모래톱과 요란하게 충돌한 것이다. 페어윈드와 쇼는 바닥에 쓰러지면서 배 밖으로 날아갈 듯 미끄러졌지만, 다행히 선미 갑판에 부딪히며 움직임을 멈췄다. 하지만 그것도 잠시, 쓰러진 선원들이 두 사람을 향해 데굴데굴 굴러왔다. 결국 페어윈드와 쇼, 대여섯 명의 선원들은 축 늘어진 채 갑판 계단 아래쪽에 뒤엉켜 신음했다.

"……육지입니다."

쿨 티란 사수의 커다란 덩치에 깔린 네일러가 가까스로 말했다.

"우리도 확인했어."

페어윈드는 제멋대로 뒤엉킨 팔다리를 밀어내며 실처럼 엉켜 있는 사람들 틈에서 빠져나왔다. 그는 엉금엉금 기어 천천히 일어났다. 그리고 비틀거리는 몸을 가까스로 가누며, 눈을 가늘게 뜨고 상륙지와 함께 사라져가는 짙은 안개를 바라봤다. 폭풍이 수상쩍은 움직임을 보이며 물러났다. 비와 돌풍과 위협적인 비구름이 바다 멀리 밀려 나가고, 잔달라 트롤이 '공기'라고 부르는 눅눅한 열대의 진창 속에 그들만 남았다.

선원들이 한 명씩 한 명씩 페어윈드 뒤로 모여들었다. 멜리는 배 뒤편 꼭대기 객실에서 데굴데굴 굴러 내려오더니 휘둥그레진 눈으로 주위를 둘러봤다.

"멜리, 넌 해고야. 잠깐, 아니다. 이 망할 섬에서 벗어날 방법을 찾아야 하잖아. 다시 선원으로 받아주마. 이번만 봐주는 거야."

페어윈드가 크게 한숨을 내쉬고는 어깨에 들러붙은 해초를 떼어냈다. 얼라이언스 첩보단장 마티아스 쇼가 페어윈드 옆으로 다가와 섰다.

"그 폭풍은 우릴 정확히 추적하고 있었어."

쇼가 거친 목소리로 말했다.

"쇼, 난 전문가는 아니지만 우리가 상대한 폭풍은 일반적인 기상 현상이 아니라고 생각해. 이런 현상을 일으키고 있는 원인을 막지 못하면, 영원히 이곳에 갇혀 있게 될 거야."

선장이 그를 보며 지친 미소를 짓자 쇼는 고개를 저으며 단언했다.

"그런 일은 없을 거다. 해안으로 가보자. 주위를 살펴보고 한적한 장소가 있으면 야영지를 만들자고."

"이쪽 지역에 설치했던 거점은 어떻게 됐어? 승리의 요새 같은 곳 말이야."

"버렸다. 휴전 협정이 체결된 후 거점 지역에서 모두 철수했지."

육지까지 실어 날라줄 보트는 필요 없었다. 쇼는 난간을 넘어 늘어진 밧줄을 붙잡고 선체 아래로 내려가기 시작했다.

"우리가 이곳에서 눈에 띄는 순간, 침략 행위로 간주될 거야."

"오, 끝내주는구먼! 그럼 이렇게 조용히 좌초된 게 정말 다행이네."

페어윈드는 어이없다는 표정을 짓고는 선원들을 향해 손짓했다.

"다들 늘어질 생각 말고 꼭 필요한 식량과 방어 장비만 챙겨라. 그런 후에 닻을 내리고 아르바호를 감춰둘 만한 장소를 찾아야 한다."

사실 모두 함께 배에서 머무는 게 더 현명한 선택일 테지만, 페어윈드 선장은 선원들의 표정을 읽을 수 있었다. 다들 지치고 사기도 많이 떨어져 있었다. 잠깐이나마 육지에서 머무는 건 선원들에게 언제나 큰 도움이 됐다.

쇼는 어느새 비에 젖은 지도와 나침반을 꺼내 들고 모래톱을 기웃거리고 있었다.

"북쪽에는 습지, 서쪽에는 강이 있다."

쇼가 지도를 두드리며 말하자 페어윈드는 고개를 끄덕였다. 시야를 가리던 폭풍의 장막이 사라진 것에 감사하며 그는 사방을 둘러봤다. 해안가를 지나 좀 더 깊숙한 육지 쪽에서 가시투성이 디메트로돈이 풀을 뜯으며 무관심한 표정으로 그들을 바라봤다. 야수 뒤쪽으로는 녹색의 산맥이 날카롭게 솟아올랐고, 해안을 따라 조금 더 내려간 곳에는 안개 사이로 오두막들의 뾰족한 지붕이 모습을 드러냈다.

"남쪽에 마을이 있는데." 페어윈드가 중얼거렸다.

"제브아하리겠군, 젠장. 나즈미르 안쪽으로 들어갔어야 했는데. 트롤 도시에 이렇게 가까이 접근하는 일은 피하고 싶었다고."

"이거 미안하구먼. 난 보름달이 뜨기 전까지 갈 수 있을 줄 알았지 뭐야. 멍청하긴!"

선장은 모닥불의 흔적이 아직 남아 있는 곳을 향해 발을 쿵쿵 구르며 걸어갔다.

"그렇게 삐딱하게 굴지 마. 멀리까지 갈 필요는 없어. 선원들이 좀 진정되면 폭풍을 피할 수 있게 해안 쪽에 붙어서 북쪽으로 조금만 올라가면 돼."

꺼진 모닥불 사이로 검게 타들어간 나뭇가지에서는 여전히 연기가 피어올랐다. 모닥불 주변으로 적어도 세 쌍의 발자국이 젖은 모래 위에 찍혀 있었다. 아무 말 없이 첩보단장은 발자국을 따라가기 시작했다.

그들 뒤쪽에서 높고 짧은 휘파람 소리가 들렸다. 페어윈드가 어깨 너머로 돌아보았지만, 선원들은 아직 담대한 아르바호에서 짐을 내리지 않은 상태였다. 다만 망루 담당자 네일러가 난간 밖으로 몸을 내밀고는 한 손에 망원경을 들고서 빽빽한 밀림을 바라보고 있었다. 발자국의 주인들이 그림자 속에 웅크린 채로 그들을 지켜보고 있는 곳이었다.

"쇼! 서둘러!"

페어윈드는 즉시 나팔총을 꺼내 들고 조준했지만, 폭풍에 흠뻑 젖은 화약은 아무 쓸모가 없었다. 그렇다면 커틀라스를 쓸 수밖에 없었다. 그는 검을 뽑아 들고 숲에 숨어 그들을 바라보는 트롤들을 향해 돌진했다. 하지만 쇼가 차분하게 한쪽 팔을 뻗어 밀림을 향해 달려가던 페어윈드를 가로막았다.

"놈들이 우릴 발견했어. 뭘 기다리고 있는 거야?"

선장이 새된 목소리로 말했다.

"피를 흘리면 더 주의를 끌 뿐이다. 저들의 복장은 왕실의 색상이 아니라고. 게다가 물러나고 있어. 아마 채집이나 하는 평범한 자들일 거다."

쇼가 페어윈드를 막아서며 설명했지만, 쇼 역시 미간을 모은 채 인상을 잔뜩 찌푸렸다. 그가 나지막이 중얼거렸다.

"하얀색과 검은색이군."

페어윈드는 들고 있던 커틀라스를 내렸지만 칼집에 넣지는 않았다.

"무슨 소리야?"

"그냥 좀 이상해서. 저들의 옷을 봤나? 흰색과 검은색에 어떤 무늬가 그려져 있었어."

그런 걸 따져보는 게 쇼의 임무였고, 구경꾼들 자체에는 크게 신경 쓰지 않는 듯했다. 페어윈드도 신경 쓰지 않기로 했다. 게다가 배에 남은 선원들이 주변을 유심히 지켜보고 있는 것 같았다.

“그 무늬 말이야, 눈과 다리가 많았지. 거미랑 비슷했던가.”

페어윈드는 발걸음을 돌려 모닥불이 있던 곳으로 돌아가며 말했다.

“그래, 거미와 똑같았어.”

쇼는 어느새 선장과 발을 맞춰 걷고 있었다. 앞서 요란하게 상륙했던 모습과는 달리, 쇼는 아무런 소리도 내지 않고 움직이는 능력이 있었다.

“저들의 야영지를 살펴봐야겠어. 뭔가 두고 간 게 있을지도 모르니까.”

쇼는 작은 주머니칼을 꺼내 모닥불 주위의 모래를 팠다. 서서히 양피지 한 장이 드러나고, 이어서 깃털 달린 화살촉이 나타났다.

“이건…… 걱정스럽군.”

쇼는 밝은색으로 칠해진 화살을 들어 올리며 중얼거렸다.

“왜 그래? 그냥 화살이잖아. 아주 평범해 보이는데.”

“이 화살 깃은…… 이렇게 개조한 화살 깃을 전에도 본 적이 있지. 제대로 찾아가고 있는 것 같군.”

쇼는 화살을 들어 올려 이리저리 여러 각도에서 자세히 살피고는 페어윈드에게 화살을 건넨 후 모래에 덮인 양피지 조각을 꺼냈다.

“자, 주머니에 넣어둬.” 쇼가 지시했다.

“뭐? 왜? 왜 내가?”

“당신 주머니는 이제 말랐으니까. 그냥 시키는 대로 좀 해, 페어윈드. 난 주위를 좀 더 확인해봐야 한다. 그걸 갖고 조심해서 배로 돌아가. 내가 나중에 살펴봐야 하니까.”

“알았어. 그렇게 정중하게 부탁하니까 특별히 해주는 거야.”

선장은 화살을 떨어뜨릴 뻔하다가 조심스럽게 팔 아래 끼었다. 양피지 조각들을 챙기는 건 조금 더 까다로웠지만, 조심스럽게 접어서 허리띠에 매달린 가죽 주머니에 넣었다.

페어윈드는 모래 장난을 치고 있는 쇼를 남겨두고 씩씩거리며 그곳을 떠났다. 폭풍 속에서 인형처럼 이리저리 내던져진 탓에 온몸이 쑤셨고, 며칠 동안 세 시간도 채 자지 못했다. 바다 위에서 그들을 쫓아오는 마법의 폭우를 가까스로 벗어났다는 생각이 들 때마다, 항상 다음 폭풍이 그들을 기다리고 있었다. 잘하면 북쪽으로 다시 이동하기 전에 잠깐 눈도 붙이고, 럼주도 잔뜩 마실 수 있는 시간이 있을 것 같았다.

네일러는 난간 너머로 다리를 늘어뜨리고 앉아 망원경으로 주변을 살폈고, 멜리와 그릭스비, 하먼과 시워드라는 사수 형제는 소금에 저린 대구가 저장된 통을 해안으로 내려놓는 중이었다.

"그만둬. 명랑한 우리 관료 나리께서 가능한 한 빨리 배를 띄우라고 하신다."

선장은 능숙하게 밧줄을 타고 올라가, 네일러가 내민 손을 잡고 배에 오르며 말했다.

선원들이 모두 신음 소리를 냈다. 그는 잠시 멈춰 섰다. 애타게 그리운 침대와 술병과의 데이트는 조금 더 기다려야 할 것 같았다. 선원들의 불평불만이 지금은 긁힌 상처에 불과하지만, 순식간에 곪은 상처로 악화될 수도 있었다. 그는 네일러의 등을 두드리며 말했다.

"자, 자, 여기서 멀지 않은 곳이야. 그리고 목적지에 닻을 내리기만 하면 마음껏 대구를 뜯고 그로그주를 들이부어도 된다. 최악의 상황은 지나간 거야, 친구들. 그러니 다들 기운 내서 다시 시작하자고. 멜리? 혹시…… 어, 뭐랄까…… 파도현자의 힘으로 우릴 여기서 뚝딱 내보내줄 수 있겠어?"

멜리는 투덜거리며 밧줄 사다리로 돌아왔다. 땋아 올렸던 단정한 머리가 요란한 폭풍에 모두 풀어져, 붉은 머리카락이 어깨에 축 늘어져 있었다.

"선장님, 썰물 때가 돼서 파도가 잔잔해졌어요."

“좋아! 봤지? 좋은 소식도 있잖아. 행운은 담대한 사람이 아니라 끈기 있는 사람에게 찾아오는 거라고!”

이제 망할 잠을 좀 자볼까…….

“선장님! 숲속에 트롤이 더 있습니다!”

네일러가 손을 마구 흔들며 날카롭게 세 번 휘파람을 불었다. 페어윈드는 네일러 곁으로 달려가 그의 손에서 망원경을 가로채고는 밀림의 가장자리를 살폈다. 그의 말대로 무장한 트롤 부대가 울창한 나무숲 안쪽에서 기다리고 있었다. 구름이 걷히고 드러난 햇빛을 받아 황금색 장화 한 짝이 눈에 띄게 반짝였다.

“저기요!”

네일러가 첩보단장 쇼를 향해 소리쳤다. 쇼는 황급히 자리에서 일어났지만, 트롤들은 이미 황금색 검을 번쩍이며 밀림에서 쏟아져 나왔고, 궁수들은 활을 겨누고 있었다.

“놈들이 돌아왔어요! 친구들을 데려왔다고요!”

“총을 꺼내라! 소총을 장전해! 발사 준비! 어서, 서둘러라!”

페어윈드 선장의 우렁찬 외침과 함께 배 위에 남아 있던 선원들이 재빨리 지시에 따랐다. 네일러, 그릭스비, 쿨 티란 형제들은 멜리를 옆으로 밀어내고 주 돛대 근처에 쌓여 있던 상자들에서 소총을 꺼냈다. 페어윈드는 평생을 뱃사람으로 살아오며 체득한 익숙한 몸놀림으로, 갑판 아래로 달려가 새 화약이 가득 든 통을 가져왔다. 사수들은 포대에서 바삐 대포 발사 준비를 갖췄다. 덜컹덜컹, 끼이이익, 가슴을 두근거리게 하는 소리와 함께 6파운드 대포가 밀려 나와 적을 조준했다. 리드미컬한 구호와 함께 대포가 장전되고, 화약이 포신 안으로 들어가고, 이어서 충전재와 포탄이 차례대로 들어갔다.

"선장님! 발사할까요?"

그는 누가 묻는지조차 알 수 없었다. 화약통을 열며 해안을 바라보자, 마티아스 쇼가 단검을 꺼내 든 모습이 보였다. 그는 도저히 승산 없는 싸움을 앞두고 있었다. 누구도 혼자서 저렇게 많은 병사와 궁수를 상대로 싸울 수는 없었다. 그것도 쥐꼬리만 한 단검 두 개로 맞서야 하는 상황이라면 더더욱 말할 것도 없었다. 쇼를 향해 돌진해 오는 트롤들은 앞서 봤던 자들이 입었던 흰색과 검은색이 섞인 옷을 입고 있진 않았다. 섬세한 황금색 방어구와 돌격 전술을 보면 궁정의 근위병인 것 같았다. 그들은 쇼를 발견했고, 배가 상륙했다는 사실도 확인했다.

페어윈드는 욕설을 내뱉었다. 발각됐구나.

그가 두근거리는 가슴을 달래며 지켜보는 사이, 쇼는 단검을 들어 올린 후 신중하고 명확하게 모래 위에 내려놓았다.

"항복하려는 건가?"

페어윈드가 낮게 속삭였다. 그럴 수는 없었다. 지금 해안에 있는 남자는 그들의 동료였고, 트롤 몇 명이 목숨을 잃더라도 선장은 동료를 구할 생각이었다. 페어윈드는 손을 들고 사격 명령을 내리려 했다. 하지만 쇼는 자신을 향해 달려드는 트롤을 등지고 돌아섰다. 적이 내지르는 전쟁의 포효 같은 건 들리지 않는 것 같았다.

"도망쳐! 잔달라를 떠나라, 페어윈드. 어서 출발해!"

쇼의 목소리가 종소리처럼 명료하게 들렸다.

"발사할까요, 선장님?"

네일러가 안달하며 물었다.

"아니…… 아니, 발사하지 마라."

페어윈드 선장은 이미 키를 향해 달려가고 있는 멜리를 향해 소리쳤다.

"어서 해, 멜리. 여기서 떠나자."

선장은 사뭇 진지한 목소리로 말했다.

"하지만 쇼가—"

"자기 몸 정도는 알아서 지킬 거다. 믿어도 될 거야. 동료는 믿어줘야지. 가자!"

나 역시 지금 당장이라도 목덜미를 붙잡아 끌고 오고 싶지만 말이야.

잔달라의 첫 번째 화살이 네일러의 팔에서 불과 한 뼘도 채 안 되는 난간에 날아와 박혔다. 곧이어 몰아치는 싸락눈처럼 화살들이 날아와 갑판을 연이어 때렸다. 멜리는 키 뒤에 꼿꼿하게 서서 두 눈을 감은 채 손을 앞으로 내밀었다. 그녀는 파도를 물보라가 아닌 음표처럼 지휘했다. 선장은 집중하는 멜리를 감히 방해할 생각조차 하지 못했다. 그저 휘파람 소리를 내며 쏟아져 내리는 화살을 이리저리 피하느라 바빴다.

동료를 남겨두고 떠난다는 것은 고통스러운 일이었다. 그들은 담대한 아르바호에서 오랜 시간을 함께 보냈다. 그저 전략을 논의한 게 전부가 아니라 삶을 공유했다. 물론 페어윈드가 술김에 개인적인 이야기를 했던 건 사실이지만, 어머니 이야기를 입 밖으로 꺼낸 건 처음이었다. 어머니는 그에게 신성한 기억이었고, 항상 가슴 깊은 곳에 묻어둔 귀한 보물이었다. 누가 볼 새라 보물 지도의 X표시 같은 것도 남겨두지 않았다. 그는 어머니에 대한 이야기를 그 누구에게도 한 적이 없었다.

그런데 어떻게 했는지는 몰라도 쇼는 페어윈드에게서 어머니 이야기를 끌어냈다. 쇼는 정말이지 이야기를 잘 들어주었다. 워낙 과묵했고 얼굴에 도무지 감정을 드러내지 않았는데 그게 오히려 좋았다. 그렇게 두런두런 이야기를 하다가 어느 날 밤, 어머니와 함께 지내던 작은 오두막에서 같이 쓰던 침대 밑에 숨어 어머니가 돌아오시길 기다리던 그날이 떠올랐다. 그날 페어윈드의 눈에는 바닥이 다 해질 때까지 신었던 어머니의 낡은 신발과 길바닥의 진흙과 오물을 모두 쓸고 다닌 듯한 드레스의 낡아 빠진 아랫단만 보였다. 어머니는 그에게 밤에는 근처 주점에서 종업원으로 근무한다고 이야기했었지만, 그때 어머니는 엿보는 사람이 없는지 연신 주위를 둘러보며, 벽난로 옆 벽돌 아래에 브로치와 커프스단추를 감췄다. 가여운 어머니는 아들이 소변을 보러 나갔을 거라고 생각한 모양이었다. 하지만 어린 페어윈드는 그날 침대 밑에서 어머니가 도둑질한 물건을 비밀 장소에 숨겨두는 모습을 처음부터 끝까지 지켜봤다. 다음 날이 되면 어머니는 그 물건들을 내다 팔아 아들을 먹이고 입힐 돈을 마련했을 것이다.

플린 페어윈드가 이 세상에서 가장 존경했던 여인이 교수형을 당하던 이야기를 하는 순간조차 쇼는 아무런 내색도 하지 않았다. 라이라 페어윈드는 도둑이었다. 악당이었을지도 모른다. 하지만 분명히 아들을 사랑하는 어머니였다.

페어윈드는 그 남자를 홀로 남겨둔 채 떠나고 있었다. 페어윈드 선장을 제외하고 이 세상에서 그의 어머니에 대해 알고 있는 유일한 사람을, 조용히 그의 이야기에 귀를 기울이고 마지막에는 그의 말에 공감하듯 아주 살짝 미간을 찌푸리던 그 사람을 버렸다.

대포와 총은 모두 장전되어 있었다. 얼마든지 발사할 수 있었다. 발사할 수 있었지만 쇼는 적에게 투항하며 명령을 내렸다. 선장은 첩보단장 쇼의 말을 떠올렸다. 침략 행위. 잔달라 트롤에게 포격을 가하게 되면 사태는 훨씬 더 심각해질 테고, 결국엔 쇼의 목숨이 훨씬 더 위태로워질 것이다.

선장은 손가락을 꿈틀거렸다. 당장이라도 나팔총을 마구 난사해서 트롤들에게 플린 페어윈드의 동료를 공격하면 어떤 일이 일어나는지 본때를 보여주고 싶었다.

담대한 아르바호는 천천히, 하지만 확실하게 깊은 바다로 돌아가고 있었다. 멜리가 예측한 대로 밀려 나가는 파도가 그들을 붙잡았고, 제1사장을 북쪽으로 돌려놓은 배는 천천히 해변에서 멀어지며 바다로 나아갔다. 배에 속도가 붙자 페어윈드는 난간으로 달려가 점점 작아지고 점점 멀어지는 쇼의 모습을 지켜봤다. 선원들 중 환호성을 터뜨리는 사람은 아무도 없었다. 다들 한마디의 말도 하지 않았다.

스톰윈드의 첩보단장 마티아스 쇼는 그렇게 버려졌다.

제 18 장

티라가드 해협

제이나는 전에도 긴장감 넘치는 저녁 식사를 주최해본 적이 있었지만, 오늘 저녁의 긴장감은 단언컨대 가장 지독했다.

이 작은 식당은 프라우드무어 가문에서 방대한 지도와 해도, 항해 장비, 해상 유물 등을 보관해둔 대강당 옆에 붙어 있었다. 그 기다란 화랑은 바닥부터 천장까지 프라우드무어 가문과 친족, 가까운 친구들의 초상화로 가득 차 있었다. 안두인 린 국왕의 강렬한 초상화도 그중 하나였다. 물론 오늘 저녁 식사에 초대된 걸출한 손님들의 초상화는 포함되어 있지 않았다.

알레리아 윈드러너는 무심하게 음식을 뒤적거렸고, 포도주 잔을 들고 빙빙 돌리는 시간이 술을 마시는 시간보다 길었다. 그럼에도 수많은 하인들이 음식을 연이어 가져왔고, 모든 걸 포기한 채 디저트로 건너뛰고 싶은 제이나의 고통을 끝없이 연장했다. 그래서 제이나와 알레리아 윈드러너, 대총독 투랄리온, 제이나의 어머니 캐서린은 선지 소시지와 구운 고추 애피타이 저를 꾸역꾸역 입에 밀어 넣었다. 하지만 메인 요리로 등장한 커다란 멧돼지 고기 때문에 디저트로 준비된 파이로 곧장 넘어갈 수가 없었다. 꿀을 발라 반짝반짝 윤기가 흐르는 먹음직스러운 파이였지만, 노릇노릇 구워져 구수한 향기를 풍기는 멧돼지 구이를 생략할 수는 없는 노릇이었다.

제이나는 대총독 투랄리온이 거대한 생선구이 더미를 게걸스럽게 먹어치우는 모습을 지켜보고 있었다. 알레리아는 아무것도 먹지 않았고, 반면에 투랄리온은 한시도 쉬지 않고 입안을 가득 채웠다. 대화를 피하기 위한 방법으로 어떤 이는 먹지 않는 쪽을 택하고, 또 어떤 이는 계속해서 먹는 쪽을 택한 모양이었다. 그들은 안두인의 요청에 따라 한자리에 모였다. 마티아스 쇼가 잔달라 해안에서 아무것도 찾아내지 못할 경우에 대비하여 차선책을 세우는 것이 오늘 모임의 목적이었다.

"해크니가 맛 좋은 까마귀딸기 타르트를 디저트로 준비했다고 하더군요."

캐서린 프라우드무어가 노래하는 듯한 목소리로 말했다. 제이나는 어머니의 끈기와 아무리 어색한 식사 자리에서도 침착함을 유지하는 놀라운 능력에 새삼 감탄했다.

"저는 배가 너무 부르군요. 더는 한 입도 먹을 수 없을 것 같아요."

알레리아가 작은 목소리로 말했다.

제이나는 좋은 포도주를 잔뜩 마시고 싶은 유혹을 애써 억눌렀다. 그녀는 어서 회랑으로 돌아가 놋쇠 나침반과 함께 진화하는 아제로스의 지도를 연구하고 싶은 마음이 굴뚝같았다. 그 가죽 지도에는 실바나스를 추적한 지역에 파란색 핀이 꽂혀 있었다. 언젠가 실바나스를 찾아내면, 제이나는 그 지점에 단검을 꽂아둘 생각이었다.

하지만 어머니 캐서린이 계속해서 상냥한 집주인 역할에 매진하는 통에 지나치게 호사스럽고 끝없는 연회에 그들을 묶어두고 있었다. 적어도 안두인이나 겐 그레이메인이 그 자리에 있었다면 조금이나마 즐거운 대화가 오갔을지 모른다. 중요한 정보를 알아내기 위해 포세이큰 연금술사와 밀수업자를 고문하는 것까지 감수했던 투랄리온과 알레리아의 방법론을 제이나가 경멸하고 있음을 그 둘은 이미 알고 있었다.

반드시 필요한 정보였어요, 제이나. 당신의 결벽증적인 성미 때문에 목표를 앞에 두고도 방해하는 거라면 그만둬요.

제이나는 어느새 자신도 모르는 사이, 알레리아 윈드러너를 노려보고 있다는 사실을 깨달았다. 한때 제이나는 순찰자 알레리아에게 순수한 존경심을 느꼈다. 하지만 알레리아가 공허에 오염된 지금, 그녀의 행동과 말을 한 번 더 생각할 수밖에 없었다. 배가 부르다고 거짓말하는 것은 알레리아 자신일까? 아니면 공허의 뒤틀린 괴물일까?

"좋아요!"

제독을 상징하는 황금색 술로 어깨 부분이 장식된 짙은 보라색 드레스를 입은 전임 제독 캐서린이 유쾌한 목소리로 말했다. 그녀의 차가운 잿빛 머리카락은 머리 위에 매끈한 반구 형태로 정돈되어 있었다.

"포도주 한 잔 더 하는 건 괜찮겠지요? 네, 그래요. 포도주가 잔뜩 필요하겠군요."

"프라우드무어 님!"

프라우드무어 가문의 경비병 두 명이 식당으로 통하는 문 양쪽에 서서 출입을 통제하고 있었는데, 또 다른 경비병이 헐떡이며 식당으로 뛰어 들어왔다. 투구가 비뚤어진 채로 그는 거친 숨을 몰아쉬었다.

"비와 바람이여, 말해봐라, 코메리."

캐서린 프라우드무어가 전임 제독다운 신중하고 냉철한 목소리로 말했다. 그녀는 갑자기 나타난 경비병을 경계하며 제이나와 함께 자리에서 일어섰다.

"무슨 일인가?"

"적에게 체포됐습니다!"

제이나 역시 가문의 요새에 들린 페어윈드 선장이 뛰어 들어오리라고는 꿈에도 생각하지 못했다. 하지만 그 노련한 뱃사람은 경비병 코메리를 밀치며 황급히 식탁 옆으로 다가왔다.

"누가 체포됐다는 거죠?"

제이나가 포도주와 접시를 밀어놓고 페어윈드 곁으로 달려가 물었다.

알레리아와 투랄리온도 그 뒤를 따랐고 네 명 모두 갑작스럽게 등장한 선장을 둘러쌌다. 페어윈드는 몇 달 동안 바다에서 지독하게 시달린 사람의 모습이었다. 이마에는 말라붙은 소금기가 남아 있었고, 검게 탄 얼굴에는 햇빛에 시달리며 생긴 물집이 번들거렸으며, 말꼬리 모양으로 묶은 적갈색 머리는 풀어 헤쳐져 있었다.

"우린 최대한……."

페어윈드는 어깨를 들썩이며 숨을 들이쉬었다. 하인들 중 한 명이 그에게 물 한 잔을 건넸다. 그는 물 잔을 밀쳐내고는 탁자 위에 놓인 포도주병을 집어 들어 벌컥벌컥 들이켰다.

"최대한 빨리 달려왔습니다. 폭풍을 뚫고 오느라…… 멜리도 하마터면 죽을 뻔했죠…… 그래도 항로를 잘 알아서, 여기가 가장 접근하기 쉬운 항로라고 하더군요."

"멜리는 괜찮나? 어떻게 된 거지?"

캐서린이 그의 손에서 포도주병을 빼앗으며 물었다.

"자, 페어윈드, 앉아요."

제이나는 그를 살며시 밀어 알레리아가 일어난 자리에 앉혔다.

"진정하고 숨 좀 돌리세요. 무슨 일이 일어났는지 정확히 얘기해주세요. 누가 어떻게 됐다는 거죠?"

"쇼가…… 놈들에게 체포됐습니다. 그러니까…… 잔달라 트롤에게 발각됐어요. 그들이 우리 배를 발견했을 때, 쇼는 해안에 남아 있었습니다."

그는 허리띠에 매달린 가방을 끙 소리와 함께 풀더니 그 안의 내용물을 식탁 위에 쏟았다. 해크니의 양념한 버섯을 곁들인 안심 요리가 엉망이 됐지만, 페어윈드는 개의치 않는 듯했다. 그는 투랄리온보다 더 열정적으로 음식을 입에 쑤셔 넣고는 숨도 안 쉬고 씹어댔다.

"이 화살입니다."

페어윈드의 가방에서 쏟아진 물건들 중 하나를 투랄리온이 집어 들었다. 대총독의 얼굴이 어두워지더니 입술을 꽉 다물었다.

"전에 본 적이 있습니다. 이 화살 깃은…… 쇼의 수하 첩자들에게 박혀 있던 화실입니다."

"괜찮아요, 페어윈드."

제이나가 페어윈드를 진정시키려 애쓰며 말했다. 눈물과 햇빛 때문에 붉게 충혈된 두 눈이 툭 불거진 채로, 그는 감자를 향해 손을 뻗었다.

"마티아스 쇼는 얼라이언스군의 고위직 요인이에요. 잔달라 트롤이 그를 포로로 잡았다면, 탈란지 여왕도 적절한 이유 없이 그를 처형하진 않을 거예요."

"읽어보세요. 이, 이겁니다…… 전 읽을 수가 없더군요."

페어윈드는 음식을 먹으면서 더듬더듬 말했다. 그는 구겨지고 하얗게 바랜 양피지 조각들을 알레리아에게 내밀었다.

알레리아는 엄지와 검지로 양피지 조각 하나를 집어 들었다.

"아주 중요한 정보를 입수했군요. 어둠 순찰자들이 잔달라에 침투했다는 증거예요. 트롤들이 하이 엘프어로 소통하진 않을 테니까요."

"그렇다면 사실이군요."

제이나가 한숨을 내쉬었다. 하이 엘프어. 하이 엘프와 블러드 엘프가 사용하는 언어 아닌가…….

"그 지역에 관한 정보도 있군요. 병력 이동, 정찰 경로…… 그들이 그 섬에서 뭘 하려는 건지 알 수가 없군요."

알레리아가 양피지 조각들을 훑어보며 말했다.

"어쨌거나 어둠 순찰자가 그곳에 있다는 증거로는 충분합니다."

투랄리온은 한숨을 내쉬며 화가 난 듯 콧등을 지그시 눌렀다.

"더 빨리 움직여야 했습니다. 실바나스가 이미 줄다자르에 침투했을지도 모릅니다. 트롤들과 공모하고 있을지도 모르고요."

제이나는 대화가 통제에서 벗어나고 있는 것을 느꼈다. 물론 그녀도 그 누구보다 실바나스를 잡고 싶었다. 당연히 이 단서들을 고려하여 향후 계획을 세워야 했다. 하지만 투랄리온의 이야기를 듣고 있으려니 멀리서 전쟁의 북소리가 들려오는 듯했다. 그의 분노와 좌절은 충분히 이해할 수 있었지만, 그로 인해 어떤 결론이 도출될지 걱정하지 않을 수가 없었다. 안두인 국왕은 이미 그가 한결같이 신뢰하는 호드의 구성원, 바인 블러드후프에게 은밀히 전령을 보내 잔달라 대륙에서 실바나스를 목격했는지 물어보았다. 그는 질문과 함께 어둠 순찰자가 동부 왕국에서 그쪽 대륙으로 떠나는 모습이 목격되었다고 언급했다.

하지만 바인 블러드후프는 신속하고 단호하게 대답했다. 그들은 실바나스가 잔달라에 숨어 있는지, 그렇지 않은지 알지 못했다.

안두인이 그의 말을 믿은 게 너무 순진한 일이 아니었을까 싶기도 했지만, 제이나도 바인의 말은 신뢰할 수 있다고 생각했다. 그가 거짓말을 할 이유는 없었다. 바인 역시 그들처럼 실바나스가 처벌받길 원하고 있으니까.

"제가 이 증거들을 국왕에게 가져갈게요. 즉시 이 소식을 알리고 새로운 전략을 승인받아야 해요. 호드가 실바나스를 잔달라에 숨겨주고 있다면, 신속하고 조용하게 움직여야 해요. 교활한 자의 칼은 눈에 보이지 않고, 공격이 끝난 뒤에나 그 상처가 느껴지니까요."

알레리아는 양피지 조각들을 그러모으며 말했다.

"안 돼요."

제이나의 단호한 말에 페어윈드까지 입을 다물었다. 홀 안이 침묵에 잠겼다. 알레리아는 경멸하는 기색을 감추지 않고 제이나의 눈을 응시했다.

"시간이 없다는 사실에 동의하지 않는 건가요? 즉시 행동으로 옮겨야 해요!"

알레리아의 목소리가 달라졌다. 제이나는 어머니가 헉, 하고 숨을 들이쉬며 물러나는 소리를 들었다. 창백한 푸른빛이 알레리아의 두 눈 속에서 환하게 타올랐다. 어두운 보랏빛이 그녀의 온몸을 둘러싸고 아른거렸다. 제이나도 울컥 화가 치밀었다. 크게 소리라도 지르며 알레리아를 네베레스트산 꼭대기로 순간이동시키고 싶었지만 그녀는 꾹 참았다. 제이나는 깊이 숨을 들이쉬었다. 혀끝에 얼음이 맺히는 것을 느꼈다. 아니, 마법은 안 돼. 숨을 쉬어.

"당신의 결론에 동의하지 않아요. 생각해보세요. 잘 생각해보라고요. 쇼와 페어윈드는 이미 잔달라 트롤에게 발각됐어요. 그러니 그들의 정체는 이미 밝혀졌다고 봐야 할 거예요. 잔달라도 이제 얼라이언스 병력이 자신들의 영토에 더 나타날 거라고 충분히 예상하고 있겠죠. 그들의 의심에 근거를 제공해선 안 돼요. 이미 피어오른 불씨에 기름을 붓는 일은 하지 말아야 해요. 이렇게 부탁할게요. 우리가 그토록 어렵게 일궈낸 휴전 협정을 위험에 빠뜨리지 마세요."

제이나는 속삭이듯 작은 목소리로 알레리아의 물음에 답했다.

"그러면 어떻게 하는 게 좋겠습니까?"

투랄리온은 어둠 순찰자의 화살 깃이 달린 잔달라 화살을 여전히 들고 있었다. 날카로운 화살촉이 제이나를 향해 있었다. 투랄리온은 알레리아를 향해 손을 뻗었고, 제이나는 그가 아내의 팔을 꽉 움켜잡는 것을 보았다.

"그 협정을 신뢰해야죠."

제이나가 중얼거렸다. 머릿속에 뭔가 생각이 떠올랐다. 그녀의 시선은 페어윈드와 충격으로 점철된 그의 얼굴에 고정되어 있었다. 거센 바닷바람에 바싹 마른 선장의 입술은 벌어져 있었다.

"시간을 조금 달라는 거예요. 마지막으로 한 가지만 더 시도해볼게요. 이것마저 실패한다면 당신의 생각이 옳은 거겠죠, 알레리아. 그때가 되면 당신 뜻대로 우리는 칼날이 되어야 할 거예요."

제 19 장

오그리마

스랄은 크게 놀라 할 말을 잃은 채 지 파이어포우가 건넨 서신을 뚫어져라 바라봤다.

"고작 이틀 동안 떠나 있었을 뿐인데. 내가 놓친 게 있는 모양이군."

스랄이 중얼거리자 지는 지친 표정으로 웃었다.

"먼저 읽어봐서 죄송합니다. 돌아오시자마자 이렇게 대뜸 말씀드리는 것도요, 스랄. 하지만 워낙 긴박한 사태라 즉시 말씀드려야 할 것 같았습니다."

판다렌은 허리를 깊이 숙여 인사했다. 하지만 다시 고개를 든 지는 지친 표정 대신 장난스러운 미소를 띠고 있었다.

"물론, 당신의 반응도 한번 보고 싶었습니다."

그들은 함께 오그리마의 가장 높은 지점에서 그롬마쉬 요새까지 먼 길을 걸었다. 도시의 지상 층까지 데려다줄 승강기를 기다리는 동안, 지는 한쪽 눈으로 스랄의 눈치를 살피며 통통한 배를 손가락으로 끊임없이 두드리다가 나직이 물었다.

"저기…… 어떻게 생각하십니까?"

"놀랐다고는 할 수 없겠소."

스랄은 서신을 다시 한 번 훑어보며, 정수리 뒤쪽을 꼬집는 듯한 두통이 점점 더 심해지는 것을 느꼈다. 그 서신은 스톰윈드의 국왕과 만나볼 것을 요청하는 초대장이었고, 보낸 사람이 바로 제이나였다. 물론 스랄도 서신에 숨어 있는 목적을 알아챌 수 있었다. 그건 둘의 우정을 이용하여 그를 불러내려는 뻔뻔한 수작이었다. 그렇다고 못마땅하게 여길 생각은 없었다. 그 역시 얼라이언스에 부탁할 일이 있다면 똑같은 방법을 택했을 테니까.

스랄, 부탁이에요. 우리의 우정을 소중하게 생각한다면, 안두인 국왕과 저를 만나주세요. 지금 제가 얼라이언스의 민감한 정보를 알려드리는 이유는, 제 선의를 이해해달라는 뜻만이 아니라 어서 행동을 취해달라고 부탁하기 위해서랍니다.

"솔직히 얼라이언스가 알아채기 전에 잔달라의 불안정한 상황을 안정시키고 싶었소."

그는 한참 동안 말을 아낀 후 호기심 많은 판다렌에게 털어놓았다.

"하지만 이건……."

어둠 순찰자가 잔달라의 밀림에서 배회하고 있어요. 우리 쪽 첩보단장은 탈란지 여왕에게 체포됐고요. 얼라이언스 중에는 잔달라의 여왕이 실바나스와 공모하고 있다고 생각하는 이들도 있어요. 설사 그게 사실이라고 해도, 당신이 그걸 알고 있었으리라고는 생각하지 않아요. 옛 친구여, 저희와 만나주세요. 위태로운 휴전 협정을 지킬 수 있게 도와주세요. 양측이 서명한 서류의 잉크가 마르기도 전에 모든 게 산산조각이 나버릴 것 같아요.

"이건 무시할 수 없는 문제요."

스랄은 그 서신을 잘 접어 허리띠 안쪽에 안전하게 보관했다. 다시 읽을 필요는 없었다. 그는 이미 마음을 정했다.

"저도 회담에 참석해도 될까요?"

지의 물음에 스랄이 한쪽 눈썹을 치켜올렸다.

"같이 가고 싶소?"

"번개가 엉뚱한 나무를 때리면, 숲 전체가 불탈 수도 있지요."

지는 아래층에 멈춰 선 승강기에서 스랄을 따라 내리며 대답했다.

"잔달라가 그런 나무입니다. 불길한 소문이 바로 번개이고요. 수도사의 지혜가 불길을 잠재울 수 있을지도 모릅니다."

"이런 협상에는 아주 섬세한 손길이 필요하오, 지. 당신의 지혜는 가능한 한 빨리 행동하는 것과 관련 있지 않았소? 하지만 가만 생각해보니 그 자리에 참석하는 것도 그런 행동의 일부겠지. 이 회담을 수락하는 것에 대해 의회의 다른 구성원들은 반기지 않을 수도 있소."

수도사는 기다란 검은 수염을 쓰다듬었다. 늦은 시간이라 그런지 오그리마의 대로가 거의 비어 있었다. 보름달이 텅 빈 길을 횃불처럼 환하게 비췄다.

"그렇겠지요. 하지만 반기든 반기지 않든, 호드의 이전 대족장은 제 고향의 영혼을 빼앗으려고 했었지요. 그러니 제가 이 정도 고집을 부리는 건 다들 이해해줄 겁니다."

헬스크림. 스랄은 막고라를 통해 가로쉬 헬스크림을 쓰러뜨리고, 그의 헤아릴 수 없이 많은 악행에 정의의 심판을 내렸다. 오크 호드를 앞세운 이전 대족장은 힘을 향한 끝없는 탐욕으로 끔찍한 힘을 지닌 고대 신의 심장을 이용하려 했다. 그 결과 판다렌과 얼라이언스뿐 아니라 호드까지 그를 등지고 적으로 간주했던 것이다.

"영원꽃 골짜기는 이제 거의 치유되었습니다. 하지만 판다렌은 헬스크림의 잔혹한 공격이 남긴 상처를 영원히 품고 살아야 할 것입니다."

지의 말에 스랄은 통통한 수도사 지도자를 바라보며, 그 판다렌의 눈 속에서 낯익은 끈기를 발견했다. 그와 같은 고통과 결의를 티란데 위스퍼윈드의 눈 속에서도 보았었다. 불타던 텔드랏실과 파괴된 영원꽃 골짜기…… 정말이지 무의미할 만큼 이기적이고 잔혹한 행위였다. 스랄이 한숨을 내쉬었다.

"설상가상이로군. 문제가 첩첩이 쌓이고만 있소."

지는 공감하는 듯 조용히 고개를 끄덕였다.

주점에서 술을 얼근히 마시고 터덜터덜 집으로 돌아가는 일꾼 몇 명이 그롬마쉬 요새 옆을 스쳐 갔다. 그들의 웃음소리가 하늘 높이 솟은 탑 사이로 메아리쳤다. 오크 파수병 네 명이 화로를 피워 주위를 밝힌 채 요새를 지키고 있었다.

"잔달라에 있는 우리 대사가 전해온 소식도 상당히 암울하오, 지."

"아, 제칸 말씀이시군요. 로칸 족장이 어제 잔달라로 떠났습니다. 그 꼬마를 많이 걱정하더군요."

스랄은 지가 먼저 요새 안으로 들어가도록 배려했다.

"여왕은 정권에 저항하는 반란군에게 시달리고 있고, 잔추리 의회의 논의는 교착 상태에 빠졌소. 암살 시도가 또다시 일어났고, 이제는 얼라이언스까지 만남을 재촉 중이오. 왠지 이 모든 것이 서로 관련 있다는 생각이 드는군."

판다렌은 잠시 멈춰 서서 두 손가락으로 수염을 배배 꼬았다. 요새의 원형 회의실과 외부를 나누는 가죽 장막 너머에서 열띤 논쟁 소리가 들려왔다. 스랄은 이제부터 어떤 일이 일어날지 두려웠다.

이것은 곧 여러 목소리들이 모여 하나가 된다는 것의 의미다. 타협과 논쟁, 위임…… 이런 것들이 다시 호드의 품에서 살아가야 할 때 필요한 조건이 아니었던가.

"들어가는 게 좋겠소." 스랄이 중얼거렸다.

"어차피 여기까지 먼 길을 걸어왔지 않습니까. 이제 와서 왜 주저하시는 겁니까?"

스랄은 그 이유를 몇 시간 동안이라도 설명할 수 있었지만 간단히 대답했다.

"나는 지쳤소, 지. 그리고…… 이제는 내가 너무 늙었다는 생각이 드는군."

스랄의 말에 판다렌은 콧방귀를 뀌더니 긴 수염을 한쪽 어깨 너머로 넘겼다.

"내 고향인 우쏭 마을에는 이런 속담이 있지요. '생강은 늦게 캘수록 향이 진하다'라는 속담입니다."

"내게서 악취가 난다는 뜻으로 이해하겠소."

스랄은 가죽 장막을 옆으로 밀어내며 말했다.

"드디어 오셨군."

로르테마르가 그들을 보고 자리에서 일어섰다. 그와 함께 이야기하고 있던 다른 이들 모두 자리에서 일어났다. 로르테마르가 말을 이었다.

"바인과 칼리아는 어디에 있소? 얼라이언스의 이번 요청에 관해 어떻게 생각하는지 말해주시오."

"그들도 곧 이곳으로 와서 나이트 엘프와의 회담과 관련해 이야기할 거요."

허리띠에서 얼라이언스의 서신을 꺼내던 스랄은 기대에 찬 모두의 눈빛이 그에게 집중되는 것을 느꼈다. 지금부터 닥쳐올 일의 무게를 생각하면, 지 파이어포우가 잠시라도 그를 웃게 해줘서 다행이었다. 로르테마르, 탈리스라, 가즈로, 릴리안 보스가 다가왔다. 지가 미리 얘기한 것처럼 로칸은 지금 여기 없었고, 칼리아 메네실과 바인 블러드후프 또한 아직 요새로 돌아오지 않았다.

스랄이 입을 열기 전에, 지 파이어포우가 복슬복슬한 손바닥으로 입을 가리고 크게 기침을 했다.

"이번 서신에 관한 이야기라면, 우린 갈 겁니다. 잔달라의 소식은 분명 심각한 문제가 아닐 수 없습니다. 우리도 그 사실을 알고 있고, 얼라이언스도 알고 있습니다. 적절히 대응하는 것이 우리의 의무일 겁니다. 그들의 소환을 무시한다면, 애초에 휴전 협정을 체결한 이유가 무엇이란 말입니까?"

스랄은 대신 화살을 맞아준 친구에게 감사했다. 스랄은 지금 의회의 동등한 구성원 중 한 명이 아닌 대족장처럼 보이는 것을 절대로 원하지 않았다. 그는 지의 곁에 잠자코 서서 간간히 고개만 끄덕이며 판다렌의 말에 동의한다는 뜻을 표했다.

하지만 첫 번째 비전술사 탈리스라는 두 눈을 가늘게 뜬 채 둘을 바라봤다.

"스랄, 당신은 어떻게 생각하세요?"

"지의 말이 맞소. 얼라이언스가 알아차리기 전에 잔달라의 불을 끄고 싶었지만, 이제 그 대륙의 갈등을 감추기엔 너무 늦은 것 같소. 난 제이나 프라우드무어를 잘 알고 있소. 이런 요청을 쉽게 하지는 않았을 거요."

"그런데 어둠 순찰자라니? 이건 너무 터무니없는 얘기 아니오? 솔직히 이 서신의 내용만 보면, 적진에 무단 침입했다가 체포된 자기네 요인을 구출하는 데 우리 도움이 필요하다고 하는 것 같소. 이들은 우리의 호의를 이용하고 있는 거요."

로르테마르가 콧방귀를 뀌고는 붉은색 바탕에 황금색 무늬를 새긴 튜닉 앞으로 단단히 팔짱을 끼었다.

스랄도 예상하지 못한 반응이었지만, 그는 고개를 가로저었다.

"그들의 첩자를 풀어줄 생각은 없소. 나는 잔달라를 지키고자 가려는 거요. 오직 그 생각뿐이오. 어둠 순찰자들이 탈란지 여왕과 공모하고 있다는 결론을 얼라이언스 측에서 내린다면, 그들은 또 한 번 전쟁을 시작할 거요. 그때는 우리도 그들 탓만 할 수는 없겠지."

"어떻게 그자들이 그런 생각을 할 수 있단 말이오? 우리가 실바나스의 부하들을 환대해준 적은 없지 않소."

로르테마르가 매섭게 쏘아붙였다.

"우리는 그걸 알고 있지만 얼라이언스는 모르오. 우리의 혼란이 그들에게 어떻게 보이겠소? 아니, 내가 그들의 공포를 달래주겠소. 그리고 그들의 이야기를 듣겠소."

스랄이 차분하게 답했다.

"듣겠다고? 지루한 얘기 같은데. 그냥 그 불그레한 녀석들에게 우리 땅에서 꺼지라고 얘기해주는 게 어때? 휴전 협정에 그렇게 상냥한 조항만 포함된 건 아닐 텐데."

첫 번째 비전술사 탈리스라의 무릎보다 아주 조금 큰 무역왕 가즈로가 자신의 입장을 분명히 밝혔다.

"그냥 무시해버리자고. 그쪽에서 뭐든 주면 그때 첩자인지 뭔지를 돌려보내면 되잖아."

스랄이 날카롭게 숨을 들이쉬었지만, 지 파이어포우가 슬며시 한 걸음 앞으로 나서서 스랄과 의회의 다른 이들 사이를 가로막았다.

"그들은 우리에게 자신들이 알고 있는 정보를 알려줄 겁니다. 스랄의 말이 맞습니다. 우리는 얼라이언스를 통해 알아낸 정보를 이용해서 잔달라를 지킬 겁니다."

로르테마르는 격해지는 논쟁에 마음이 다급해졌는지 발을 까딱거렸다. 그는 답답한 듯 손을 들어 올려 탈리스라에게 손짓했다.

"잔달라로 통하는 차원문을 열어주시오. 저들이 이 회담에 참석해서 얼라이언스에게 정보를 얻어낼 수 있도록 도와주시오. 사실 나 또한 어둠 순찰자들에 관한 정보를 더 자세히 알고 싶소. 만약 정말로 실바나스가 잔달라에 있다면, 당장 내일이라도 포승줄에 묶을 수 있을 거요."

"그럼 어서 해라. 밴시 여왕을 붙잡을 수 있는 기회를 놓쳐선 안 돼, 절대."

아직 자기 자리를 찾지 못해 회의 중 거의 말을 하지 않던 릴리안 보스가 유난히 자신감 넘치는 목소리로 말했다.

그들의 낙천적인 생각에 고마워하며, 스랄은 아무 말도 하지 않았다. 그는 지금 실바나스가 어디 있는지 몰랐다. 하지만 얼라이언스가 그녀의 위치를 알려줄 수 있다면, 그것으로 충분했다. 가즈로는 아직 확신하지 못하는 듯했고, 그가 거부하면 의회의 결정도 취소될 것이다.

하지만 스랄에게는 그들 모두가 합의에 도달하는 것이 중요했다. 그는 가즈로를 바라봤다. 차분한 동시에 초조했다. 배 속에서 익숙하게 묵직한 덩어리가 느껴졌다. 수많은 전투에서 살아남고, 대격변을 비롯하여 대지를 뒤흔드는 재앙을 견뎌내고, 끔찍한 적들의 침공을 물리치면서 스랄은 위험을 감지하는 전사의 본능을 연마했다. 그의 육감은 시간이 없다고 울부짖었지만, 지금은 모두의 합의가 중요했다.

의회가 중요했다. 가즈로가 중요했다.

"아, 좋아. 마음대로 하라고. 하루빨리 실바나스를 붙잡아서 이런 쓸데없는 수다는 그만두고 진짜 중요한 일을 해야 할 거 아냐? 돈을 벌어야지."

가즈로는 어쩔 수 없다는 표정으로 눈알을 굴리며 손짓으로 스랄을 밀어냈다.

탈리스라는 웃음을 애써 감추려 했지만, 즐거워하는 미소가 스랄의 눈에도 보였다. 탈리스라는 표정을 가다듬은 후, 대수롭지 않다는 듯 눈살을 찌푸린 가즈로의 눈앞에서 차원문을 열었다. 차원문 너머로 해협 한가운데 떠 있는 배가 보였다. 끓어오르는 폭풍 속에 남아 있는 일말의 고요함, 작디작은 고요의 흔적이었다.

* * *

스랄도 가만히 기다리는 건 딱 질색이었지만, 함께 온 지 파이어포우는 그보다 더 싫어하는 것 같았다. 초조해하는 판다렌은 돛이 없는 배 가장자리에 서 있었다. 그 배는 동부 왕국과 잔달라 사이의 대해에 둥둥 떠 있는 좌초 선박이었다. 선원도 없고 움직일 수단도 없는 그 폐선은 오래전에 죽은 바다 야수의 뼈 같았다. 돛대에 남겨진 밧줄은 말라붙은 내장처럼 바람에 흩날리고, 갑판은 사막에 버려진 사체처럼 하얗게 바래 있었다.

"굉장한 폭풍이군요."

지가 서쪽을 가리키며 말했다. 서쪽 바다 위로 검은 소나기구름이 위협적으로 드리워져 있었다. 그 밑에서 넘실대는 파도는 구름에 닿을 듯 높이 치솟았다.

"그런데 움직이진 않는군." 스랄은 눈살을 찌푸렸다.

"흠." 지가 스랄을 올려다봤다.

"폭풍이라면 움직이겠지. 내가 보기에 저건 벽에 가까운 것 같소."

"이 낡은 선체가 여우비뿐 아니라…… 무엇인지는 몰라도 저런 것까지 견뎌내고 남아 있다는 사실에 고마워해야 할 것 같군요. 목록에 남겨둬야겠습니다."

"목록?"

"이유를 알아내야 하는 진귀한 일과 우연한 사건들의 목록입니다. 우리가 아직 끝을 보지 못한 사슬을 연결하는 고리이지요."

지는 으르렁거리는 듯한 목소리로 대답했다. 스랄은 그 말에 반박할 수가 없었다.

"나는 적어도 영혼의 세계가 혼란에 빠진 이유를 알아내고 싶었소. 그 지옥의 사슬에서 고리 하나를 제거하고 싶었지. 하지만 나이트 엘프는 우리에게 단 한 명의 여사제도 내주지 않았고, 이번 혼란의 원인에 관해 논의하려는 시늉조차 하지 않았소."

눈을 가늘게 뜨고 폭풍 구름을 바라보다가 지는 실망감에 혀를 찼다.

"놀드랏실 이후로 아무것도 배우지 못한 것 같군요."

"그렇게 얘기하고 싶지는 않소."

마법사의 차원문이 그들 주위의 공기를 끌어당겼다. 곧이어 빠직하는 소리가 대양의 황량한 고요를 깨뜨렸다. 지 파이어포우가 두 손을 들어 올리며 휙 돌아섰다. 그는 순식간에 어떤 적이라도 공격할 태세를 갖췄다. 하지만 스랄은 느긋했다. 그는 잔뜩 멍이 든 주먹처럼 잔달라 주위를 둘러싼 보라색 먹구름의 그림자를 조금 더 바라봤다. 이윽고 가벼운 발소리가 들리고, 방어구를 착용한 듯한 조금 더 묵직한 발소리가 이어졌다. 제이나가 이미 약속했듯이 동행인까지 단 두 명뿐이었다. 스랄은 희미한 미소를 지으며 돌아서서 그들을 반겼다.

"매복 공격은 없는 거요? 아쉽군. 여기라면 딱 적당한 장소 같은데."

스랄은 재치 있게 인사를 건넸다.

쿨 티라스의 명예를 되찾은 제이나 프라우드무어는 금발과 백발이 뒤섞인 머리카락을 한쪽 어깨에 차분히 땋아 내리고, 수정으로 장식된 지팡이를 편하게 내린 채로, 부드럽게 흔들리는 배 위에서 미동도 없이 서 있었다. 아마도 그녀는 어머니의 배 속에서부터 바다의 여인으로 자라난 것 같았다.

"오늘은 깜짝 놀랄 일이 아주 많아요, 스랄. 하지만 그런 종류는 아니에요."

제이나는 스랄과 비슷한 표정으로 인사를 건네며 가죽 가방을 바닥에 내려놓았다.

"만남에 응해주셔서 감사합니다."

그와 대조적으로 스톰윈드의 국왕은 흔들리는 배가 그리 편치 않은 것 같았다. 그는 차원문에서 나올 때부터 걸음이 흔들렸지만, 지금은 왕으로서의 위엄을 갖추기 위해 최대한 차분하게 서 있었다. 그의 얼굴은 까칠하고 눈 주위는 푸르스름했다. 피로에 찌든 흔적이 역력했다.

스랄도 그게 어떤 얼굴인지 아주 잘 알고 있었다. 이미 그도 여러 번 경험한 일이었다. 지도자로서의 의무 때문에 불면의 밤을 지새운 자의 흙빛 얼굴이었다. 스톰윈드의 국왕을 마지막으로 본 이후 고작 몇 달이 지났을 뿐이지만, 그는 나이를 몇 살이나 더 먹은 것 같았다.

"지 파이어포우군요."

제이나는 한쪽 눈썹을 치켜올렸다.

"반갑습니다, 제독님, 그리고 폐하. 이토록 불운한 상황에서 만나 뵙게 되어 조금 아쉽군요."

판다렌이 고개 숙여 인사했다.

"불운하다는 말로는 부족하지요."

안두인 국왕이 나지막이 말했다. 그가 무언가 더 말하려 했지만 스랄이 손을 들어 국왕의 말을 끊었다.

"먼저 당신이 알아야 할 게 있소. 우리 사이에 비밀을 남기지 않으려면, 우리가 서로를 믿을 수 있으려면, 내가 티란데와 말퓨리온을 만났다는 이야기를 해둬야 할 것 같군."

제이나와 안두인은 깜짝 놀란 듯 아무 말 없이 서로를 바라봤다.

"오." 제이나가 할 수 있는 말은 그것뿐이었다.

스랄은 고개를 숙였다. 그는 당황한 듯 뒷덜미의 머리카락을 긁적였다.

"이야기가…… 잘되지 않았소. 나는 호드를 대표해 사과하려 했지만, 그들이 받아들이지 않았지. 그들은 실바나스 윈드러너에 대한 복수에만 관심이 있소."

"우리의 관심사도 그 문제입니다. 어서 본론으로 들어가시죠."

안두인이 초조한 듯 대꾸하며 한 손으로 둘 사이의 허공을 갈랐다.

제이나는 바닥에 내려놓은 가방을 열어 내용물을 쏟았다. 거기에는 잔달라의 것으로 보이는 화살과 문서 조각 몇 개가 들어 있었다. 제이나는 양측 사이의 좁은 거리를 가로질러 화살은 지에게, 문서는 스랄에게 건넨 후 안두인의 옆으로 돌아왔다.

"비스린이라는 어둠 순찰자를 도와준 호드의 구성원들을 찾아냈습니다. 그 순찰자는 팔디르 만에서 잔달라로 건너갔는데, 저기 수평선에 보이는 폭풍에 대해 미리 경고했다고 하더군요. 즉 저 폭풍은 인위적으로, 조직적으로 소환해낸 폭풍이라는 뜻이겠죠. 어떤 계획에 따르고 있는 겁니다. 우리 측 첩보단장과 대총독 투랄리온도 지금 당신이 들고 있는 화살 깃이 어둠 순찰자의 것이라고 확신하고 있습니다."

안두인이 빠르게 말했다. 쉴 틈 없이 본론만 이야기하며 덧붙였다.

"일반적인 잔달라의 화살 깃과는 많이 다른 것 같습니다. 우리는 이미 지난 전쟁에서 남은 화살과 비교해봤습니다."

스랄은 문서를 살펴보고 있었지만, 그 말에 고개를 들고 국왕을 바라봤다.

"그 서신의 내용은—"

"나도 읽을 수 있소."

스랄의 퉁명스러운 어조에 안두인은 침묵했다. 스랄이 문서의 내용을 거의 다 읽었을 때쯤 그의 가슴에 공포가 차올랐다. 전사의 본능이 뒷덜미를 자극했다. 사슬에 더해야 할 고리가 늘어났다. 상황이 좋지 않았다. 호드에게도 좋지 않았지만, 탈란지에게는 더더욱 좋지 않았다. 문서에 적힌 언어와 그 내용에는 오해의 여지가 없었다. 어둠 순찰자가 적은 기록이 분명했다. 스랄은 화살 깃에 대해서 잘 알지는 못했지만, 지금은 상대의 의심을 반박할 만한 이유를 찾을 수 없었다. 지금 손에 들린 문서만으로도 증거는 충분했다.

"우리를 배신하려는 건가요?"

안두인의 목소리가 닻처럼 무겁게 갑판을 때렸다. 그 말이 꼿꼿하게 서 있는 네 명 사이를 맴돌았다. 바닷바람이 그들 곁을 스치고 고통의 순간은 국왕이 다시 입을 열 때까지 이어졌다.

"실바나스 윈드러너가 잔달라에 숨어 있는 건가요? 전 답을 얻기 위해 왔어요, 스랄. 꼭 알아야겠습니다."

그의 곁에서 지 파이어포우가 몸을 꼿꼿이 세우고 분노로 달뜬 콧김을 내쉬었다. 스랄이 입을 열었다.

"우리 호드에도 실바나스 윈드러너에 대한 애정은 남아 있지 않소. 남은 건 증오뿐이오. 그녀를 보호하기 위한 음모 따위는 없소. 바인 블러드후프도 그런 비겁한 계획을 용인하지는 않을 것이며, 나 또한 그렇소. 다자알로의 밀림이 불타고 있소."

스랄은 차분하게 말을 시작했지만, 한 마디 한 마디를 내뱉을 때마다 목소리가 커졌다. 그리고 스랄은 탈란지 여왕 주위에서 번져가고 있는 어둠의 진정한 깊이를 깨달았다.

"반란군들이 궁정을 공격해 여왕을 암살하려 했소. 지금은 줄다자르와 나즈미르 전역에서 로아의 제단을 불태우고 있다더군. 잔달라 의회는 아무 일도 하지 않소. 여왕은 복수를 포기하지 않았고, 우리에게 도움을 청할 생각도 하지 않고 있소."

스랄은 인간 국왕의 얼굴에 한순간 안도감이 스치는 것을 보았다. 스랄은 다른 인간들의 눈에 안두인 국왕은 꽤 보기 좋은 인상이리라 생각했다. 하지만 오크의 눈에 비친 안두인은 그저 투박한 방어구에 파묻혀 있는 작달막한 분홍색 꼬마에 불과했다. 하지만 그 작은 분홍색 꼬마는 품위 있게 고개를 끄덕이며 그의 말을 받아들였다.

하지만 제이나는 아무 감정도 드러내지 않은 채 '왜죠?'라며 되물었다.

"뭐가 왜냐는 거요?"

"잔달라 여왕이 왜 도움을 청하지 않는 거죠? 그녀는 오래전에 이미 호드에 합류하기로 했잖아요."

스랄은 한숨을 내쉬고는 그녀의 눈을 지그시 바라보며 기억과 고통이 지혜를 불러오길 기다렸다.

"당신도 알고 있잖소."

제이나는 시선을 떨군 채 발치를 바라봤다.

"그래요, 알고 있죠."

"저들을 믿어야 하나요?"

안두인이 작지 않은 목소리로 제이나에게 물었다.

"네, 그래야 할 것 같아요. 그의 말은 사실이에요. 바인 블러드후프라면 실바나스를 숨겨주고 도와주는 계획에 관여하느니 차라리 죽음을 택할 거예요. 이 어둠 순찰자들을 찾아내서 그들이 잔달라에 잠입한 이유를 알아내야 해요. 그 이유가 무엇이든 좋은 의도는 아닐 테니까요."

"번개가…… 이미 떨어진 것 같군요."

지가 나지막이 중얼거렸다.

스랄은 눈을 꼭 감았다. 정말 그랬다. 절망의 파도가 그를 휩쓸었지만 스랄은 묵묵히 서 있었다. 아직 모든 걸 잃은 상태는 아니었다. 제칸이 여왕의 곁에 남아 그녀와의 신뢰 관계를 구축하고 있었고, 이제 그들은 상대가 누구인지 조금 더 명확하게 파악했다. 그의 머릿속에 누군가의 모습이 떠올랐다. 흐릿하게 흔들렸지만 그건 탈란지 여왕의 모습이었다. 젊고 자신만만한 여왕. 경험이 부족하고 홀로 남겨졌다는 외로움 때문에 취약해져 있으며 제이나에 대한 원한으로 이성을 잃은 여왕. 여왕을 축출하기로 계획한 자가 있다면 그야말로 완벽한 표적이었다.

하지만 왜지? 탈란지가 어둠 순찰자나 실바나스가 원하는 무언가를 갖고 있는 걸까? 상대에게 묻지도 않고 스랄은 손에 들린 증거를 주머니에 집어넣었다. 안두인은 한쪽 눈썹을 꿈틀거렸지만 아무 말도 하지 않았다. 얼라이언스의 첩자들이 이미 사본을 준비해두었을 것이다. 스랄도 그렇게 했을 테니까.

"내가 직접 다자알로에 가겠소."

스랄은 먼저 안두인을 바라보고, 다시 제이나에게로 시선을 옮겼다.

"지금까지 우리는 이 문제를 대할 때 늘 조심스럽게 접근해왔소. 서신을 보내고 조용조용 이야기했지. 하지만 이제는 망치와 주먹을 동원해야 할 때가 된 것 같소."

그는 심각한 표정으로 고개를 한 번 끄덕였다.

"우리 쪽 첩자의 문제도 있습니다."

안두인이 대꾸했다. 난파선이 더 거칠게 좌우로 흔들렸지만, 국왕은 아직 똑바로 서 있었다.

"그가 잔달라의 해안에 무단 침입한 것은 사실이지만, 그럴 만한 사정이 있었어요. 그가 맡은 임무는 이런 확실한 증거를 찾아내는 것이었습니다. 실바나스나 그 부하들이 잔달라의 대륙에 침투했다는 사실을 확인하려는 거였죠. 우리도 물론 외교적 수단을 모두 동원하여 그를 석방시키고자 노력할 겁니다. 지금은 그저 잔달라의 왕좌가 다시 안정화될 때까지 그가 다치는 일이 없도록 해달라, 부탁하는 겁니다. 얼라이언스도 이번 일은 우리 쪽 잘못이었음을 인정합니다. 의혹이 있으면 공식적으로 묻고 논의했어야 했는데 첩자를 호드의 영토에 파견한 것은 솔직히 우리 측의 불찰이었습니다."

지 파이어포우가 흥, 하는 소리와 함께 말했다.

"좋은 말씀 감사합니다, 폐하. 호드 의회에서는 적절한 재판 없이 포로를 처형하는 일은 없다고 분명히 말씀드릴 수 있습니다."

스톰윈드의 국왕은 눈을 가늘게 떴다.

"그를 빠른 시일 내로 돌려받고 싶습니다."

배가 다시 흔들렸다. 이번엔 충격이 훨씬 더 강했다. 스랄도 지 파이어포우가 아니었다면 쓰러졌을 것이다. 수도사는 탁월한 균형 감각으로 바른 자세를 유지하면서 비틀거리며 배 밖으로 떨어지려던 스랄을 붙잡았다. 제이나도 안두인에게 손을 뻗어 그를 붙잡아주었다.

"이틀만 시간을 주시오. 그쪽 첩자의 일은 나도 알아보겠소. 그리고 여왕과 직접 얘기해보겠소. 당신이 얘기한 대로 안두인 국왕, 답을 찾아보겠소."

스랄은 가까스로 버티고 서서 말했다. 점점 더 거세지는 파도가 난파선을 때리기 시작했다.

"일단 이틀 동안 살아남는 게 급선무일 것 같군요."

지 파이어포우는 돌아서서 잔달라 대륙과 그 주위를 둘러싼 폭풍을 바라보며 말했다. 폭풍이 번지고 있었다. 아니, 적어도 그중 일부가 그랬다. 성난 구름 한 무리가 그들을 향해 다가왔다. 구름 아래로 비를 뿌리는 회색 안개의 장막과 함께 도저히 믿을 수 없는 크기의 파도가 밀려들었다. 제이나가 소리쳤다.

"저런 폭풍이 페어윈드 선장을 죽일 뻔했어요, 세 번이나!"

"제이나, 차원문을 열어주세요!" 국왕이 외쳤다.

스랄은 돌아서서 그들을 바라보며 조심스럽게 몇 걸음 다가섰다.

"이틀이오. 그 전까진 공격하지 마시오. 우리가 잔달라를 찾아갈 테니, 믿어주시오. 믿어야 하오."

표면적으로는 둘 모두에게 이야기했지만, 스랄의 두 눈은 제이나를 바라보고 있었다.

"알겠습니다!"

안두인 국왕이 외쳤다. 폭풍은 말도 안 되는 속도로 그들을 덮쳐왔고, 난파선은 바다에 떠 있는 나뭇조각처럼 좌우로 마구 뒤흔들렸다.

"이틀입니다, 스랄. 하지만 밴시 여왕의 흔적을 놓칠 수는 없습니다!"

"스랄…… 스랄! 이러다 파도에 휩쓸리겠습니다!"

지가 벼락처럼 밀려드는 파도를 가리켰다. 쏟아져 내리는 빗줄기가 바다를 공격하는 화살 같았다.

"제이나!"

그녀는 이미 마법 시전을 시작했고, 자신과 국왕을 안전한 곳으로 인도할 차원문을 열어두었다. 그때 폭풍의 굉음 너머로 스랄의 목소리를 들은 제이나가 고개를 돌렸다. 제이나의 금발이 서쪽에서 불어오는 강풍에 마구 휘날렸다. 그녀는 아무 말 없이 돌아섰다. 자신과 안두인을 위해 만든 차원문이 푸른 불꽃을 남기고 사라졌다.

"어디로요?" 그녀가 외쳤다.

"해안으로! 다자알로!"

스랄이 입가에 손을 대고 우렁차게 외쳤다.

다시 차원문이 열렸다. 차원문 너머에서 황금 도시의 신기루가 아른거렸다. 스랄은 지를 붙잡아 차원문 안으로 밀어 넣었다. 그러고는 제이나가 국왕을 붙잡고 잔혹한 바다에서 무사히 빠져나가는 모습을 확인했다. 발아래의 잔해가 바닷속으로 사라지는 사이, 스랄과 지는 잔달라를 향해 떨어져 내렸다.

제 20 장

제브아하리

아파리 코룬은 가슴속에서 휘몰아치는 폭풍을 느꼈다. 그녀는 아이처럼 그것을 품고 있었고, 아이처럼 소중하게 아꼈다. 그 폭풍은 이리저리 날뛰고 그녀의 생명력을 빼앗았지만, 계속해서 강인한 힘을 품고 있었다. 그리고 온전히 그녀의 것이었다.

아파리는 일반적인 방법으로는 아이를 가질 수 없었다. 기둥이 그녀의 하반신을 짓누르고 다리뼈를 가루로 만든 이후 그럴 수 없게 되었다. 하지만 상관없었다. 아파리는 아이를 갖고 싶었던 적은 없었다. 그런 것에 매력을 느낀 적도 없었다. 그녀와 어린 시절의 친구도 공감하는 일이었다. 아이가 태어나면 어머니는 거대한 봉인의 정원으로 아이를 데려와 그곳에 흐르는 물 곁에 아이를 앉혀두곤 했다. 레잔의 눈물로 알려진 그 물은 아이가 무병장수할 수 있게 해준다는 이야기가 있었다.

"아기들이 하는 일이라곤 울고 똥 싸는 것밖에 없어."

겨우 여덟 살이던 탈란지는 이렇게 말했었다.

"우리 아빠는 혈통을 이어가는 것도 여왕의 의무라고 했어."

그 말과 함께 탈란지는 혓바닥을 삐죽 내밀며 지긋지긋하다는 표정을 지었다.

트롤 소녀들은 두 명을 합친 것보다 더 크고 넓은 꽃병 뒤에 쪼그리고 앉아 아이들을 어르고 달래는 어머니들의 모습을 엿보고 있었다.

"네가 여왕이 되면, 법도 네 마음대로 정할 수 있어."

아파리는 어린아이 특유의 '내가 세상에서 제일 똑똑해'라는 태도로 엄숙하게 말했다.

"너도 나랑 같이 해야지. 아무도 우리에게 이래라저래라 할 수 없을 거야."

탈란지는 아파리의 손을 꼭 잡았다.

아파리는 그 말을 믿었다. 그녀는 언제나 탈란지의 말을 믿었다. 라스타칸 왕의 참모들이 왕에게 등을 돌리고, 탈란지가 부디 너만은 친구로 남아달라고 애원했을 때도 그녀의 말을 믿었다. 탈란지가 호드는 믿어도 된다고 말했을 때도 그녀의 말을 믿었다. 그리고 아파리는 왕족의 머리를 자르기 위해 자신의 로아를 삼켜야 했던 어머니 야즈마의 말도 믿었다. 그럼에도 아파리는 어머니를 거듭 만류했다. 모반에 실패하면 어쩔 셈이냐고 목소리를 높였다. 어린 아파리의 눈에 비친 탈란지는 그저 선하고 빛나는 트롤이었다. 어떻게 그런 친구의 아버지가 악한 존재일 수 있단 말인가? 어머니 야즈마는 왜 그렇게까지 경솔한 행동을 했던 것일까?

"로아는 이용해야 할 대상이야, 아파리. 우리가 써먹어야 한다고. 놈들은 우리의 생명 따위 신경도 쓰지 않아. 라스타칸이 백성들의 생명 따위에는 신경도 쓰지 않는 것처럼."

야즈마는 딸에게 진지하게 이야기했다.

"하지만 샤드라는 우리를 해친 적이 없어요! 정말 확신할 수 있는 건가요? 엄마는 지금까지 샤드라의 여사제였잖아요."

아파리는 고집을 꺾지 않았다.

"우리는 독을 믿는다, 딸아. 정보와 지혜를 믿지. 샤드라에게는 그런 것들이 있지만, 그래도 로아일 뿐이야. 기회만 있으면 샤드라 또한 자신에게 가장 이로운 쪽을 선택하겠지. 나도 그럴 테고. 믿을 수 있는 건 오직 네 손뿐이다, 아파리. 신이란 믿어주는 이들이 없으면 아무것도 아니란다. 우리도 그들에게 언제나 복종할 필요는 없어. 로아의 변덕에 따라 우리를 노예로 삼으려 하는 왕에게도 복종할 필요가 없지."

다음 날, 야즈마는 라스타칸 왕의 정권을 거의 붕괴시킬 뻔한 반란을 이끌었다. 그녀는 어떤 신이나 어떤 왕에게도 구속되지 않은 채 환하게 빛났지만, 결국 전투에서 쓰러졌다. 그때 만약 아파리가 어머니의 말을 들었다면, 탈란지와 라스타칸 왕의 진짜 모습을 알아챘다면, 그날 어머니와 함께 집을 떠났다면…… 모든 운명이 달라졌을까? 아파리도 그건 알 수 없었지만, 적어도 어머니 곁에서 생을 끝낼 수는 있었을 것이다.

그런 후회가 다리의 상처처럼 게걸스럽게 아파리를 갉아먹었다.

아파리는 제브아하리의 벼랑에 앉아 있었고, 타요가 그 곁에 서 있었다. 아래쪽 마을은 여느 때처럼 부지런히 움직이고 있었다. 도시의 혼돈으로부터 뚝 떨어진 한적한 마을의 주민들은 주위의 언덕과 숲에 과부거미의 이빨 추종자들이 숨어 있다는 사실을 전혀 모르고 있었다.

"그들이…… 사라졌습니다."

"어떻게? 대체 어떻게?"

아파리는 타요의 손에서 망원경을 쳐냈다. 망원경은 돌덩이처럼 바닥에 떨어져 산산이 조각났다.

그들은 우연히 버려진 배 위에서 일어나는 일을 목격했다. 아파리는 배

일 추종자들을 시켜 수평선을 경계하며 어떤 배도 폭풍의 그물을 빠져나가지 못하게 했다. 아주 우연히 타요는 폭우의 범위 밖, 안전 수역에 떠 있는 난파선을 보았다. 그리고 그곳에서 제이나 프라우드무어를 목격했다.

처음에는 아파리도 그녀의 말을 믿지 않았다. 그럴 리가! 제이나 프라우드무어라고? 거대한 봉인을 공격하고, 라스타칸을 살해하고, 궁정을 폐허로 만들어버린 그 인간 여자? 아파리의 삶과 육체를 엉망으로 망가뜨린 자. 하지만 망원경을 들여다봤을 때, 그녀의 휘둥그레진 두 눈이 제이나의 모습을 포착했다. 타요가 그녀를 이끄는 가운데, 아파리는 망원경을 돌려주고 폭풍을 불러내 조종했다. 제물로 죽은 소녀의 영혼이 그녀의 육체에 새로운 생명력을 부여해주었다. 브원삼디에게서 빼앗은 영혼이, 그 비정상적인 존재가 그녀의 마법에 힘을 불어넣었다.

"안내해! 날 그 인간 여자에게 인도해라. 폭풍이 그녀의 최후가 되고, 바다가 무덤이 되리라! 나는 하늘을 지배하며, 하늘은 내 의지에 따른다!"

아파리가 타요에게 외쳤다.

존재하는 줄도 몰랐고 실제로 본 적도 없었지만 삶의 모든 것을 파괴했던 트롤에게 기습을 당해 최후를 맞는다니, 제이나 프라우드무어에게 너무나도 잘 어울리는 최후였다.

넌 나를 모르겠지, 인간. 그녀는 복수를 음미할 준비를 하며 생각했다. 하지만 난 너를 알고 있다. 조상님들께 맹세코, 너를 잘 알고 있다.

타요가 자리에서 일어났다. 그녀는 꾸중 들을 것을 걱정하는 아이처럼 주저하는 걸음으로 아파리에게 다가가 조심스럽게 입을 열었다.

"아파리, 아직 제단이 남아 있어요. 창백한 기수에게 일몰까지는 제단을 모두 불태우겠다고 말하지 않았습니까. 프라우드무어를 죽일 기회는 앞으로도 있을 겁니다."

"아니야, 타요. 그렇지 않을 거다."

다즈가 해안으로부터 느긋하게 호를 그리며 날아왔다. 절벽 아래에서 찾은 불운한 생물을 먹고 배가 잔뜩 부른 것 같았다. 공포거미가 어깨에 내려앉자 아파리는 얼굴을 찡그렸다. 그녀의 육체는 끊임없이 약해지는 중이었다. 다리의 감염이 그녀의 기력을 점점 더 많이 빼앗았다. 오직 그녀의 원한과 제물에게서 흡수한 힘만이 아파리가 쓰러지는 사태를 막아주고 있었다.

"나는 살날이 얼마 남지 않았다. 남은 시간은 배신자 여왕을 왕좌에서 끌어내리는 데 모조리 쏟아부어야겠지."

"제가 아는 불페라라면 지금이라도 그 다리를 자르고 당신을 구할 수 있을 겁니다."

아파리는 타요를 노려보며 당장이라도 따귀를 때리고 싶은 충동을 억눌렀다.

"아니, 그 얘기라면 다시는 하지 마라. 한마디만 더 하면 이 벼랑에서 던져버리겠다."

일말의 분노 혹은 일말의 원망이 타요의 얼굴을 스치며 콧잔등이 꿈틀거렸다. 하지만 그녀는 아무 말도 하지 않은 채, 꾸벅 고개 숙여 인사한 후 과부거미의 이빨 추종자들이 기다리고 있는 숲으로 사라졌다.

타요가 뭐라고 하든 아파리는 사실 창백한 기수가 맡긴 임무를 끝까지 완수할 생각이었다. 브원삼디의 제단에서 타오르는 불길을 보고 구경꾼들과 불을 끄려는 추종자들이 모여들었다. 그들과 가까이 있는 것은 너무 위험한 일이었다. 하지만 지금은 마지막 제단 세 개를 찾아가 로아를 약화시켜야 했다. 몇 번만 더 공격하면 최후의 일격을 가할 수 있다. 프라우드무어를 수장시킬 수 있는 기회를 놓쳤다는 실망감도 지금은 잠시 묻어둬야 했다. 또 한 모금의 슬픔, 그 씁쓸한 맛을 아파리는 이미 너무나 잘 알고 있었다.

그녀는 목에 걸린 휘장을 감싸 쥐었다. 나타노스가 제물로 바친 낡고 빛바랜 황금 장신구였다. 그 휘장은 기이하고 서늘한 힘으로 맥동했다.

"과부거미의 이빨들이여! 내 얘기를 잘 들어라!"

아파리는 밀림을 향해 돌아섰다. 숨어 있는 눈들이, 비밀스러운 청중들의 시선이 자신에게 집중되는 것을 느꼈다.

"오늘 저녁이 되면, 우리 중 가장 빠른 자들이 도시로 달려가 첩자들을 깨울 것이다. 가장 용맹한 전사들은 나와 함께 북쪽 제단으로 간다. 쉴 시간도, 망설일 시간도 없다. 오늘 밤, 브원삼디의 고통은 우리 것이 되리라. 우리는 물고기가 아닌 더 맛 좋은 음식을 먹고, 포도주보다 독한 술을 들이켤 것이다. 그 모든 것을 만끽하고 살아남아라!"

제 21 장

디지알로

스랄은 잔달라 항구의 거대한 아치 아래에서 숨을 골랐다. 호를 그리는 거대한 기둥들이 인파 한가운데로 방문객을 초대했다. 상인들은 소리쳐 손님을 부르고, 짐꾼들은 말도 안 되게 무거운 바구니를 머리 위에 얹은 채 걸음을 재촉했으며, 부랑아들은 얼뜨기들의 주머니를 노리며 수많은 인파 사이를 요리조리 빠져나갔다. 짠 바다 내음이 물러나고 시장에서 밀려드는 수많은 냄새가 그의 감각을 뒤덮었다. 성실하게 일하는 노동자의 땀 냄새, 도시의 장대한 모습을 상징적으로 보여주는 거대한 조각상과 문장처럼 상상력을 자극하는 향료 냄새, 꼬챙이에 꿰어져 지글거리며 익어가고 있는 통구이 냄새, 테라스에서 흘러내린 덩굴과 알싸한 꽃향기에 아찔한 현기증이 밀려왔다.

"한참 동안 올라가야겠군요. 어서 출발하는 게 좋겠습니다."

지 파이어포우는 한숨을 내쉬고는 항구 중앙에 있는 트롤의 머리 모양 분수 앞에 모여든 군중들 사이로 파고들었다.

그들의 눈앞에 잔달라 트롤의 거대한 도시가 황금의 약속처럼 솟아올라 있었다. 거대한 피라미드의 정상은 너무 높은 곳까지 뻗어 있었고, 희뿌연 안개의 장막에 가려져 보이지 않았다. 스랄이 나지막하게 투덜거렸다.

"조금 더 가까운 곳으로 보내줬으면 좋았을 텐데. 그래도 하늘에서 알현실로 뚝 떨어지는 것보다는 천천히 올라가는 편이 낫겠지."

"능력 있는 여왕이라면 도시 전체에 눈과 귀를 배치해두었을 겁니다. 전령의 뜰에 도착하기도 전에 우리가 오고 있다는 사실을 알아챌 겁니다."

지가 주변을 살피며 작은 목소리로 말했다.

"경계가 삼엄하겠군."

스랄은 그렇게 말하면서도 실감하지는 못했다. 탈란지는 왜 그들의 도움을 거절했을까? 그것이야말로 승리를 앞당길 수 있는 가장 확실한 길이라는 걸 왜 보지 못하는 걸까? 그녀는 유능한 여왕이었고, 그만큼 자부심도 높았다. 그 자부심이 지나치게 높은 것인지도 몰랐다. 모든 지도자는 자신의 한계를 알고 있어야 했다. 탈란지는 한계에 봉착한 게 분명했고, 그녀가 이제 백성들의 안전과 평안을 위해 개인적인 감정을 억누를 수 있을지 확인해봐야 했다.

개인적인 감정. 문득 제이나도 그런 개인적인 감정 때문에 궁정에서 그렇게나 멀리 떨어진 곳에 차원문을 생성한 게 아닐까 하는 생각이 들었다. 그들이 아무런 예고도 없이 차원문에서 알현실로 떨어지는 모습을 보았다면 탈란지는 어떻게 생각했을까. 의심 많은 그녀라면 즉시 최악의 상황을 떠올릴 것이고, 그 생각이 틀렸다고 탓할 수도 없는 상황이지 않겠는가.

탈란지가 그들을 불신할 만한 이유를 한 가지 더 보태줄 필요는 없었다.

그들은 궁정으로 가는 머나먼 여정을 시작했다. 수를 헤아릴 수 없는 계단이 그들과 목적지 사이에 놓여 있었다. 눅눅한 습기와 소음도 스랄의 근심 가득한 마음과 뒤틀린 뱃속을 달래주지 못했다. 다행히 그들은 예상만큼 눈에 띄는 이방인은 아니었다. 이 유명한 항구에는 파충류 토르톨란부터 부서진 섬의 거대한 브리쿨까지, 다채로운 종족들이 모여들었다. 유난히 진취적인 판다렌 상인들도 그들 곁을 스쳐 지나갔다.

선원들과 상인들이 여기저기 무리를 지어 이야기를 나누고 있었다. 섬을 둘러싸고 물자의 이동을 차단하는 폭풍에 대해서 씁쓸한 불평이 오고갔다. 모든 이들이 자신의 경제적인 어려움을 여왕 탓으로 돌리고 있었다.

"대시장에 도착하면 탈것을 빌려 조금 빨리 갈 수 있을 거요."

스랄이 군중을 헤치고 나아가며 말했다.

"대시장에 도착할 수 있다면 말이지요."

스랄은 걱정스러운 표정으로 한쪽 눈썹을 올리며 지를 내려다보자 그가 속삭였다.

"추적자가 있습니다. 항구에 도착한 이후 계속해서 우릴 지켜보고 있습니다. 트롤 여섯 명이군요. 얼굴을 하얀색으로 칠했습니다."

스랄은 잠시 주위를 살피며 지가 말한 트롤들을 찾아냈다. 다들 영양실조에 시달리는지 비쩍 말라 있었고, 두 눈에서 번뜩이는 강렬한 눈빛이 어째서인지 마음에 들지 않았다. 굶주린 자들과 절박한 자들은 상대하기 까다로운 법이었다.

"저들을 끌어내야겠군. 따라오시오."

스랄 역시 작은 목소리로 대답했다.

그들은 항구가 내려다보이는 테라스로 올라갔다. 노점 주인들이 돈을 쓸 것 같지 않은 구경꾼들을 이리저리 쫓아냈기 때문인지 대시장은 그리 붐비지 않았다. 스랄은 미행꾼들을 남겨둔 채 계속해서 위로 올라갔다. 몇 명만이 거대한 금빛 테러낙스가 내려다보이는 계단을 따라 올라갔다. 그들의 하얀 눈은 모든 것을 보면서도 아무것도 보지 않는 듯했다. 테러닥스는 날개를 푸드덕거리더니 보석이 박힌 거대한 횃대에 차분히 내려앉았다. 테러닥스의 그림자 밑에서 어슬렁거리는 자들은 거의 없었다. 스랄과 지가 보는 눈이 많은 곳에 계속 머문다면, 트롤들이 공격해올 가능성은 거의 없을 것 같았다.

하지만 그렇지 않았다.

스랄의 발이 마지막 계단에 닿기 직전, 멀쑥한 녹색 피부의 트롤이 그를 향해 돌진했다. 스랄은 창을 앞세운 공격을 이미 예상하고 있었고, 오른쪽 옆구리 쪽으로 빗나간 무기를 움켜쥐었다. 스랄은 재빨리 몸을 돌려 달려든 트롤의 힘을 이용해 상대를 테러닥스의 횃대 아래쪽으로 내던졌다. 지는 나머지 공격자들과 정면 승부를 벌이고 있었다. 두 발을 넓게 벌리고 선 그는 털이 복슬복슬한 손가락을 발톱처럼 구부리고, 몸의 무게 중심을 좌우로 옮겼다.

"배신자 여왕과 호드 동맹에 죽음을!"

외침과 동시에 비명이 울려 퍼졌다. 빵으로 가득한 바구니를 머리에 이고 있던 소년이 옆으로 밀려나고, 소박한 검은색 치마를 입은 여자 트롤이 바람총을 입에 대고 불었다. 소년은 계단을 따라 굴러떨어졌고 빵들이 사방으로 흩어졌다. 그 트롤들은 패거리들을 불러 모으고 있었다.

스랄이 오른팔을 재빨리 들어 올린 덕분에 그의 두꺼운 건틀릿이 독침을 막아주었다. 그는 끙 소리와 함께 독침을 쳐내고 등에 묶어두었던 도끼를 풀어냈다. 스랄은 도끼를 크게 휘둘러 공간을 열었다. 도끼날의 묵직한 소리에 공격자들도 겁에 질려 뒤로 물러났고, 그 덕분에 스랄과 지가 우위를 점할 수 있었다. 지는 곧장 공격에 들어갔다. 판다렌 수도사는 몸을 날려 바람의 격노와 함께 계단 아래로 뛰어내렸고, 내뻗은 발로 가면을 쓴 구부정한 트롤의 목을 걷어찼다. 상대를 비틀거리게 만드는 데 충분한 공격이었다. 트롤은 중심을 잃고서 소년과 빵이 흩어져 있는 계단 아래로 굴러떨어졌고, 챙그랑 소리와 함께 단검이 바닥에 떨어졌다.

바람총을 들었던 트롤 여자는 아직 물러서지 않았다. 그녀는 바람총 대신 흉측한 사냥용 칼로 바꿔 든 후 괴성을 내지르며 스랄을 향해 달려들었다. 그녀는 어딘가에 홀린 듯 소용돌이처럼 회전하며 칼을 휘둘렀다. 그 공격은 효과가 있었다. 칼날이 스랄의 몸을 스쳤다. 하지만 스랄은 아무렇지도 않다는 듯 어깨만 으쓱했다. 그는 트롤 여자의 목을 움켜잡아 들어 올리고는 거칠게 흔들었다. 그러고는 우렁찬 외침과 함께 그녀를 계단 꼭대기의 돌기둥으로 내던졌다. 그녀는 동료들 곁으로 내동댕이쳐졌고, 하늘의 여왕 테러닥스 아래 축 늘어진 채 의식을 잃었다.

"비켜라! 비키라고 했다!"

스랄은 그 목소리의 주인이 누군지 바로 알아챘다. 검은창 트롤의 족장 로칸이 토르톨란 구경꾼 한 쌍을 거칠게 밀어냈다. 중무장한 라스타리 집행자 두 명이 나타나 지팡이를 수평으로 들고 소란의 현장에서 군중을 밀어냈다.

"스랄! 자네를 여기서 보게 될 줄은 몰랐군. 그것도 대시장에서 싸움하는 모습을 말이야!"

로칸이 웃으며 외쳤다. 그는 자신의 단검을 꺼내며 스랄과 어깨를 맞대고 섰다.

"매복 공격을 당했소. 반란군이 분명하오. 여왕을 만나야겠소. 시급한 일이오."

스랄이 으르렁거리듯 대답했다.

"테러닥스를 타게! 이들은 내가 맡겠네! 집행자들이여, 이리로 와라!"

쓰러진 공격자들 위에 있던 테러닥스가 날개를 펄럭이자 갑작스러운 돌풍이 스랄과 군중을 덮쳤다. 테러닥스는 귀가 멀 듯 우렁차게 울부짖었다. 원시 야수는 횃대에서 부드럽게 바닥으로 내려앉았지만, 스랄의 발아래 타일이 덜그덕거리며 모래 구름이 피어올랐다. 지는 공중제비로 계단을 벗어나자마자 단 한 번의 도약으로 테러닥스의 등에 올라탔다. 그는 허리를 숙여 스랄에게 손을 내밀었다.

"어서 가게! 가서 여왕을 만나라고!"

로칸은 단검을 휘두를 기회가 왔다는 사실에 기뻐하며 재촉했다.

스랄은 고개를 끄덕인 후 지의 손을 붙잡고 야수의 등에 올라탔다. 그는 보석과 뼛조각으로 장식된 고삐를 단단히 붙잡았다. 야수는 즉시 날아올랐다. 그 엄청난 기세와 속도가 군중의 탄성을 자아냈다.

스랄과 지는 전령의 뜰 위로 솟아오르고, 빙글빙글 선회하며 점점 더 높이 올라갔다. 어느새 거대한 봉인은 막연히 먼 곳에 있는 추상적인 건축물이 아니라 탑과 폭포, 잘 다듬어진 야자수, 발코니와 창문 등 구체적인 형태로 다가왔다. 잔달라 트롤의 권좌 곧 여왕의 왕좌가 눈에 들어왔다. 거리에서 반란군이 공공연하게 여왕의 아군을 해치려 드는 지금, 탈란지 여왕이 그 왕좌에서 버틸 수 있는 시간이 얼마 남지 않은 건 아닐까, 하는 예감에 사로잡혔다.

* * *

"이게 무슨 짓이죠?"

탈란지는 그들을 기다리고 있었다. 작은 눈, 작은 귀들이 대시장에서의 기습 공격과 유혈 사태에 관한 소식을 여왕에게 전하기 위해 그들보다 먼저 테러닥스를 타고 현장을 떠났었다. 그 눈과 귀들은 테러닥스에서 내리자마자 졸라니에게 그 사실을 알렸고, 졸라니는 즉시 여왕에게 달려갔으며, 탈란지는 두 눈에 불을 켜고 주먹을 쥔 채로 황금 왕좌 앞에 서 있었다. 이제는 똑바로 서 있는 것조차 고역이었다. 매 순간 육체가 약해지고 있었지만, 그녀는 자신을 믿고 의지하는 이들에게 흔들리는 모습을 보여주고 싶지 않았다.

미리 경고를 받았음에도 그들의 침입은 심정적으로 타격이 컸다. 탈란지는 호드 지도부를 초대한 적이 없었다. 심지어 그들은 고집을 부려 제칸을 그녀 곁에 심어두기까지 했다. 그것으로 충분할 터였다. 로칸과 제칸을 받아들인 것만으로도 호드는 만족해야 했다. 하지만 그들은 이렇게 그녀의 항구에 나타나 그녀의 도시 안에서 엄청난 소란을 일으키고, 마치 이곳에 있을 자격이 충분하다는 듯 그녀를 향해 당당히 걸어오고 있었다.

제칸이 아래쪽 대회의실을 벗어나 황급히 알현실로 걸음을 재촉했다. 가쁜 숨을 몰아쉬는 그의 두 볼이 분홍색으로 물들어 있었다. 그는 탈란지에게 몇 번이나 고개 숙여 인사한 후 왕좌 뒤쪽 벽으로 스며들었다. 탈란지는 제칸을 노려봤다.

“이 사실을 알고 있었나요?”

“아, 아닙니다, 폐하! 절대로 아니에요! 알았다면 말씀드렸겠지요!”

제칸이 더듬더듬 대답했다.

“이렇게 멋대로 나타난 것을 사과하겠소.”

스랄은 당당히 왕좌 앞으로 다가가 잠시 멈춰 서서 예를 갖췄다. 스랄은 눈에 띄게 땀을 흘리고, 온몸에는 피가 튀었으며, 방금 바다에서 나온 듯 장화도 온통 축축하게 젖어 있었다. 판다렌 지 파이어포우가 우아하게 고개 숙여 인사했다. 그들 뒤로는 지평선의 보랏빛 황혼을 배경으로 테러닥스가 날아오를 준비를 하고 있었다.

"왜 멋대로 찾아왔는지 이유나 설명해주시죠. 지금 당장이요."

"새로운 위협이 나타났소, 탈란지 여왕. 그 사실을 알리고 당신을 돕고자 찾아왔소."

스랄의 대답과 함께 제칸도 기운을 되찾았는지 열정적으로 고개를 끄덕였다.

"네, 반란군이요. 제가 말씀드렸죠, 폐하. 호드가 도와드릴 겁니다!"

"여왕은 나예요. 황금 왕좌의 뜻을 말하는 것도 납니다. 제칸, 조용히 하세요. 제가 내란을 상대하는 건 처음이 아니에요."

탈란지가 제칸에게서 스랄로 시선을 옮기며 쏘아붙였다. 여왕의 분노를 감지했는지, 알현실을 지키는 라스타리 근위병들이 스랄을 향해 한 걸음 다가갔다.

"배신자 줄이나 그 뒤의 야즈마와 마찬가지로, 지금의 반란군들도 머잖아 섬멸하고 줄다자르의 질서를 되찾을 거예요. 이건 잔달라 트롤의 문제이니 잔달라의 방식으로 처리하겠어요!"

"그렇군요. 아주 잘 처리되고 있는 것 같습니다."

지 파이어포우는 스랄의 견갑에서 빗나간 독 화살을 뽑아내며 받아쳤다.

탈란지는 떨리는 걸음으로 한 계단 내려섰다. 이제는 발바닥까지 아팠다.

"어찌 감히—"

"이럴 시간이 없소. 우리가 힘을 합치지 않으면, 결국엔 반란군이 승리하고 당신을 왕좌에서 끌어내릴 거요, 여왕. 내 얘기를 잘 들으시오. 우리 주술사들이 영혼의 세계가 끔찍한 혼란에 휩싸였다는 사실을 알아냈소. 당신을 공격하는 반란군들은 실바나스 윈드러너의 수하인 어둠 순찰자들의 조력을 받으며 점점 더 강해지고 있소."

스랄이 천둥처럼 위협적인 목소리로 말했다.

알현실에 침묵이 내려앉았다. 탈란지의 가슴속 심장이 옥죄어왔다. 사실일까? 여왕의 칼날 졸라니가 긴장한 듯 몸을 움찔거렸다. 날카롭게 깎은 엄니로 장식한 견갑과 에메랄드빛 깃털로 장식된 투구 아래에서 식은땀이 흘렀다. 탈란지는 졸라니와 시선을 교환했다. 그녀 또한 희미하게 어깨만 으쓱할 뿐이었다.

"어둠 순찰자라고요? 여기에요? 그건 불가능해요. 그랬다면…… 제가 알았을 거예요."

말은 그렇게 했지만 탈란지의 손이 차갑게 식었다.

"아니, 그렇지 않소."

스랄은 한숨을 내쉬고는 거친 흑발을 손으로 쓸어 넘겼다.

"실바나스는 어둠 속에서 움직이는 자요. 그녀의 병력 또한 최소한의 인원만 움직이기 때문에, 활동지에서 이용할 수 있는 자원은 모두 동원하곤 하오. 이 말은 즉, 가리지 않고 지원군을 모집한다는 뜻이오."

온 세상이 빙빙 돌았다. 지원군. 그래, 과부거미의 이빨이 어디에나 있고 어디에도 없는 것처럼 느꼈던 것도 다 그 때문이었다. 반란군이 그렇게 많은 제단을 한꺼번에 공격하고 새로운 무기를 갖출 수 있었던 이유도 바로 그 때문이었다. 외부로부터 전술과 전쟁 물자를 빌려온 것이다. 그녀의 해안에 상륙한 역병이 가장 마음이 여린 자들부터 감염시키기 시작했던 것이다. 실바나스 윈드러너. 혼돈과 죽음을 뜻하는 이름이었다.

그리고 과부거미의 이빨이 어디를 공격했던가? 다름 아닌 로아의 제단이었다. 바로 탈란지의 권력에 내재되어 있는 약점이었다. 서서히 모든 것이 들어맞기 시작했다. 그제야 치밀어 오르는 욕지기와 함께 모든 상황을 이해할 수 있었다.

"증거가 있나요?"

탈란지가 작은 목소리로 물었다.

"당신의 반응만 봐도 증거는 충분한 것 같소만."

스랄이 엄숙하게 대답하고는 제칸을 흘긋 바라보며 말을 이었다.

"하지만 그게 다가 아니오. 내…… 정보원의 얘기를 들어보니, 당신이 얼라이언스의 첩자를 체포했다고 하더군. 그가 바로 이 의혹을 조사하고 있었소. 반란군은 어둠 순찰자의 화살을 사용하고 있고, 그들의 언어로 소통하고 있던 문서가 야영지에서 발견되었소."

탈란지는 왕좌의 팔걸이를 붙잡고 몸을 지탱하고 싶었지만 억지로 꼿꼿하게 몸을 세웠다. 스랄의 이야기가 거친 파도처럼 여왕을 휩쓸었다. 실제로 그들은 자국 영토를 염탐하고 있던 얼라이언스의 개를 체포했고, 간수들은 그 포로가 여왕에게 꼭 전해야 할 얘기가 있다며 거듭 주장하고 있음을 보고한 바 있다. 하지만 과부거미의 이빨이 초래한 심각한 위기 때문에 아직 그의 감방을 찾아가지 못하고 있었다. 한편으로는 다행이라는 생각도 들었다. 여왕의 병사들이 지금껏 반란을 진압하지 못한 이유를 설명해줄 수 있을 것 같았다. 최소한…… 조금이나마 합당한 이유를 찾아낸 것인지도 모른다.

한편 탈란지는 어떤 '정보원'이 스랄에게 그런 정보를 알려줬는지 궁금해졌다. 만약 그 정보원이 제칸이었다면, 호드의 대사는 가장 중요한 정보를 감춘 채 여왕에게 거짓말을 한 셈이었다. 그녀의 왕국은 끔찍한 고통을 겪었고, 너무 오랫동안 고통에 시달려왔다. 이제 솔직해져야 할 때가 왔다. 승산이 희박해졌음을 인정할 때가 온 것이다. 그들이 지금 상대하고 있는 독사는 한 무리가 아니라 두 무리였다.

탈란지는 잠시 동안 스랄을 뚫어져라 바라보더니 입술을 깨물며 결정을 내렸다.

“확실히 심각한 문제가 아닐 수 없군요. 그런 징후를…… 제가 알아채지 못했어요.”

“실바나스는 그런 자요. 그들은 아주 조심스럽게 침입했을 거요. 그리고 모든 수단을 동원해 모습을 감추고 있었을 테고.”

스랄이 부드러운 목소리로 말하며 왕좌에 조금 더 가까이 다가가 그녀를 올려다봤다.

“그들의 일로 당신을 비난하는 게 아니오, 탈란지 여왕. 그저 지금의 문제를 심각하게 생각해달라고 요청하는 거요.”

“그럴게요. 그렇게 하겠어요.”

탈란지가 긴 한숨을 내쉬고는 여왕의 칼날 졸라니를 향해 돌아섰다.

“더는 지체할 수 없다. 우리 병력을 남아 있는 제단으로 파견해라. 과부거미의 이빨은 전쟁 범죄자와 공모하고 있기에, 용인해줄 수 있는 상대가 아니다. 반란군이 그토록 악랄한 배신자들과 손을 잡았다면, 잔달라의 백성들도 우리가 동족을 공격했다고 비난할 수는 없을 것이다.”

“즉시 착수하겠습니다, 여왕님.”

졸라니는 깊이 고개 숙여 인사한 후 여왕의 지시를 이행하기 위해 자리를 떴다.

“저도 갈 수 있어요. 어, 그러니까, 병사들을 이끌 수 있을 것 같아요. 전 호드를 섬깁니다, 여왕님. 하지만 당신도 섬기죠.”

제칸이 어깨 위로 살짝 손을 들며 자원하자 스랄이 재빨리 끼어들어 말했다.

“우리 병력이 당신의 병사들을 지원할 수 있을 때까지 기다려야 하오. 어둠 순찰자는 아주 강력한—”

"내 병사들도 강해요."

탈란지가 고개를 높이 쳐들고 말했다. 그녀의 시선이 제칸에게로 향하자 그는 당당히 가슴을 펴고 몸을 똑바로 세웠다. 여왕은 말을 이었다.

"호드의 군대를 소환하세요, 스랄. 그들과 함께 우리를 도와주세요. 하지만 잔달라 트롤은 더 이상 기다릴 수 없어요. 잔달라는 지금 바로 행동하겠어요."

제 22 장

디자일로

감옥의 벽은 불쌍한 포로들의 꿈이 담긴 약속으로 반짝인다고 하지만, 아무리 황금으로 빛난다고 해도 감옥은 감옥이었다. 쇼도 이것만큼은 잔달라 트롤을 인정해줘야 했다. 이 황금의 도시에서는 지하 감옥까지도 그 이름에 걸맞게 황금으로 만들어져 있었다. 트롤들은 정말 성실하게 황금이라는 테마로 도시 곳곳을 장식해두었다.

장화의 이중 바닥에 몰래 감춰둔 단검을 포함해서 모든 무기를 빼앗긴 쇼는 침대로도 사용하는 돌덩이처럼 딱딱한 긴 의자 위에 가만히 누워 있었다. 그는 천장의 갈라진 틈을 멍하니 바라보는 것 말고는 도무지 할 일이 없었다. 한동안 그는 갈라진 틈의 개수를 세는 데 생각을 집중했다. 하지만 틈이 몇 개인지 헤아리던 그의 생각은 어느새 표류하기 시작했다. 벽돌 중 하나가 초승달이나 배와 같은 모양을 하고 있었다. 아니, 분명히 배의 선체 같았다.

페어윈드 선장과 선원들은 탈출했다. 그것이 쇼의 유일한 희망이었다.

절대로 믿을 수 없다는 악명을 자랑하는 해적이, 절대 통과할 수 없는 치명적인 폭풍을 뚫고 선원들과 함께 무사히 빠져나갔기를 바라야 했다. 가능성이 높진 않았다. 물론 첩보단장으로 오랫동안 살아오면서 그보다 더한 일도 얼마든지 겪어봤다. 하지만 이번 일의 가능성은 어찌나 낮은지, 치즈 업계에 침투한 덜떨어진 첩자들의 정보력에 의존해야 했던 그때보다 상황이 아주 조금 나을 뿐이었다. 인간의 모든 계획이 완벽할 수는 없지 않은가.

쇼는 긴 의자에서 벌떡 일어섰다. 누군가 이 감옥에서 그를 구출하고 이번 임무를 완수하려면 완벽한 계획이 필요할 것 같았다. 지금까지 잔달라 트롤은 그에게 그럭저럭 괜찮은 대접을 해주었다. 일반적인 전쟁 포로용 편의 장비, 그러니까 휴식을 위한 긴 의자 하나, 개밥 같은 음식을 담는 그릇 하나, 볼일을 볼 양동이 하나를 적절히 챙겨주었다. 그리고 현명하게도 감옥의 가장 끝에 있는 감방을 골라 그를 가뒀다.

총 스물네 개의 감방이 있었고, 죄수가 갇혀 있는 감방이 많진 않았지만, 잔달라 트롤은 굳이 그를 가장 먼 곳으로 데려왔다. 좁은 황금색 감방 밖에는 경비병 두 명이 지키고 서서, 아침 식사와 저녁 식사 시간에 교대했다. 경비병이 없는 시간은 없었다. 그를 감시하는 꼬마들은 누가 봐도 풋내기들 같았다. 아마 신병들일 것이다. 이상한 일이었다. 첩보단장을 상대하려면 적어도 전장에서 잔뼈가 굵은 정예병 몇 명 정도는 세워둘 거라고 생각했는데.

"감옥을 지키는 건 처음인가?"

구금된 지 이틀 째 되던 날 쇼는 경비병들과 말문이라도 틀까 싶어 말을 걸었다. 왼쪽에 있는 경비병은 방어구가 몸에 맞지도 않는 것 같았다. 특히 그가 착용한 견갑은 훨씬 체격이 큰 트롤을 위해 제작된 것이었다. 마티아스 쇼는 그 꼬마가 당황하며 옆에 있는 동료에게 도움을 청하듯 힐끗거리는 것을 보았다.

"그 친구 보지 말고 나를 보라고."

쇼의 말에 두 번째 경비병이 무어라 중얼거렸지만 알아들을 수가 없었다. 첩보단장의 잔달라 트롤어 실력은 나쁘지 않았지만, 꼬마 경비병의 말이 너무 빨랐다.

"거기 둘은 나에 대해 궁금하지도 않나?"

쇼는 시간이 좀 지난 후 첫 번째 시도가 어느 정도 잊힐 때쯤 경비병들에게 다시 말을 걸었다. 몸에 맞지도 않는 방어구를 걸친 꼬마가 이번에는 그를 흘긋 바라봤다. 옅은 파란색 눈을 번뜩이며 잔뜩 경계하듯 눈살을 한껏 찌푸리고 있었다.

"이봐, 난 물거나 그러진 않아."

"너, 너와는 얘기할 수…… 얘기할 수 없다."

어린 경비병은 미늘창이 생명줄이라도 되는 양 꽉 움켜쥐며 더듬더듬 말했다.

"누가 그러는데?"

"감독관. 다른 병사들도. 그, 그러니까 닥쳐!"

그것으로 끝이었다. 한 번 더 질문을 던졌지만 아무 대답도 돌아오지 않자, 쇼는 다른 전술을 시도해보기로 했다. 그는 예전에 달라란에서 서로의 목덜미를 붙잡은 난투극에서도 말솜씨 하나로 빠져나간 적이 있었다. 그때는 놀 하나가 그의 목에 들러붙어 있었는데, 솔직히 놀을 이성적으로 설득할 수 있다면 상대가 누구든 설득하는 건 문제가 아니었다.

"여기 좀 지루하지 않나?"

사흘 째. 쇼는 문의 창살에 기대서서 한가로이 손톱 밑의 때를 파냈다.

보통 때 같으면 손이 심심할 경우 새 조각상을 깎곤 했지만, 지금은 조각하는 데 필요한 칼도 나무도 갖고 있지 않았다.

"어차피 휴가를 가려고 했었는데. 그냥 여기로 휴가 온 셈 쳐야겠네. 솔직히 내가 생각했던 장소는 이런 곳이 아니었지만…… 아무래도 발리라 말이 맞았던 것 같군."

경비병들은 그의 말을 무시했다. 모기 한 마리가 감방 안으로 들어와 윙윙 소리를 내며 쇼의 귓가에서 맴돌았다. 갇혀 있는 신세인 만큼, 모기라도 자유롭게 살라는 심정으로 그냥 보내주었다.

"난 고원 어딘가로 떠날 생각이었어. 그쪽에 산장이 하나 있었거든. 아주 작은 산장이지. 아늑한 곳이었는데 말이야. 그곳에서는 아무 때나 마음 내키면 일어나고, 마음 내킬 때 자면 돼. 높다랗게 자란 풀숲 앞에 의자를 내놓은 다음, 신발은 대충 벗어놓고 앉아서 나무를 깎아 조각상도 만들고, 새 피리도 제대로 만들어보려고 했는데. 지금도 나쁘진 않은데, 뭐, 개선했으면 싶은 게 있긴 하지."

쇼는 두 눈을 감고 엄지손톱으로 손바닥을 긁었다. 손과 머리만 바쁘게 움직이면 된다. 시간을 죽이면서, 미치지 않고, 정신만 똑바로 차리고 있으면 된다.

"그런데 가만히 생각해보면, 조금 외로울 것 같지 않아?"

시야 한쪽 구석에서 꼬마 트롤이 자기도 모르게 고개를 끄덕이는 모습이 보였다.

"그래, 맞아. 혼자서 가면 안 돼. 물론 난 혼자 있는 걸 좋아하지. 원래 성격이 그렇거든. 사람들하고 어울리는 데는 영 소질이 없어서 말이야. 물론 사람들을 지켜보고 관찰하는 건 좋아하지만, 그런 사람들이 너무 많아지면 난…… 감당할 수가 없다고 해야 할까. 다른 사람들은 나를 잘 보는데,

난 그들을 도무지 볼 수가 없었어. 솔직히 난 멀리 위쪽에 앉아 있는 걸 좋아해. 하지만 친구도 좀 있어야겠지."

쇼는 잠시 말을 멈췄다. 자기도 모르게 속내를 드러냈다는 사실을 그제야 깨달았다.

"좋아, 친구를 사귀어야겠어. 동료가 필요하다고."

이제 그런 사람이 한 명 있다고, 아니 적어도 그와 비슷한 관계가 시작된 것 같다고 생각했지만, 두고 봐야 할 일이었다. 혹시 이 감옥에서 나가게 되면, 그 사람에게 직접 물어볼 생각이었다. 물론 정보를 수집해서 불필요한 대화는 건너뛰는 방법도 있었지만, 쇼는 절박하게 이야기하고 싶었다.

마티아스 쇼는 할 이야기가 많았다. 그가 막 이야기를 하려던 찰나 그 망할 폭풍이 배를 혼돈에 빠뜨렸다. 그 해적이, 플린 페어윈드가 어머니의 죽음에 대한 속내까지 털어놓았던 그 순간에. 쉬운 일이 아니었을 것이다. 쇼도 그에게 하고 싶은 말이 많았다. 자신에 대해, 가족에 대해, 그리고 자신이 아닌 조국을 위해 살아왔던 인생에 대해.

이야기할 기회는 있을 것이다. 쇼는 어떻게든 이곳을 나갈 생각이었다. 다시 한 번 기회가 주어진다면 폭풍이나 선원들에게 방해받지 않는 곳에서 이야기를 나누고 싶었다. 생각해보면 그 산장이 괜찮을 것 같았다. 높다랗게 자란 수풀 속, 두 사람만 앉을 수 있는 의자가 놓인 곳. 주위를 둘러싼 산맥이 그들을 품에 안고 지켜주는 곳. 먼 곳을 향해 날아가며 점점 작아지는 새들의 소리가 들리는 곳. 진홍빛 태양이 지평선 아래로 사라지면 어둠에 잠기는 그곳.

"할머니 얘기를 하지 못했지."

쇼는 말할 것이다. 두 눈을 감으면 고원 지대에서만 자라는 빳빳한 풀이 발목을 찌르는 게 느껴질 것만 같았다.

페어윈드는 뭔가 건방진 얘기를 할 것이다.

"조용히 석양을 즐기려는 줄 알았는데."

그러면 쇼는 한숨을 쉬고는 상대가 재촉하기를 기다릴 것이다. 플린 페어윈드는 어차피 궁금한 건 참지 못하는 사람이니까. 쇼는 긴 풀잎을 꺾어 피리를 불며 마음을 가라앉힐 것이다.

"파소니아 쇼. 은빛 소매치기."

"파소니아? 끔찍한 이름인걸. 아, 할머님을 욕되게 할 생각은 없어."

페어윈드는 키득키득 웃을 것이다.

"오래전에 돌아가셨지. 그리고 그 정도 말에는 화내지 않으셨을 거야."

쇼는 고개를 가로저으며, 풀잎을 구부려 달 모양을 만들 것이다.

"할머니는 강철 같은 분이셨지. 소매치기를 하다가 세 번이나 붙잡히셨고, 결국엔 스톰윈드를 위해 일할 것인지 교수형에 처해질 것인지 선택하셔야 했지."

"당연히 스톰윈드를 선택하셨겠지?"

페어윈드가 물을 것이다.

"아, 그럼. 할머니는 스톰윈드를 선택하셨어. 나라에서 지목하는 대상을 암살하는 일을 택하셨지. 목표물을 제거한 후에는 사고나 강도에 의한 죽음으로 현장을 위장하셨고. 어머니에게도 그 기술을 전수해주셨고, 어머니가 돌아가신 후에는 내게도 가르쳐주셨지."

작은 풀잎이 완벽한 원을 그리면, 쇼는 그 풀잎을 들어 올려 석양을 원 안에 담을 것이다.

"할머니 덕분에 나도 스톰윈드를 선택해야 했지."

씁쓸한 기분이 머릿속에서 그려지던 풍경을 흩트렸다. 쇼는 눈을 떴다. 높다랗게 자란 풀도, 산장도 없었다. 그의 이야기를 들어줄 해적도 곁에 없었다. 할머니 파소니아는 모든 손가락에 말도 안 되게 많은 반지와 보석을 끼고 있었지만, 오른손 약지에는 붉은 실 한 가닥만 감겨 있었다. 어린 쇼는 할머니에게 그 실의 의미를 물어본 적이 있었다. 그때 파소니아는 손자의 뺨을 찰싹 때렸고, 쇼는 그 이후 다시는 같은 질문을 하지 않았다.

할머니의 손가락에서 풀어진 가느다란 붉은 실이 점점 길어지고, 겁먹은 소년에서 지금의 쇼에게까지 이어졌다. 피로 그려진 길이었다. 그에게 스스로 선택할 자유가 있었다면, 그의 삶은 얼마나 달라졌을까? 그의 가문은 또 얼마나 달라졌을까? 플린 페어윈드도 같은 기분이었을까? 어머니가 그 길을 걸었기 때문에 페어윈드 또한 해적의 삶을, 도둑의 삶을 살아가고 있는 것일까?

쇼는 차가운 황금 벽에 몸을 기댔다. 이마가 차갑게 식었다. 담대한 아르바호에서 느꼈던 자유를 생각했다. 그 시간을 함께했던 사람을 생각했다. 위스키와 소금과 비누 내음을 풍기던 사람을 생각했다. 그의 손에 잡힌 외투가 햇살에 달아오른 자갈처럼 따뜻했던 사람을 생각했다. 그는 억지로 벽에서 몸을 뗐다. 딱딱하고 긴 의자에 누워 잠을 청했지만, 밤새 잠들지 못하고 뒤척여야 했다.

나흘 째 되던 날, 너무 큰 방어구를 입은 깡마른 꼬마 트롤이 귀리죽과 함께 문 아래로 뭔가를 밀어 넣었다. 길고 넓은 풀잎이었다. 모든 면에서 완벽한 형태였고 잘라낼 수 있을 만큼 단단했다. 쇼는 그 풀잎을 주워 들고 이리저리 살펴보며 당혹스러움을 느꼈다. 그건 땅을 팔 수 있는 삽도 아니었고, 무언가를 잘라낼 수 있는 칼도 아니었다. 그제야 문밖의 경비병들에게 늘어놓았던 온갖 헛소리가 떠올랐다. 그는 풀잎을 보며 미소를 지었다.

쇼의 휴가를 위한 선물이었다. 새를 부를 풀피리. 쇼는 풀잎을 사이에 두고 기도하듯 두 손을 모았다. 정말이지 기도라도 하고 싶은 기분이었다. 이 세상에 정말 그의 친구가 있다면, 동료나 지인, 정보원이 아닌 진짜 친구가 있다면, 도움을 요청하러 떠난 그 친구가 부디 무사하기를 바랐다. 플린 페어윈드 선장이라면 그럴 수 있을 것 같았다. 담대한 아르바호에서 두 사람은 꽤 괜찮은 팀이었다. 서로에게 훌륭한 동료였다. 그 친구의 배가 어딘가에서 침몰하지 않았기를, 그의 시체가 바닷속을 떠돌고 있는 것은 아니길 바랐다.

여기서 나가게 된다면, 그 친구에게 할 이야기가 아주 많았다.

제 23 장

나즈미르

타르 구덩이 위에 얕은 웅덩이가 주황빛을 발하고 있었다. 그들이 예상하고 또 걱정했던 대로 반란군이 제단에 도착했다. 제칸은 손을 들었다. 그의 옆에 있던 부관도 손을 들어 모두 조용히 하라고 지시하자, 병사들은 성긴 수풀 사이로 몸을 숨겼다. 그들은 모래 언덕을 지나 구덩이를 앞둔 단단한 땅을 딛고 있었다. 부관인 주호는 나지막이 투덜거리며 들고 있던 창을 잠시 내려놓았다.

새를 닮은 테러닥스는 동료들이 둥지를 튼 날카로운 봉우리를 크게 돌아, 쇼알자이로 접근하는 언덕에서 1.5킬로미터 떨어진 곳에 그들을 내려줬다. 들키지 않고 신속하게 이동해야 했던 터라 위험한 경로를 택할 수밖에 없었다. 그들은 눈에 띄지 않았지만, 지금 상황을 보니 그건 크게 중요치 않았다.

"너무 많아. 놈들이 횃불을 밝히고 구덩이를 통제하고 있어. 우린 가까이 갈 수가 없잖아."

주호는 긴장한 듯 아랫입술에 매달린 네모난 피어싱을 혀로 건드리며 말했다.

"시도는 해봐야죠. 여왕님은 우리가 필요해요, 주호. 잔달라는 우리가 필요하다고요."

제칸이 단호한 목소리로 대꾸하자 주호는 코를 움켜쥐었다.

"이건 브윈삼디를 위한 일이야."

"아니에요. 그게 전부가 아니라고요."

제칸은 단언했다. 그들은 이제 시간이 없었고, 여기서 주저해봐야 아무 도움도 되지 않았다.

"반란군들이 잠자리에 든 트롤들을 납치하고 있어요. 그리고 납치한 트롤들을 암흑 마법의 제물로 바치고 있다고요. 막고 싶지 않아요? 도시를 지키고 싶지 않냐고요?"

주호는 뒤로 물러나며 앞쪽을 바라봤다. 구덩이 위에서 타오르고 있는 횃불이 그의 눈에 반사되었다.

"서쪽으로 가자. 그쪽이 반란군 수가 적어."

제칸은 싱긋 웃었다. 또 한 번의 수신호가 오가고 병사들이 접근을 시작했다. 주호는 허리를 숙여 질척질척한 진흙을 손으로 집었다. 그는 진흙을 황금색 방어구에 문질러 발라 빛을 감췄다. 다른 병사들도 진흙을 바르기 시작했다. 그들과 달리 어두운색의 가죽 방어구를 입고 있던 제칸이 앞으로 나섰다.

병사들은 왼쪽으로 방향을 틀기 시작했다. 가장 가까이 있는 구덩이를 에둘러 가서, 반대쪽 해안을 기습 공격할 계획이었다. 제칸은 반란군들이 타르 호수 건너편에 모여 있는 모습을 보았다. 어둠 순찰자들도 함께였고, 어둠 속에서 포세이큰의 눈이 희미하게 빛나고 있었다. 그중 두 눈이 화롯

불처럼 붉은빛을 내뿜는 자가 한 명 있었다. 나타노스 블라이트콜러 앞에는 검고 매끈한 타르 구덩이가 있었고, 그 구덩이 한가운데에는 로아의 제단이 높게 솟아 있었다. 나타노스와 반란군, 어둠 순찰자들은 화살에 불을 붙여 제단을 향해 거듭 발사하고 있었다.

제단 꼭대기에서 무언가 꿈틀거렸다. 살아 있는 무언가가 제단 꼭대기에 올려져 있는 것 같았다.

"조상님들이시여, 자비를 베푸소서."

제칸이 속삭이며 황급히 가까운 타르 구덩이 가장자리로 달려갔다.

"아이들이에요! 아이 두 명이 있어요!"

"잔달라! 지금이다!"

주호가 명령을 내리자 트롤 병사들은 창을 치켜들고 앞으로 달려 나갔다.

제칸은 따로 움직였다. 화살이 제단과 아이들의 머리 위를 지나 검은 구덩이의 맞은편으로, 제칸을 향해서 날아와 박혔다. 잔달라 병사들은 반란군들을 손쉽게 베었지만, 어느새 어둠 순찰자들이 가세해 병사들을 공격하고 있었다.

완벽하게 조준해서 돌풍을 일으키면 아이들을 안전한 곳으로 옮길 수도 있겠지만, 자칫 잘못하면 아이들 모두 타르 구덩이로 떨어질 수도 있었다. 제칸은 두 눈을 질끈 감았다. 어린아이들이 눈먼 화살에 맞아 죽는 모습을 지켜보고만 있을 수는 없었다. 물론 그것이 함정이라는 사실을 잘 알고 있었지만 어쩔 수 없었다.

제칸의 결의는 다행히도 효과가 있었다. 그의 발끝에서부터 솟아오른 힘이 손으로 쇄도하는 것이 느껴졌다. 주문을 써봐야 했다. 뭐든 해봐야 했다. 저 아이들을 못 본 척했다가는 자신을 평생 용서할 수 없을 것이다.

제칸의 두 손 사이에서 바람이 일었다. 그가 마력을 쏟아붓자 바람이 점점 크고 요란해지더니 회오리바람으로 자라났다. 또다시 화살이 날아들었다. 피잉, 소리와 함께 화살 하나가 그의 발치에 박혔다. 고개를 들어보니 나타노스 블라이트콜러가 활을 내리는 모습이 보였다. 너무 멀어서 표정은 읽을 수 없었지만, 제칸은 그가 이죽거리며 웃고 있음을 알 수 있었다.

어둠 순찰자들이 제칸의 옆쪽으로 드리운 그림자 속에서 나타났다. 손에 들린 단검을 휘두르는 소리가 발소리보다 더 컸다. 그는 크게 소리치며 뒤로 물러섰다. 이리저리 몸을 피하다 보니 어느새 타르 구덩이 가장자리에서 떨어질 듯 비틀거리며 서 있었다. 그때 가장 가까이 있던 어둠 순찰자가 제칸을 향해 칼을 휘둘렀고, 그는 구덩이로 뛰어내렸다.

적은 단검을 집어넣고 활을 꺼냈다. 제칸은 타르 속에서 필사적으로 헤엄치며 그들에게서 멀어졌다. 달리 어디로 갈 수 있을까? 두 아이들은 여전히 그의 뒤편 제단 위에 무력한 모습으로 웅크리고 있었다. 잔달라 병사들은 재집결하여, 제칸을 구덩이로 밀어 넣은 어둠 순찰자 두 명을 향해 다가가고 있었다.

헤엄을 치던 제칸은 앞으로 나아가는 게 점점 더 힘들어졌고 속도도 떨어졌다. 계속해서 점점 더 느려졌다. 더는 움직일 수 없었다. 죽음이 얇디얇은 장막처럼 그를 뒤덮었다. 죽음. 무덤의 로아 브원삼디가 아니라, 차갑고 무감각한 최후였다. 타르가 그를 아래쪽으로 끌어당기고, 그의 발을 붙들기라도 한 듯 조금만 움직이려 해도 고통이 밀려왔다. 타르 구덩이 가장자리로 다가오는 횃불이 보였다. 타르에 불을 붙여 제칸과 아이들을 잿더미로 만들어버릴 죽음의 불길이었다.

"돌아와!" 주호가 외쳤다.

타르 구덩이의 남쪽 둑에서, 탈란지의 병사들이 그를 부르는 소리가 들렸다. 하지만 제칸은 계속 앞으로 나아갔다. 정면에 있는 브원삼디의 제단에 트롤 아이 두 명이 함께 묶인 채 두려움에 떨고 있었다. 어떤 짐승 같은 자가 아이들의 허리를 꽁꽁 묶은 채 제단 꼭대기에 올려둔 것이다. 두 아이는 잔혹한 자들의 과녁일 뿐이었다.

어둠 순찰자들이 계속해서 아이들을 향해 화살을 발사하는 사이, 나타노스 블라이트콜러는 몸을 돌려 동쪽 나즈미르의 더 깊은 곳으로 이어지는 길을 향해 아무 일도 없다는 듯 느긋한 속도로 걷고 있었다.

"아이들은 포기해! 이미 늦었어!"

병사들 중 한 명이 외쳤다.

아니. 제칸은 병사의 말에 수긍할 생각이 없었다. 그는 탈란지의 소부대를 이끌겠다고 스스로 자원했고, 여왕의 전사들이 보는 앞에서 무고한 아이들을 두고 등 돌릴 생각은 절대로 없었다. 게다가 이제 얼마 남지 않았다. 아이들의 두 눈에서 횃불의 불빛이 춤추는 모습까지 보일 정도였다. 그는 꿈틀거리며 제단의 끄트머리로 다가갔다. 정면에는 두개골 모양이 새겨진 기둥이 마법을 모두 빼앗긴 채 무너져 있었다. 아이들은 허리뿐 아니라 다리도 묶여 있었다. 혹시라도 구덩이에 떨어졌다가는 끈적끈적한 타르에 익사하고 말 것이다. 제칸은 찐득한 타르를 헤치고 계속 앞으로 나아갔다. 그의 시선은 오직 아이들에게만 고정되어 있었다.

구덩이 반대쪽에서 발사된 화살들이 날아들기 시작하자 탈란지의 많지 않은 병력이 뒤로 물러나야 했다. 제칸은 홀로 남았다. 병사들은 어둠 순찰자 두 명을 쓰러뜨리는 데 가까스로 성공했지만, 십여 명의 순찰자들에게 집중 공격을 받고 있었다.

저기다. 그걸로 충분해야 했다. 제칸은 악취를 풍기는 타르에 가슴까지 잠긴 채 그대로 멈춰 섰다. 검은 잿가루가 눈송이처럼 사방으로 떨어져 내렸다. 머리 위에서 독수리들이 맴돌고 있었다. 곧 먹잇감이 생길 거라고 생각하는 모양이었다. 제칸의 눈에 얼룩진 하얀 언덕이 날카로운 산맥처럼 타르 사이로 솟아오른 게 보였다. 오래전 죽은 거대한 야수의 유해였다.

제칸은 이제부터 불러내려는 돌풍이 아이들을 무사히 데려오길 바라며 두 눈을 감고 바람의 힘을 소환했다. 아이들은 비명을 질렀다. 하지만 제칸의 귀에는 두 손에서 뿜어져 나오는 바람 소리밖에 들리지 않았다. 그는 바람을 뒤틀어 회전시키고, 신중하게 각도를 조절하며 묶여 있는 아이들을 돌풍의 힘으로 들어 올리고자 온 힘을 다했다. 바람을 불러낸 서늘한 손길이 마침내 아이들을 들어 올렸고, 바람은 타르 위를 지나 제칸의 품으로 아이들을 데려왔다. 제칸이 눈을 뜨자 돌풍은 잦아들었고, 그는 손을 뻗어 어린 트롤들을 간신히 어깨에 얹었다. 제칸은 갈라지는 목소리로 소리쳤다.

"얌전히 있어야 한다! 내가 안전한 곳으로 데려다줄게!"

그 순간 그들의 눈앞으로 횃불이 나타났고, 그 횃불은 타르 위로 던져졌다. 불길이 타르를 타고 번지면서 산사태 같은 소리가 울려 퍼졌다. 아이들은 제칸의 등에 매달렸고, 그는 바람을 다시 한 번 소환했다. 제칸은 바람의 힘으로 발을 밀어 올릴 작정이었다. 하지만 아무 일도 일어나지 않았다. 갑작스럽게 헤엄치는 속도가 빨라지지도 않았고, 바람에 실려 안전한 곳으로 날아가지도 않았다.

끔찍한 열기가 그들을 향해 밀려왔다. 엄청난 불길에 밤하늘이 환하게 밝아졌고 탈란지의 병사들도, 과부거미의 이빨 트롤들도 비명을 질렀다. 뭍은 너무 멀리 있었다. 구덩이 끝에 도달하기도 전에 불길이 그들을 집어삼킬 것이다.

조상님들이시여, 이제 어떻게 해야 하나요?

그때 목소리가 답했다. 동족의 목소리는 아니었다.

알고 있지 않느냐.

사울팽. 제칸은 그의 목소리를 단번에 알 수 있었다. 제칸이 멈춰 섰다. 이성을 잃은 아이들은 그의 등을 있는 힘껏 때리며 어서 가야 한다고 소리쳤다. 하지만 제칸은 다시 한 번 바람의 힘을 찾았다. 이번에는 조심스러운 마음보다는 절박함이 더 컸다. 그가 마지막으로 불러낸 마법의 힘에 실려 아이들이 머리 위로 솟아올랐다. 곧이어 쿵 소리와 함께 구덩이 밖 땅 위로 아이들이 내려앉았다. 모두 무사했다. 탈란지의 병사들이 황급히 달려와 아이들을 부축했다. 병사 두 명이 뒤에 남아 화살 소나기를 피하며 타르 속에서 버둥거리는 제칸 쪽으로 기다란 공룡 뼈를 밀어 넣었다. 생명줄.

한 걸음, 한 걸음 옮기는 게 점점 더 힘들어졌다. 타르는 잔인한 장애물이었다. 제칸이 공룡 뼈의 끄트머리에 도달해 몸을 날리는 순간, 불길이 그를 삼켰다. 제칸은 자신을 도우려는 트롤들의 눈에 비친 불길을 보았다. 공포에 질린 그들의 입이 자신도 모르게 벌어지는 순간, 제칸은 잔혹한 불길의 무자비한 입맞춤을 느꼈다.

끔찍한 고통에 제칸은 발작하듯 몸을 뒤틀며 거친 숨을 삼켰다. 그는 생명줄을 붙잡았고, 트롤 병사들은 생명줄을 끌어당겼다. 두 손이 뜨겁게 달아올랐다.

그냥 가요. 제칸은 큰 소리로 외치고 싶었지만, 지독한 고통 때문에 입을 움직일 수조차 없었다. 이제는 날 구할 수 없어요. 이미 시체가 된 트롤을 구할 필요는 없어요.

* * *

제칸은 죽음이 지금과는 다를 거라고 생각했다. 그는 죽음이 느리고 상냥한 과정이리라 상상했었다. 저녁노을을 등지고 돌아서서 밤의 어둠을 향해 걸어가는 듯한 느낌을 기대했던 것이다. 하지만 지금, 죽음은 그가 불러낸 회오리바람처럼 닥쳐왔다. 제칸은 온 세계가 멀어져가는 모습을 바라봤다. 어떤 보이지 않는 손이 그를 붙잡아 육체에서 뽑아냈고, 발아래 머나먼 곳으로 사라져가는 소용돌이를 향해 내던졌다. 끝없는 추락. 그는 창백한 영혼의 폭포 위로 한없이 떨어져 내렸다. 그의 곁에는 함께 떨어져 내리는 다른 이들도 있었다. 유령처럼 흐릿한 형태의 그들을 보며, 제칸은 지금 자신의 표정도 그들처럼 충격을 받고 근심 가득한 표정일지 궁금했다.

시간은 무의미한 것이 되었다. 그와 다른 이들이 얼마나 오랫동안 떨어졌는지 알 수 없었다. 아래쪽에서 공허가 으르렁거렸다. 굶주린 세계의 배 속처럼 요동치며 우르릉거렸다. 아래쪽에 뭐가 있는지는 몰라도, 제칸은 가고 싶지 않았다. 온몸의 모든 감각이 저항하듯 울부짖었다. 공허를 향해 떨어져 내리는 영혼들이 울부짖고 신음하고 흐느꼈다. 모든 생각과 모든 욕망을 앗아가는 공포의 비가가 점점 더 커졌다. 남은 감정은 오직 공포뿐이었다. 기나긴 낭떠러지 끝에서 검은빛과 보랏빛이 소용돌이치는 늪을 향해 달려드는 그에게 남겨진 단 하나의 진실은 바로 공포였다. 어둠으로 물든 구덩이, 그 구덩이의 장막 뒤에서 도사리고 있는 존재가 꿈틀거렸다. 무언가가 그를 바라보고 있었다. 무언가는 오직 제칸만을 인지했다. 너무나도 끔찍해서 이름조차 부를 수 없는 악이 그곳에서 제칸을 집어삼키기 위해 기다리고 있었다. 죽음이었다. 사울팽의 눈을 통해 경험한 햇살 가득한 재회와는 전혀 달랐다. 그곳은 기쁨도, 천국도 없이 끝없는 고통만 계속될 뿐이었다. 앞서 지나간 모든 생명을 소멸시키는 어둠만이 가득했다.

"치유사들을 불러라! 당장 화상을 치료해야 한다!"

그 목소리가 제칸의 의식 가장자리에서 파문을 일으켰다. 영혼들의 애절한 울부짖음과는 다른 목소리였다. 더 명료하고 달콤하기까지 한 그 목소리는…… 제칸은 팔다리를 버둥거리며 그 목소리를 향해 다가가려 했다.

"어떻게 된 거지?"

그 목소리가 물었다.

"어둠 순찰자들이…… 기다리고 있었습니다, 여왕님. 놈들이 저희를 노리고 미리 덫을 놓았습니다. 사상자가 아주 많습니다."

여왕…… 지금은 아무 이름도 떠올릴 수 없었다. 모든 기억이 물처럼 손가락 사이로 빠져나갔다.

그녀는 더 크게, 더 힘차게 다시 한 번 말했다. 소용돌이의 측면을 가로지르는 번개가 그녀의 음성과 함께 번뜩였다.

"치유사들은 어디에 있나?"

"네가 그 녀석에게 해줄 수 있는 건 없다, 꼬마 여왕. 하지만 나라면 얘기가 다르지."

여자의 목소리와는 차원이 다른, 강렬한 울림의 또 다른 목소리였다. 주위에서 몸부림치며 떨어져 내리던 영혼들이 모두 입을 다물었다. 다들 그 목소리를 기다리기라도 한 것 같았다. 무언가가 제칸의 발목을 잡고 강하게 끌어당겼다. 검은빛과 보랏빛이 소용돌이치는 늪 속에서 이글거리는 이름 없는 악이 점점 더 빨리 제칸을 향해 다가왔다. 두 손을 버둥거리며 허공이라도 붙잡으려 해봤지만 저항할 수 없었다.

"아직은 안 되겠다, 꼬마야. 아직은 안 되겠어. 네 도움이 조금 더 필요할 것 같구나."

곧이어 어떤 힘들이 제칸을 양쪽에서 동시에 잡아당겼다. 조금 더 고집 센 손이 그의 오른손을 붙잡아 위로 이끌었다. 양쪽의 힘 모두 그를 놓아주려 하지 않았기 때문에, 한순간 그는 자신이 반으로 찢어질 거라고 생각했다. 하지만 결국 그는 풀려났고, 위를 향해 아찔한 속도로 솟아올랐다. 발아래 빛은 점점 멀어지면서 조금씩 희미해졌다.

하지만 그림자 속에서 도사리고 있던 존재는 그를 보았다. 제칸은 그 존재의 말을 듣진 못했지만 그 기척만큼은 확실히 느꼈다. 마치 잔혹한 생각이 그의 내면에서 펼쳐지고, 검은 그림자가 그의 정신 안에서 부화하는 듯한 느낌이었다.

제칸은 전에는 보지 못했던 작은 빛을 향해 점점 더 빨리 빨려들듯 날았다. 빛은 지금까지 계속 저곳에 있었던 걸까? 점처럼 작은 빛은 아주 빠르게 다가오고 있었다. 저 빛을 통과할 수 있다는 확신이 서지도 않았건만, 속도는 줄어들 생각을 하지 않았다…… 그는 두 눈을 감고 충격에 대비했다. 그리고 온몸을 강타하는 충격과 함께 그는 다시 아제로스의 대기를 들이마셨다.

눈을 깜빡이며 정신을 차린 그는 어느 작은 집 침대 위에 누워 몸을 웅크리고 있었다. 온몸이 욱신거리고 뜨겁고 떨려왔다. 하지만 부드럽고 시원한 물질이 온몸의 화상을 매끈하게 뒤덮고 있었다. 상처를 보고 싶지는 않았지만 제칸은 자기도 모르게 몸을 바라봤다. 검게 그을린 손과 빨간 물집이 하나씩 터지고 있는 피부를 보자마자 자기도 모르게 몸서리를 쳤다. 몸서리치는 것조차 고통스러워서 제칸은 얼굴을 찌푸렸다. 심지어 얼굴을 찌푸리는 것도 아팠다.

"아야!"

"살아 있어요! 당신, 정말 해냈군요."

탈란지가 손으로 입을 가린 채 그를 내려다보고 있었다.

파란색과 회색의 가면을 쓴 형체가 그녀의 등 뒤에서 둥실 떠올랐다. 두 눈에서 청록빛 불이 이글거리고 있었다. 제칸은 몸을 움츠렸다. 지금은 불과 관련된 것이라면 생각하거나, 보거나, 듣거나, 냄새도 맡고 싶지 않았다.

"전…… 뭔가 봤어요…… 하지만 생각했던 것과는 전혀 달랐죠! 정말…… 끄, 끔찍했어요. 거짓말을 했더군요, 브원삼디. 거짓말을 했어요!"

"뭘 봤지?" 브원삼디가 물었다.

"힘을 아껴요."

탈란지가 상냥하게 그를 나무랐다. 그녀의 무릎 옆에는 제칸의 화상을 치료하는 데 사용한 약초 반죽이 담긴 토기가 여섯 개나 놓여 있었다.

"치유사들이 곧 돌아올 거예요. 브원삼디가 잠시 나가 있으라고 했거든요."

로아는 많이 약화되어 있었다. 이제는 거의 투명해져 손발의 움직임을 알아보기가 어려울 정도였다. 로아는 외부에서부터 붕괴되고 있는 것 같았다.

"트롤의 영혼을 억지로 육신 안에 밀어 넣는 건 정말 끔찍한 일이지. 하마터면 놓칠 뻔했다."

"구…… 구덩이였어요. 차원문 같은 것일 수도 있고요. 보랏빛과 검은빛으로 물든 구덩이였는데, 악의 기운이 가득했죠."

브원삼디는 악다문 이 사이로 숨을 들이쉬었다.

"나락이야. 또 뭘 봤나, 꼬마?"

너무 끔찍한 일이었다. 그의 머리가 쉬지 않고 빙빙 돌았다.

"그냥…… 영혼과 어둠, 기이한 전당이 보였어요…… 제가 왜 나락으로 가고 있었던 거죠? 제가…… 무슨 짓을 했길래요?"

제칸은 기침을 했다. 생명의 끈을 가까스로 붙잡고 있는 상황에서도, 그 생각을 하면 가슴이 아팠다. 타버릴 듯한 뜨거움과 얼어붙을 듯한 차가움이 동시에 느껴졌다.

탈란지는 고개를 가로저으며 그를 향해 몸을 기울였다.

"당신은 아이들을 구해줬어요, 제칸. 그 아이들은 당신을 쇼알자이의 빛이라고 부르고 있어요."

"아이들이 벌써 반어법의 묘미를 아는 모양이군."

탈란지의 말에 브원삼디가 쿡쿡 웃으며 놀렸지만 여왕도 제칸도 웃지 않았다. 그녀는 로아를 노려보며 비난하듯 삿대질했다.

"제칸이 왜 나락으로 가고 있었던 거죠, 현명하신 무덤의 로아님?"

로아는 고개를 돌리며 시선을 피했다. 제칸은 브원삼디의 환영이 얼마나 약해졌는지 실감했다. 지금 로아는 지나간 연기의 흔적처럼 희미했다. 그는 지친 기색으로 길게 한숨을 내쉬고는, 손바닥을 위로 한 채 양팔을 활짝 벌렸다. 그들에게 뭔가 보여주려는 듯했다.

"너뿐 아니라 지금은 모든 영혼이 나락으로 가고 있어. 네가 그곳으로 가지 않은 건, 내 친구를 그곳에서 고통받게 하고 싶지 않았기 때문이고. 어둠땅의 모든 것이 이치를 벗어났다. 모두가 나락으로 가고 있어. 모든 이들이 말이야. 난 최대한 많은 트롤이 그곳에서 벗어날 수 있도록 도우려 하지만, 그 대가는 결코 작지 않다. 내게 남은 힘을 모두 동원해야 가까스로 그들을 지킬 수 있지."

브원삼디는 반투명해진 손을 들어 올리며 눈살을 찌푸렸다.

"그러니까 너희가 반란군과 블라이트콜러를 막아야 하는 거다. 놈들이 마음대로 날뛰게 내버려둔다면, 모든 영혼이 나락으로 떨어지는 걸 막을 수 없어. 영원히 말이야."

탈란지가 벌떡 일어섰다. 휘날린 드레스에 토기 단지 하나가 쓰러졌다.

"언제부터죠? 언제부터 이런 일이 일어나고 있었던 건가요?"

"내가 네 아버지를 그렇게 될 운명에서 구했다. 그걸 묻고 있는 건가?"

탈란지의 물음에 브원삼디가 으르렁거리며 말했다.

"영혼의 세계가……."

제칸이 가까스로 말을 뱉었다. 지금은 그 무엇보다 눈을 감고 잠을 청하고 싶었지만, 검은 나락의 꿈속에서 무엇이 기다리고 있을지 두려웠다. 떨림이 멈추지 않아 이가 계속 딱딱 부딪혔다. 그 고통…… 지금은 고통을 달래줄 무언가가 필요했다.

"스랄이 알고 있었어요. 주술사들이 전하길 영혼의 세계가 붕괴되고 있다고 했어요."

"그래요, 알현실에서도 그 얘기를 했죠. 당신은 무덤의 로아잖아요. 뭔가 잘못됐다는 걸 알고 계셨겠죠. 실바나스와 포세이큰은 당신을 노리고 이곳에 왔어요, 브원삼디. 이제 이유를 말해주세요."

탈란지는 제칸의 말에 동의하며 여전히 브원삼디를 가리켰다. 로아의 시선이 탈란지를 지나쳐 제칸에게 머물렀다.

"그들은 내가 보지 못하는 세력과 협력하고 있다. 누가 명령을 내리는지는 몰라도, 나를 없애려 하는 것 같아. 아니, 모든 장애물을 없애려 하고 있다. 자세한 이야기를 해주겠다, 탈란지. 하지만 여기서는 안 돼. 이 꼬마도 충분히 휴식을 취해야 사제들에게 제대로 치료받을 수 있다. 그 정도는 해줘야지."

제 24 장

스톰윈드

안두인의 머리카락은 낡고 축축한 검은 리본처럼 기름진 채로 꽁꽁 땋아 오른쪽 어깨에 축 늘어져 있었다. 그는 여기저기 해지고 덧댄 두건을 머리에 쓰고 있었다. 얼라이언스 군대에 새로 입대한 신병들이 버린 헌 옷이었다. 신병들은 민간인 시절의 낡은 옷을 대부분 버렸다. 담대한 황금색과 파란색 제복을 착용하기 위해 모든 것을 버렸다. 스스로 선택한 군의 일원으로 새롭게 태어나는 과정이었다.

지금 그 강건한 신병들이 이전 주인의 체취를 풍기는 버려진 망토를 뒤집어쓴 채 그림자 사이를 오가는 국왕의 모습을 본다면 어떤 생각을 할지 궁금했다. 망토 아래에 입고 있는 것은 본인의 옷이었지만 평범한 어두운 색 튜닉과 헐렁한 바지, 소박한 허리띠를 골랐다. 장화는 너무 비싸 보여서 진흙을 조금 발라두었고, 눈에 띄는 금발에도 비슷한 조치를 해뒀다. 체취가 조금 이상하고 겉모습은 지저분해졌지만, 성에서 벗어나 도시 밖으로 빠져나가자 상쾌한 밤공기에 흠뻑 젖어들었다. 그렇게 황금골 여관으로 이어지는 구불구불한 길을 따라 걷고 있자니 기분만큼은 무척 좋았다.

가끔씩 그는 동전 주머니를 상상했다. 모든 걱정, 모든 문제, 모든 실수, 모든 위기가 묵직한 동전처럼 그 주머니 속으로 떨어졌다. 주머니는 조금씩 조금씩 무거워졌지만 늘 감당할 수 있는 수준이었다. 하지만 시간이 지나면서 천이 늘어지기 시작했다. 그런 동전들 중 일부를 빼내지 않으면 결국 주머니 아래쪽이 찢어져서 동전이 사방으로 쏟아지곤 했다. 그가 숨을 들이쉴 때마다, 매 순간이 지날 때마다 동전이 떨어졌다. 그들을 피해 달아난 실바나스, 짤랑, 해안에 밀려온 얼라이언스 병사들의 사체, 짤랑, 알레리아와 투랄리온, 짤랑, 제이나의 질문, 짤랑, 티란데, 짤랑, 텔드랏실, 짤랑, 고원의 포세이큰, 짤랑, 적의 포로가 된 첩보단장, 짤랑, 짤랑, 짤랑.

안두인이 자신의 침실에서 변장을 하기 직전에, 또 하나의 동전이 주머니로 떨어졌다. 알레리아와 투랄리온이 수색 과정에서 붙잡은 포로가 스톰윈드에 도착했고, 그들을 지하 감옥에 수감하는 과정을 안두인도 지켜봐야 했다. 안두인은 포로들을 공정하게 대우해주고, 철저한 심문을 마친 후에는 석방하라고 지시했다. 로브를 입은 늙은 포세이큰이 눈에 띄었다. 고문을 당해 등이 굽었고, 두 눈에는 광기 섞인 스산한 빛이 어려 있었다.

동전이 쏟아졌을 때, 안두인은 침실의 커다란 벽난로 앞에 무릎을 끌어안은 채 앉아 있었다. 긴장증이라도 발병한 것처럼 두 눈을 감지 못하고 머릿속이 온통 어지러웠다. 벽난로의 불길이 눈앞에서 그의 시야를 어지럽혔고 눈물이 두 볼을 타고 흘러내렸다.

이제 그는 동전이 쌓여가고 있다는 생각이 들면 미리미리 적절한 조치를 해서 긴장을 완화하곤 했다. 이런 충동적인 행동은 분명 어리석은 짓이라는 걸 그도 알고 있었지만, 지금은 꼭 필요한 일이었다. 사제란 모름지기 몸을 지킬 수 있는 수단을 항상 준비해둬야 했기에, 그는 단검 하나를 챙겨 허리띠 뒤에 숨겼다. 누군가를 도발하기 위해서가 아니라, 모든 상황에 대비하기 위해서였다.

두 명의 소녀가 그의 곁을 스쳐 달려갔다. 아마 스톰윈드 어디쯤에서 걱정에 파묻혀 기다리는 부모에게 돌아가는 길일 것이다. 두 소녀 모두 긴 금발을 머리 뒤쪽으로 섬세하게 땋아 내린 모습이었다. 그중 한 명이 곁을 스쳐 지나가면서 안두인을 흘긋 올려다봤다. 우아한 얼굴과 상냥한 표정의 소녀였다. 그녀는 국왕을 알아보기라도 한 듯 미간을 찌푸리며 눈을 가늘게 떴다. 그 표정이 제이나와 어찌나 비슷하던지, 그는 경사로에서 발을 헛디뎌 넘어질 뻔했다.

안두인은 두건을 더 깊이 눌러쓰고 묵묵히 걸었다. 제이나. 그는 제이나가 꾸짖던 일을 생각하지 않으려 애썼다. 머릿속에 남은 그녀의 질문도 떠올리지 않으려 했다. 주머니에 동전 하나가 더 추가되었을 뿐이다. 이런 장난으로는 꺼낼 수 없는 동전이었다. 영원히 주머니 속에 남는 동전이리라. 물론 제이나는 걱정할 자격이 있었다. 하지만 목소리에 담긴 간절함과 두 눈을 채운 두려움은 그의 가슴속 깊은 곳에 남았다.

여관 밖에서 두 남자가 말다툼을 하며 사람들을 끌어모으고 있었다. 다행이었다. 안두인은 주위의 소란을 틈타 고개를 숙인 채 술집 안으로 들어갔다. 그는 출입문과 가까운 자리에 문을 등지고 앉았다. 검은 피부에 통통하고 예쁘장한 바텐더가 다가왔다. 사이가 조금 벌어진 치아를 드러내며 얼굴 가득 익숙한 웃음을 짓는 그녀를 보면 평범한 소년들은 얼굴을 붉혔겠지만, 그는 적당한 돈을 건네며 에일 맥주 한 잔을 주문했다.

그러다 문득 자신이 지금은 안두인이 아니라는 사실을 떠올리며, 그녀를 바라보고 그 미소를 감상하면서 얼굴을 붉혀도 괜찮다는 사실을 깨달았다. 그래서 안두인은 미소를 숨기지 않고 그녀를 바라봤다.

그는 익명성의 현기증 나는 즐거움을 탐닉했다. 바텐더가 잠시 그 자리에 머무르며 그의 이름을 묻자, 안두인은 두건에 얼굴을 파묻은 채 윙크를 하며 말했다.

"난 제렉이라고 해요. 당신 이름은 뭐죠?"

"아말리아예요."

"정말 예쁜 이름이군요."

스톰윈드의 국왕이 말했다. 아말리아는 정중하게 인사를 한 후 다른 탁자로 주문을 받으러 갔다. 안두인은 기분이 정말 좋아졌다. 자유로운 기분. 물론 그와 함께 죄책감도 느꼈다. 주머니 밖으로 동전 하나가 빠져나가고, 그 즉시 다른 동전 하나가 주머니 안으로 떨어졌다. 그는 잔을 들어 맥주 거품으로 윗입술을 적셨다. 그리고 벌컥벌컥 에일 맥주를 들이켜고는 시원스럽게 트림을 했다. 연거푸 맥주를 마신 안두인은 몇 번이나 더 트림을 했다.

그는 입술에 묻은 에일 맥주를 닦아내며, 자신에게 허락된 단 한 잔의 맥주를 모두 마셨다. 죄책감이 다시 밀려들었다. 그때 술집 문이 쾅 소리와 함께 열렸다. 젊은 병사 세 명이 상쾌한 바람을 이끌고 주점 안으로 뛰어들었다. 이미 다른 주점에서 한잔하고 오는 길 같았다. 서로 어깨동무를 하고 술집에 들어서는 모습이 황금골 낙농장에서 일하는 소년 소녀들처럼 앳되어 보였다. 세 사람 모두 구레나룻도 흉터도 하나 없었다. 안두인과 가까이 있던 남자 병사는 덥수룩한 빨간 머리에 코가 한쪽으로 비뚤어져 있었고, 가운데 있는 여자 병사는 키가 가장 크고 둥글게 땋은 금발을 귀 옆에 말아놓았다. 세 번째 남자 병사는 키가 제일 작았지만, 농장에서 오래 일한 것처럼 다부져 보였다. 세 사람 다 한창 노래를 부르는 중이었지만, 술에 잔뜩 취한 탓에 노랫말을 제대로 알아들을 수 없었다.

안두인이 시선을 돌리기도 전에, 세 사람의 시선이 모두 그에게로 향했다. 그는 황급히 고개를 숙였지만 이미 너무 늦었다.

"아하! 믿음직스러운 신병이 여기도 있었네. 같이 노래나 하자고, 형제!"

빨간 머리가 딸꾹질을 하며 소리쳤다.

"빈자리도 많네."

키 큰 여자가 안두인의 맞은편 의자에 털썩 앉았다. 안두인은 경계심에 온몸이 뻣뻣하게 굳었고, 다시 한 번 두건을 눌러쓰며 고개를 더 깊이 숙였다.

"전…… 혼자 마시고 싶습니다."

안두인이 중얼거렸다.

"말도 안 되는 소리 말라고, 친구!"

체격이 다부진 병사가 안두인의 어깨를 거칠게 두드리며 옆자리에 털썩 앉자 체중이 실린 의자가 아래로 푹 꺼졌다.

"여기 긴장한 친구에게 한 잔 더 줘, 아말리아! 조금만 기다리면 이 친구도 우리와 함께 노래하고 춤추게 될 거야!"

"군인이 되려고 온 거겠지? 입대하려고? 난 아무리 멀리 떨어져 있어도 전사는 한눈에 척 알아볼 수 있거든!"

여자가 큰 소리로 말했다.

"그럼, 그럼." 빨간 머리가 키들거렸다.

"고개 들라고, 형제."

옆자리에 앉은 앳된 병사가 안두인을 쿡쿡 찌르며 말을 이었다.

"맥주나 한잔하고 영광을 음미해. 국왕 폐하께 영광을! 우리 아버지는 이 나라를 위해 싸우다 돌아가셨어. 오르시스에서 느조스의 악마들과 맞서 전선을 사수하다가 전사하셨지. 거대한…… 어…… 사원의 그림자 속에서. 그러니까…… 오벨리스크였던가? 그래서 나도 아버지의 검을 이어받아 그분이 못다 이루신 과업을 계속하기로 한 거야."

술에 잔뜩 취해 불분명한 부분이 많은 이야기였지만, 한 마디 한 마디가 안두인의 마음을 아프게 찔러댔다. 그는 자기도 모르게 미간을 찌푸렸다.

"유감이군요. 아버지께서 아주 용맹한 분이셨던 모양입니다."

다시 돌아온 아말리아는 술이 가득 찬 맥주잔 네 개를 내려놓았다. 빨간 머리는 단숨에 술을 들이켰다.

"전장…… 그곳이야말로……."

병사는 잠깐 생각에 잠긴 채 침묵하다가 큰 소리로 말을 이었다.

"내가 있을 곳이지. 우리 모두가 있을 곳이라고. 우린 영사들이니까!"

"용사겠죠, 멍청한 주정뱅이 여러분."

키들거리던 여자 병사가 술에는 입도 대지 않고 있던 안두인을 바라봤다.

"너무 그렇게 초조해하지 말아요. 충분히 튼튼해 보이니까, 앞으로 오랫동안 성실하게 복무할 수 있을 거예요."

"그럼요."

안두인은 한숨을 내쉬고는 의심을 피할 생각으로 술잔을 들었다. 세 병사는 새로운 '친구'에 대해선 어느새 잊어버리고 다시 목청껏 노래를 부르기 시작했다. 하지만 안두인은 그들을 쉽게 잊을 수 없을 것 같았다. 그는 병사들의 얼굴을 차례대로 바라보며 머릿속에 새겼다. 그들이 무고한 희생양이 되어 대성당의 차가운 바닥에 놓이기까지 과연 얼마의 시간이 남아 있을지 생각했다.

병사들. 그의 병사들. 안두인이 병사들을 지휘하며 전장으로 내몰 것이다. 그것이 왕의 권한이자 의무였다. 그들은 영광에 굶주려 있었지만 그것의 의미가 무엇인지, 그 대가가 무엇인지는 알지 못했다. 안두인은 그들에게 경고하고 싶었다. 푸른색과 금색의 스톰윈드 휘장을 뒤집어쓰기 전에, 다시 한 번 곰곰이 생각해보라고 권하고 싶었다. 하지만 바이올린 연주자의 연주가 시작되자, 친구들은 술잔을 들고 자리에서 일어났다. 병사들은 여기저기 쏟아진 에일 맥주만 남긴 채 그의 곁을 떠났다.

배 속에서 시큼한 냄새가 올라왔다. 기분이 더 상하기 전에 여길 떠나야 했다. 게다가 그에게 날아와 꽂히는 묘한 시선이 느껴졌다. 안두인 국왕이 어디를 가든 그의 뒤를 쫓으며 비난의 시선을 던지는 수천 망자들의 시선이 아니라, 살아 있는 사람의 시선이었다.

안두인은 주점을 둘러봤다. 십여 명의 낯선 얼굴이 지나가고 계단 옆 구석, 깔끔한 하얀색 로브를 입은 여인의 모습이 눈에 띄었다. 그녀는 얼굴을 드러낸 채 당황한 듯 시선을 피하더니 욕설이라도 내뱉은 것처럼 입술이 조금 벌어져 있었다.

제이나.

그녀의 두 눈이 휘둥그레졌다. 안두인은 탁자에 동전 하나를 더 내려놓고는 의자에서 벌떡 일어나 재빨리 문을 빠져나갔다. 하지만 따뜻하고 습했던 공기가 어느새 차가워져 자신도 모르게 헉하고 숨을 들이쉬었다.

냉기가 더 짙어졌다. 안두인은 여관 뒤쪽으로 돌아갔다. 하지만 그쪽 땅은 질척거리는 습지라는 사실을 잊고 있었다. 진창에 빠진 장화가 발에서 벗겨지려 했다. 그 순간 그의 발밑에 땅이 갑자기 단단하고 미끄러워졌다. 그는 수치스럽게도 엉덩방아를 찧을 뻔했지만, 풍차처럼 팔을 빙빙 돌리며 가까스로 넘어지지 않고 버텼다.

"안녕, 제렉."

"다 그럴 만한 이유가 있어서—"

"당신은 국왕이에요. 당신이 하는 일에는 이유가 필요 없죠."

제이나의 목소리가 냉정한 속삭임으로 변했다. 그녀는 안두인의 팔을 붙잡아, 진창 위에 만들어둔 얼음 위에서 그를 휙 돌려 세웠다. 두 사람은 좁은 처마 밑에 서서 다시 노래를 시작한 귀뚜라미와 개구리의 울음소리에 귀를 기울이고 있었다.

"머리에 무슨 짓을 한 거죠?"

제이나는 한 걸음 물러나 그를 바라보며 웃음을 터뜨렸다.

"구두약이에요. 제렉은 너무 바보 같은 이름이었죠."

안두인은 두건을 푹 눌러쓰며 그녀의 시선을 피했다.

"아니, 괜찮은 것 같아요. 당신에게 잘 어울린다고 해야 할까. 괜찮아요, 안두인. 비밀은 지켜드릴게요."

제이나는 손끝으로 입을 가리며 다시 터져 나오려는 웃음을 꾹 참았다.

"제이나…… 저기, 전에 말다툼했던 건 미안해요. 우리 의견이 항상 일치하는 건 아니지만…… 당신이라면 절 이해해주시겠죠."

안두인은 한숨을 쉬며 여관 벽에 등을 기댔다.

"가끔은 이런 게 필요해요. 다시 어린아이로 돌아가야 할 때가 있어요. 제 나이 또래에 목숨을 바쳐 얼라이언스를 위해 싸우는 병사들을 떠올리면 이런 생각이 들어요. '어떻게 그토록 어린 거지?' 이건 공평하지 않아요. 그건…… 있어서는 안 되는 일이에요. 온 세계가 싸움을 멈추고 그 문제를 지켜봐야 하는데, 그러지 못하고 있어요. 모든 것이 그냥 흘러가요. 이 세계는 두 눈을 질끈 감고서 그들의 희생이 그저 잔혹하고 가슴 아픈 농담이라고 생각하는 것 같아요."

안두인은 두 손으로 얼굴을 감쌌다. 제이나가 부드럽게 그의 손목을 붙잡고 천천히 끌어내렸다. 그녀의 두 눈은 촉촉했고, 장난기 어린 미소도 사라지고 없었다. 제이나는 고개를 살짝 숙여 그와 얼굴을 마주했다.

"당신도 소년이에요, 안두인. 그 사실을 잊지 않기 위해 제렉이 필요하다면, 네, 전 충분히 이해할 수 있어요."

제이나는 그의 손을 놓고는 한 걸음 뒤로 물러났다.

"어차피 저도 오늘 밤 여기 왔잖아요. 안 그래요? 저도 현행범이죠."

"당신은 얼굴을 감추지 않아도 되잖아요. 전…… 그럴 수가 없어요. 잠깐이나마 내가 아닌 다른 사람이 되려면 이런 시간이 필요해요. 그냥 멍청하고, 서툴고, 성격 나쁜 얼간이 제렉이 될 수 있는 시간이요."

제이나는 고개를 끄덕이고는 여관 끄트머리에서 마구간으로 이어지는 곳을 가리켰다.

"전 이제 다른 선술집을 찾아볼게요. 안으로 들어가요, 제렉. 오늘 하루 힘들었잖아요."

제 25 장

다지알로

그들은 제칸을 왕실 의사와 함께 조칼로에 남겨두었다. 탈란지 여왕의 가족이나 잔추리 의회의 구성원들을 치료하는 담당 의사였다. 브원삼디는 알아서 궁정으로 갈 수 있었지만, 탈란지는 최고 속도로 달리라며 랩터 지나를 재촉했다. 야수는 한 번에 계단을 네 칸씩 올라가, 공크처럼 빠른 속도로 여왕을 방으로 안내했다.

밤이 곧 여명 앞에 자리를 내줄 테지만, 탈란지는 승리에 가까워진 기분이 전혀 들지 않았다. 오히려 죽음에 가까워진 기분이 들었다. 다시 말하면, 나락에 더 가까워진 기분이었다. 브원삼디는 트롤들의 영혼이 나락으로 떨어지는 것을 막으려면 상당한 대가가 필요하다고 말했다. 지금 그녀는 한 걸음을 내딛는 것만으로도 격렬한 고통이 느껴졌다. 가슴 가득 차오른 슬픔 때문에 온몸을 휘도는 고통이 커져만 갔다. 마지막 제단을 지키느라 너무 많은 트롤이 목숨을 잃어야 했다. 어둠 순찰자들이 함정을 준비해놨던 것이다. 그리고 그녀의 소중한 옛 친구가 과부거미의 이빨 한가운데에서 목격되었다. 아니, 그 친구는 그저 그들과 어울리고 있는 게 아니었다. 반란군을 이끌고 있었다.

"포세이큰과 함께 있는 마녀를 보았습니다."

치유사들이 불쌍한 제칸의 화상에 고약을 바르고 있을 때, 살아남은 라스타리 근위병 중 한 명이 말했다.

"마녀는 가면을 쓰고 기이한 옷을 입고 있었지만, 이 궁정에서 수도 없이 보았던 얼굴이었습니다, 여왕님. 아파리 코룬, 분명히 알아볼 수 있었습니다."

아파리.

자신의 방에 도착한 탈란지는 경비병들에게 아무도 만나지 않겠노라 엄포를 놓았다. 물론 그렇게 엄명을 내려도 찾아오는 존재가 하나 있을 테지만, 그는 어차피 문이 필요 없었다.

브원삼디가 나타나기를 기다리면서, 탈란지는 터덜터덜 침대로 갔다. 그대로 쓰러져 잠이 들고, 꿈을 꾸면서 매시간 증폭되는 공포를 모두 잊어버릴 수 있다면 정말 좋을 것 같았다. 한때 그녀는 실바나스를 아군이라 생각했었다. 하지만 지금, 밴시 여왕의 병력은 반란군과 함께 탈란지의 정권을 붕괴시키려 하고 있었다. 그것만으로도 충분히 가슴 아픈 상처였지만, 아파리의 배신은…… 탈란지는 한숨을 쉬며 침대에 걸터앉아 왕관을 벗었다. 그녀는 두 손으로 욱신거리는 이마를 문질렀다.

소녀 시절 둘은 한 쌍의 장난꾸러기들이었다. 거대한 봉인의 전당을 마구 뛰어다니며, 언제 어디서든 내키는 대로 말썽을 부렸다. 그들에게는 완벽한 면책 특권이 있었다. 공주였던 탈란지에게는 그 어떤 아이에게도 주어지지 않는 힘이 있었다. 두 아이는 정원에서 뛰어놀고, 물웅덩이에서 장난을 치고, 밤늦게까지 누워 하늘을 올려다보며, 서로의 미래를 예언했다. 성인이 된 후 아파리는 탈란지의 지위와 부를 질투할 법도 했지만 둘의 우정은 결코 흔들리지 않았다.

"야즈마의 일이 있고도 변치 않았었지……."

탈란지는 낮게 중얼거렸다. 아파리의 어머니도 반란군을 조직했었다. 로아 샤드라의 대여사제로 선왕이었던 라스타칸 휘하의 첩보단장이기도 했던 그녀는 줄과 공모하여 왕을 폐위하고 왕가를 멸절하려 했다. 하지만 아파리는 탈란지의 곁을 지켰다. 아파리는 자신의 어머니와 의절하면서까지 그녀의 곁을 지켜주었다. 무엇이 달라졌던 걸까? 무엇이 그녀를 이렇게까지 바꿔놓았을까?

탈란지가 기억하는 아파리의 마지막 모습은 온몸의 힘이 빠질 정도로 고통스러운 광경이었다. 라스타칸 왕이 얼라이언스의 손에 죽던 그날의 일이었다. 노움 공성 병기가 거대한 봉인을 공격했다. 벽은 무너지고 천장은 붕괴되었다. 그녀의 아버지가 얼라이언스를 직접 상대하고 있다는 소식이 들려왔다. 도저히 승리할 가능성이 보이지 않을 만큼 수적으로 불리한 상황이었다. 탈란지는 아버지를 돕기 위해 달렸다. 쏟아지는 잔해와 위험을 피해 전당을 질주하며, 그녀는 아버지를 구하려 했다.

그때 아파리를 마지막으로 보았다. 친구는 무너진 기둥에 깔려 있었다. 입술에서 피가 흘러나오고, 하체를 짓누른 돌들을 밀어내려고 두 눈이 툭 불거질 정도로 안간힘을 쓰고 있었다.

"도와줘, 탈리! 도와줘! 나…… 움직일 수가 없어!"

탈란지는 한순간 주저하며 도저히 감당할 수 없는 무게를 저울질했다. 가장 친한 친구의 목숨인가, 아니면 아버지의 목숨인가. 나는 잔달라의 공주다. 그녀는 생각했다. 내게 있어 가장 중요한 의무는 왕실과 이 정권을 수호하는 일이다.

탈란지는 아파리를 내버려두고 떠났다. 잔달라의 공주는 라스타칸 왕을 선택했다.

"병사들을 보내줄게! 아파리! 조금만 기다려!"

탈란지는 달려가며 그렇게 외쳤다.

그리고 기억은 붕괴되고 시간은 뒤틀렸다. 죽어가는 아버지를 마주한 순간, 그 전후의 기억이 모두 오염되었다. 근위병에게 소리를 지르고 손가락으로 어딘가를 가리키던 기억이 남아 있었다. 그게 아파리를 위한 일이었던가? 휘몰아치는 혼돈 속에서, 죽어가는 친구를 도와야 한다는 사실을 잊었던 걸까?

"난 너무 많이 실패했어."

탈란지는 혼잣말을 내뱉었다.

"아, 여왕님. 아직 나와 네 왕국을 지킬 기회는 남아 있다."

브원삼디. 탈란지는 천천히 고개를 들었다. 브원삼디가 문 앞에 유령처럼 서 있었다. 어찌나 투명한지 로아 뒤의 황금색 기둥이 그대로 보였다. 고개를 드는 것만으로도 엄청난 힘이 필요했다. 두개골이 강철로 변해버린 것 같았다. 목이 아팠다. 등이 쪼개질 것만 같았다. 로아의 힘이 사라지고 있었다. 지금 그의 힘이 약해지고 있는 이유는 그녀가 아무 계획도 없이 병력을 파견하여 제단을 지키려 했기 때문이었다.

이제 탈란지의 힘도 스러지고 있었다. 그녀 자신이 원했던 일은 아니라 해도, 이미 그녀의 생명은 브원삼디의 것과 뒤얽혀 있었다. 지금은 로아를 증오할 힘조차 남아 있지 않았다. 그녀가 희미한 목소리로 말했다.

"부탁이에요. 완전히…… 길을 잃은 것 같아요. 아버지를 만나게 해주세요. 아버지라면 어떻게 해야 할지 아실 거예요. 당신을 보호하겠다고 약속했지만…… 저 혼자선 할 수 없어요. 그분의 영혼을 소환해줘요, 브원삼디."

브원삼디는 공중에 둥둥 떠 있는 채로 가까이 다가왔다. 음울한 표정이 너무 짙어서 탈란지는 로아가 거절할까봐 두려웠다. 비틀거리며 발코니로 나간 그녀는 무너져 내리는 왕국을 바라봤다. 스랄은 돌아올까? 제단이 공격받는 과정에서 호드의 대사가 거의 죽을 뻔했다는 소식을 듣게 되면, 스랄도 잔달라를 지원하겠다는 제안을 철회할지 모른다. 만약 그렇게 된다면 잔달라 트롤은 정말로 길을 잃게 된다. 탈란지는 난간을 붙잡았다. 손톱이 부드러운 황금을 파고들었다. 가운뎃손가락의 손톱이 부러졌다. 찢어진 상처에서 피가 흘렀다.

브원삼디도 따라 나와 그녀 뒤쪽에 자리한 채 황량한 부패의 오라를 방출했다.

"네 힘을 찾아야 한다. 네 나름의 방식으로."

그는 거친 목소리로 말했다. 희미해진 형상만큼 목소리도 약해져 있었다.

"잔달라의 방식으로? 이미 실패했어요. 제가 실패했다고요."

탈란지는 콧방귀를 뀌었다.

아버지를 실망시켰던 것처럼. 아파리와 제칸을 실망시켰던 것처럼.

"무덤의 로아가 이런 말을 하면 좀 이상하겠지만, 희망은 언제나 있는 법이지, 여왕."

해골 가면 뒤로 두 눈을 희미하게 빛내며 브원삼디가 그녀 곁으로 다가왔다.

"죽음은 생명을 불러오지. 거대한 바퀴가 돌아간다. 물론 아주 느린 속도지만, 영겁의 세월에 걸쳐 서서히 돌아가지. 육체는 썩고 그 속에서 새로운 생명이 태어난다. 영원해 보이는 것도 모두 끝나고, 다시 새로운 목표를 찾아 일어선다."

탈란지는 눈을 들어 로아를 바라봤다. 심장이 요동치듯 쿵쾅거렸다.

"그러면 우리 아버지도—"

"쉬잇, 내 얘기를 잘 들어라, 꼬마야. 지금 넌 듣고 싶은 것만 듣고 있잖아. 모든 것에는 조화가 있다. 방향과 흐름이지. 고대의 존재, 정령, 로아…… 때가 되면 우리 또한 종말을, 길고 깊은 잠을 받아들여야 한다. 우리가 없으면? 음, 우리 추종자들은 다른 것에서 힘을 얻을 거야. 자기 자신이나 새로운 믿음 같은 것에서 말이지. 그들은 슬퍼하고 또 성장한다, 너처럼. 그리고 꿈의 장막이 걷히면 영원하고 위대한 존재들이 다시 한 번 그 바퀴에 결속되고 천천히, 늘 그랬듯 천천히 바퀴는 돌아간다."

브원삼디는 잠시 말을 멈추고 그녀가 눈을 맞추길 기다렸다.

"그런 의미에서 이 세계의 강력한 고대의 존재들은 영원한 거야, 여왕."

"잔달라는…… 지지 않았어요."

그녀는 가쁜 숨을 내쉬었다. 밀림이 불탔다. 나무 위로 연기가 피어올랐다. 밀림의 그림자 속에 숨어, 어둠 순찰자와 아파리와 과부거미의 이빨 광신도들은 다음 계획을 준비하고 있을 것이다.

절대로 지지 않을 거예요.

로아는 고개를 끄덕였다. 그제야 잔뜩 어두웠던 얼굴이 풀어지고 짓궂은 미소가 떠올랐다.

"난 약해졌지만 아직 사라지지 않았어. 놈들은 이제 내 힘의 중심인 죽음의 사원을 공격할 거다. 그곳에서 그자들을 막아내면 이 땅을 재건할 수 있도록 도와주지."

"저 혼자선 할 수 없어요."

탈란지가 여린 목소리로 속삭였다. 그녀는 단 한순간이라도 아버지와 다시 이야기할 수 있기를 간절히 바랐다. 돌이켜 보면 라스타칸 왕도 여러 번 실패를 경험했었다. 현실에 안주하고 위험을 외면한 덕분에 잔달라 트롤의 역사에서 가장 어두운 암흑기를 초래했었다. 이런 상황에서 아버지에 대한 나쁜 기억을 떠올리고 싶진 않았다. 탈란지는 다른 생각을 하기로 했다.

이 세계의 강력한 고대의 존재들은 영원한 거야. 희망도 그러했다.

"호드가 올 거예요."

탈란지는 브윈삼디에게서 시선을 돌려 잔달라의 대지를 바라봤다. 대지가 불타고, 대지가 고통받았다. 모든 것이 안전해질 때까지 그녀의 걱정은 멈추지 않겠지만, 어쨌든 그곳은 그녀의 것이었다. 여왕이 보호해야 하는 곳이었다. 여왕이 소중히 아껴야 하는 곳이었다. 그녀는 작은 목소리로 말했다.

"단 한 번, 저는 이 땅을 지키고자 고향을 떠났었지요. 자존심을 모두 내려놓은 채 목숨을 걸고 호드에 도움을 요청했고, 그들은 제 부탁을 들어줬어요. 잔달라를 홀로 내버려두지 않았죠. 오늘 밤, 호드의 대사도 제 백성들을 홀로 두지 않았어요. 자신의 목숨을 걸고 우리 아이들을 구해주었죠. 저 역시 한 번 더 목숨을 걸어야 해요. 호드가 다시 한 번 우리와 함께 어둠에 맞서 싸우고 함께 불을 밝혀, 끝내는 줄다자르에서 영원히 어둠을 추방해줄 거라고 믿어야 해요."

제 26 장

나즈미르

"재미있었나?"

축축하고 이리저리 뒤틀린 나무둥치에서 시라 문워든이 몸을 일으켰다. 재미? 그녀는 죽음 이후 새로운 존재로 일어서는 순간, 그 말의 의미를 잊었다. 길을 벗어난 곳에 있는 낮은 공터에서, 과부거미의 이빨 지도자가 낮은 목소리로 추종자들에게 물었다. 축제 같은 분위기였다. 제단들이 무너졌다. 그들의 대장정이 본궤도에 오르면서, 더 많은 무리들이 과부거미의 이빨에 합류했다. 어느새 반란군은 트롤 사십여 명과 어둠 순찰자 스무 명으로 늘어났다. 아파리 코룬에게 그들 모두를 무장해줄 무기는 없었지만, 어둠 순찰자가 단검과 활을 제공해주었다. 그들의 칼은 날카로웠고 정신은 견고했다.

이제 남은 건 죽음의 사원을 목표로 한 마지막 공격뿐이었다. 그 마지막 공격이 끝나고 맡은 임무를 모두 마친 뒤에는 실바나스 윈드러너의 곁으로 돌아갈 수 있었다.

승리를 경험하며 시라는 대담해졌고, 동시에 나타노스를 무시했다.

"아이들을 데리고 보여준 그 요란한 난장판, 그것으로 피의 욕망은 어느 정도 충족시켰을 것 같은데?"

나타노스는 일부러 시라와 정면으로 마주 서서 앞길을 막으며 다시 한 번 이야기했다. 그의 뒤로 핏빛 여명이 밝아오며 죽음의 사원을 진홍빛으로 물들였다. 그들과 '조발 폐허' 사이를 가로지르는 진창 위에는 뭐든 집어삼킬 듯한 짙은 파리 떼가 우글거리고 있었다. 어둠 순찰자와 과부거미 이빨의 비상 연합군은 큰길을 피해 다녔다. 라스타리 집행자들에게 자신들의 행방을 노출하고 싶지는 않았다.

"비위가 약한 남자인 줄은 몰랐군, 블라이트콜러."

나타노스는 어이가 없다는 듯 눈을 굴렸다. 한 손은 허리띠에 찬 단검 위에 놓여 있었고, 다른 한 손은 화살통에서 삐죽 튀어나온 화살 깃을 만지작거리고 있었다.

"네 덕분에 충격에 사로잡힌 잔달라 트롤이 대의를 위해 하나가 될 수도 있었다. 우리 계획은 잔달라 여왕이 고립되어 있기 때문에 원활히 진행되고 있는 것이다. 여왕이 오크 부대와 손을 잡게 되면, 상황은 우리에게 크게 불리해질 거야."

"그들은 이미 졌어. 폭풍 때문에 해로를 통한 지원군은 모두 차단됐다. 그리고 우리가 만든 함정이 육로로 접근하는 병력을 모두 지연시켜줄 거다."

시라는 무뚝뚝하게 대꾸했다. 그 말을 강조하고 싶었던 모양인지, 그녀는 어깨를 으쓱하며 투구를 벗었다. 금속 반구형 지붕 아래, 썩는 냄새가 진동했다.

"흠."

나타노스는 조발 폐허로 이어지는 모랫길을 향해 몇 걸음 다가갔다. 이미 정찰병을 앞서 보내고 보고를 기다리는 중이었다.

"이것이 바로 우리 여왕이 바로잡으려던 지옥 아닌가? 그녀가 이 지옥으로부터 우릴 구해주려는 거잖아? 텔드랏실이 불탔다. 어둠해안이 불탔다. 시끄러운 애새끼 둘보다 훨씬 더 많은 자들이 죽었으니, 걱정할 필요 없어."

"그래, 시라. 무슨 말인지 알겠다. 아, 비스린이 왔군."

정찰 부대가 돌아왔고 비스린과 렐리아스는 두건을 잔뜩 당겨 머리에 쓴 모습으로 모습을 드러냈다. 비스린의 손목이 붕대로 단단히 감겨 있었다. 그녀는 두건을 벗으며 뒤쪽으로 그들이 지나온 길을 가리켰다. 안개가 지면을 감싼 탓에 죽음의 사원으로 이어지는 길 위, 점점이 흩어져 있는 진창과 돌조각을 가렸다. 안전한 진입로는 단 하나뿐이었다. 조발 폐허를 확보하고 다리를 이용하여 진흙탕을 통과해 사원으로 들어가는 것이었다. 시라는 안개 속에서 창백한 연기 혹은 유령이나 영혼 같은 형상을 얼핏 보았다. 브원삼디 추종자들의 메아리가 그의 권좌에 이끌리듯 모여들고 있었다.

"소규모 상비군이 주둔하고 있습니다. 여왕이 파견한 것 같더군요. 하지만 아군의 수가 더 많습니다."

얼굴에 새겨진 빨간색 꽃 문신을 배경으로 두 눈을 빛내며 비스린이 말했다.

"적은 우리의 상대가 안 됩니다. 이 야영지에 있는 인원 대부분이 순례자들입니다. 포로로 잡으면 유혈 사태를 피할 수 있을 겁니다."

렐리아스도 비스린의 말에 동의했지만, 시라는 불만스러운 듯 투구를 만지작거렸다.

"뭐 다른 생각이라도 있나, 시라?"

나타노스가 느릿느릿 물었다. 그녀를 자극하려는 게 분명했다.

"놈들도 우리처럼 고통받아야 한다. 엘룬 앞에서 피를 쏟는 건 이 삶의 몇 안 되는 즐거움 중 하나지. 저 여신은 날 구하지 않았다. 글쎄, 누가 이로아를 구하러 올까?"

시라는 머리 위에 휘영청 걸린 둥글고 붉은 달을 보며 침을 뱉었다.

"없애버릴 것들이 병사 몇 명과 순례자들밖에 없다는 게 아쉬울 따름이군."

나타노스는 오른손 장갑을 벗고 짧게 휘파람을 불었다. 공터에서 왁자지껄하게 웃고 떠들던 소리가 잦아들고, 과부거미의 이빨 추종자들이 천천히 길가에 있는 그들에게 다가왔다. 아파리 코룬은 걷기조차 힘든 상황에서도 고개를 당당히 들고 있었다. 그 흉측한 공포거미는 여전히 그녀의 어깨에 앉아 있었다. 그녀와 함께 독특한 감염의 악취가 밀려들자 시라는 콧등을 찌푸렸다.

"폐허를 차지하러 가자. 다들 단단히 준비해라. 일단 폐허를 확보하고 나면, 최후의 돌격을 준비할 야영지를 세운 후 잠깐의 휴식을 허락해주겠다."

나타노스가 짧고 명료하게 지시했다.

돌격을 이끌게 될 비스린과 렐리아스를 따라, 트롤들은 동쪽으로 몰려갔다. 아파리는 나타노스 앞에 서 있었다. 불쾌한 가면 뒤편의 얼굴과 머리카락에는 땀이 흥건했다. 흉측한 모습이었지만 트롤은 차분하게 행복한 미소를 지으며 자신의 병사들이 핏빛 달 아래에서 폐허를 향해 달려가는 모습을 바라봤다.

"몸이 좋지 않아 보이는데. 렐리아스는 솜씨 좋은 치유사다. 당신 다리의 고통도 덜어줄 수 있을 거야."

시라의 말이 끝나기 무섭게 아파리는 경련하듯 몸을 떨었다. 초록색 피부는 얼룩덜룩하고 창백했다. 숨을 들이쉬는 것조차 무척이나 괴로워 보였다. 하지만 아파리는 손을 내저어 제안을 거절했다.

"아니, 그런 건 필요 없다."

아파리의 단호한 거절에 부관인 타요가 몸을 움찔했다.

"과부거미의 이빨은 오직 당신에게만 충성한다. 적어도 로아를 제거할 때까지는 당신이 필요하다."

시라가 초조한 듯 말을 이었다. 트롤의 자긍심은 놀라웠지만, 이렇게 어리석게 굴다가는 무덤에 일찍 들어갈 수밖에 없었다.

가면 뒤에서 아파리의 두 눈이 환하게 타올랐다.

"난 오직 그것만을 위해 살아 있는 것이다. 브원삼디의 최후와 배신자 여왕이 무너지는 꼴을 이 두 눈으로 똑똑히 보는 것, 그것이 바로 내가 사는 이유다."

그 순간 폐허에서 당혹해하는 비명 소리가 들려왔다. 반란군은 작은 야영지를 기습 공격했고, 어둠 순찰자는 주위를 포위한 후 활을 꺼내 탈출하려는 자들을 제거했다. 시라가 예상했던 것보다 훨씬 더 많은 민간인들이 폐허에서 쏟아져 나왔다. 그때 벽의 갈라진 틈 사이로 긴 털가죽이 온몸을 뒤덮은 젊은 트롤이 나타나 좁은 틈을 비집고 빠져나왔다. 잠을 자고 있었던 모양인지 주황색 머리 한쪽이 눌려 있었고, 그의 얼굴과 엄니에는 피가 흩뿌려져 있었다.

시라는 다시 투구를 쓰고 둥글게 굽은 곡검을 꺼냈다. 젊은 트롤은 큰길에서 조금 벗어난 반란군의 은신처까지 다가왔다. 어찌나 가까이 왔는지 살육의 현장을 피해 달아나는 그의 헐떡이는 숨소리까지 들릴 정도였다.

"네 먹이다, 시라. 숨통을 끊기 전에 마지막 소변이라도 편히 보게 해주든가."

나타노스는 허리를 숙여 가방을 집어 들고는, 폐허에서 싸우는 병사들과 합류할 준비를 했다.

"또 하나의 영혼을 나락에 바칠 수 있겠군."

시라의 곡검이 잔혹하리만큼 정확하게 허공을 가르고, 젊은 트롤의 머리가 땅에 떨어졌다. 잘려나간 머리는 공포에 질린 표정 그대로 굳어버렸고, 그의 남은 육체는 시라의 발치 아래 수풀 사이로 풀썩 소리와 함께 무너져 내렸다. 트롤의 머리가 굴러가는 동안, 시라는 이미 그의 몸통을 넘어 나타노스의 가벼운 발걸음을 따라잡았다. 또 하나의 작은 승리를 쟁취할 시간이었다.

"우리 여군주님께 바칠 제물은 별로 없군."

시라가 조발의 부서진 기둥과 덩굴로 뒤덮인 벽을 바라보며 중얼거렸다. 폐허 안쪽에서는 이제 비명이 들리지 않았다. 사방이 고요해지자 과부거미의 이빨 트롤들은 노래를 부르며 불을 피웠다. 깨진 기둥 위로 연기가 높이 피어올랐다.

"이 초라한 밀림에서는 모든 것이 흉물스럽게 보이는군. 그냥 모조리 파괴해버리는 것이 은혜를 베푸는 일처럼 느껴질 정도야."

나타노스는 고개를 가로저으며 야영지 입구에서 잠시 멈춰 섰다. 사방에 시체가 널려 있었다. 그들 쪽에는 눈에 띄는 사상자가 없었지만, 과부거미의 이빨 구성원 몇 명이 피어오르는 불길 옆에서 상처를 치료하고 있었다. 앞서간 아파리와 타요는 노래하고 춤추는 과부거미의 이빨 무리에 합류했다.

"그분께 바치는 모든 승리에는 다 의미가 있다."

나타노스가 퉁명스럽게 말했다. 불길이 그의 두 눈에 반사되어 뜨겁게 타올랐다.

"나는 이번 승리에도 자부심을 느낀다. 죽음의 사원을 차지하고 브원삼디를 소멸시키는 일 또한 그럴 것이다. 그자는 이제 실바나스 님의 위협이 되지 못한다. 이로써 그분의 앞길을 가로막는 방해물은 이제 얼마 남지 않았고, 조만간 그것들마저 사라진다. 아주 오랫동안, 그 무엇도 그분의 앞길을 가로막지 못할 것이다."

* * *

나타노스 블라이트콜러는 잠을 잘 필요가 없었다. 하지만 여린 육신을 유지하고 있는 과부거미의 이빨 트롤들에게는 잠이 필요했다. 아파리 코룬과 그녀의 충직한 부관 타요도 한쪽 구석에서 벽에 기댄 채 잠들어 있었다. 아파리의 마법을 강화하려는 목적으로 나타노스가 마녀에게 건넨 빛바랜 휘장이 여전히 그녀의 목에 걸린 채 반짝였다. 나타노스는 벌써 여러 번이나 그 휘장을 몰래, 혹은 강제로 그녀에게 되돌려받으면 어떨까 생각했었다. 하지만 그런 생각이 들 때마다 여왕의 우아한 목소리가 그런 사소한 것은 버리라고 속삭였다.

무의미한 장신구에 불과하다. 언젠가 소멸하는 하찮은 삶의 유물일 뿐.

비록 그들 사이의 유대 관계를 증명해줄 물질적인 증거는 없다 해도, 실바나스를 향한 그의 충성심은 이런 사소한 것들에 좌우되지 않았다. 나타노스는 여군주와의 유대가 발아래의 돌이나 장화에 부딪히는 질척한 물, 늪지를 가득 채운 귀뚜라미의 노래처럼 체감할 수 있는 것이라고 생각했다. 그는 외투 주머니를 두들기며 그 안에 있는 약병의 감촉을 느꼈다. 휘장을 내주었으니 이제 실바나스가 준 선물 중 나타노스의 수중에 남은 것은 그것뿐이었다.

어둠 순찰자들이 폐허 구석구석에서 어두운 두건으로 얼굴을 가린 채 그림자 속에 스며들어 불침번을 섰다. 그들 역시 쉴 필요가 없었다. 파수꾼처럼 조용히 자리를 지키고 있는 그들은 조발의 돌기둥에 새겨진 조각들처럼 미동도 하지 않았다.

북쪽에는 작은 섬 위로 솟아오른 죽음의 사원이 기다리고 있었다. 그 중앙의 기다란 탑은 애원하듯 하늘을 향해 뻗은 팔처럼 핏빛 달을 향해 솟구쳐 있었다. 나타노스는 부서진 다리 가장자리로 다가갔다. 그 다리는 한때 조발 폐허와 죽음의 사원의 커다란 뜰을 연결했었지만, 지금은 대부분 붕괴되어 있었다. 현재는 발목 높이까지만 물이 흐르고 있어서 충분히 건너갈 수 있었다. 그러나 어째서인지 부서진 다리를 건너가고 싶은 마음이 들지 않았다.

전투를 앞둔 저녁에는 늘 안절부절못하기 마련이었지만, 지금은 뭔가 달랐다. 나타노스는 기억의 사냥개들이 정신의 뒤꿈치를 물어뜯는 듯한 기분을 느꼈다. 뭔가 투명하고 위험한 존재가 그를 추적하고 있었다. 잠을 자지 못해서 정말 다행이었다. 혹시라도 잠이 들었다면 고통스러운 악몽이 찾아왔을 테니까.

그곳에서는 바람도 고통에 휘말린 듯 울부짖었다. 나타노스는 서신을 써야 했다. 실바나스에게 지금까지의 상황을 보고하고 곧 승리할 수 있으리라는 소식을 알려야 했다. 하지만 꿈틀거리는 안개 속에서 무언가가 그를 불렀다. 곧이어 죽음의 사원 중앙에 자리한 문이 열렸다. 문 한쪽에서 푸른 불길이 눈동자처럼 일렁였다. 그를 볼 수 있고, 그를 알고 있는 눈이었다. 마주 보는 것만으로도 등골이 서늘해지는 눈이었다.

"안녕, 나타노스."

발아래 어딘가에 있는 진흙탕으로 동전 같은 게 떨어지면서 참방 소리를 냈다. 나타노스는 웅크려 앉아 진흙탕 속의 금화를 건져냈다. 엄지손가락으로 앞면을 문질러보니 낯익은 조각이 드러났다.

"진짜가 아니군."

나타노스는 동전과 목소리를 향해 말했다. 하지만 그가 다시 일어나 돌아섰을 때, 사촌 동생 스테판 매리스가 그의 앞에 서 있었다.

"넌 오래전에 죽었어."

관대한 거울을 들여다보는 것 같았다. 둘 중 스테판이 좀 더 잘생긴 얼굴이라는 소리를 들었다. 숱이 많은 검은색 머리는 끝이 적갈색으로 탈색되고, 녹갈색 눈동자는 보기 좋게 반짝였다. 입술에는 늘 능글맞은 웃음을 띠고 있었고, 입 옆으로 둥글게 패인 보조개는 수염에 덮여 있었다. 그의 피부는 살아 있는 사람처럼 불그레한 빛이 돌았다. 이것이 환각에 불과하다는 또 하나의 증거였다.

스테판 매리스는 아주 오래전에 죽었다. 그는 탁자 위의 끈적한 얼룩이 되었고, 그 육신은 나타노스를 새롭게 구축해내는 재료로 사용되었다. 다시 태어난 나타노스는 스테판의 모습과 닮아 있었다.

내가 유일하게 후회하는 일.

"왜 그녀에게 그 일을 허락한 거지? 나는 네 사촌이었어, 나타노스. 널 존경했다고. 너처럼 되고 싶었어. 하지만 이건 아니야. 이런 식은 아니었다고."

스테판은 부드러운 음성으로 말했다.

나타노스의 손바닥에 놓인 금화에서 진짜 같은 무게가 느껴졌다. 그는 한숨을 내쉬며 금화를 손에 쥐었다. 사촌인 스테판이 꼬마였을 때, 실바나스가 나타노스에게 첫 번째 검을 사라며 그 동전을 주었다. 스테판은 늘 성기사가 되어 은빛 성기사단에서 활동하길 원했고, 실제로 그 꿈을 이루었다. 하지만 그 꿈은 너무 쉽게 끝나버렸고, 결국 그는 나타노스를 재구축하는 데 필요한 점토가 되었다. 그의 육신은 흉물의 손에 갈기갈기 찢겼고, 이후 스컬지의 노예로 되살아나 영혼 없는 구울로 살았다. 실바나스가 그 잔혹한 운명으로부터 해방시켜줄 때까지.

그리고 실바나스는 그 일에 스테판의 육체를 사용했다.

"달리 선택의 여지가 없었어. 그 일이 일어났을 때는 내 자신도 통제하지 못했으니까……."

나타노스는 사촌의 눈을 피하며 대꾸했다.

"내 육신을 훔쳤을 때, 그때를 말하는 거겠지."

스테판의 말에 나타노스가 움찔했다.

"실바나스가 결정한 일이었어. 친족을 희생하지 않고는 나 자신으로 돌아올 수 없었지."

스테판은 슬픈 표정으로 고개를 가로저었다. 나타노스를 바라보는 그 시선에는 분노나 경멸이 아닌 동정심으로 가득했다.

"그런데도 그녀를 섬기는구나. 내게 그런 짓을 한 그녀를, 우리 가족에게 그런 짓을 한 그녀를 말이야. 널 동요하게 만드는 유령은 나 하나뿐이겠지만, 다른 사람들은 너 때문에 얼마나 많은 유령을 만나야 했을까? 네가 그 잔혹한 여왕의 뜻에 따라 살해한 이들 때문에, 그들을 사랑하던 수많은 사람들이 얼마나 고통받으며 살고 있겠어?"

스테판의 죽음에 대해 나타노스가 느끼고 있던 죄책감이 그 순간 모두 사라져버렸다. 나타노스는 갑자기 번뜩이는 눈빛으로 사촌을 마주 봤다.

"혹시 알고 있었어?"

스테판이 나타노스를 도발했다. 표정이 어딘가 조금 달라져 있었다. 더는 친근하거나 잘생겨 보이지 않는 그 얼굴에서 기이한 파란빛이 스며 나오고 있었다.

"너희 여왕이 저세상에서 아주 끔찍한 친구들을 사귀었어. 그녀에게 주어진 힘은 언제든 빼앗길 수 있어. 무에젤라라면 결코 그 여자가 승리하도록 내버려두지 않을 거야. 잠의 아버지, 시간의 아들, 아무리 그녀라도 그런 자들을 상대할 수는 없어. 그녀는 죽음에 결속되어 있으니, 어둠땅의 힘에 구속되어 있는 것과 마찬가지야."

"넌 아무것도 몰라. 나처럼 그분에 대해 제대로 알고 있지 않아."

나타노스는 침을 뱉었다. 그는 속임수와 마법의 장난으로 손에 쥐어진 금화, 그 금화를 움켜쥐며 소멸시켰다. 브원삼디. 당연히 그렇겠지. 어느새 스테판의 얼굴이 녹아내리더니 흉측하게 웃는 두개골로 변했다. 그의 사촌이 있던 자리에 하얗게 바랜 해골 가면이 둥실 떠올랐다.

"넌 지금 내 세계에 들어왔다, 꼬마야. 이제부터는 내 싸움이니, 내 규칙에 따라 재미 좀 보자꾸나. 행운을 빌어주마."

브원삼디가 조롱하듯 말했다.

"당신은 이제 끝났다."

나타노스가 서늘한 목소리로 대꾸했다.

"어디 한번 두고 보자, 꼬마야."

그 말을 남기고 로아는, 아니 그가 내보낸 환영은 뒤틀려 사라졌다. 그 자리에는 나타노스를 조롱하는 듯한 웃음소리만 남았다. 그 역시 냉소를 머금고 폐허로 돌아갔다. 주먹을 여전히 꽉 움켜쥔 채로. 아직 해야 할 일이 있었다. 써야 할 편지가 있었다. 그는 폐허 입구에 서 있는 어둠 순찰자를 불렀다. 그녀의 빨간 눈이 어둠 속에서 희미하게 보였다.

"어서 준비해라. 전갈을 전해줘야겠다. 한 시간 뒤에 밴시의 비명호로 떠나라."

한 가지 준비를 더 해둬야겠지. 나타노스는 잠시 생각에 잠겼다. 좋든 싫든 우리는 브원삼디의 영역 안에 있으니까.

"우리가 탈것도 준비해둬라. 이따위 늪에서 죽을 생각은 없다."

제 27 장

디지알로

"적이 조발을 차지했습니다, 여왕님. 블라이트콜러와 어둠 순찰자들이 죽음의 사원으로 이동하는 모습이 포착됐습니다. 명령을 내려주시겠습니까?"

미동도 하지 않는 탈란지의 시선은 앞에 놓인 길에 고정되어 있었다. 그늘이 드리운 그 길은 조칼로를 통과하여 오래된 도붓길을 지나 다시 푸르른 밀림으로 이어졌다. 길을 따라 여러 다리와 폭포를 지나고 가파른 언덕길을 내려가면 강의 늪지가, 줄잔 폐허가 나왔다. 오랜 행군을 거쳐 도달하게 될 그 길 끝에는 잔달라 트롤의 운명이 기다리고 있었다.

졸라니는 불편한 듯 몸을 움직였다.

"여왕님?"

"시간이 없다."

한참이 지난 후, 탈란지가 대답했다. 마지막으로 한번 밀어붙이자. 그녀는 생각했다. 정신 똑바로 차리고 마지막 남은 힘까지 모두 끌어내야 한다. 고개를 당당히 들고 굴하지 않는 모습을 백성들에게 보여주자. 행군을 시작하자.

"죽음의 사원으로 간다."

혼자서.

탈란지는 제대로 말하는 게 쉽지 않았다. 그녀는 제칸의 병상 옆에서 무릎을 꿇고 앉아 밤을 지새우며, 라스타리 집행자와 예비 병력, 인원을 보충하기 위해 모집한 민병대가 두런두런 이야기하는 소리를 들었다. 제칸은 잠을 자면서 영혼과 그림자에 대해 중얼거리며 이리저리 몸을 뒤척였다. 그의 온몸은 사제들이 감아준 붕대로 여전히 뒤덮여 있었다. 언젠가 탈란지는 침대에 얹은 팔에 엎드린 채 잠이 들었다. 꿈속에서는 아침이 되자 강대한 호드 병력이 밖에서 그녀를 기다리고 있었다.

하지만 그건 꿈에 불과했다. 스랄은 돌아오지 않았다. 탈란지는 몸을 씻고 옷을 갖춰 입으며 전투를 준비했다. 얼굴은 아무 표정 없는 가면으로 바꾸었다. 조칼로에서 자신의 병력을 마주했을 때, 실망한 기색을 드러내고 싶지 않았다.

"이게 전부인가요?"

탈란지는 앞서 로칸과 졸라니에게 물었다. 병사 마흔 명. 교활하고 숙련된 실바나스의 순찰자들을 상대로 승리를 보장하기에는 턱없이 부족한 숫자였다.

"너무 적어……."

"오지 않겠다고 거절한 이들이 많았소. 과부거미의 이빨이 인질까지 잡아서 그들을 협박했소. 다자알로 주민들은 그자들의 분노를 두려워하며 떨고 있더군."

로칸이 엄숙한 목소리로 말했다.

"그것도 오늘로 끝이에요."

탈란지의 말은 진심이었다. 오늘이 지나면 잔달라군이 승리하여 해안에서 어둠 순찰자들을 몰아내고 과부거미의 이빨을 섬멸하거나, 반란군이 승리하여 거대한 봉인에서 혼돈의 지배가 시작되려 할 것이다. 두 가지 결과 중 후자 쪽으로 결론이 난다면, 그녀는 복수를 위해 진군해올 호드를 초조하게 기다리는 신세가 될 것이다.

그렇게 탈란지가 패배하게 된다면 호드가 그녀의 복수라도 해주길 바랐다. 물론 그마저도 불가능할지 모르지만.

너무 오래 기다렸어. 이것이 내 오만의 대가인가.

"이제 출발해야 합니다. 너무 더워지기 전에 행군을 시작해야 합니다."

"신호를 울려라."

졸라니의 말에 탈란지는 곧장 명령을 내렸다. 출정할 시간이었다. 아무리 걸어 다니는 시체처럼 온몸에 힘이 없다고 해도 이제는 때가 되었다. 물론 다른 이들도 그녀의 몸 상태를 눈치챈 듯했지만, 여왕에게 병력을 이끌 힘이 없다고 지적하는 이는 없었다.

로칸은 몸을 날려 무장한 랩터에 올라탔다. 허리띠에 매단 단검들이 반짝였다. 만일의 사태에 대비하여 가시가 박힌 가죽끈을 엄니에도 묶어두었다. 그의 뒤로 거대한 봉인이 아침 햇살을 받아 반짝였다. 졸린 눈의 상인과 귀족들은 상황의 심각성을 모른 채 평범한 하루를 시작하고 있었다. 로칸이 전쟁의 뿔피리를 불었다. 전사들이 거친 외침으로 응답하고, 잔달라 병력은 여왕과 함께 전장으로 나섰다.

약속은 지킬게요, 브원삼디. 그 약속이 우리 둘의 최후가 될 수도 있겠지만 말이에요.

그들이 조칼로의 장대한 황금 아치를 통과했을 때, 멀리서 희미하게 또

한 번의 전쟁 뿔피리 소리가 울려 퍼졌다.

"방금 들으셨습니까?"

졸라니는 랩터의 고삐를 당겨 도시 쪽으로 방향을 돌렸다.

탈란지도 랩터 지나에게 박차를 가해 도열한 잔달라 병사들과 졸라니, 로칸을 지나쳐 달렸다. 다시 다리를 건너 도시에 들어서자, 이번에는 조금 더 가까운 곳에서 뿔피리 소리가 울려 퍼졌다. 깃발 위를 장식한 뾰족한 쐐기가 눈에 보이기 시작했다. 발아래 땅이 규칙적으로 흔들렸다. 거대한 봉인의 구불거리는 경사로에서, 전쟁드루이드 로티가 초록색 머리카락을 휘날리며 탈란지를 향해 달려왔다. 로티는 숨을 헐떡이며 미끄러지듯 탈란지의 랩터 옆에 멈춰 섰다. 그때 아래쪽 시장과 항구에서부터 이어지는 계단을 지나 첫 번째 깃발이 모습을 드러냈다.

"호드입니다! 호드가 왔습니다, 폐하!"

"나도 봤다, 로티."

탈란지는 기쁜 마음을 숨기지 않았다.

"다만 염려되는 것이…… 모두들 크게 동요하고 있습니다. 호드가 침공했다고 생각하는 것 같습니다."

전쟁드루이드 로티가 가까스로 호흡을 가다듬었다.

탈란지도 그런 일이 발생할까봐 두려워하고 있었다. 잔달라 주위로 폭풍이 휘몰아치는 상황에서, 이 대륙으로 들어오려면 마법에 의존해야 했다. 스랄도 아마 차원문을 통해서 병력을 이동했을 것이다.

"라쉬크를 찾아서 함께 대시장으로 가라. 일단 그곳에서 시민들을 진정시킨 후, 죽음의 사원으로 합류해라."

로티는 아무 말도 하지 않고 지체 없이 떠났다. 지금부터 아주 험난한 길이 기다리고 있음을 탈란지는 알 수 있었다. 설령 죽음의 사원을 보호하는 데 성공한다 하더라도, 그녀의 도시는 이미 과부거미의 이빨이 날뛰고, 위협하고, 거짓 소문을 퍼뜨린 탓에 엄청난 상처를 입었다. 그러나 지금은 브원삼디를 지키고 실바나스와 아파리의 공격을 막아내는 게 급선무였다.

빠르게 지나를 몰아 선봉대를 향해 달려가던 탈란지는 무장한 회색 늑대에 올라탄 스랄을 만났다. 붉은색과 하얀색이 섞인 호드의 깃발이 그의 등 뒤로 높이 휘날리고 있었다. 첫 번째 비전술사 탈리스라도 다른 병사들과 함께였다. 보랏빛과 파란빛으로 찬란하게 빛나는 탈리스라의 견갑에서 은색 깃털이 반짝이고 있었다. 그녀의 마나호랑이 뒤쪽으로 소규모의 나이트본 엘프 부대가 따르고 있었다. 그녀를 보니 차원문을 누가 열었는지, 호드가 어떻게 이토록 빨리 도착할 수 있었는지 바로 깨달았다.

마지막으로, 역시 반가운 얼굴인 타우렌 대부족장 바인 블러드후프가 합류했다. 섬세한 머리장식을 착용한 주술사들이 나무둥치만큼 커다란 토템을 등에 짊어진 채 나타났다.

호드의 병력은 탈란지가 그러모은 병력보다 훨씬 많다고 할 수는 없었지만, 그것만으로도 승산이 두 배는 증가할 것이다.

"와주셨군요! 전 그저……."

탈란지가 활짝 웃으며 스랄을 환영했다.

"너무 늦게 와서 미안하오."

스랄이 대답했다. 그는 가슴을 가로지르는 탄띠를 두르고, 예의 그 낡은 가죽 건틀릿과 경갑을 착용한 모습으로 오른손에는 도끼를 높이 들고 있었다. 그의 늑대가 머리를 흔들며 낑낑거리자 스랄이 늑대 이마의 털을 긁어주었다.

"진정하렴, 달빛발. 오그리마의 방어 병력을 제외하고 확보할 수 있는 병력은 이게 전부였소. 물론 이 정도 인원이라 해도 이들 모두를 옮기는 일은 탈리스라에게도 쉽지 않은 임무였지. 이 정도로 충분하겠소?"

스랄의 말에 탈란지는 정중하게 고개를 숙였다.

"그래야지요. 저희 쪽 병력보다 많군요. 고맙습니다. 잔달라는 이번 일을 절대 잊지 않을 거예요."

바인이 전쟁 뿔피리를 입술에 대고 두 번 불자 오크 전사, 타우렌 주술사, 나이트본 궁수들이 걸음을 재촉했다. 탈란지, 스랄, 바인, 탈리스라는 함께 모여 잔달라 병력이 기다리고 있는 조칼로를 향해 호드 병력을 이끌었다.

"기병은 몇 명이오?"

바인이 간단명료하게 물었다.

"우리와 로칸, 졸라니뿐이에요. 전쟁드루이드 로티는 여러분이 이 땅을 침공하는 게 아님을 시민들에게 알린 후 죽음의 사원으로 합류할 거예요."

탈란지의 설명에 스랄은 늑대의 안장 위에서 고개를 끄덕였다.

"병력을 나눈 후 양쪽 측면에서 공격해 들어가고, 기병은 중앙으로 진격시켜서 블라이트콜러를 포위하는 게 좋을 것 같소."

"그건 어려울 거예요. 죽음의 사원 주변은 늪으로 둘러싸여 있어요. 가장 안전한 진입로는 조발 폐허를 통과하는 것인데, 그곳은 지금 블라이트콜러가 점령하고 있고요."

탈란지가 근심 어린 목소리로 경고했다.

"우리 주술사들에게 그런 건 문제가 되지 않을 거요. 그들이라면 수면 보행이 가능하니까."

바인이 끼어들었다.

"그리고 조금만 쉬면 저도 몇 명 정도는 원하는 곳으로 보내드릴 수 있을 거예요. 기습의 효과를 극대화해보죠."

탈리스라가 조곤조곤하지만 명확하게 이야기했다.

"기습은 안 돼요. 일단 죽음의 사원에 도착하면, 사방으로 시야를 가려줄 만한 것이 없어요."

"그렇다면 서두르는 게 좋겠군."

탈란지의 두 번째 경고에 스랄이 말했다. 그는 돌아서서 탈리스라를 바라봤다. 지친 표정으로 어깨를 축 늘어뜨린 그녀는 여린 손으로 마나호랑이의 고삐를 힘겹게 쥐고 있었다.

"시간이 얼마나 필요할 것 같소? 우리 전사 중 일부를 이동시킬 수 있겠소?"

탈리스라는 몸을 꼿꼿이 펴고 입술을 앙다물었다.

"한번 노력해볼게요."

그들은 거대한 봉인 뒤편에 설치된 다리를 건넜다. 길 앞쪽에서 잔달라의 병력이 보였다. 로칸은 트롤들을 이끌고 행군을 계속하고 있었다. 걸음을 내디딜 때마다 투구의 화려한 깃털 장식이 춤을 췄다. 백만 가지 생각과 계획이 탈란지의 머릿속에서 바쁘게 움직였다. 스랄이 제때 도착하면서 모든 것이 달라졌다. 믿었어야 했다. 신뢰했어야 했다.

결과적으로 스랄에 대한 믿음이 이토록 큰 선물이 되어 돌아왔고, 그 사실이 그녀의 마음속을 희망으로 가득 채웠다. 어쩌면 브원삼디의 말이 옳은지도 몰랐다. 지금부터 제대로 노력을 기울여 전진한다면, 잔달라 왕국의 부서진 가슴과 영혼, 정신을 모두 치유할 수 있을지도 모른다. 친구와 아군이 생겼고, 결속과 약속이 존중되고 지켜졌다. 호드는 탈란지 여왕을 위해, 그녀의 백성들을 위해 가장 필요한 순간에 함께해주었다. 그것도 탈란지 여왕이 호드의 호의를 거절하고, 그들의 대사까지도…….

호드의 대사.

“제칸이 크게 다쳤어요. 저희 병사들을 이끌고 로아의 제단 중 한 곳을 지키던 중이었어요. 타르 구덩이에 빠져 있을 때 불길에 휩싸였죠. 저희 치유사들이 최선을 다해 보살피는 중이고, 목숨에는 지장이 없을 거라고 했어요.”

“아주 강한 녀석이오. 그리고 그 아이가 자원해서 병력을 이끌겠다고 했다면, 어떤 위험이 따르는지도 잘 알고 있었을 거요.”

스랄은 그렇게만 대답했다. 탈란지는 가만히 고개를 끄덕였다. 그럼에도 머릿속 소란은 가라앉지 않았다. 죽음의 사원에 제시간까지 도착할 수 있을까? 단 1분만 주저해도 엄청난 대가를 치러야 하는 상황에서 어떻게 제대로 된 공격을 주도할 수 있을까? 온몸이 이렇게 무너져버린 상황에서 지팡이 하나 제대로 들어 올릴 수 있을까?

“탈리스라, 우리 중 몇 명이나 안전하게 죽음의 사원으로 이동시킬 수 있겠소?”

바인이 물었다. 그는 거대한 체구에 털이 복슬복슬한 야수로, 바인 자신처럼 멋진 뿔을 지닌 회색 수사슴 위에 올라타 있었다. 어찌 보면 보잘것없는 병력과 변변찮은 탈것들일지도 모른다. 공동의 목표를 위해 한자리에 모인 기이한 동맹이 외부인의 눈에는 어떻게 보일지, 탈란지는 문득 궁금해졌다.

“왠지 제게 짜증이 나신 것 같은데요, 블러드후프?”

탈리스라는 장난기 어린 목소리로 말했다.

“그 예쁜 깃털들은 밀림의 열기를 흡수할 거요. 우리가 갈 길은 짧지 않소.”

그는 콧방귀를 뀌며 받아쳤다.

"일리가 있군요."

첫 번째 비전술사 탈리스라는 섬세한 룬이 새겨진 안장주머니에서 약병을 꺼내 뚜껑을 열고 길게 들이켰다. 그러자 순수한 빛을 들이마신 듯 두 눈이 환하게 빛났다.

"잠깐만 기다려주세요. 그러면 부대 전체의 순간이동도 가능할 거예요."

스랄이 주먹으로 안장 머리를 때렸다. 회색 늑대가 길고 스산하게 울부짖었다.

"그러면 결정됐군. 병력을 세 개로 나눠서 적에게 퇴각할 여지를 주지 않겠소."

"바다가…… 죽음의 사원은 북쪽 경계와 접해 있어요. 적은 바다로 탈출할 거예요. 이 대륙을 둘러싼 폭풍도 저들이 조종하는 거니까요."

탈란지가 눈살을 찌푸린 채 말했다.

"그래서 적의 마법사를 먼저 공격하려는 거예요."

탈리스라가 미소 지으며 말했다.

"로르테마르와 가즈로도 전속 항해하고 있소. 폭풍이 물러나기만 하면, 그들이 바다의 퇴로를 차단할 수 있을 거요."

스랄이 북쪽 길에 시선을 고정한 채 덧붙였다.

탈란지는 경탄하는 눈빛으로 그들을 바라볼 수밖에 없었다. 이미 모든 것을 검토해둔 모양이었다. 어쩌면 그래서 조금 늦게 온 것인지도 몰랐다. 스랄은 안장에서 몸을 숙여 전사 한 명을 앞쪽으로 보냈다. 그 전사가 로칸에게 스랄의 말을 전하자 잔달라 병력은 속도를 늦췄다. 탈리스라의 마법으로 순간이동할 준비를 하려는 것이었다.

"그러면 결정됐군요. 이제 곧 적은 호드의 힘을 맛보게 될 거예요."

탈란지가 스랄의 말을 반복하며 덧붙였다.

"잔달라를 위하여! 그리고 제칸을 위하여!"

스랄이 탈란지의 말에 동의하며 도끼를 들어 올리자 여왕도 그에 응답했다.

"잔달라 백성의 평안을 위하여! 그리고 호드를 위하여!"

제 28 장

죽음의 사원

“그자는 어디 있지? 왜 나타나지 않는 거야?”

시라 문워든은 죽음의 사원이 보이는 제단 주위를 빙빙 돌며 물었다. 밝아오는 새벽빛 속으로 사라지려는 핏빛 달처럼 그녀의 분노도 붉게 타올랐다.

나타노스는 차분한 태도를 유지하며 제단 여기저기에 흩어진 조각상과 북을 살펴봤다. 그들이 뭔가를 놓친 것인지도 몰랐다. 지금까지 브원삼디의 모든 제단을 훼손했으니, 로아가 격분하여 보복해올 것이라고 생각했다. 하지만 죽음의 사원은 스산한 침묵에 잠겨 있었다. 도발하듯 수군거리는 바람이 비정상적인 형태로 맴돌고, 시야 가장자리에는 모습을 감춘 영혼들이 언뜻언뜻 보였다.

이렇게 애처로울 만큼 가까이 다가온 승리를, 밴시 여왕의 승리를 놓칠 수는 없었다.

“브원삼디는 교활한 사기꾼이라는 점을 명심해라.”

아파리 코룬이 느릿한 걸음으로 그들에게 다가왔다. 그녀의 어깨 위에는 애완 공포거미가 종기처럼 크게 부풀어 있었다. 아파리는 기름진 하얀 머리채를 한쪽 어깨 너머로 넘기고, 제단 반대쪽에 있는 구덩이를 향해 손짓했다. 원형 경기장이나 넓은 뜰처럼 보이는 그 구덩이에서는 어둠의 전조가 이글거리고 있었다. 그곳을 바라보자 나타노스도 불안과 불길함이 느껴졌다.

"로아는 어디에 있나, 마녀?"

시라가 다시 초조한 목소리로 물었다.

"난 우리의 우정을 존중한다. 그러니 우리의 거래도 존중할 생각이다."

아파리는 미소를 지으며 담담히 말했다.

"하! 우리는 친구 따위가 아니야. 이건 편의를 위한 동맹일 뿐이다, 이 멍청아. 우리가 원하는 건 로아뿐이다. 그 다음에는 너와 저 건방진 것들이 어찌 되든 아무 상관없어! 자, 그자를 소환하려면 어떻게 해야 하느냐?"

시라는 험악한 태도로 아파리에게 바싹 다가섰다. 기이한 뿔이 달린 가면 뒤에서 진홍빛 두 눈이 환하게 타오르고 있었다.

아파리는 움츠러들지 않았지만, 부관인 타요가 이를 드러냈다. 상황이 악화되고 있었다.

"어떻게? 이렇게."

나타노스는 아파리가 반란군들을 사원 안으로 들여보낸 목적이 공물과 보물을 갈취하기 위해서라고 생각했었다. 하지만 지금 그들은 꽁꽁 묶여 꿈틀거리는 인질들을 끌고 오고 있었다.

"브원삼디의 추종자들이로군. 그래, 이거면 되겠어."

나타노스가 중얼거렸다.

"이들은 브원삼디의 충직한 신봉자들이다."

아파리가 설명했다. 과부거미의 이빨 광신도들이 트롤 여섯 명을 꿇어앉혔다. 나이 많은 남자 셋과 여자 둘, 그리고 아홉 살 정도밖에 안 된 어린 소녀였다.

트롤 소녀가 마지막에 죽어야 할 것이다. 물론 브원삼디가 계속해서 저항할 경우의 이야기다.

"저 녀석부터 하지."

나타노스는 늙은 남자 트롤을 가리켰다. 머리가 하얗게 센 그의 귀는 노쇠함과 무거운 뼈 장신구 때문에 아래로 축 늘어져 있었다. 그는 인질들 중 가장 강했다. 비록 나이는 많았지만 온 힘을 다해 격렬하게 저항했다. 그에 비해 다른 노인들은 이미 무덤에 한 발을 들여놓은 듯한 모습이었다.

하얀색과 검은색 튜닉을 입은 과부거미의 이빨 반란군 두 명이 늙은 트롤을 어깨에 둘러메고 앞으로 나섰다. 늙은 트롤은 이제 저항하지 않았다.

"안녕하신가."

"어둠이 네놈을 데려가길."

늙은 트롤이 나타노스를 향해 침을 뱉자 그는 한숨을 쉬며 볼에 묻은 침을 닦아냈다.

"알았다. 정 그렇다면 나도 인사말 같은 건 생략하지. 널 고문하거나 아이를 죽일 필요는 없다. 넌 브원삼디의 충실한 추종자겠지? 네 믿음이 신실하다는 걸 증명해라. 로아를 이곳으로 소환하기만 하면 너희 모두 살려주겠다."

트롤의 어깨 너머로 시라가 콧방귀를 뀌자 나타노스가 그녀를 보며 희미하게 고개를 가로저었다. 멍청한 짓 하지 마라. 당연히 이자들을 살려둘 생각은 없어.

"이름이 뭐지?"

나타노스의 질문과 함께 마녀 아파리가 천천히 다가오더니, 허리에 묶은 약주머니에 손을 넣어 그보다 작은 주머니 하나를 꺼냈다.

"테지다."

"좋아, 테지. 이성적으로 생각해보자. 브원삼디 찾는 걸 도와주면, 너희 모두 살 수 있다니까."

테지는 한숨을 쉬고는 어깨를 펴서 나타노스와 눈높이를 맞췄다.

"우리는 죽음의 로아를 숭배한다, 기이한 자여. 매일 이곳으로 찾아와 기도한다. 네놈 따위는 두렵지 않아. 그 무엇도 두렵지 않다."

"지지 마세요, 테지! 이자들은 쓰레기라고요! 브원삼디 님이 우릴 지켜주실 거예요."

어린 소녀가 소리쳤다. 어둠 순찰자 하나가 소녀의 따귀를 때려 입을 다물게 했다. 그 순간을 틈타 아파리가 끼어들었다.

"제물을 바쳐라, 영감. 그렇지 않으면 이게 소녀의 입으로 들어갈 거야."

아파리는 주머니에 손을 넣어 검은 가루를 조금 꺼냈다. 트롤 소녀가 비명을 질렀다.

"구토풀과 강봉오리 뿌리다. 꼬마의 내장이 눈구멍으로 쏟아져 나오게 해주지. 그런 걸 보고 싶나?"

테지는 몸을 움츠렸다. 그때 시야 한쪽에서 누군가 마녀를 향해 달려드는 모습이 보였다.

"아이는 건드리지 말아요!"

타요가 가루를 들고 있던 아파리의 손을 붙잡더니 손목을 뒤틀어 잡아당겼다. 연약해진 아파리는 손에 든 주머니를 놓칠 수밖에 없었다. 타요는 떨어진 주머니를 멀리 집어던졌고, 독약이 든 주머니는 첨벙 소리와 함께 늪에 빠져 사라졌다.

아파리는 타요의 얼굴을 후려쳤다. 이제는 남은 힘도 거의 없는 그녀였지만, 그 충격에 타요는 우뚝 멈춰 섰다.

"나는 언제 죽을지 모른다, 자고타. 하지만 이렇게 버티고 있어. 오직 브원삼디와 탈란지가 몰락하는 모습을 보기 위해 버티고 있다."

나타노스는 '자고타'가 무슨 뜻인지는 몰라도 결코 좋은 표현은 아닐 거라고 확신했다. 타요는 풀이 죽은 채 터덜터덜 조발 폐허 쪽으로 돌아갔다. 어둠 순찰자 비스린이 그 뒤를 따라가려 하자 아파리가 중얼거렸다.

"보내줘. 다시 돌아올 거야. 늘 그랬으니까."

"진정한 친구로군. 자, 어디까지 했지? 아, 그렇지. 테지, 우리의 새 친구여, 네가 우릴 돕지 않으면 저 트롤 소녀가 아주 험한 꼴을 당하게 될 거야. 우리에게는 저 마녀의 가루나 독약보다 훨씬 지독한 비법이 있으니까."

나타노스가 느릿느릿 말했다.

"마음대로 해봐!"

소녀가 당당하게 외쳤다. 나타노스는 트롤 소녀의 의지에 경의를 표하고 싶었다. 그는 허리띠에서 단검을 꺼냈다.

"예를 들면, 저 작은 혀를 잘라버릴 수도 있지."

"원하는 대로 해주마. 하지만 나도 로아 앞에서는 뱀과 마주한 생쥐처럼 무력할 뿐."

테지가 거친 목소리로 대답했다.

"그렇다면 쥐새끼처럼 잽싸게 제단으로 가기나 해라."

나타노스는 늙은 트롤의 목에 걸린 뼈 부적을 붙잡아 연단에 늘어서 있는 북과 성물을 향해 거칠게 떠밀었다. 밑에서는 안개와 영혼들이 소용돌이치고 있었다. 헛것이 보이는지는 몰라도 은빛 진창이 더 짙어진 것만 같았다. 이것이 브원삼디의 분노일까? 아무리 죽음의 로아라고 해도 테지와 같은 '쥐새끼'가 괴롭힘 당하는 것을 아무렇지 않게 보고만 있지는 않을 것이다.

늙은 트롤은 무릎을 꿇었다. 소녀가 흐느끼기 시작하자 아파리가 그녀를 찰싹 때렸다. 아이는 결국 소리 없이 눈물만 흘렸다. 테지는 고대의 북 중 하나를 들어 올리더니 손바닥으로 두드리며, 낮고 스산한 쉿소리로 노래를 불렀다. 습지를 가득 채운 곤충들이 윙윙거리는 소리와 함께 그의 노래가 조용히 오르내렸다.

노래는 한동안 계속되었고 테지의 목소리는 점점 거칠어졌다.

시라의 걸음이 빨라졌다. 나타노스도 시라와 같은 기분이었다.

"지켜보고 있다는 거 안다, 브원삼디. 모습을 드러내라, 로아. 아니면 네 추종자들은 조만간 영혼의 세계를 거닐게 될 것이다!"

나타노스가 큰 소리로 외쳤지만 아무런 반응이 없었다. 그의 얼굴에서 경멸의 빛이 번뜩였다.

"소녀를 데려와. 손가락부터 시작해라. 먼저 가죽을 벗겨라. 천천히 해야 한다. 그다음은 귀다."

그러자 다른 신봉자들도 무릎을 꿇고 테지의 주문에 목소리를 더했다. 하지만 소녀는 몸을 덜덜 떨면서도 고개를 좌우로 흔들며 계속 흐느끼기만 했다. 나타노스라고 좋아서 하는 일은 아니었다. 그저 필요한 일일 뿐이었다. 밴시 여왕은 브원삼디를 제거하라고 명했다. 로아가 이렇게 숨어 있으면 제거할 수가 없지 않은가.

"잠깐."

시라가 우뚝 멈춰 서서 제단 너머 안뜰 쪽을 바라봤다. 안개와 영혼의 혼합물이 빙빙 돌기 시작했다. 그 소용돌이가 하늘로 솟아오르고, 파문을 일으키며 주위로 퍼져 나갔다. 죽음의 사원 기둥들이 흔들리고, 깊은 땅속의 보이지 않는 무덤들도 전율했다. 폐허를 뒤덮은 해골들이 부르르 떨며 가루가 되었다. 발아래 고대의 돌길에서 먼지가 피어올랐다. 그 폭발에 나타노스는 몇 걸음 뒤로 물러나야 했다. 엄청난 충격에 귀가 먹먹했다.

"브원삼디 님을 찾았나, 친구들? 왜들 그렇게 소란을 피우는 거지?"

로아가 궁정 위 높은 곳에 떠올랐다. 가볍게 발목을 꼬며 고개를 한쪽으로 갸웃거리고 있었다. 그의 등을 감싼 높다란 보호구가 가볍게 흔들거렸다. 가슴에 새겨진 갈비뼈가 별처럼 빛나고, 해골 가면에 난 틈으로 푸른 증기가 스멀스멀 피어올랐다. 그의 추종자들은 헉하고 숨을 삼키며 바닥에 납작 엎드렸다.

"어둠 순찰자, 공격 준비!" 시라가 외쳤다.

"드디어 나타났군."

나타노스는 한가로이 제단 가장자리로 다가가 실제보다 훨씬 큰 형상으로 모습을 드러낸 로아를 올려다봤다. 위압적인 모습이긴 했지만, 그들의 병력이 로아를 포위하고 있었고, 지금까지 제단 대부분을 잃은 상대는 상당히 약해져 있었다. 우묵하게 파인 안뜰에서 다시 반짝이는 하얀 안개가 피어올랐다. 트롤의 영혼들이 무덤에서 흘러나와 주인 곁으로 모여들었다.

"내게도 군대는 있다, 꼬마 시체야. 그리고 이제 곧 나의 여왕도 이곳으로 올 거야. 지금까지 몸을 숨기고 있느라 고생 많았다. 솔직히 숨는 것만큼은 훌륭했다고 인정해주마. 하지만 여왕의 군대와 너희는 상대가 안 돼."

브원삼디가 킬킬대며 웃었다.

"군대라고?"

시라는 낮은 목소리로 물으며 나타노스를 노려봤다.

"허세를 부리는 거다. 탈란지 여왕이 도착할 때쯤엔 넌 이미 사라지고 없을 거다. 시라, 명령을 내려라."

나타노스가 차분한 목소리로 말했다.

"발사!"

"과부거미의 이빨들이여! 나의 추종자들이여! 친구들이여! 제아무리 죽음의 로아라 해도 우리를 지배할 수 없고 이 나라의 왕을 더럽힐 수 없다!"

아파리의 말에 이십여 명의 추종자들이 우렁찬 포효로 응답했다. 안뜰을 둘러싼 어둠 순찰자들의 화살이 새된 비명과 함께 브원삼디를 향해 쏟아지기 시작했다.

"너희는 지금 내 세계에 있다! 여기는 내 집이지!"

브원삼디가 천둥처럼 외치며 해골 같은 손을 높이 들어 올렸다. 그의 팔이 떨렸다. 그의 모습은 당장이라도 꺼져버릴 듯 흔들리는 촛불처럼 깜빡였다. 로아의 주위로 모여든 영혼들은 산사태처럼 무시무시한 속도로 사방으로 퍼져 나갔다. 영혼들이 구덩이를 빠져나오는 좁은 계단을 가득 채웠다. 나타노스가 예상했던 것보다 그들의 저항은 훨씬 더 완강했다.

궁정 동쪽에서는 비스린과 렐리아스가 재빨리 물러나며 영혼 무리를 향해 화살을 발사했고, 과부거미의 이빨 추종자들은 물맷돌과 활, 취관을 들고 전투에 합류했다. 아파리는 고개를 뒤로 젖히고 구름을 향해 떨리는 두 손을 뻗어 번개를 불러냈다. 그 번개는 어둠 순찰대와 영혼 무리 사이의 포석을 향해 세차게 내리꽂혔다.

나타노스도 장궁을 들어 올리며 소리쳤다.

"놈을 없애라! 실바나스를 위하여!"

제 29 장

나즈미르

먼저 도착한 것은 호드의 지도부였다. 그들은 낯선 여정으로 잔뜩 신경이 곤두선 야수를 타고 조발 폐허 앞에 도착했다.

"이런, 진정하렴. 발조심해야지. 이제부터 전쟁을 치러야 하잖아."

탈란지가 랩터 지나의 성긴 비늘을 쓰다듬으며 달랬다. 자칫 안장에서 떨어졌다가는 탈란지의 목숨도 위태로울 수 있었다.

그 말에 랩터는 날카로운 소리로 울부짖었고, 스랄의 늑대가 이에 응답했다.

첫 번째 비전술사 탈리스라는 마나호랑이에서 내려서며 우아한 손짓으로 성가신 각다귀 떼를 쫓았다.

"폐허로 가죠. 우리 군대가 뒤따를 거예요."

"혼자서 괜찮겠소?"

바인은 화려한 색체와 구슬로 장식된 천둥발굽 위에서 물었다.

"네, 그럼요. 어서 가세요!"

탈리스라의 다급한 마음에 방점을 찍듯, 번개가 하늘을 가르고 죽음의 사원 안쪽 어딘가에 떨어졌다.

"벌써 로아를 공격하고 있어요! 시간이 없어요!"

탈란지는 지나에게 박차를 가하며 조발을 향해 내달렸다.

스랄과 바인은 그녀와 함께 죽음의 사원을 향해 달렸다. 땅이 흔들렸다. 이번에는 번개 때문이 아니라 중무장을 하고 전투에 굶주린 채 배에서 내리는 오크 전사 스무 명의 무게 때문이었다. 탈란지는 달리는 중에도 어깨 너머를 돌아보았다. 로칸과 라스타리 집행자 선봉대, 그리고 민병대까지 차례로 도착하고 있었다. 새로 도착한 병력도 지체 없이 곧장 달리기 시작했다. 그들은 기병대를 따라 조발 중앙의 진입로를 지나서 폐허를 통과하고, 죽음의 사원으로 이어지는 부서진 다리를 건넜다.

바인의 주술사와 오크 병력은 계속 동쪽 길을 따라가다가 북쪽으로 방향을 틀었다. 그들은 물 위를 걸을 수 있는 능력을 활용해 진입을 어렵게 하는 늪지를 통과할 것이다. 마지막으로 탈리스라의 나이트본 궁수는 즉시 북쪽으로 진군하여 서쪽에서 죽음의 사원으로 접근할 것이다. 그리고 포효하는 오크와 마법을 사용하는 주술사가 적을 공격하기 시작하면 순간이동을 활용하여 즉시 전장으로 진입할 것이다.

"멈춰요! 당장 멈추세요!"

조발의 안뜰 바위 뒤에서 갑자기 트롤이 뛰쳐나오는 바람에 하마터면 스랄의 늑대에게 짓밟힐 뻔했다. 스랄은 도끼를 꺼냈고, 탈란지는 그림자 화살을 불러냈다. 트롤의 튜닉에 그려진 검은색과 하얀색의 흉측한 거미 문양이 눈에 띄었다.

과부거미의 이빨.

호리호리하지만 큰 키에 근육질인 여자 트롤이 어깨에 둘러멘 가죽띠에는 수십 개의 독화살이 매달려 있었다. 긴 머리카락은 검은 진흙과 물감을 발라 매끈하게 뒤로 묶어놓은 모습이었다. 그녀는 항복하듯 두 손을 들어 올리고 무릎을 꿇었다.

"당장 네 목을 베지 말아야 할 이유를 대봐라."

스랄이 위협적으로 추궁했다.

"전 타요라고 합니다. 마녀 아파리 코룬을 섬겼습니다."

트롤은 두려운 기색 없이 신속하고 명료하게 대답했다.

"섬겼다고?" 탈란지가 상대를 압박했다.

"이제 더는 그럴 수가 없습니다. 아파리는 제가 생각했던 지도자가 아닙니다. 존경할 수 있는 지도자가 아니에요. 복수에 대한 집념 때문에 심하게 뒤틀려 더는 예전의 모습을 찾아볼 수 없는 존재가 되어버렸습니다. 이제는 당신, 여왕 폐하를 향한 증오밖에 남지 않았습니다."

타요라는 트롤은 긴 한숨을 내쉬었다.

"그렇다면 우리와 함께 싸우시오. 마녀를 막을 수 있게 도와주시오."

바인의 말에 타요는 자리에서 일어났지만 스랄의 날카로운 도끼가 두려운 듯 조심스럽게 행동했다.

"그렇게 하겠습니다. 제가 바라는 건, 그저 그녀에게 자비로운 최후를 안겨달라는 것뿐입니다. 그녀는 이미 죽음의 포로가 된 것이나 다름없는 상태입니다. 그저 빨리 생을 마무리할 수 있게 도와주십시오."

"알겠다."

스랄의 단호한 대답에 탈란지는 입술을 깨물고 말을 삼켰다.

"이 다리에는 함정과 지뢰가 잔뜩 설치되어 있습니다. 너무 많아서 셀 수조차 없지요. 당신들이 이 다리를 따라 들어오리라는 것을 예상하고 있었습니다. 저쪽으로는 가지 마십시오."

타요는 돌아서며 죽음의 사원을 가리켰다.

"블라이트콜러다운 짓이군. 알았다."

스랄은 도끼를 집어넣고 늑대의 등에서 뛰어내리고는 은색 구체를 몇 개 꺼냈다.

"우리의 현명한 무역왕에게 받은 선물을 쓸 때가 됐군."

"그게 뭐죠?"

탈란지가 지나의 등 위에서 물었다. 스랄은 구체를 땅에 내려놓더니 하나씩 비틀기 시작했다. 구체는 딸깍이며 윙윙 소리를 내다가 다리를 향해 쏜살같이 굴러갔다. 어찌나 빠른지 흐릿한 세 개의 직선으로 보였다.

"고블린 추적 로봇이오. 자, 돌격할 준비를 하시오."

스랄의 대답과 함께 다리 중간 지점에 도착한 구체는 딸깍 소리를 내며 열리더니 각각 소형 장치 여섯 개를 내보냈다. 작은 사람 모양의 장치들이 이리저리 마구 날뛰었다. 각 로봇의 머리 쪽에서 빨간 조명이 빠르게 깜빡이더니 곧이어 첫 번째 함정이 폭발했다.

연기와 돌덩이가 사방으로 날아가고, 잠시 후 지뢰 하나가 연이어 폭발했다. 그렇게 순차적으로 모든 폭탄이 연쇄 폭발을 일으켰고 연무와 불타는 잔해만 남았다. 스랄은 다시 안장에 올라 주저하지 않고 혼돈의 현장을 향해 달렸다. 탈란지가 그 뒤를 따랐고, 바인은 그녀의 왼편에서 앞장서 내달렸다. 타요는 그들의 뒤를 쫓아 후미에 합류했다.

눈앞을 뒤덮은 연기가 서서히 빠져나갔을 무렵, 탈란지는 짐작조차 하지 못했던 광경이 그들을 기다리고 있었다. 연기 너머에는 죽음의 사원 위로 브원삼디의 거대한 형체가 버티고 있었다. 죽음의 로아는 이를 악물고서 차례대로 영혼을 깨워 적을 향해 곧장 내보냈다. 반란군은 쉽게 눈에 띄었다. 튜닉의 하얀색 불꽃 모양이 혼란 속에서도 단연 두드러져 보였다. 이미 사상자가 적잖이 발생했고, 트롤의 시체가 여기저기 널브러져 있었다.

중무장한 어둠 순찰자 나타노스와 아파리가 영혼의 궁정 앞 제단에 서 있었다. 나타노스는 브원삼디에게 활을 발사하고, 시라는 한 쌍의 곡검으로 다가오는 영혼을 막아냈다. 아파리는 로아가 불러낸 영혼의 파상 공세를 향해 폭풍의 분노를 쏟아붓고 있었다.

함정과 지뢰의 폭발이 그들의 주의를 끌었고, 나타노스는 돌아서서 공포수렁 쪽에서 다가오는 탈란지와 스랄, 바인, 타요를 바라봤다.

"나타노스 블라이트콜러와 시라 문워든이오. 흠, 저 트롤은 처음 보는 얼굴이군."

바인이 으르렁거리는 목소리로 말했다.

"옛 친구예요. 하지만 지금은 쓰러뜨려야 할 적일 뿐이죠."

탈란지가 단호한 목소리로 말했다. 그때 순찰자 시라 문워든이 그들을 향해 외쳤다.

"하! 그게 전부인가? 정말 애처롭구나!"

"놈들이 로아에게 접근하지 못하게 해라."

나타노스가 명령했다. 그는 자리에서 벗어나 곁을 지나쳐 달려가는 반란군 무리에 합류했다. 시라는 고개를 낮게 숙이고 곡검을 옆으로 든 채 방어를 지휘했다.

"저 여자를 과소평가하지 마시오. 막강한 적이니까."

스랄은 경고와 함께 도끼를 크게 휘둘러 달려드는 트롤들을 밀어냈다. 탈란지는 브원삼디를 보호하고자 달려온 병력이 고작 그들 넷뿐이라고 판단한 적의 착각이 아군에게는 유리한 상황이라고 생각했다. 하지만 지원군이 나타나기도 전에 그들이 적에게 제압되어 죽게 된다면 그 모든 게 아무 소용없었다.

다들 어디 있는 거지?

탈란지는 다급하게 동쪽을 바라봤다. 지금이라도 주술사와 오크들이 그들을 향해 진군하는 모습이 보이길 바랐다. 늪지에도 함정이 설치되어 있었던 걸까? 왜 이렇게 늦어지는 거지?

그들은 아직 나타나지 않았지만 탈란지의 군대는 모습을 드러냈다. 잔달라 병력이 다리에 남아 있던 연기를 뚫고 밀려들었다. 높게 든 창과 깃털로 덮인 황금색 갑옷을 보자 여왕의 가슴이 벅차올랐다.

잔달라의 병력과 스랄, 그리고 바인이 반란군의 공세를 막아섰다. 탈란지는 신중하게 빛의 화살을 조준하여 그들을 지원하고, 빛나는 방벽을 펼쳐 어둠 순찰자들이 발사하는 화살을 막아냈다. 탈란지의 지팡이에서 뿜어져 나오는 빛줄기가 희미한 그림자의 흔적을 남겼다. 죽음의 사원에 도사린 힘이 그녀의 마법에 어둠을 주입했다. 붉은 눈의 포세이큰 엘프 절반이 그들을 향해 시선을 고정했고, 나머지 절반은 계속해서 브원삼디를 공격했다.

로아를, 여왕의 로아를 공격했다. 죽음의 사원이 브원삼디에게 힘을 주긴 했지만, 그의 곁에서 생성되는 영혼은 조금씩 줄어들고 있었다. 로아가 조금 더 버텨줄 수 있을까? 이 망할 오크들은 대체 어디로 갔을까?

눈부신 빛을 내뿜는 번개의 창이, 탈란지가 바인 곁에 두른 보호막을 강타하며 그녀를 상념에서 깨웠다. 보호막이 부르르 떨렸지만 그녀는 재빨리 정신을 집중하며 남아 있던 힘을 모두 끌어냈다. 그때 폭풍의 원인이 눈에 들어왔다.

아파리.

마녀 아파리는 스랄과 바인을 탈것에서 떨어뜨리려고 발버둥 치다가 실패하는 반란군들 사이를 천천히 거닐었다. 시라 문워든은 춤을 추듯 이리저리 움직이며 스랄의 도끼를 막아냈지만 공격을 성공시키진 못했다. 주위를 둘러싼 혼돈이 그녀에게 불리하게 작용했다. 여기저기서 날뛰는 육신들로 인해 스랄을 직접적으로 공격할 수 있는 경로가 차단되었다. 스랄과 바인을 공격하려 해도 길이 확보되지 않는다는 사실을 깨닫자 시라는 잔달라 병사들을 공격 대상으로 삼고 한 명씩 쓰러뜨리기 시작했다.

탈란지는 아파리의 타오르는 듯한 시선을 마주하고도 전혀 움츠러들지 않았다. 타요가 말한 그대로였다. 창백한 회색 피부, 땀에 흠뻑 젖은 머리카락, 아파리는 살아 있는 트롤보다는 시체에 가까운 모습이었다. 탈란지는 온몸의 힘이 빠지고 욱신거릴 만큼 강렬한 연민을 느낄 수밖에 없었다. 둘은 한때 자매나 마찬가지였다. 하지만 지금 아파리는 감염된 상처 때문에 변색되고 잔뜩 부어오른 다리를 절뚝거리며 천천히 그녀를 향해 다가왔다. 그녀는 손을 들어 얼굴을 덮고 있던 흉측한 해골 가면을 벗어 옆으로 던져버렸다.

이건 그들의 시선을 돌리려는 계략임을 탈란지도 이미 알고 있었다. 하지만 브원삼디가 이토록 취약해진 상황에서 아파리가 계속 번개를 내리치도록 놔둘 수는 없었다. 그때 작고 하얀 형체가 아파리의 어깨 너머 어딘가에서 그들을 향해 빠르게 날아왔다. 그 형체는 탈란지의 얼굴에 기묘한 충격을 가하며 그대로 피부 속으로 파고들어 갔다.

탈란지는 비명을 지르려 했지만, 몸에 들러붙은 생물이 소리를 억눌렀다. 탈란지는 두 팔을 마구 흔들었고, 쳐놨던 방벽은 깜빡거리다가 사라져버렸다. 흥분한 지나가 풀쩍 뛰어오르는 바람에 탈란지는 균형을 잃었고, 그대로 땅에 떨어졌다. 피에 젖은 돌바닥이 미끌거렸다. 그녀는 일어서려다가 다시 미끄러져 쓰러졌고, 그 덕분에 방금 날아든 생물이 얼굴에서 떨어져 나왔다. 역겨운 공포거미가 통통 튀어 오르며 그곳에서 벗어나려 했다. 그 순간 바인이 토템을 강하게 내리찍어 공포거미를 짓이겼다. 바인에게 감사를 표할 새도 없이, 탈란지는 다급히 일어섰다. 바인을 쓰러뜨리려고 밀려드는 반란군들 때문에 그녀는 이리저리 떠밀렸다. 과부거미의 이빨은 바인과 스랄을 향해 해일처럼 밀려들었지만, 그럴 때마다 사망자와 부상자만 남긴 채 물러나야 했다.

하늘을 뒤덮은 구름이 다시 한 번 갈라졌다. 구름 사이가 희미하게 번쩍이더니, 이내 온전한 번개가 형성되었고 불타는 뱀처럼 꿈틀거리며 탈란지를 향해 떨어져 내렸다. 탈란지는 아파리가 승리를 선언하듯 거칠게 포효하는 소리를 들었다. 옛 친구는 여왕의 머리 위로 폭풍의 분노를 떨어뜨리며 사납게 웃고 있었다.

"안 돼!"

탈란지는 두 팔을 벌렸다. 그녀의 머리를 향해 번개가 내리꽂히려던 순간, 반짝이는 마법 보호막이 형성되며 번개를 쳐냈다. 보호막은 탈란지를 보호하기만 한 게 아니었다. 튕겨 나간 번개가 그대로 전장을 가로질러 아파리의 가슴을 강타했다. 마녀의 목소리가 멈추고, 아파리는 엄청난 충격에 그대로 날아가 두개골로 장식된 기둥과 충돌했다.

"가자! 어서 끝내자!" 바인이 우렁차게 외쳤다.

"제 손을 잡으십시오. 함께 자비를 베풀어줍시다."

타요가 손을 내밀자 탈란지는 주저하지 않고 그 손을 잡았다. 나에게 그럴 자격이 있을까? 그들은 밀려드는 적을 뚫고 전진했다. 타요는 건틀릿으로 반란군을 이리저리 때려눕혔다. 아파리는 복수라는 이름 아래 탈란지에게 독을 먹이려 했고, 왕궁을 공격했고, 무고한 이들을 납치했으며, 잔달라의 백성을 희생시켰다.

얼라이언스가 공격해왔을 때 그녀를 도왔어야 했어. 그때는 돕지 못했지만 지금은 도울 수 있어.

아파리는 두 다리를 뻗은 채 앉아 있었다. 핏줄기가 볼을 타고 흘러내렸다. 그녀의 머리가 부딪힌 돌기둥은 깨져 있었다. 눈앞에 있는 참담한 모습의 옛 친구를 보니 마음이 저려왔지만 탈란지는 그 곁에 무릎을 꿇고 앉아 친구의 목을 감싸 안고 미소를 지으려 했다.

"미안해, 아파리. 왕궁이 공격을 받았던 그때…… 아버지가 위태로웠어. 그래서 난 아버지를 도우러 갔던 거야. 네 곁에 있어줘야 했는데."

탈란지가 작은 목소리로 말했다.

"이제 편히 쉬십시오. 다 끝났습니다."

타요가 덧붙이며 작은 단검을 꺼냈다.

"아직 끝나지 않았어. 끝이 아니야…… 내게 한 짓을, 우리 어머니에게 한 짓을 목숨으로 갚아라. 너와 브원삼디, 프라우드무어의 목숨으로."

아파리가 선혈과 뒤섞인 말을 희미하게 속삭였다.

탈란지가 몸을 움찔했다. 아파리가 그녀를 증오하는 건 당연한 일이었다. 제이나 프라우드무어는 다자알로를 공격한 당사자이자 왕궁을 약탈하고 왕을 시해한 얼라이언스의 지도자였다.

"복수해봐야 달라지는 건 없어. 살아남으려면 그것만으로는 부족해. 친구야, 내가 그때는 비록 널 돕지 못했지만, 지금은 도와줄 수 있을 것 같아."

탈란지는 아파리의 얼굴에 엉겨 붙은 머리카락을 쓸어 넘기며 다정하게 말했다. 탈란지는 아파리의 손을 붙잡고 슬픔과 공포에 질린 친구의 두 눈을 들여다봤다. 온몸이 떨리고 정신도 온전하지 않았지만, 그녀는 아파리를 진정시켜줄 주문을 시전하며 마법이 친구의 공포와 고통을 조금이나마 달래주기를 바랐다.

아파리와 탈란지, 둘 모두에게 삶은 평탄하지 않았다. 하지만 그녀가 세상을 떠나면 남은 육신은 대지의 양분이 되고, 브원삼디는 그녀의 영혼을 나락으로부터 지켜줄 것이다. 역설적이게도 아파리가 죽이려 했던 로아가 지금은 영원한 어둠으로부터 그녀를 지켜줄 수 있는 유일한 존재였다. 탈란지는 아파리의 손을 꼭 쥐었다. 타요가 칼을 들어 올렸다.

일이 끝나자마자 타요는 애도하는 기색도 없이 그 자리를 떠났다. 그녀는 곧장 전장 한가운데로 뛰어들었고, 탈란지 또한 조금 더 무거워진 마음으로 그 뒤를 따랐다.

스랄과 바인은 당당히 승리를 거뒀다. 반란군의 전선은 붕괴되고 적들은 모두 흩어졌다. 살아남은 자들은 늪에 뛰어들어 헤엄쳐 달아났다.

하지만 시라 문워든은 물러서지 않았다. 그녀는 소용돌이처럼 회전하며 믿을 수 없을 만큼 빠른 속도로 검을 휘둘렀다. 춤을 추듯 공격 거리 안으로 달려들어 스랄을 향해 칼을 휘두르고, 다시 빙글 몸을 돌려 바인이 느릿느릿 휘두르는 토템을 피한 후 순식간에 뒤쪽으로 도약해 물러났다.

"나타노스! 순찰자들을 내게 보내라!"

탈란지는 어둠 감시관 시라가 외치는 소리를 들었다. 하지만 나타노스는 그 소리를 듣지 못했다. 대신 죽음의 사원 안쪽 더 깊은 곳으로, 브원삼디의 발아래 소용돌이치는 안개 속으로 사라졌다.

하지만 어둠 순찰자들 중에는 그 목소리를 들은 자들이 있었다. 탈란지는 황급히 아군에게 접근하여 쏟아지는 화살로부터 동료들을 지켰다. 공포수렁에서 피어오르는 연무를 뚫고 전쟁 뿔피리의 메아리가 울려 퍼졌다. 탈란지는 어느새 그 뿔피리 소리와 사랑에 빠져 있었다.

동쪽 땅이 흔들렸다. 오크 광전사와 타우렌 주술사들이 영혼의 궁정 반대쪽에서 브원삼디를 향해 화살을 쏘아대고 있는 어둠 순찰자 부대와 충돌했다. 순찰자들은 황급히 돌아섰지만 무자비한 도끼와 연쇄 번개 세례를 막아내기엔 이미 너무 늦어버린 상태였다. 그들은 곧 쓰러졌지만 예상보다 더 끈질기게 버텼다.

시라 문워든은 희생된 동족을 보며 격분한 듯 더 치열하게 싸웠다. 그녀는 무릎을 꿇고 반란군의 선혈로 만들어진 피 웅덩이 위를 미끄러지듯 이동하더니 보이지도 않을 만큼 빠른 공격으로 바인의 오른팔에 상처를 냈다. 타우렌 바인은 커다란 갈기와 뿔을 흔들며 재빨리 몸을 틀었다. 고통 혹은 분노 때문에 몸놀림이 더욱 빨라졌다. 그리고 마침내 시라도 타격을 받았다. 짓눌린 공포거미가 들러붙어 있는 토템 밑동으로 바인은 시라의 복부를 가격했다.

제단 근처에 모여 있던 어둠 순찰자들은 지휘관이 땅바닥으로 나뒹구는 모습을 보고는 퇴각하더니 궁정 안쪽 영혼의 안개 사이로 몸을 숨겼다. 그곳에 몸을 감춘 채 은빛 늪을 향해서 무차별적으로 화살을 쏜다면 승산이 있으리라고 생각한 것 같았다.

얼마 남지 않은 잔달라 병력이 시라를 포위했다. 놀랍게도 시라는 꿋꿋하게 일어섰다. 심각한 부상을 입긴 했지만 항복할 생각은 없는 것 같았다. 그녀가 검을 들고 공격 준비를 하는 순간, 첫 번째 비전술사 탈리스라가 나이트본 마법검과 함께 나타났다. 시라가 잠시 멈춰 섰다. 패배의 분노로 붉은 눈이 활활 타오르고 있었다.

"무기를 버려라. 그러지 않으면 우리 궁수들이 널 그 자리에 못 박아줄 것이다."

탈리스라가 수정 지팡이를 휘두르며 경고했다.

"말 같지도 않은 소리!"

시라가 거친 목소리로 대꾸했다. 그녀가 단검을 천천히 회전시키며 탈리스라를 노려보고 있는 동안, 스랄은 시라를 포위한 잔달라 병력의 옆을 돌아 천천히 다가갔다. 그는 탈리스라를 보며 희미하게 고갯짓을 했다. 그 모습을 본 탈리스라가 휘파람을 불자 궁수들은 재빨리 대형을 갖추고 영혼의 궁정 쪽으로 행군했다.

"그렇게 건방진 눈으로 날 보지 마라!"

시라가 소리치고는 나이트본을 향해 단검을 들이밀었다.

"나타노스! 나타노스? 아니야…… 안 돼. 이렇게 또 버림받을 수는 없어. 여신에게…… 대장에게…… 안 돼! 항복하지 않겠어! 너흰 아무것도 해내지 못했다! 들리나? 아무것—"

스랄이 도끼의 뭉툭한 자루로 시라의 투구를 내리쳐 침묵시켰다. 그녀는 풀썩 쓰러졌다. 단검은 돌바닥으로 떨어지고, 투구는 머리에서 벗겨져 옆으로 굴러갔다. 스랄은 발끝으로 그 투구를 멈춰 세웠다.

"단단히 묶어라. 어떻게 해야 할지 내가 알고 있다."

스랄이 트롤들에게 말했다.

그때 우지끈하는 소리가 죽음의 사원 중앙에서 터져 나왔다. 브원삼디. 탈란지가 궁정을 향해 달려갔다. 블라이트콜러의 순찰자들이 오크의 공격에 휩쓸리고, 주술사의 번개에 숯덩이가 되고, 나이트본의 화살에 뒤덮인 채 여기저기 널브러지는 모습을 보며 브원삼디는 기뻐서 어찌할 줄을 모르는 것 같았다.

그 중심에는 나타노스 블라이트콜러가 여전히 고집스럽게 활을 들어 올린 채 브원삼디를 향해 분노를 쏟아냈다.

"내가 뭐라고 했느냐, 이 시체 녀석아. 넌 우리 여왕의 상대가 안 된다니까."

탈란지는 고개를 한 번 끄덕이고는 왼쪽 어깨를 붙잡은 채 석조 궁정을 빙 돌아서 계단을 내려가 로아의 곁으로 가려고 했다. 무언가 심장을 움켜쥔 듯 가슴이 먹먹해졌다. 온몸의 힘이 마지막 한 방울까지 사라지고 텅 빈 것 같았다. 그녀는 억지로 몸을 잡아끌었다.

브원삼디가 블라이트콜러를 홀로 상대하게 하고 싶지는 않았다. 그들은 연결되어 있었다. 피와 운명이 둘을 하나로 묶고 있었다. 지금의 전투가 그들의 승리로 끝나든 죽음으로 끝나든, 탈란지는 그 끝을 전장의 한가운데에서 맞이하고 싶었다.

나타노스는 절대적으로 열세였다. 그의 쓰러진 동료들이 음산하고 차가운 육신의 방벽으로 그를 둘러싼 채 널브러져 있었고, 나타노스는 홀로 외로이 서 있었다. 탈란지는 그에게 접근할 수 없었지만 그래도 상관없었다. 그녀는 무릎을 꿇고 눈을 감았다. 그리고 두 손을 들어 올리며 궁정 아래를 휘도는 서늘하고 매캐한 안개를 들이마셨다.

"강대한 브원삼디, 무덤의 로아여, 당신의 힘은 내 것이요, 내 힘은 당신 것입니다."

그녀의 목소리가 기이하리만큼 커져서 신의 천둥처럼 죽음의 사원 가득 메아리쳤다. 브원삼디가 그녀를 통해 이야기했다. 탈란지는 얼음이 몸 주위를 휘도는 것을 느끼며, 무너져 내리려는 약해진 육신을 억지로 다잡았다.

"당신의 적들이 당신 앞에 쓰러졌습니다. 당신을 의심한 대가는 죽음입니다."

탈란지 혹은 브원삼디가 웃었다. 이가 달각거리는 듯한 소리, 뼈가 부딪히는 듯한 소리였다.

나타노스는 승산 없는 싸움을 이어갈 만큼 바보는 아니었다. 그는 로아를 빤히 바라보았다. 두 손과 겉옷에는 피가 잔뜩 튀어 있었고, 머리카락은 평소와 달리 헝클어져 있었다. 그의 계획은 실패했다.

"전 도끼를 휘두르겠습니다. 저자가 우리 백성들에게 한 짓을 벌하겠습니다."

탈란지의 목소리가 다시 한 번 죽음의 사원에 울려 퍼졌다. 그녀의 머리 위에 있는 거대한 로아가 외치는 소리 같았다.

"많은 이들이 저자의 죽음을 바랄 거요."

바인이 궁정의 가장자리에서 그녀를 향해 외쳤다. 그는 한 손으로 피가 흐르는 팔을 붙잡고 있었다.

호드 연합군이 블라이트콜러를 향해 조금씩 다가갔다. 나타노스는 마지막 자유의 순간에 아무 말 없이 분노를 삭였다. 시라와는 달리 그는 아무런 반응도 보이지 않았다. 도발도, 조롱도 없었다. 그저 활을 어깨에 메고 외투에서 약병 하나를 꺼낸 후, 마개를 열고 고개를 숙였다.

그렇게 시간이 흐르고 나서야 그가 입을 열었다. 기이한 검은 연기가 약병을 든 그의 손가락 사이에서 새어 나오고 있었다.

"여왕이시여, 어둠의 여왕이시여!"

나타노스는 모두가 들을 수 있을 만큼 크고 명료한 목소리로 소리쳤다.

그를 강타한 건 번개가 아니었다. 보라색과 검은색이 뒤섞인 액체 촉수가 하늘에서 떨어져 내려 그를 둘러싸고 휘감더니 한순간, 그를 통째로 집어삼켰다.

"안 돼! 안 돼!"

스랄이 외치는 소리가 울려 퍼졌다. 그가 도끼를 쳐들고 계단을 향해 달려갔지만, 이미 너무 늦은 후였다. 촉수가 똬리를 틀며 하늘로 올라갔다. 앞서 나타노스가 서 있던 자리에는 희미한 그림자 줄기만 남아 있었다.

"저 마법은……."

바인이 으르렁거렸다. 탈란지는 안개 속에서 무릎을 꿇은 채, 두 손으로 입을 가리고 얼어붙었다. 나타노스가 사라졌다. 대체 어떻게 된 걸까? 그녀가 자리에서 일어섰다. 드디어 힘이 조금씩 돌아오고 있는 것 같았다.

"실바나스가 막고라에서도 저것과 비슷한 힘을 사용했소. 조상님들이여, 우리를 굽어살피소서. 그녀의 힘이 점점 더 강해지고 있군."

"아, 저런! 시체 하나가 빠져나갔군. 이 브원삼디 님처럼 재주가 많은 녀석이라니까. 하지만 난 그 녀석보다 훨씬 더 오래 살 생각이야."

브원삼디는 대수롭지 않다는 듯 어깨를 으쓱했다.

호드 전사와 주술사, 궁수들도 그제야 전쟁에서 승리했음을 깨달았다. 수평선에서 하늘이 밝아오기 시작했다. 폭풍도 약해졌다. 붙잡힌 시라 문워든은 땅에 쓰러진 채 꿈틀거렸다. 부상자들은 한곳으로 모였고, 사망자들은 이미 무덤으로 가득한 곳에서 각자의 안식처를 찾았다. 탈란지는 끔찍한 대학살이 벌어졌던 현장에서 벗어나 계단을 따라 올라갔다. 그녀는 다시 동료들과 합류했다.

"그렇게 슬픈 표정 짓지 말라고."

브원삼디가 스랄을 향해 손가락을 흔들며 나무랐다.

"너희는 나를 구하러 왔고, 난 이렇게 살아남았어. 밴시 여왕이 이곳에서 무슨 짓을 꾸몄는지는 몰라도, 너희가 그걸 막아냈다."

"옳은 말이에요. 호드가 하나 되어 우리 아군을 지켰어요."

첫 번째 비전술사 탈리스라가 계단을 내려와 영혼의 궁정에 모여든 일행과 합류했다. 바인이 성한 팔을 내밀자 탈란지는 그 팔을 잡았다. 둘은 스랄과 일행들이 있는 곳으로 함께 걸었다.

"그냥 아군이 아니죠."

탈란지는 동료들을 향해 말했다. 친구들은 서로 악수를 나누고, 전사들은 결코 쉽지 않은 승리를 일궈냈음을 함께 축하했다.

"잔달라도 호드 의회에 합류하고 싶어요. 제가 여러분 사이에서 잔달라를 대변하겠어요. 우리는 군을 재건하고, 도시를 정비하고, 백성들의 신뢰를 되찾아야 해요. 하지만 그 과정을 통해서 전보다 더 강해질 수 있을 거예요."

탈란지의 말에 우렁찬 전투의 외침이 화답했다.

"영광이오."

바인 블러드후프는 고개 숙여 인사했다. 스랄은 나타노스를 놓친 실망감에서 회복한 듯, 엄숙하게 고개를 끄덕이며 주위의 외침에 동조했다.

"정말 감동적이구먼."

브원삼디가 눈물을 닦아내는 시늉을 했다. 탈란지는 푸르게 빛나는 로아의 두 눈 속에 장난기가 어려 있는 것을 보았다. 그뿐만이 아니었다. 그는 안도하고 있었다.

"이제 여러분을 위한 연회를 열어야겠군요."

탈란지는 남쪽을 향해 돌아섰다. 늪과 밀림, 나즈미르의 산맥 너머, 황금의 도시 다자알로가 기다리고 있는 곳이었다. 그녀는 미소를 지었다.

"이번에는 암살자가 없을 겁니다. 제가 약속하죠."

제 30 장

스톰윈드

마티아스 쇼가 잔달라 함선을 타고 항해를 하는 건 이번이 처음이었지만, 그는 놀랍도록 빠르게 적응했다. 바다를 항해한다는 사실이 이렇게 기분 좋은 것도 처음이었다. 그것만으로도 지금의 상황이 얼마나 시급한지 알 수 있었다. 하지만 그가 지금까지 알아낸 것과 가져온 것은 스톰윈드에 꼭 필요한 것이었다.

쇼는 부른 배와 부푼 가슴을 안고 수평선 위로 우뚝 솟아 있는 스톰윈드를 바라봤다. 그 백색의 등불은 정말이지 반가운 광경이었다. 호드 지도부는 아무 조건 없이 쇼를 석방했고, 그를 익숙한 영토까지 데려다줄 상인들도 소개해주었다. 쇼가 가장 먼저 느낀 감정은 의심이었다. 첩보단장 쇼는 그 무엇도 보이는 그대로 받아들이는 법이 없었다. 그는 함선과 객실, 자신의 가방까지 샅샅이 뒤지며 덫이든 폭발물이든 뭔가 수상한 물건은 없는지 확인했다. 놀랍게도 호드는 약속을 지켰다.

사과의 뜻인지 감사의 뜻인지 확실하진 않았지만 탈란지 여왕은 축하

연회를 위해 준비한 먹음직스러운 음식까지 배에 가득 실어주었다. 쇼는 어찌나 배가 고팠는지 선창에 사람 키만큼 쌓인 양념된 고기를 향해 게걸스럽게 달려들었다. 감옥에 갇혀 있는 동안 최상급 소갈비를 맛볼 기회는 없었으니까.

"서류는 있나?"

쇼는 강렬한 빨간 머리에 뚱한 표정으로 서 있는 브리쿨 선장 하프칸에게 물었다.

"서류? 당신이 있는데, 무슨."

하프칸이 콧방귀를 뀌자 첩보단장 쇼는 싱긋 웃었다. 그거면 충분했다.

바다는 무정할 만큼 잔잔했다. 고향으로 돌아가는 길에 하늘을 뒤덮었던 마법 폭풍은 흔적조차 없었다. 그들은 나흘 후, 쇼의 참을성이 연회 음식과 함께 바닥나려던 그때, 스톰윈드 항구에 도착했다. 쇼는 배에서 어슬렁거리며 한 시간에 한 번씩 짐이 잘 있는지 확인했다. 일단은 잘 있었다.

예상치 못한 또 하나의 너그러운 선물이었다. 으스스할 만큼 커다란 체격의 오크 족장 스랄이 그에게 말한 유일한 조건은, 그 짐을 스랄이 말한 그대로, 스랄이 말한 이들에게, 스랄이 맡긴 봉인된 쪽지와 함께 가져가야 한다는 것이었다.

스랄을 눈앞에서 마주하고 보니 말싸움을 하고 싶은 생각은 들지 않았다. 물론 그때는 더더욱 거부할 수 없는 상황이었다. 쇼는 모든 조건에 동의하고 동쪽으로 향하는 배에 올랐다.

바람을 타고 배와 함께 활공하는 흰색 갈매기가 그를 고향까지 배웅해주었다. 쇼는 한쪽 발을 난간에 올리고, 한 손으로 아딧줄을 그러잡았다. 여섯 명의 요새 경비병과 함께 쇼를 마중 나온 사람들이 부두 끝자락에 서 있었다.

제이나 프라우드무어와 조금 지친 표정의 플린 페어윈드 선장, 안두인 린 국왕이 돌아온 그를 맞이했다.

배가 부드럽게 흔들리며 항구에 닿았다. 쇼가 국왕을 향해 허리를 숙여 감사 인사를 했다. 고향에 돌아오니 참 좋았다.

"많이 힘드셨나요?"

안두인이 걱정스러운 표정으로 물었다.

"그들에게 더 심각한 문제가 있었습니다. 자세한 이야기는 나중에 하겠습니다. 우선 여러분이 보셔야 할 게 있습니다."

쇼는 하선하지 않고 마중 나온 이들을 향해 배로 올라오라며 손짓했다.

안두인은 싱긋 웃었다. 그때 페어윈드가 왕을 밀치다시피 하며 쇼에게 달려들어 그를 힘차고 따뜻하게 끌어안았다. 쇼도 선장을 꽉 부둥켜안았다. 예상치 못한 인사였지만 그래도 반가웠다. 악취가 풍기긴 했지만.

"난 정말 미치광이처럼 배를 몰았어."

페어윈드는 햇볕에 그을린 볼을 쇼의 어깨에 파묻었다. 쇼의 품에 안긴 선장은 체중이 많이 빠진 듯 수척했다. 이 미치광이 해적은 오직 마티아스 쇼를 구하기 위해, 도와줄 사람을 찾아 목숨을 걸고 항해했다. 쇼가 잔달라의 감옥에서 썩어가며 평화로운 안식의 기회를 놓쳤다는 사실에 한탄하는 동안, 페어윈드는 최선을 다해 그 일말의 가능성을 붙잡은 것이다. 쇼는 결코 잊지 않았다. 절대 가벼이 여기지 않았다.

"그렇게…… 항해한 건 처음이었다고. 하지만 당신을 구출해야 했어."

"덕분에 이렇게 돌아올 수 있었잖아."

쇼가 조용히 말했다.

"그건 그래."

"페어윈드……."

쇼가 헛기침을 한 번 하고는 말을 이었다.

"하고 싶은 얘기가 있어. 오늘 밤 황금 장미 여관으로 나와주면 좋겠군. 그렇게 해주겠어? 늦지 말고."

쇼는 페어윈드를 품에서 놓아주며 완벽한 형태를 유지하고 있던 풀잎을 해적의 손에 쥐어주었다.

페어윈드는 그 풀잎이 무엇인지 이해하지 못하는 표정이었지만, 두 볼에 핀 홍조를 보아하니 필요한 얘기는 모두 전달된 듯했다.

"무슨 급한 일이라도 있나요?"

안두인이 배에 오르며 물었다.

"여기서 바로 보여드리는 게 나을 것 같았습니다. 같이 가시죠."

쇼가 그들을 이끌고 배의 하부 갑판으로 내려갔다. 그는 선원들에게 손짓하여 자리를 피하게 한 후, 안두인 일행을 제외하고는 아무도 없다는 것을 확인하자 구금실을 열었다. 좁고 천장이 낮은 구금실에는 희미한 촛불 두 개만 불을 밝히고 있어 안이 제대로 보이지 않았다. 쾅 소리를 내며 열린 문 안쪽에는 결박된 채 어둠 속에서 웅크리고 있는 형체만 얼핏 보였다.

제이나 프라우드무어는 눈을 가늘게 뜬 채 몸을 앞으로 기울이며 손 위에 불덩이 하나를 피워 올렸다. 퍼져 나온 빛이 기진맥진한 표정으로 재갈을 물고 있는 시라 문워든의 얼굴을 비췄다.

"시라. 호드가 그녀를 내준 건가요?"

제이나가 조용히 물었다. 그녀의 시선이 쇼의 눈으로 향했다.

"아무 조건도 없었습니다."

마티아스 쇼가 대답했다.

안두인은 살며시 제이나를 옆으로 비켜 세우고는 포로 앞에 섰다. 시라의 두 눈에서 이글거리는 증오의 불길이 안두인을 산 채로 태워버릴 것 같았다.

"언제나 조건은 있는 법이죠. 그저 눈에 보이지 않을 뿐."

"스랄은 이 여자를 티란데 위스퍼윈드와 말퓨리온 스톰레이지에게 넘겨주라고 했습니다. 이 서신과 함께요."

쇼는 봉인된 서신을 외투에서 꺼내 국왕에게 건넸다. 안두인은 당황한 표정으로 두 눈을 깜빡였다.

"그건 좀…… 과도하게 너그러운 처분이군요."

"저도 그렇게 생각합니다."

"아무튼 그렇게 하지요."

안두인은 서신을 한쪽 소매 안에 넣은 후 시라를 돌아보았다.

"지금은 우선 포로와 이야기를 좀 해봐야겠습니다. 재갈을 풀어주세요."

티란데와 말퓨리온의 이름을 들은 시라는 왠지 분위기가 달라져 있었다. 두 눈의 분노는 잦아들지 않았지만, 뭔가 다른 것이 있었다. 공포 혹은 기대감이었다.

"그녀는 어디에 있나? 실바나스 윈드러너는 어디에 있지?"

안두인은 시간을 낭비하지 않았다.

시라 문워든은 어이없다는 표정과 함께 고개를 돌렸다.

"어디에서도 찾을 수 없을 것이다. 설령 찾아낸다 해도 이미 늦은 후일 테고. 너희는 졌다."

"내 첩자들의 이야기로는 그렇지 않다고 하던데. 너희는 브윈삼디를 제거하려 했지만 실패했고, 어둠 순찰자 병력은 전멸했으며, 나타노스 블라이트콜러는 어둠의 여왕에게 도움을 받아 가까스로 탈출했다고 들었다."

안두인의 말에 그녀는 아무런 대꾸도 하지 않았지만, 나타노스의 이름이 언급되자 입술을 악물었다. 안두인은 웅크려 앉으며 그녀에게 바짝 다가갔다.

"너희가 얼마나 많은 죽음을 초래했는지 알고 있나? 내 왕국에 얼마나 많은 슬픔을 초래했는지 아는가? 정말로 알고 있는가? 아니, 생각이라도 해본 적이 있는가?"

안두인의 다그침에 시라는 소리 내어 웃었다.

"마음껏 웃어봐라, 이 괴물아. 이제 네게 희망 따위는 없다. 너희 형제들은 네가 실바나스를 어떻게 도왔는지 알아내려 할 것이다. 그건 알고 있겠지?"

어둠의 칼도레이는 그 말을 잠시 곱씹었다. 제이나의 마법 불덩이가 한없이 창백한 시라의 얼굴 위에서 흔들흔들 춤췄다.

"그래, 알고 있다. 하지만 아무 감정도 없다. 난 아무것도 털어놓지 않을 것이다. 너희는 또 한 번 소중한 시간을 낭비하게 될 거야."

안두인은 경멸 가득한 신음을 뱉은 후 자리에서 일어나 포로를 오랫동안 맹렬하게 노려보았다. 한순간, 보랏빛 마력 줄기가 그의 팔을 타고 흘러 손바닥 위로 모여들었다. 정체 모를 마력은 눈 깜짝할 사이에 나타났다가 사라졌다. 쇼가 왕의 변화를 미처 알아채기도 전에 빛은 소멸해버렸다. 안두인은 당황한 듯 비틀거리며 뒤로 물러났다.

쇼는 자신을 바라보는 제이나의 시선을 느끼고는 그녀를 마주 보았다. 이미 상당한 충격을 받은 상태였지만, 제이나의 표정에 새겨진 공포를 보자 그는 뼛속 깊이 두려움을 느꼈다. 안두인은 거친 숨을 몰아쉬며 얼굴을 찌푸렸다. 그는 손을 떨며 벽에 기대섰다. 왕의 눈길이 주위 사람들의 얼굴을 둘러보며 반응을 살피자 쇼는 적절히 고개를 돌려 외면했다.

시라는 고개를 젖히며 거친 웃음을 터뜨렸다. 그녀는 마치 노래라도 부르는 듯 낭랑한 목소리로 조롱했다.

"얘기해봐라. 이미 패배했다는 사실을 깨닫게 되니 기분이 어떤가? 시간이 지나면 알게 될 것이다. 자, 힘을 내라, 몰락하는 사자여. 너 또한 섬기게 될 것이다. 왠지 아주 잘할 것 같구나."

제 31 장

스톰윈드

"안쪽에 있습니다. 아무도 방해하지 못하게 조치해두었습니다."

티란데 위스퍼윈드는 조용한 발걸음으로 차원문에서 빠져나와 눅눅하고 잔혹하리만큼 차가운 스톰윈드의 지하 감옥에 들어섰다. 그녀는 왼쪽에 있는 칼도레이 마법사를 바라봤다. 놀드랏실에서 동부 왕국으로 통하는 차원문을 열어준 자였다. 안두인의 초대와 함께 스랄의 봉인된 전갈이 도착했다.

안두인의 서신에는 이렇게 적혀 있었다.

즉시 스톰윈드로 와주십시오. 호드의 선물이 도착했습니다. 당신에게 직접 보낸 겁니다.

흥미를 느낀 티란데는 그날 바로 아름다운 세계수를 떠나 아제로스의 온갖 쓰레기가 한데 모여 있는 축축한 스톰윈드의 지하 감옥을 찾아갔다. 티란데는 코를 막진 않았지만 입으로 숨을 쉬었다. 왼쪽으로 샨드리스 페더문이 나타났다. 그 오른쪽에는 마이에브 섀도송이 서 있었다. 그들은 함께 오겠다는 고집을 꺾지 않았다. 티란데를 홀로 두면 안 된다는 것을 본능적으로 느꼈는지도 모른다.

마법사가 자리를 떠나자 지하 감옥의 서쪽 구역 외부 통로에는 그들만 남았다. 고통스러운 기억이 가득한 장소였다. 창살 안에 갇힌 채 썩어가야 했던 사람들의 오랜 세월이 돌벽을 뒤덮어, 어딜 봐도 슬픔이 떠올랐다. 모든 희망은 절망이 되었고, 단단한 벽 사이로 절망이 희미하게 새어나왔다. 하지만 상념에 잠기는 일은 나중으로 미뤄야 했다.

티란데는 허리를 숙이고 인간의 체형에 맞춘 감방의 낮은 아치문을 통과했다. 철창은 어째서인지 잠겨 있지 않았다.

적어도 이건 고맙다고 해야겠군요, 소년 왕이여.

마이에브와 샨드리스는 아무 말 없이 티란데의 뒤를 따랐다. 그들이 곁에 있어서 불안한지, 안심이 되는지 아직 알 수 없었다. 구불구불 길게 이어지는 감옥의 통로는 한쪽 구역 죄수들의 애처로운 비명이 다른 구역에 있는 죄수들에게 전달될 수 있도록 세심하게 설계된 것 같았다. 티란데는 온몸을 떨었다. 다른 종류의 울부짖음과 분노가 떠올랐다. 뜨겁게 달아올라 잿가루가 뒤섞인 바람에 실려 사방으로 울려 퍼지던 비명이 귓가에 맴돌았다.

강철 문이 삐거덕 소리를 내며 열리자 죄수가 고개를 들었다.

시라 문워든의 진홍빛 눈이 어둠 속에서 환하게 타올랐다. 티란데의 눈에는 그런 빛이 없었다. 물론 검게 변한 그녀의 두 눈이 빛을 발하며 타오를 수 있었다면, 틀림없이 티란데의 눈도 환하게 타올랐을 것이다. 그녀에게 보낸 스랄의 선물이 눈앞에 있었다.

내가 빚진 건 이게 아니지만 좋은 출발점이 되길 바라오.

스랄의 전갈에는 이렇게 적혀 있었다.

"출발점으로 나쁘진 않군요." 티란데가 중얼거렸다.

"너……."

"시라."

"스톰윈드의 경비가 영 엉성하군."

시라는 넓게 열린 감방 문을 흘긋 쳐다본 후, 안으로 들어온 나이트 엘프 세 명을 바라봤다. 방어구를 모두 빼앗긴 그녀는 낡고 해진 리넨 셔츠와 거친 바지만 걸친 채 앉아 있었다. 볼은 푹 꺼졌고, 언데드 특유의 파리한 피부는 티란데가 기억하는 것보다 더 흉측했다.

"나는 밤 전사다. 내가 가지 못할 길은 없어."

티란데가 말했다.

"그래? 가지 못할 길이 없다고…… 그런가? 그럼 연민이라는 길은 어때? 충성은?"

시라는 주먹을 꽉 움켜쥐며 목소리를 높였다. 티란데는 그녀의 공포가 끓어오르는 분노로 변해가는 과정을 지켜봤다.

"끝났나?"

"아니! 그래…… 끝났다. 더 이상 할 말은 없을 것 같군. 날 죽이러 왔겠지?"

시라는 콧방귀를 뀌더니 웃음을 터뜨렸다. 이성을 잃은 미치광이의 모습이었다. 콧물이 입술과 볼을 타고 흘러내렸다.

"엘룬은 날 버렸다. 넌 나를 버렸다. 내 지휘관이면서도 날 구하려는 시도는 조금도 하지 않았어……."

그 말과 함께 최근에 있었던 더 생생한 기억이 떠오르는 듯했다. 그녀는 주먹으로 두 눈을 짓눌렀다.

"이제 더는 두려워할 게 없다."

티란데는 시라를 향해 한 걸음 다가섰다.

"내가 있다."

"너, 널 두려워하라고?"

시라의 손이 아래로 내려왔다. 그녀의 주먹이 파고들었던 눈가에 시퍼런 자국이 남아 있었다.

"말도 안 되는 소리 집어치워. 너는 암흑 달의 분노를 온몸에 품고도 네 백성의 복수는 시도조차 하지 않았다. 넌 바람이다, 티란데. 무능력하고 가치 없는 겁쟁이 바람!"

"당신을 보호하기 위해 더 많은 걸 할 수 있었다면 좋았을 텐데. 하지만 천성이 너무 사악해서 다스릴 수 없는 자들이 있다. 야망이 너무 커서 견딜 수 없는 자들도 있고. 실바나스의 천성이 그러했고, 나는 그 점을 절대 잊지 않을 것이다. 당신은 이제 그녀의 노예다, 시라. 그 또한 잊지 않았다."

티란데가 차가운 목소리로 대꾸한 뒤 긴 반월도를 꺼내 시라가 볼 수 있도록 내려뜨렸다.

"티란데, 다시 생각해주십시오. 그리고 잘 보십시오."

샨드리스의 목소리는 비단결처럼 부드러웠다. 티란데를 조금이라도 자극했다가는 모두가 후회할 일이 벌어질까봐 조심하는 것 같았다.

"자신의 길을 선택했던 존재, 슬프게 패배한 존재가 보인다. 그뿐이야."

티란데가 대답했다.

"난 아무것도 선택하지 않았어!"

시라가 새된 목소리로 악을 쓰자 마이에브가 앞으로 나섰다. 그녀는 티란데와 어깨를 스칠 만큼 가까이 다가와 섰다.

"나는…… 어쩔 수 없었어. 섬겨야 했고, 죽여야 했다. 내 안에는 가늠할 수 없는 추악함과 분노가 들끓고, 그 비명을 잠재울 수 있는 건 죽음뿐이다. 내게 행해진 모든 만행을, 이 저주받은 세계에 백배로 갚아주겠다!"

마이에브의 손이 티란데의 팔을 붙잡았지만, 밤 전사는 동료의 손을 떨쳐버렸다. 그녀의 손목에 힘이 들어가자 칼날에 스산한 빛이 맴돌았다.

"두 다리가 부러진 새끼 사슴을 만났던 날이 떠오르는군요. 다들 치유될 가망이 없다고 했었죠. 우린 그 사슴의 고통을 끝내주자고 했지만, 당신만은 그 아이에게 남아 있던 생명의 불꽃을 보셨습니다. 그 숨겨진 빛을."

마이에브가 속삭이듯 말했다.

"그 사슴은 죽었어요. 저도 살릴 수 없었죠."

티란데는 가늘게 뜬 눈으로 시라를 내려다보며 중얼거렸다.

"얼마나 오랫동안 애쓰셨습니까? 다시 한 번 해보지 않으시겠습니까?"

마이에브의 물음에 티란데는 검을 들어 올린 채 가만히 서 있었다.

타락한 언데드 감시관 시라는 벽에 기대앉아 새된 목소리로 뇌까렸다.

"그럴 수 없을 텐데. 네겐 그런 용기가—"

티란데는 빠르고 예리하게 칼을 휘둘러 시라의 목을 베었다. 손톱의 절반 정도에 불과한 얕은 상처였다. 물론 피는 흐르지 않았다. 이제 시라에게는 흘릴 피가 없었으니까. 시라는 티란데의 일격이 죽음에 이를 만큼 상처를 남겼다고 생각하며 자신의 목덜미를 움켜잡았다.

티란데는 검을 다시 들어 올렸다. 온몸이 떨려왔다. 그녀는 분명 아무 감정도 느끼지 못할 거라고, 완전한 분노 외에는 아무것도 남지 않을 거라고 생각했었다. 그녀는 밤 전사였다. 실체화된 복수였다. 하지만 지금 시라에게 남긴 얕은 상처와 함께, 갑작스럽고도 끔찍하게 생생한 생명의 감각이 느껴졌다.

"자비를. 숨겨진 빛에 자비를 베풀어주십시오."

샨드리스가 나직이 중얼거리며 티란데의 손에서 검을 빼냈다.

"슬프게 패배한 존재에게, 자비를 베풀어주십시오."

마이에브도 덧붙였다.

어느새 무기를 잃어버린 티란데는 묵묵히 고개를 끄덕였다. 샨드리스와 마이에브는 묻고 싶은 것이 또 있었지만, 밤 전사는 이미 용무를 마친 후였다. 봐야 했던 것을 모두 본 것이다. 돌아서서 감방을 떠나려던 티란데가 문간에서 잠시 멈춰 섰다. 그리고 더는 제자리에 있지 않은 칼자루를 습관처럼 거듭 쥐었다 놓길 반복했다.

"유감이지만 시라, 내겐 그럴 용기가 있다. 그래서 두려운 것이다. 그래서 우리 모두가 두려운 것이다."

제 32 장

다지알로

“그렇게 멋진 식사를 마치고 나니까 아무래도 이곳에 오랫동안 머물러야 할 것 같다는 생각이 들어요. 모든 게 황금으로 이루어진 도시라니, 제 마음에 쏙 드는 곳이에요.”

탈리스라는 괜한 농담을 던지며 두 팔을 옆으로 벌려 눈앞에서 세계의 틈을 열었다. 그러자 중앙에서 마법이 최면을 걸듯 휘돌았다. 첫 번째 비전술사 탈리스라는 차원문을 소환한 후 옆으로 비켜서며 궁수들에게 차원문으로 들어가라고 손짓했다.

잔달라 항구는 여느 때보다 더 붐비는 듯했다. 하늘은 맑게 개었고 해상 교역로는 다시 안전해졌다. 브원삼디의 사원은 이미 재건이 시작되었다. 죽음의 사원에서의 영웅적인 활약상이 대륙 전체로 퍼져 나갔고, 어느새 점점 더 많은 탄원자와 순례자가 브원삼디를 숭배할 수 있는 장소를 찾아 그의 권좌로 모여들고 있었다. 브원삼디가 힘을 모두 되찾은 것은 아니지만, 탈란지는 그가 곧 회복하리라는 것을 잘 알고 있었다. 그리고 탈란지 자신도 다시 온전해진 기분을 느꼈다. 아니 '거의' 온전해진 기분이었다. 제이나의 공격이 남긴 상처는 아직 쓰라렸다. 탈란지는 프라우드무어의 마녀가 언젠가 죗값을 치르게 만들겠노라 새삼 맹세했다. 하지만 그 전쟁에서 승리하려면 인내심이 필요했다. 그리고 만약 다른 전쟁이 그보다 먼저 시작된다면, 그때는 새로운 아군과 함께 싸울 수 있을 것이다.

"환대해주셔서 정말 감사합니다."

탈리스라는 손가락 끝으로 살며시 탈란지의 손을 잡고 조심스럽게 흔들었다.

"조만간 오그리마도 찾아주실 거죠? 의회에서 당신과 함께 논의하고 싶은 것이 아주 많아요."

탈란지는 공손히 고개를 숙였다.

"당신은 이 도시를 구해주셨어요, 첫 번째 비전술사님. 그 마법의 힘을 절대로 잊지 않겠습니다."

"좋아요."

탈리스라는 잠시 옆으로 비켜서서 다른 이들이 작별 인사를 할 수 있도록 자리를 만들어주었다. 붕대를 감긴 했지만 큰 문제없이 건강을 회복한 제칸이 스랄의 부축을 받아 절뚝거리며 다가왔다. 스랄은 앞선 연회에서 이번 승리에 대해 찬사를 아끼지 않았지만, 그의 마음속에 애통한 감정이 담겨 있다는 사실을 탈란지는 느낄 수 있었다. 게다가 나타노스 블라이트콜러를 눈앞에서 놓쳤다는 사실에 격분하고 있을 테지만, 스랄은 최선을 다해 그런 감정을 감추고 있었다.

"용감하고 명예로운 대사여, 그 모든 희생에 어떻게 감사 인사를 드려야 할까요?"

탈란지는 제칸을 보며 환하게 웃었다.

"입맞춤은 어떨까요?"

제칸은 키득거리며 웃다가 얼굴을 찌푸렸다.

"다시 생각해보니 안 되겠네요. 온몸이 바삭바삭하게 타버렸거든요. 함께할 수 있어서 영광이었습니다, 폐하. 조만간 다시 뵐 수 있으면 좋겠네요."

"약은 다 챙겼겠지요? 특별 제작한 습포제도요. 그렇다고 대답하세요. 이렇게 많은 이들 앞에서 여왕이 호들갑 떠는 모습을 보이면 안 되니까요."

탈란지는 제칸의 온몸을 칭칭 감은 붕대를 보며 한숨과 함께 눈살을 찌푸렸다.

"전 여기서 백성들을 보살펴야 해요. 우리도 상처를 치유하고 서로를 믿는 방법을 배워야 하죠. 잔달라가 다시 강해졌을 때, 오그리마로 찾아가겠습니다, 제칸. 그리고 그땐 왕실 의사와 동행할게요. 당신이 또 어떤 무모한 짓을 할지 모르니까요!"

스랄이 탈란지의 손목을 잡았다. 전사의 인사였다.

"호드는 다시 하나가 되었고, 우리의 목표는 명확해졌소. 모든 준비가 끝나면 함께 사냥을 시작합시다."

사냥. 실바나스 윈드러너는 여전히 행방이 묘연했다. 아제로스 전체를 수색한다는 건 아무리 생각해도 불가능한 일이었다. 상상만으로도 온몸의 힘이 쭉 빠지는 기분이었다. 탈란지는 백성의 영혼과 안전을 위해 치열하게 싸운 여파로 너무 지쳐 있었다. 하지만 그녀는 약속했고, 호드에 합류했다. 그녀에게 호드가 필요했던 것처럼, 그들에게도 잔달라 여왕이 필요할 것이다.

"아! 한 명 정도 더 데려가셔도 큰 문제는 없겠죠."

탈란지는 돌아서서 끝없이 모인 군중들 속에서 원하는 얼굴을 찾았다.

그리고 군중들 사이에서 반짝이는 흑단 같은 긴 머리에 더는 검은 물감을 칠하지 않고, 진흙도 바르지 않은 타요를 찾아냈다. 법랑을 칠해 반짝이는 잔달라의 의상도 그녀에게 잘 어울렸다. 하지만 타요는 낡은 뼈 장식과 독화살 탄띠를 고집스럽게 몸에 걸치고 있었다.

"타요가 저의 대사 역할을 해줄 겁니다. 그녀가 제 눈과 귀가 되어주고, 제칸이 그랬던 것처럼 여러분을 위해 봉사할 거예요."

타요는 아무것도 두려울 게 없다는 듯 환하게 웃었다.

"그녀가 없었다면 우린 모두 블라이트콜러의 함정에 걸려 산산조각이 났을 거요. 환영하오."

스랄이 쿡쿡 웃었다.

"전 제칸이라고 해요. 믿기 힘드시겠지만, 붕대 안쪽은 그래도 꽤 잘생긴 편이에요."

제칸은 빳빳한 붕대로 단단히 동여매진 몸을 가까스로 꼿꼿이 세웠다.

그들은 차원문을 통해 잔달라를 떠나는 전사들의 긴 대열에 합류했다. 왠지 슬픈 기분이 밀려들어 탈란지는 당황스러웠다. 그들이 없으면 이 도시는 많이 공허해질 것 같았다.

하지만 여왕의 일은 결코 끝나지 않았다. 라스타리 집행자 두 명이 그녀를 지키는 가운데, 탈란지는 거대한 봉인으로 돌아가는 긴 여정을 시작했다. 그녀는 다시 한 번 백성들과 함께 그곳까지 걸어서 돌아갈 것이다. 항구를 벗어나는 계단으로 걸음을 옮기려는 순간, 한 어린 트롤 소녀가 호위병들을 피해 달려왔다. 집행자들이 소녀를 막아서려 했지만, 탈란지는 고개를 저었다.

"오게 해줘요."

탈란지가 한쪽 무릎을 꿇으며 말했다. 소녀는 찌부러진 보라색 꽃을 탈란지의 손에 내려놓았다.

"이 꽃을 받아주세요."

"정말 착한 아이구나. 고맙다. 네 선물을 받을 자격이 있는지는 모르겠지만, 그럴 수 있도록 최대한 노력해보마."

"엄마가 여왕님은 그럴 자격이 없다고 했어요. 우리 모두 브원삼디에게 기도하도록 만들겠다면서요. 브원삼디에게 기도하라고 하지 마세요! 전 공크가 좋거든요!"

소녀는 얼굴을 찌푸린 채 뒷짐을 지고서 손을 꼼지락거렸다.

"물론 그렇겠지. 그는 무리의 지도자니까 좋아하지 않을 수 없겠지? 공크에게 공물을 많이 바치고, 매일 그의 노래를 부르렴! 우리 군대가 더 크고 더 강해지고, 우리의 들판과 바다가 더 풍요로워지고, 잔달라의 모든 이들이 건강해지려면 크고 작은 로아가 모두 필요하단다. 게다가 브원삼디도 그렇게 나쁘지만은 않아! 우리가 반란군과 맞서 싸울 때 우릴 도와줬고, 우리 영혼도 지켜주거든. 우리가 이 세상을 떠나야 할 때도 우릴 안전하게 인도해준단다."

탈란지는 소녀의 볼을 가볍게 어루만졌다.

"그러면…… 엄마 말이 틀린 건가요?"

소녀의 콧잔등에 잔뜩 주름이 생겼다.

"엄마도 걱정되니까 하신 말씀일 거야. 그래도 모든 로아가 내 귓가에 속삭이고, 난 모든 로아의 조언을 귀담아들을 거라고 잘 말씀드려주렴. 너와 너희 엄마에게 약속하마."

탈란지는 내심 진지한 목소리로 소녀에게 말했다.

"알았어요!"

소녀는 기쁨에 차 꺅 소리를 지르며 군중 사이로 사라졌다.

항구와 시장에서 받은 온갖 질문에 답한 후 왕궁으로 돌아왔을 때, 하늘은 어느새 쪽빛으로 어두워지고 있었다. 싱싱한 오렌지처럼 아름답고 화려한 태양은 지평선에 걸려 있었다. 탈란지는 대회의실 밖 통로에서 하인이 콧노래를 부르며 화관을 내리는 모습을 지켜봤다. 노랫소리와 묵직한 북소리가 왕궁 전체에 메아리쳤다.

탈란지는 자신의 침실로 돌아가 왕관을 벗고, 옷장 속 벨벳 안감을 댄 함에 가만히 내려놓았다. 돌아선 그녀가 그릇에 담긴 물로 얼굴을 적실 때, 발코니를 뒤덮은 보랏빛 황혼 속에서 브원삼디가 나타났다.

"오늘 시장에서 꼬마 아가씨에게 아주 거창한 말을 하던데."

"동의하지 못할 말이 있었나요?"

탈란지가 팔짱을 끼며 되묻자 로아는 어깨를 으쓱하더니 생각에 잠긴 듯 볼을 톡톡 두드렸다.

"거래를 했었지. 네가 날 지켜주면 결속을 깨고 맹약을 파기하겠다고. 난 약속을 지키는 로아다, 꼬마."

그 말을 남기고 브원삼디는 그녀에게서 멀어져, 짙푸른 색에서 검은색으로 바뀌어가는 공기를 그러쥐었다. 마력 줄기가 그의 팔뚝 근처에서 휘돌다가 그의 앞쪽에서 조금씩 형체를 갖춰가며 유령 같은 칼의 모습으로 변했다. 방이 견딜 수 없을 만큼 추워지고, 알아들을 수 없는 불길한 속삭임이 칼 주위를 맴돌았다.

"앞으로 나와라, 꼬마. 이 칼이 우리의 결속을 끊을 것이다."

알 수 없는 힘이 그 칼을 붙잡으라며 그녀를 이끌었다. 하지만 탈란지는 손을 거두고 침대로 물러났다. 침대 곁에서 브원삼디를 바라보는 그녀의 입가에 희미한 미소가 지어졌다.

"생각을 좀 해봤어요. 그 소녀에게 한 말은 사실이에요. 당신도 어느 정도 포기하는 법을 배워야 해요, 브원삼디. 계속 이런 식이라면 언젠가 당신이 지켜야 할 왕관이 없어질 거라고요. 당신은 여전히 왕들의 로아이지만, 공크와 파쿠, 아쿤다 등 모든 로아가 우리의 생존에 꼭 필요해요."

탈란지는 신발을 벗고 아픈 발을 주무르며 말했다. 그 말에 브원삼디의 미소가 더 커졌다.

"흠, 사실 나는 농작물이나 뭐 그런 건 잘 몰라. 그러니 괜찮은 거래인 것 같군. 내가 알아채지 못한 속임수가 있는 게 아니라면……."

탈란지는 힘겨운 듯 긴 숨을 내쉬었다.

"아니요. 이제 속임수는 없어요, 브원삼디. 이미 할 만큼 했잖아요."

"그러면 어떻게 할까?"

그는 유령 같은 칼을 향해 손짓했다.

"우리는 서로를 더 강하게 해줄 수 있어요, 브원삼디. 전 바보가 아니에요. 이것으로 모든 문제가 끝날 거라고 생각하진 않아요. 우리 왕국을 향한 위협도 이번 일로 끝이 난 게 아닐 테죠. 전 힘이 필요해요. 이번에는 제 조건에 따라주세요."

"그래도 왕들의 로아는 여전히 나겠지?"

브원삼디가 우스꽝스러운 미소를 지었다. 칼은 사라지고 방은 다시 따뜻해졌다.

"계속 왕들의 로아로 남아주세요, 브원삼디."

"그러면 변경된 계약을 받아들여주지."

로아는 고개 숙여 인사했다. 그가 다시 고개를 들었을 때 두 눈 속의 푸른 불길은 어둑하게 잦아들어 있었다.

"하지만 경고 하나는 해두지, 탈란지. 너무 좋아하지 말라고. 전투에선 승리했지만 전쟁은 아직 끝나지 않았어. 네가 시험에 드는 날이 찾아올 거야. 머지않아 말이지."

그녀는 몸서리치며 다시 몸을 감싸 안았다.

"그렇게 말하지 마세요. 두렵단 말이에요."

"좋아, 그래야지. 가기 전에 할 얘기가 하나 더 있다."

브원삼디가 떨리는 손을 가면 앞으로 가져가자 탈란지가 신음하듯 말했다.

"전 지쳤어요, 브원삼디. 정말이지 쓰러지기 직전이라고요."

"이 얘긴 마음에 들 거야. 믿어도 좋아."

로아는 한쪽 눈을 찡긋했다. 그가 옆으로 비켜서자 그의 뒤쪽에 서 있던 낯익은 윤곽이 드러났다. 저무는 빛 속에서 그는 은빛으로 반짝였다. 영혼이 되어 나타난 지금도 그때처럼 두 눈에서 눈물이 반짝였다.

"탈란지, 내 딸아."

라스타칸 왕이 두 팔을 벌리자 탈란지는 헉하고 놀란 숨을 삼켰다. 강인한 전사이자 여왕인 그녀는 모든 것을 잊고 아버지를 향해 달려갔다. 그가 자신에게 얼마나 소중한 존재인지 온몸으로 표현했다. 그녀는 허공을 감싸 안았다. 아버지의 영혼이 피부에 닿자 서늘한 감각이 느껴졌다.

"눈물을 거둬라, 내 딸아."

라스타칸이 반투명한 손가락으로 탈란지의 볼을 닦아주며 나무랐다.

"아버지야말로 울지 마세요!"

"더 현명하고 강해졌구나. 그럴 줄 알았다. 아주 자랑스러운 여왕이 되었어."

라스타칸이 그녀를 위아래로 훑어보며 말했다.

"전…… 너무 많은 실수를 했어요, 아버지. 이 나라의 백성들이 다시 절 믿어줄지 모르겠어요."

탈란지는 고개를 가로저었지만 라스타칸은 웃으며 딸을 달래주었다.

그의 영혼이 흔들렸다. 또다시 딸과 이별해야 한다는 생각에 견딜 수 없는 아픔을 느끼는 것 같았다. 그의 안에 있던 불길이 꺼져가고, 지나가는 구름이 그에게 그림자를 드리웠다.

"어떻게 된 거죠? 브원삼디……."

탈란지가 떨리는 목소리로 물었다.

라스타칸의 모습이 다시 선명해졌지만 그는 가슴을 움켜쥐었다.

"뭔가 이상하구나…… 소멸할 때가 다가온 것 같다."

"할 말이 있으면 빨리 해야 할 것 같은데. 무에젤라가 뭔가 나쁜 짓을 꾸미고 있는 것 같아. 내가 영혼을 감춰두고 있다는 사실을 알리고 싶진 않다고."

로아의 진지한 경고에 라스타칸은 고개를 끄덕였다. 그가 딸의 어깨에 손을 얹었다.

"네가 완벽한 여왕의 모습을 보여달라고 한다면 탈란지, 난 비석을 보여줄 수밖에 없다. 완벽한 지도자란 기억 속에서만 존재하는 법이니까. 앞으로 승리가 거듭되면 네 실수는 모두 잊힐 거다. 넌 이미 너무 많은 것을 견뎌야 했어. 내가 조금만 더 널 이끌어줄 수 있었다면 좋았을 텐데."

"이미 그렇게 하고 계세요. 매일 절 이끌어주고 계신다고요."

탈란지가 중얼거렸다.

"이제 가야겠구나."

발코니 모퉁이에서 조용히 부녀를 바라보던 브원삼디가 저무는 해를 가리켰다.

"여왕님이 쉴 시간이 됐네. 당신도 이제 내 품으로 돌아와야지, 라스타칸."

왕은 고개를 끄덕이고는 마지막으로 딸을 지그시 바라봤다.

“잊지 말거라, 탈란지. 넌 나의 딸일 뿐만 아니라 이 잔달라에 가장 잘 어울리는 여왕이란다. 조상님들을 자랑스럽게 해다오. 널 보며 내가 자랑스러워한 것처럼.”

탈란지는 고개를 끄덕이고는 아버지가 떠나는 순간을 기다리며 마음의 준비를 했다.

“안녕히 가세요, 아버지.”

“잘 있으렴, 착한 꼬마 사우리드. 용기를 내야 한다, 우리 딸.”

“그럴게요.”

라스타칸의 영혼이 흐릿해지고, 이내 황혼의 산들바람에 흩어진 홀씨처럼 바람에 실려 밀림 위로 천천히 흩어졌다. 브원삼디는 이미 사라진 후였다. 이제 머릿속의 복잡한 생각들과 왕국만 남아 있었다. 불도 모두 꺼졌다. 내일은 백성들 앞에서 연설을 해야 한다. 잔추리 의회와도 만나야 한다. 청원도 들어야 한다.

여왕의 일은 끝이 없다.

용감한 딸이 될게요, 아버지. 탈란지는 생각했다. 용감한 딸은 이미 된 것 같아요.

에필로그

"그 힘은 네 감옥이 될 것이다."

리치 왕이 경고했다. 하지만 그는 이미 부서진 존재였기에 그녀가 신경 쓸 필요는 없었다.

"감옥은 이 세계다."

드디어, 드디어. 실바나스 윈드러너가 두 손으로 투구를 단단히 감싸 쥐더니 약한 부위를 찾아 손가락을 쑤셔 넣었다. 그리고 깊이 숨을 들이쉰 후 그대로 찢었다. 모든 것이 그녀를 지금 이 순간으로 이끌었다. 지금껏 쌓아온 모든 힘, 감내해야 했던 모든 거래, 그리고 맺어야만 했던 모든 약속. 망령 같은 얼음 조각들이 주위로 모여들었다. 산 위쪽 빙하에서 피어오른 안개가 사방으로 쏟아져 내렸다. 실바나스는 얼음왕관 성채에 침투했고, 그 군주를 제거했다.

힘이 온몸으로 흘렀다. 힘. 그 무엇과도 견줄 수 없는 힘. 황홀경의 쌍둥이. 지배의 투구가 그녀의 손 안에서 물러졌다. 어느새 약해진 넬줄의 감옥이, 아서스 메네실의 왕관이 뼈다귀처럼 부서지며 가운데부터 갈라지기 시작했다. 필멸자의 세계와 어둠땅, 그리고 나락을 가르는 방벽이 위태로울 만큼 얇아졌고, 희미한 장막 건너편에서 그녀가 나타나기를 기다리는 다른 세계가 맥동하는 것이 느껴졌다.

투구가 실바나스의 손을 태우며 저항했다. 하지만 그녀는 이미 준비를 끝내놓았다. 아무리 투구라도 죽음과 사멸 그 자체의 저항을 막아낼 수는 없었다. 배 속에서 끔찍한 비명이 쏟아져 나왔다. 지배의 투구가 반으로 갈라지고, 투구에서 시작된 폭발이 실바나스의 비명과 뒤섞여 하늘을 향해 솟아올랐다.

그리고 모든 것이 끝났다. 이제 쓸모없어진 투구는 쓰레기처럼 그녀의 발치로 떨어졌다. 리치 왕, 볼바르 폴드라곤은 갑옷에 짓눌리고 온몸이 갈라져 화살에 꿰뚫린 채 널브러져 있었다. 그가 실바나스를 올려다보다가 시선을 돌려 하늘을 바라봤다. 그는 실바나스가 해낸 일과 그 일에 대한 충격에 사로잡혀 아무 말도 하지 못했다. 그녀가 성취한 위업을 목도하며 경외감에 사로잡힌 듯했다. 계속 바라보아라. 그녀는 생각했다. 계속 감탄해라. 그는 이제 메네실의 왕관처럼 쓸모없는 부서진 존재였다. 이대로 남겨지고 잊힐 것이다.

"잘 봐라. 내가 너희에게 선사하는…… 자유를."

실바나스는 생각을 마쳤다.

새로운 세계가 그들을 위해 문을 열었다. 바닥에 나뒹구는 투구처럼, 하늘은 찢어져 갈라졌다. 바람이 울부짖었다. 망토가 펄럭이며 무릎을 휘감았다. 투구의 열기가 여전히 뜨겁게 느껴졌다. 실바나스는 자신을 향해 뻗어 있는 탑을 바라봤다. 어둠에 잠긴 채 높게 뻗은 탑이 마치 손가락처럼 그녀를 향해 손짓했다.

실바나스는 부름에 응했다. 그녀는 죽음의 세계를 향해 한 걸음 다가섰다. 얼음왕관의 산봉우리에서 불어오는 돌풍처럼 날카롭고 새된 흐느낌의 합창이 그녀를 맞이했다. 이곳에서도 바람이 지속적으로 그녀를 휘감았다. 하지만 실바나스는 앞쪽에 시선을 고정했다. 거대한 나락의 아귀에서 그녀를 기다리는 굶주린 어둠의 만가가 끝없이 흘러나왔다.

갑자기 땅이 흔들리기 시작했고 그녀는 걸음을 멈춰야 했다. 검은 소용돌이가 모여들어 눈 쌓인 봉우리를 뒤덮었다. 그 어둠이 사라진 곳에서 나타노스가 나타났다. 무릎을 꿇은 그의 손에는 텅 빈 약병이 들려 있었다.

“용사여, 제때 와주었구나. 네 승리에 관한 소식을 들으며 함께 첫걸음을 떼자.”

실바나스가 그를 반갑게 맞이했다.

나타노스는 천천히 자리에서 일어섰다. 실바나스는 그의 손이 떨리는 것을 보았다. 그에게서 자세한 사정을 듣기도 전에, 그녀는 가슴속에서 이글거리는 분노가 끓어오르는 것을 느꼈다. 그의 얼굴에 어린 슬픔에 모든 이야기가 새겨져 있었다.

“전…… 실패했습니다, 여왕님. 브원삼디는 살아 있습니다. 시라 문워든은 붙잡혔습니다. 여왕님의 명령을 완수하지 못했습니다. 호드가…… 적을 지원했습니다. 우리를 막아냈습니다. 죄송하지만 브원삼디는 이제 더 강해질 것 같습니다.”

실바나스는 징징대는 그의 입술에서 시선을 돌려 압도적인 위용을 자랑하는 탑을 바라봤다. 나타노스가 실패함으로써 모든 것이 상당히 복잡해졌다. 조금 전에 느꼈던 완연한 승리의 기쁨도 어느새 퇴색되었다. 실바나스는 고개를 꼿꼿이 들고 잠시 두 눈을 감았다. 마음속 깊은 곳에서 사울팽이 낮은 목소리로 그녀를 조롱했다. 넌 또 실패했다! 실바나스는 으르렁거리며 오래전 죽어 사라진 머릿속 목소리를 잠재웠다. 그녀의 손톱이 장갑 낀 손바닥을 파고들었다.

나타노스가 그녀를 바라봤다. 분노로 입술이 떨리고 있었다. 끓어오르는 감정을 억누르지 못해 얄팍한 겉모습이 갈라지기 시작했다. 자기 잘못에 대한 변명과 그것을 합리화할 핑곗거리를 잔뜩 준비해왔는데, 그조차도 들어주지 않는 그녀에게 화가 났다. 실바나스는 그를 벌하고 싶었다. 거칠게 포효하며 그의 영혼을 뽑아내고 싶었다. 하지만 그런다고 해서 실패한 결과가 달라지지는 않는다. 결과를 바꾸려면 앞으로 나아가야 했다. 물론 심대한 타격이었지만, 충분히 극복할 수 있을 것이다. 쉽지는 않겠지만 어차피 그녀의 과업에는 크나큰 희생이 필요했다.

"굳이 가보라는 말을 해야 내 눈앞에서 사라질 건가?"

나타노스는 온몸을 긴장시켰다. 손에 든 약병이 뼛조각처럼 부스러졌다. 반짝이는 가루가 마치 모래처럼 손가락 사이로 흘러내렸다.

"마리스 농장으로 돌아가서 명령을 기다리겠습니다, 여왕님."

실바나스는 그의 목소리에서 둥지를 벗어나 바닥으로 떨어진 아기 새가 울부짖는 듯한, 희미하고 여린 희망의 흔적을 느꼈다.

"어디든 원하는 곳으로 가라, 나타노스. 하지만 쉬고 있을 시간은 없다. 그 로아는 어둠땅에 대해 아주 잘 알고 있다. 그자가 우리를 방해하지 못하도록 방법을 찾아서 내게 돌아와라. 나의 길은 이 앞에 뻗어 있다."

실바나스는 먼지를 털어내기라도 하듯 손을 내저었다.

정말 그랬다. 실바나스는 계속 나아갔다. 힘은 더 큰 힘을 갈구했고, 그래서 그녀도 더 큰 힘을 손에 넣어야만 했다. 그런 힘을 사용할 필요가 있었다. 그들의 삶을 구속하는 불공정한 사다리를 허물어야 했다. 한 단, 한 단 서서히 무너뜨리는 것이 아니라, 한꺼번에 붕괴시켜야 했다. 모든 것을 파괴해야 했다. 오만한 우주의 노리개로 사는 것도 이제 지긋지긋했다. 어둠땅의 간수도 지금부터 해야 할 일을 잘 알고 있었다. 나타노스가 언제 떠났는지, 아니 떠나기는 했는지 알 수 없었다. 이제 아무 상관없었다. 실바나스는 이미 그곳의 어둠과 완전히 하나가 되었고, 마침내 암흑의 일부가 되었다.

감사의 말

이런 규모의 이야기를 완성하려면 수많은 사람의 눈과 마음, 손이 필요합니다. 그런 만큼 이 작품에 기여해준 분들을 언급하지 않을 수 없습니다. 먼저 저를 비롯한 많은 팬들의 두 번째 고향이 된 이 경이로운 세계를 창조해준 블리자드의 모든 팀에 감사하고 싶습니다. 특히 앨리슨 아이언스, 클로이 프라보니, 케이트 게리, 폴 모리세이 등 이 이야기를 만들어내는 데 도움을 준 모든 편집자에게 감사하고 싶습니다. 출판사 델 레이에서는 열심히 일하는 와중에도 특유의 유머 감각과 참을성을 발휘해준 톰 홀러와 기꺼이 도움의 손길을 내밀어준 엘리자베스 섀퍼, 줄리 렁, 로렌 크레츠슈마르의 노고에 감사 인사를 전합니다. 시간 날 때마다 멋진 밈을 공유해주고, 제게 마음껏 도전할 수 있는 기회를 주셔서 고맙습니다.

이번 프로젝트에서는 당연히 블리자드 세계관 팀이 큰 도움을 주었습니다. 탁월한 통찰력을 기반으로 작품의 세세한 설정을 도와준 모든 분들에게 감사하고 싶습니다. 특히 스티브 대뉴저와 내러티브 디자이너 라파엘

아하드에게 감사 인사를 전합니다. 저보다 먼저 고된 노력을 통해 창의력을 발휘해준 분들에게도 감사하고 싶습니다. 크리스티 골든과 리처드 A. 나크는 워크래프트의 세계관을 기반으로 진정 놀라운 작품을 집필했으며, 저 역시 그들의 작품을 읽으며 많은 영감을 얻었습니다. 한 명의 팬으로서 이런 기회를 누릴 수 있다는 것은 정말이지 놀라운 경험입니다. 그래서 블리자드 및 델 레이의 팀들과 이런 엄청난 여정을 함께한 후 이렇게 감사의 말을 쓸 수 있다는 사실이 엄청난 행운이라 느껴집니다.

개인적으로는 계속해서 저를 도와주고 있는 에이전트 케이트 맥킨에게 감사 인사를 전합니다. 가족과 친구들은 이번 프로젝트를 많이 응원해주면서, 명절도 바삐 보내야 했던 저를 이해해주었습니다. 그래서 린, 이브, 닉, 트리스탄, 조카 그웬과 돔에게 감사합니다. 또한 언제나 기운을 북돋워주는 테일러 베넷에게 감사합니다. 제 글쓰기의 조용한 동반자, 스미젠과 빙리에게도 감사합니다. 밤 늦게까지 긴 시간 이 소설을 써 내려가면서, 산책을 몇 번 건너뛰어도 참아준 친구들에게 정말 고마웠다는 얘기를 전하고 싶습니다.

역사가의
「월드 오브 워크래프트」
도서 소개

워크래프트 세계의 인물과 사건을 더 알고 싶다면 다음의 책을 통해 아제로스에 관한 또 다른 이야기들을 읽을 수 있습니다. 각 책은 개별 이야기를 다루고 있기에 읽는 순서가 정해져 있지는 않습니다. 다만 시간순으로 설정과 역사를 알고자 한다면 「월드 오브 워크래프트 연대기」를 순서대로 읽어보는 것을 권합니다. 모든 소설의 제목은 '월드 오브 워크래프트'로 시작하며 지면상 생략하였습니다.

역사 설정집

「월드 오브 워크래프트 연대기」 1, 2, 3

우주의 탄생과 고대 제국의 출현, 얼라이언스와 호드의 탄생 등 아제로스의 모든 역사가 글과 그림, 지도로 기록된 장대한 역사서이다. 1권은 우주의 탄생과 고대의 아제로스를 다룬다. 2권은 오크의 고향인 원시 드레노어, 호드의 결성과 초기 워크래프트의 사건을 다룬다. 3권은 〈워크래프트

III〉의 3차 대전쟁과 아서스의 비극, 그리고 첫 〈월드 오브 워크래프트〉에서 〈대격변〉까지의 이야기를 담고 있다.

「월드 오브 워크래프트 아트북」

캐릭터와 무기, 아제로스 세계의 원화와 스케치, 콘셉트 아트를 개발팀의 제작 비화를 곁들여 읽어볼 수 있는 아트북이다. 게임의 기획단계부터 〈드레노어의 전쟁군주〉까지의 내용을 담고 있다.

소 설

「위상들의 새벽」

아제로스를 지켜온 다섯 용이 아직 '위상'의 힘을 얻기 전, 고대 아제로스의 강력한 위협이었던 갈라크론드와 대적하게 된다. 용의 탄생은 어떻게 시작되었는지, 갈라크론드는 왜 용들의 아버지로 불리게 되었는지에 대한 답이 담긴 작품이다.

「호드의 탄생」

대족장 스랄이 들려주는 호드의 탄생 비화. 호드의 가슴을 뜨겁게 할 역사가 펼쳐진다. 호드는 어떻게 만들어졌으며, 어떤 연유로 아제로스에 오게 되었는지 그 과정에 대한 이야기이다.

「어둠의 물결」과 「어둠의 문 너머」

〈워크래프트 II〉에서 일어났던 오그림 둠해머의 호드와 안두인 로서가 이끄는 얼라이언스의 치열한 대전쟁을 「어둠의 물결」에서 확인할 수 있으며, 전쟁 이후 다른 세계인 '드레노어'의 이야기가 「어둠의 문 너머」에서 이어진다.

「아서스 : 리치왕의 탄생」

촉망받던 로데론의 왕자 아서스 메네실이 리치왕이 되기까지, 그 비극의 일대기와 룬검 서리한의 이야기를 담았다.

「증오의 굴레」

〈워크래프트 III〉의 참혹했던 대전쟁 3년 후, 미지의 땅 칼림도어에 정착한 스랄의 호드와 제이나를 따르는 얼라이언스 난민들의 도시 테라모어가 불안정하게 공존하던 중 일어난 사건을 다루었다. 첫 〈월드 오브 워크래프트〉가 출시되기 1년 전의 일이다.

「스톰레이지」

일리단의 형이자 티란데의 연인인 드루이드 말퓨리온 스톰레이지. 만 년에 걸친 원수 자비우스와 에메랄드 드림의 타락에 대한 이야기가 펼쳐진다.

「부서지는 세계 : 대격변의 전조」

데스윙이 일으킨 대격변 직전, 스랄과 안두인 등 위기에 직면한 영웅들과 호드의 새로운 대족장 교체 등 중요한 사건을 다룬다.

「늑대의 심장」

'대격변' 이후 호드와 얼라이언스의 잿빛 골짜기 전투를 다루고 있다. 이 전투에서 결정적 역할을 한, 지금껏 잘 알려지지 않았던 늑대인간과 나이트 엘프 귀족 명가들의 숨겨진 이야기가 밝혀진다.

「스랄 : 위상들의 황혼」

대족장의 지위를 버리고 주술사로서 세상의 평화를 지키기로 결심한 스랄의 이야기. 여러 고민으로 혼란스러워 하고 있던 스랄에게 잠에서 깨어난 여왕 이세라가 '작은' 임무를 맡기며 시작된다.

「제이나 : 전쟁의 물결」

데스윙의 위협이 끝난 후, 전쟁에 미친 대족장 가로쉬는 얼라이언스를 공격하려 하고, 이에 제이나가 나서게 된다. 그녀의 인생에 가장 큰 시련을 남긴 충격적 사건을 다룬 작품이다.

「볼진 : 호드의 그림자」

검은창 부족의 위대한 지도자 볼진이 전설의 대륙 판다리아로 떠난다. 그리고 그의 삶을 송두리째 뒤바꿔놓는 생애 가장 어려운 시험에 직면하게 된다.

「전쟁범죄 : 광기의 끝」

아제로스 최악의 전범인 가로쉬 헬스크림이 붙잡혔다. 곧 판다리아에서 그의 역사적인 재판이 시작되고, 재판이 진행되면서 감춰졌던 일들이 하나씩 드러나기 시작한다.

「일리단」

〈워크래프트 III〉에서 〈불타는 성전〉까지, 아서스의 라이벌 일리단의 비밀스러운 행적과 운명을 다뤘다. 일리단의 파멸과 그의 추종자 악마사냥꾼들의 행보를 담은 작품이다.

「폭풍전야」

〈군단〉과 〈격전의 아제로스〉 사이에 발생한 전대미문의 사건. 호드와 얼라이언스의 긴장이 고조되는 가운데, 안두인 왕은 실바나스에게 호드의 언데드 시민이 살아생전 사랑했던 얼라이언스의 헤어진 가족을 찾아 재회하는 평화 회담을 제안하게 된다.

「아제로스의 여행자 시리즈」

평범한 소년 아람의 모험을 다룬 작품이다. 아람은 씩씩한 누나 마카사, 귀여운 멀록 머키, 사연 많은 놀 쓱싹과 함께 아제로스를 가로지르는 위험천만한 여행을 떠나게 된다.

게임	역사서	소설
이전 시대	연대기 1부	위상들의 새벽
워크래프트 I	연대기 2부	호드의 탄생
워크래프트 II		어둠의 물결 어둠의 문 너머
워크래프트 III	연대기 3부	아서스 : 리치왕의 탄생
월드 오브 워크래프트		증오의 굴레
불타는 성전		
리치왕의 분노		스톰레이지 부서지는 세계: 대격변의 전조
대격변		늑대의 심장 스랄: 위상들의 황혼
판다리아의 안개		제이나: 전쟁의 물결 볼진: 호드의 그림자 전쟁범죄: 광기의 끝
드레노어의 전쟁군주		
군단		일리단
격전의 아제로스		폭풍전야

제우미디어